むけいびと　芦《あし》東《とう》山《ざん》

熊谷達也

潮文庫

むけいびと　芦東山《あしとうざん》　目次

装画／宇野信哉　装幀／重原 隆
図版／間野 成

芦東山略年譜

※和暦は改元後の元号で統一

和暦　西暦	年齢	主な出来事
元禄9（1696）	1歳	11月23日、仙台藩領磐井郡渋民村の岩渕家に生まれる。善之助。
元禄15（1702）	7歳	勝之助と改名。正法寺の定山良光和尚の弟子となる。祖父作左衛門が掬水庵を建てる。〔備考〕12月14日、赤穂の浪士による討ち入り事件起こる。
元禄16（1703）	8歳	伊達吉村、仙台藩の第五代藩主となる。第四代藩主・伊達綱村の命による『評定所格式帳』が制定される。
宝永1（1704）	9歳	桃井素忠の教えを受けるように。幸七郎と改名。
宝永5（1708）	13歳	9月、躑躅岡見物中に大和屋星久四郎に出会う。
宝永7（1710）	15歳	6月より仙台の大和屋星久四郎のもとで世話になりながら江戸の浪人儒者・吉田儒軒に学ぶ。11月、田辺整斎の門下生となる。12月、藩生となる。
正徳1（1711）	16歳	母に『女四書』と『列女伝』を渡す。
正徳4（1714）	19歳	春、額髪をあげて孝七郎と改名。番外士に取り立てられる。
享保1（1716）	21歳	3月、京都に遊学。桑名松雲の屋敷に寄寓し、浅井義斎門下となる。
享保2（1717）	22歳	辛島義先、山宮源之允とともに三宅尚斎の門下生となる。
享保4（1719）	24歳	4月末、京都より渋民に帰郷。6月20日の伊達綱村の死により仙台へ。10月半ば、再び帰郷。11月25日、祖父白栄死去（享年74）。

享保6（1721）	26歳	3月3日、伊達吉村より儒員に抜擢され、同26日、吉村の参勤交代の供として江戸へ。
享保8（1723）	28歳	2月24日、飯塚葆安の娘・ちょうと結婚。
享保9（1724）	29歳	秋、母・亀死去（享年59）。
享保16（1731）	36歳	北一番丁に屋敷替えを賜る。『伊達支族系譜同外戚』と『伊達外戚系譜続編』の編纂を完了。
享保19（1734）	39歳	名字を芦に、名を徳林と改める。※通称は幸七郎を使用。
享保20（1735）	40歳	2月23日、「講堂設立願」を提出。6月15日、「講堂設立願」が退けられる。
元文1（1736）	41歳	11月21日、仙台藩で最初の学問所が開講。
元文2（1737）	42歳	座列に関する願書を提出。
元文3（1738）	43歳	6月11日、評定所で加美郡宮崎の石母田家に「預け」を言い渡される。
寛延1（1748）	53歳	暮れ、のちの『無形録』の草稿書き上げる。
宝暦1（1751）	56歳	閏6月5日、『無刑録』完成。12月24日、伊達吉村死去（享年72）。
宝暦4（1754）	59歳	正月、二十二か条の上書を書き上げる。
宝暦11（1761）	66歳	3月22日、恩赦の書状を小野善兵衛が持参。4月7日、渋民に戻る。
安永5（1776）	81歳	6月2日、芦東山死去。

仙台藩地図

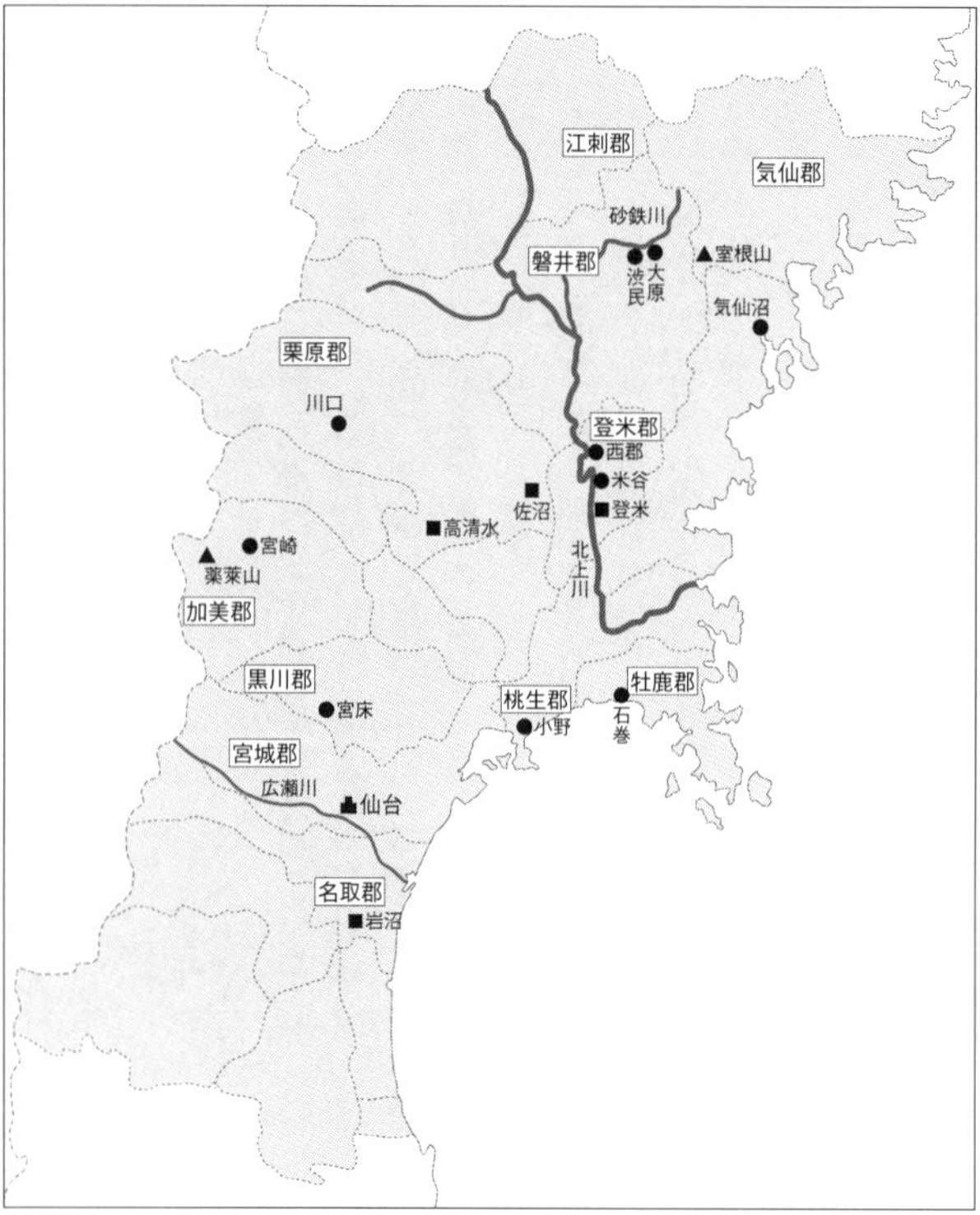

江刺郡
気仙郡
砂鉄川
磐井郡
渋民
大原
室根山
気仙沼
栗原郡
川口
登米郡
西郡
米谷
佐沼
登米
高清水
宮崎
薬莱山
北上川
加美郡
黒川郡
宮床
桃生郡
牡鹿郡
小野
石巻
宮城郡
広瀬川
仙台
名取郡
岩沼

渋民の善之助

1

よく熟《う》れたアケビの実を見つけた。

しかも、一つや二つではない。砂鉄川《さてつがわ》の岸辺に枝を張り出した大きなクヌギに蔓《つる》を巻きつけ、この木は我が物だと言わんばかりに、あちこちに実をつけている。

最初に見つけたのは、奥州《おうしゅう》仙台領の奥、磐井郡《いわいごおり》渋民《しぶたみ》村で大肝入《おおきもいり》を務める岩渕《いわぶち》夘左衛門《うざえもん》の息子、善之助《ぜんのすけ》だった。一緒にいるのは、六歳の善之助より二つ年上の源吉《げんきち》、そして善之助と同い年の辰五郎《たつごろう》である。

三名の子どもらは、アケビを採りに来たわけではなかった。もともとは釣りが目的だった。釣りに行こうと最初に言い出したのは、鍛冶《かじ》屋の倅《せがれ》の源吉である。辰五郎と連れ立ってやって来た源吉は、善之助が縁側に出てみると、すでに手製の釣り竿《ざお》を担ぎ、腰に魚籠《びく》を括《くく》りつけていた。

「行《あ》べえや」

顎《あご》をしゃくってうながした源吉に、

「今日は釣れないのじゃねえべか」と善之助は答えた。

善之助が生まれる少し前に遊びでの魚釣りが禁令になったことは、江戸から遠く離れた渋民においても知られていた。生類憐《しょうるいあわれ》みの令が元になっている「釣魚釣船禁制」のお触れである。善之助の祖父が言うには、その当時、御公儀から出されたお触れを破ったら一大事だと、代官所もかなり厳しく目を光らせていたらしい。

だが、ここ渋民においては、いまやすっかり事情が変わっている。漁師ではない大の大人が大っぴらに釣り糸を垂れるのはさすがに憚《はばか》られているようだが、子どもたちが釣りに興《きょう》じるぶんには、もはや誰も気にかけない。

だから、禁令云々とは別の意味で、今日は釣れないのじゃないか、と善之助は二人に言ったのである。

昨日吹き荒れた颱風《たいふう》が去ったばかりだった。

一夜明けてみると、颱風一過の空はすがすがしい秋晴れとなった。しかし、空はそうでも川は違う。村を東から西へと横切り、やがて北上川《きたかみがわ》へとそそぐ砂鉄川は、ふだんは穏やかなせせらぎ程度の流れなのだが、いまは間違いなく水かさが増し、流れも速くなっているはずだ。村から一里とちょっと下流にあるいつもの釣り場に、魚が群れているとは思えなかった。

「そんなの釣ってみねばわからねえべ」

少しばかり凄《すご》みながら源吉が言った。釣りそのものが目的というよりは、飲んだくれの親父《おやじ》にささいなことでぶん殴られるので家にいたくないのだ。

その親父、源吉が魚を釣ってきたり、山菜や茸を採ってきたりすると、一転して機嫌がよくなるらしい。息子が調達してきたものを肴《さかな》に酒が飲めるからである。

源吉の親父が仕込む濁酒《どぶろく》は、相当美味《うま》いらしい。そもそも百姓でもない鍛冶屋が濁酒を拵《こしら》えること自体がおかしな話なのだが、鍛冶屋の腕よりも濁酒作りの腕前のほうがいいなどと、本当かどうかわからぬ噂《うわさ》まで流れている。真偽のほどが善之助にわからないのは、酒を飲める歳《とし》ではないからだ。

いや、一度だけ飲んだ。去年の春先のことだ。源吉が親父の目を盗み、家からちょろまかして来た濁酒を、味噌蔵に隠れて二人で試してみたのだ。

味がどうだったか、善之助にはわからない。わからないというよりは覚えていない。ふた口ばかり飲んだところでぶっ倒れてしまったからである。一方の源吉のほうはときおりくすねて舐《な》めていたらしく、平気だった。突然ひっくり返ってしまった善之助を見て大慌《おおあわ》てした源吉が、大人に助けを求めたことで悪さがばれてしまった。翌日、目の周りに青痣《あおあざ》を作った源吉が、親父と一緒に謝りに来た。

実は源吉の親父、善之助の祖父には頭が上がらない。

善之助が生まれる前の話である。

最初は家のなかだけで嗜《たしな》んでいた手製の濁酒であったが、源助《げんすけ》――源吉の親父の名前である――の家でふるまわれる濁酒は、まるで諸白《もろはく》（麹米と蒸米の両方に精白米を用いた酒）のごとく美味いという評判に気をよくし、本業そっちのけで仕込んだ濁酒を、酒株を持っていないにもかかわらず、闇《やみ》で売りさばき始めた。

当然のごとく発覚して、代官所に引き立てられた。悪くすれば追放処分になるやもしれぬ、いや、きっとそうなるだろうと、村人たちは気の毒がって囁《ささや》きかわした。源助の境遇を案じたというよりは、美味い濁酒が飲めなくなるのが残念だったようだ。

ところが、なぜか過料だけの軽いお咎《とが》めだけですんだ。そのころ大肝入だった善之助の祖父作左衛門《さくざえもん》の口利きと尽力があったからだとは、村人の誰もが知っている。

それがあって、源助はいまでも善之助の祖父には頭が上がらないのである。相変わらず濁酒は作っているものの、密売はやめた。ただし、近所の者には、所望《しょもう》があればいまだにただでふるまっている。余計なことを代官所に密告されないための、袖の下のようなものだ。素面《しらふ》のときの源助は、むしろ小心者なのである。

ところが、息子のほうは違っている。親父にぶん殴られて育ってきたからかもしれぬ。根っからの乱暴者なのだ。

軒先に並んでいる源吉と辰五郎を見比べる限り、辰五郎のほうは源吉にしつこく誘われて、もしかしたら一発か二発ぶん殴られて、嫌々ながらもついてきた様子がありありだ。

その源吉も、さすがに善之助には手を上げたことがない。恩義のある大肝入の倅を殴ろうものなら、親父の手によってその何倍も痛い思いをするのがわかっているからだ。源吉は、釣りに行く際には必ず善之助を誘いに来る。善之助自身は、釣りが好きでも嫌いでもない。たいして興味がないと言ったほうが当たっている。それよりは、家のなかで祖父が諸国を回って集めてきた書物を読んでいたほうがずっといい。

源吉も善之助の好みは知っている。それでも誘いに来るのは、善之助が持っている釣り竿が目当てなのだ。しばらく家を空《あ》けていた祖父が江戸で手に入れてきた、布袋竹《ほていちく》一尺五寸仕舞《しまい》六継《つぎ》の真鮒竿《まぶなさお》がそれである。武士たちの魚釣りが禁令になったことで、手に入れるのにずいぶん苦労したと、祖父の作左衛門は言っていた。

漆塗りの立派なつなぎ竿は、祖父から土産《みやげ》にもらったものだ。だからいまは善之助の持ち物である。よって釣り好きの源吉にくれてやってもよいのだが、さすがにそれは祖父に対して申し訳ない。

さらに善之助はこうも考える。釣り竿は、魚を釣るために作られ、この世に生まれてきたものだ。飾っておくだけではもったいない。いや、釣り竿が不憫《ふびん》だ。ならば釣り好きの源吉に使ってもらえば、釣り竿も嬉《うれ》しかろう。

そのような、六歳の子どもにしては妙に大人びた考えのもとに、釣りの誘いは断らない善之助であった。そして釣り場に行けば、せがまれるままに源吉に釣り竿を貸してやる。

いつだったか、嬉々《きき》として釣り糸を垂れている源吉の後ろ姿を見やりながら、辰五郎が声をひそめて訊《き》いてきたことがある。

「善ちゃんさあ、源吉が間違《まちが》って竿を折ったり壊したりしてしまったら如何《なじょ》すんのや」

「なんぼ立派な竿でも、道具であることには変わりねえ。道具であれば、いつかは壊れるものだ」

「怒らないのすか？」

「誰を」

「源吉を」

「辰《た》っちゃん、おまえいま、間違って壊したらって言ったべ」

「うん」

「間違ってなのであれば、責められねえよ」

「それじゃあ、わざとだったら？」

「そりゃあ、ごめんって謝ってもらうことになるな」

「それだけ？」

「うん。ほかになにがあるっけや」

「怒って叩《はだ》ぎつけるとかしねえの？」

「ぶん殴られたわけでもないのに、叩いてもしょうがねえべ」

善之助の答えに辰五郎は腑《ふ》に落ちない顔をしていたが、善之助としては辰五郎がなぜそんなことをしつこく訊こうとするのか、そっちのほうがよくわからない、というのが正直なところである。

ともあれ、この日もまた、魚が釣れる釣れないは別にして、どうしても誘いを断らなければならぬような理由はなにもなく、いったん奥座敷に引っ込んだ善之助は、床の間に置いてある釣り竿を手にして、源吉と辰五郎のもとに戻った。

2

案の定、釣りはさっぱりだった。

いつもは水面《みなも》の下で群れた魚が鱗《うろこ》をきらめかせている淵は、水かさが増して流れの速い濁流となっていた。少し先にあるはずの小さな砂州《さす》も、まったく見えなくなっている。

それでも善之助《ぜんのすけ》たちは、岸辺から釣り糸を垂れてみた。

半刻《はんとき》（約一時間）ばかり粘ってみたが、一匹たりとも釣り針にかからない。引きそのものが皆無である。

一度、大物が掛かったと色めき立った。手応えがあったのは、善之助が握っていた竿《さお》だ。といっても、自分のものではなく、細竹を背丈ほどに切って拵《こしら》えた、源吉《げんきち》の釣り竿である。

そのときの三人は、釣り糸を川の流れに任せながら、釣りとはおよそ関係のない噂話《うわさばなし》をしていた。

噂話とは、お屋形《やかた》さまのお世継ぎ問題である。子どもがするには、かなり背伸びをした話題だ。だが、まるで時候の挨拶《あいさつ》でもするように大人たちがしょっちゅう口にしていれば、自ずと子どもらの関心もそちらへと向く。実際、仙台城下からだいぶ離れた渋民《しぶたみ》のような片田舎《かたいなか》でも、お屋形さま、すなわち仙台藩主のお世継ぎ問題が、きわめて面白く、興味を引かれる話題になっていた。

いまの第四代藩主伊達綱村《だてつなむら》は、嫡男《ちゃくなん》の扇千代《せんちよ》を幼くして亡くして以後、男児に恵まれることがなかった。そのため、善之助が生まれる前年、元禄《げんろく》八年（一六九五）の暮れに黒川郡宮床《くろかわごおりみやとこ》の伊達家から養子を迎えて嗣子《しし》とした。綱村の従兄弟《いとこ》にあたる伊達村房《むらふさ》（のちの吉村《よしむら》）である。

「村房さま、そろそろお屋形さまにおなりになるのではねえのか」

期待を込めた口ぶりで辰五郎《たつごろう》が言った。十六歳で養子に入った村房であるので、いまは二十二になる。若き藩主となるのに申し分のない年齢ではある。

辰五郎が「そろそろ」と口にしたのは、綱村がそろそろ隠居するのではないかと、大人たちのあいだで囁《ささや》かれているからだ。

四十を超えたばかりで壮健な綱村に、なにゆえ隠居の噂が飛び交うかと言うと、お屋形さまとしての評判があまりよろしくないのである。

危うく仙台藩が改易《かいえき》となりかけた、寛文《かんぶん》十一年（一六七一）のお家騒動のあとで藩主になった綱村は、どうも張り切りすぎたようで、重臣らの進言に耳を貸そうとはせずに、思いつくままに強引な政事《まつりごと》を進めてきた。それをなんとかして改めさせようと、ご一門衆がそろってお屋形さまに諫言書《かんげんしょ》を突き付けるという事態になった。悪くすれば二十年余り前のお家騒動の再燃になりかねぬ。さすがにそのときは綱村も反省し、一門衆に謝罪状を書いたという。善之助が生まれる三年前の話である。

ところが、喉元《のど》過ぎればなんとやらで、思いつきで藩政を進める短慮《たんりょ》は、いっかな収まらず、ご一門衆やお奉行たちは綱村の隠居を求めてあれやこれやと画策中だという。

そうした噂話の真偽のほどは不明なのだが、そう遠からずいまのお屋形さまは隠居せずにはいられなくなるだろうというのが、仙台城下に住まう町民のあいだでは大方の予想となっているらしい。

そうした噂は、もっぱら富山の薬売りや行商人たちによってもたらされるのだが、おもいのほか正鵠《せいこく》を射《い》ていることが多い。

そのお屋形さまの隠居の話に渋民の者たちが期待を込めて噂話を咲かせるのは、世継ぎの村房に、親近感を抱いているからだ。

村房の父である宗房《むねふさ》が宮床伊達家の初代当主となる前に与えられていた知行地が、磐井《いわい》郡《ごおり》の大原《おおはら》であった。渋民村の東に位置する隣村である。

村房はその大原村に生まれ、幼名を助三郎《すけさぶろう》といった。幼いころは、村内の寺で教えを受けて育った。事実、善之助の祖父は、当時の助三郎にお目通りが叶《かな》っている。助三郎への教授に使う書物の手配を住職から頼まれ、仙台で買い求めて届けに行ったのだという。そのときのことを祖父は、幼いにもかかわらずたいへん利発で聡明な若さまだったと、感心した口ぶりで善之助に語っていた。

そうした経緯《いきさつ》があるものだから、大原や渋民をはじめ、この周辺の村々では、新たなお屋形さまの誕生を心待ちにしているようなところがある。たとえば、大人たちが「まだかのう」「まだだべや」「もうじきだべ」などと道端で挨拶がわりに交わすのは、まさしく綱村の隠居と村房の藩主就任を指しており、それが子どもらにも伝染しているという構図である。

そろそろお屋形さまにおなりになるのではねえのか、と辰五郎が善之助に訊《き》いたのは、大肝入《おおきもいり》の岩渕《いわぶち》家であれば、裏事情をいち早く知ることができるはずだと期待してのことだ。

辰五郎の問いに、善之助が答えようとしたときだった。

あまりに強い引きに、手にしていた釣り竿が持っていかれそうになった。

「掛かった！」

あわてて竿を握りしめた善之助は、思わず大声を上げた。仙台藩のお世継ぎ問題は、一瞬にして霧散《むさん》する。

「無理に引かねえで、ゆっくり寄せろっ。んでねば、糸が切れるど！」

善之助から借りていた釣り竿を岸辺の草むらに横たえた源吉が、隣で大声を上げ始める。

そう言われても、手繰《たぐ》り寄せること自体が難しい。

「貸せっ、おれがやる！」

じれったそうに言った源吉が、善之助から竿を奪い取った。

その刹那《せつな》、さらに引きが強くなり竿が大きくしなった。

かろうじて糸は切れなかった。そのかわり、しなっていた竿が途中から折れた。かまわず源吉が、両手を使って折れた竿ごと糸を手繰り寄せ始めた。

そのころには、掛かった獲物がなにかは三人ともわかっていた。やがて水面を割って姿を現したのは、案の定、ただの流木だった。

あーあ、と三人でため息をついたあとで、辰五郎が言った。

「折れたのが善ちゃんの竿でなくて良《い》がったすな」

間髪《かんはつ》を容《い》れずに源吉が辰五郎の頭を平手で引っ叩いた。

「痛《いで》えっ、いぎなりなにすっけや」

両手で頭を抱えた辰五郎が、目尻に涙を浮かべながら恨めしそうな顔で言った。

うるせえ、とだけ言った源吉が、

「止《や》めだ止めっ。釣りは終わりだ、帰《けえ》るぞっ」

折れた釣り竿を川に投げ捨て、上流に向かってすたすたと歩き始めた。

辰五郎と顔を見合わせる。

「なにを怒っているんだ」

善之助の疑問に、

「いつものことだべや」ため息を吐《つ》きながら辰五郎が言う。

なにがいつものことなのか……。

善之助は考え始めた。

釣りをしていて釣り竿が折れたのは今日が初めてだ。ということは、釣り竿が折れたことに怒っているのではないのだろう。辰五郎をぶん殴ったのであるから、辰五郎に対して腹を立てたのに違いない。

では、辰五郎のなにに対して腹が立ったのか……。

辰五郎はなにも悪いことをしていないと思う。なにが気に障《さわ》ったのか、まったくもって不可解である。

うーむ、と考え込みながら歩いていたせいで、足もとの注意がおろそかになっていた。

地面を這《は》っている木の根の上で草鞋《わらじ》が滑った。

声を上げる間もなく、すてんと転んで尻もちをついた。転び方が悪かった。足を滑らせた木の根の出っ張りに、まともに尻から落ちた。

尻が割れたかと思うような激痛に息が詰まり、身動きひとつできずにうずくまった。

「如何《なじょ》したっけや」

「大丈夫が？」

先を歩いていた源吉と辰五郎が気づき、戻って来て善之助の顔を覗《のぞ》き込んだ。

辰五郎のほうは本当に心配そうな顔をしているが、源吉のほうはというと、にやついている。

うー、と呻《うめ》きながら痛みをこらえていると、ようやく普通に息ができるようになってきた。

尻をさすりながら源吉と辰五郎を見上げた善之助は、

「あっ……」と声を漏《も》らした。

尻から離した手を持ち上げた善之助は、覗き込んでいる二人の頭の隙間を指さした。

「おっ」

「なんとっ」

善之助の指先を目で追った二人が、そろって声を上げた。

紫色に色づき、ぱっくり割れて半透明の果実を覗かせているアケビの実が三つばかり、房となってクヌギの木の枝先から垂れている。

よく見ると、同じように熟《う》れたちょうど食べごろのアケビが、あちこちにぶら下がっている。

鳥に食われていないのは僥倖《ぎょうこう》というしかなかった。釣りはさんざんだったが、かわりにこの上ない甘露《かんろ》が手に入る。これを持って帰れば、源吉も親父《おやじ》にぶん殴られなくてすむだろう。

三人のなかで木登りが最も得意なのは辰五郎だ。善之助はどちらかといえば苦手である。額を寄せ合って相談した結果、辰五郎と源吉が木に登り、もいだ実を下にいる善之助に落としてやるという段取りになって、すぐさま二人が登り始めた。

3

半分ほど葉を落としたクヌギの巨木の枝が、がさごそと音を立てながら揺れている。

「ほれっ、落とすなよ」

辰五郎《たつごろう》の声が頭上でして、よく熟《う》れたアケビの実が、またひとつ、空から降ってきた。

両手で受け止めたアケビの実を、善之助《ぜんのすけ》は魚籠《びく》に収めた。

せっせとアケビの実をもいでいる辰五郎は、まるで猿のような身軽さである。

一方の源吉《げんきち》は、下から二つ目の枝分かれあたりで登るのをやめ、あっちだこっちだ、今度はそっちだと、実のなっている位置を辰五郎に指図している。自分で採るよりもそのほうがはかどると思ったようだ。

魚を入れるつもりでいた三つの魚籠が、たちまち一杯になった。これだけ大量のアケビが一度に採れたのは初めてだ。

ほどなく、辰五郎が登れる範囲の実はあらかた採りつくした。

「だいたい採ったたっけがら、そろそろ降りるど」

辰五郎の声に源吉が言い返した。

「だめだ、まだ残っててっぺや」

「あそこまでは行けねえよ」

「おめえの目方なら大丈夫だべ」

「無理だってば」

「いいがらやってみれ」

「無理だって語《かだ》っててっぺや」

「無理そうだったら戻って来てもいいからよ。行けるところまで登ってみれ」

二人が議論しているのは、善之助が最初に見つけたアケビである。

川面《かわも》に向かって大きく張り出した枝先の近くにぶら下がっているので、さすがの辰五郎も躊躇《ちゅうちょ》している。

「どうすっぺ」

「いいがら試してみろ」

迷っている辰五郎を源吉がけしかけた。下から見上げていても、最上等のアケビであるのがわかる。確かに見逃すのはもったいない。

「善ちゃん！」

頭上から辰五郎の声が届いてきた。

「なにやっ？」

「枝の太さは如何《なじょ》だべ。折れねえべか。下から見てどう思う？」

しばらく枝ぶりを観察したあとで辰五郎に言った。

「なんとも言えねえなあ。折れるかもしれないし、折れないかもしれない」

「なんだっけや、それじゃあ答えになっていねえべよ」

「いいがら、つべこべ言ってねえで、試してみろって。何回言ったらわがんのや」

源吉がまたしてもうながした。うながすというよりは脅しの口調である。

それで腹を括《くく》ったらしい。わかったと答えた辰五郎が枝の上で移動を始めた。

そろりそろりと少しずつ先端のほうに近づくにつれ、枝の揺れ幅が大きくなる。

じりじりと進んでいく辰五郎の位置が川べりを越えた。地面に落ちてもけがは免《まぬか》れない高さだが、川に落ちたらそれどころではない一大事だ。いつもの流れであれば、たとえ落ちても岸に泳ぎ着けるだろう。だが、この速い流れでは、そのまま下流まで流されてしまうに違いない。

見るからに枝のしなりが大きくなったところで、辰五郎が動きを止めた。迷っているのだろう。アケビの実と眼下の地面、いや、川面を交互に見やっている。

「おっかねえ。やっぱり無理だ」

辰五郎が情けない声を出した。

しかし源吉は、意に介す様子もなく声を荒らげた。

「あど少しだべ。ちゃっちゃど採れっ。そのまま戻ってきたら、思いっきり叩《はだ》ぎつけるど」

観念した辰五郎が再び動き出した。

アケビの実に手が届きそうになったところで、ミシッという音がして、辰五郎が取り付いた枝が大きくたわんだ。

見上げていた善之助は思わず目をつぶった。

おそるおそるまぶたを開けた。

善之助の視線の先で、辰五郎が熟れたアケビの房を手にしていた。そのままゆっくり後ずさりし始める。

ほっとしつつ見守っていた善之助の眉根《まゆね》が寄せられた。

なにをしているんだ、あいつ……。

辰五郎は、もぎ取ったアケビを下に放ってはよこさず、左腕でクヌギの枝につかまったまま、むしゃむしゃと食べ始めた。

「おめえ、なに勝手に食ってんだ！」

気づいた源吉が辰五郎に向かって怒鳴った。

しかし辰五郎は、耳を貸そうともしない。

「ぬっしゃこの、食うのばやめろ！」

ひとつ目のアケビの果実を平らげた辰五郎が、半分泣き声になり、

「おらばかり危ない目にあわせて、なに語《かだ》ってってけな。こいづはおらのものだ！」そう言って、二つ目のアケビに食らいつく。

「やめろ、このっ」

そう怒鳴った源吉が、ゆさゆさと枝を揺らし始めた。

「源吉っ、なんぼなんでもそれは駄目だ。落っこちるぞ」

善之助が言った直後、辰五郎がつかまっていたクヌギの枝が、バキッという音を立ててあっけなく折れた。

4

もう少しだ。もう少しで柿の実に手が届く。

懸命に伸ばしている善之助《ぜんのすけ》の指先が、あと五寸（約一五センチメートル）で食べごろに

色づいた柿の実に触れる。

さらにじりじりと這《は》い登り、わずか一寸にまで迫ったところで、つかまっている枝がみしりと嫌な音を立てた。

身を凍らせて枝にしがみついた善之助の背筋に、どっと冷や汗が噴きだす。

木登りがあまり得意じゃないのに柿の木に登っているのは、善之助、源吉《げんきち》、辰五郎《たつごろう》の三人中、善之助の目方が一番軽いからだ。

柿の木は折れやすい。木登り遊びに向いていないのは、三人とも承知している。

美味《うま》そうな柿の実を手に入れるためとはいえ、危ないのがわかっていて自ら登る源吉ではない。いつもなら辰五郎に登らせる源吉なのだが、

「善ちゃんさあ、あんだが一番軽いべや。それにこの前、辰五郎は木から落ちたばかりだからよ。ここは善ちゃんが登るしかねえべ」

そう言って、善之助の背中を威勢よくどやしつけたのだ。

身動きできずに枝にしがみついている善之助を見上げながら、源吉と辰五郎が口々にけしかける。

「なにやってんだっけや、あど少しだべ」

源吉が柿の実を指さして言う。

「早ぐ捥《も》げっ。捥がねで降りできたら叩《はだ》ぎつけるど！」

拳《こぶし》を振り上げながら辰五郎が怒鳴った。

なぜ辰五郎までもが……。

樹上から見下ろす善之助の胸中で疑念が渦巻く。あんな乱暴な口をきくやつじゃないはずなのに、いったいなにが気に食わないのか……。アケビを採ろうとしてクヌギの木から落ちたのを境に、まるで別人みたいになってしまった。

その辰五郎が眼尻を吊り上げ、

「なにおっかながってんのや。叩ぎつけるって語《かだ》ったべや、この腐れ童子《わらす》が！」とわめきながら、木の幹を蹴り始めた。

ずしんずしんという振動が伝わってくるとともに、登っていた枝がゆっさゆっさと揺れだした。

「おっ、面白《おもしれ》え！」

うひゃひゃひゃと奇声を上げた源吉が、辰五郎と一緒になって幹を蹴り始める。

やめろ、やめてくれっ。

そう言いたいのだが、どうしても声が出ない。

そうしているうちにもどんどん揺れが大きくなってくる。

助けて、誰か助けてけろっ！

助けを求めて叫ぼうとしても、やはりまったく声が出ない。

いよいよ揺れが大きくなり、いまや柿の木全体がぐわんぐわんと前後左右、あらゆる方向に傾き始めた。

このままでは枝が折れるどころか、柿の木そのものが根元から引っこ抜けて倒れてしまう。しかも、下に落ちたら濁流となっている川に呑《の》み込まれ、間違いなく死ぬ。

善之助っ。

遠くで自分の名前を呼ぶ声がした。

如何《なじょ》した善之助っ。

声が大きくなった。

「起ぎろっ、起ぎろでば！」

その声で、善之助は両目を見開いた。薄明りのなか、目の前にハツの顔があった。善之助の八歳年上の姉である。

善之助の両肩から手を離したハツが、心配そうに尋ねた。

「如何したのや。ずいぶんうなされていだったど。悪い夢でも見てたのか？」

夢……？

そうか、夢か、いまのは夢だったのか……。

ほっとしたのもつかのま、善之助の気分は夢を見ていたとき以上に重く沈んだ。

「大丈夫だか？　あんださあ、ここ最近、ずっとおがしいよ。それもわからねえでもねえけどさあ。お母《が》っつぁんもお父《ど》っつぁんも、うんと心配してるっけよ」

「うん、ごめん。わかってるから大丈夫だ。心配いらね」

身を起こして善之助は答えた。そのときになって、背中が寝汗でぐっしょり濡れているのに気づいた。

疑うような声色でハツが訊《き》く。

「心配いらねって、ほんとすか？」

「うん」

「したら、まだ早いっけがら、もうちょっと寝らい」

姉のもうひとつ隣の布団では、善之助より六つ上の兄作兵衛《さくべえ》が、いまの騒ぎでも目を覚ますことなく、大の字になって手足を投げ出している。

ほんとに寝相が悪いんだから、とぶつぶつ言いながら作兵衛に布団をかけ直してやったハツが、もう一度、善之助に寝るようにうながしてから布団にもぐり込んだ。

姉に倣《なら》って身を横たえた善之助だったが、すっかり目が冴《さ》えてしまって、寝つけそうもなかった。

布団のなかで指を折って数えてみた。

十日だ。辰五郎が死んでから、今日でちょうど十日になる……。

5

折れたクヌギの枝と一緒に砂鉄川《さてつがわ》に落ちた辰五郎《たつごろう》は、濁流に呑《の》まれてあっというまに見えなくなった。

目にした光景が本当に起きたことだとは、最初、善之助《ぜんのすけ》には信じられなかった。川からクヌギへと視線を上げれば、枝に手足を絡《から》めた辰五郎がいるはずだ。そう思って見上げた先に、辰五郎の姿はなかった。見えたのは、慌《あわ》てふためいて木から降りてこようとしている源吉《げんきち》の姿だった。

その源吉が、足を滑らせたらしく、自分の背丈の倍ほどの高さからどさりと地面に落ちた。

それを見て、善之助の硬直が解けた。

「大丈夫がっ？」

言いながら駆け寄り、助け起こそうとすると、善之助の手を振り払って源吉が言った。

「馬鹿このっ、おれのことはどうでもいいっつうの。辰五郎だ、辰五郎を助けねばならねべや！」

言われて我に返った。

弾《はじ》かれたように身をひるがえした善之助は、川下に向かって岸辺を走りだした。走りながらちらりと背後を見やると、木から落ちた際に痛めたらしく、足を引きずりながら自分を追っている源吉が見えた。

「辰五郎！」

名前を呼びながら走った。

「辰っちゃん！　どこや？　どこにいるっ」

答えはいっかな返ってこない。それでも呼び続けていると、

「助けて！」という声が、下流のほうからかすかに届いてきた。

「辰っちゃん、待ってろ！」

声を振り絞りながら駆けていた先に、川の流れに半分浸かっている倒木が見えた。昨日の颱風《たいふう》で根元から折れたに違いない。

倒木の枝につかまって助けを求めている辰五郎の姿が見えた。

倒木の位置まで駆けつけた善之助は、滑りやすい足下に気を配りつつ、土手を降り始めた。

「待ってろっ。すぐに助けでやっからな！」

善之助の声に辰五郎が気づいた。

泣きそうな顔になりながらも、なにかを言おうとして辰五郎が口を開きかけたときだった。速い流れに負けた倒木がずりっと動き、辰五郎の顔が水面下に没した。

枝をつかんでいる手首から先しか、水面上に出ていない。

「辰っちゃん！」

その声が届いたのか、辰五郎の手が懸命に枝を手繰《たぐ》り寄せ、没していた頭が水面を割って現れた。

だが、押し寄せる奔流《ほんりゅう》が情け容赦なく顔面に叩きつけている。あれではまともに息ができないはずだ。

倒木の根元まではなんとかたどり着けた善之助だったが、それ以上どうしたらよいかわからなくなった。助けるためには、倒れた木の幹に乗って近づくしかない。しかし、その重みで木が動いたら、再び辰五郎の頭が水面下に没してしまうかもしれない。

しかし、辰五郎の力が尽きて、枝から手が離れてしまったら……。

覚悟を決め、倒木に足を載《の》せようとした善之助の襟首《えりくび》が、ぐいっと背後に引かれた。

「馬鹿やろっ、おめえまで流されでしまうど」

源吉だった。源吉が土手の斜面へと善之助を引き戻した。

「でも、このままじゃ……」

辰五郎と源吉を交互に見やりながら言うと、

「投げでやる縄を探してくるべ」源吉が言った。

「縄って、どこにあるっけや」

「縄でなくても、代わりになるものがあればいい」

「でも……」

縄を探しに離れているあいだに辰之助の力が尽きたらどうする。どうするといっても、ほかに考えが浮かばない。

「辰五郎！」

源吉が叫んだ。

「縄ば探して来るからよっ。それまでなんとか頑張ってろ。いいな！」

声は聞こえたようだ。しかし辰五郎は、いやいやをするように横に首を振った。なにを訴えようとしているのか、善之助にも源吉にもわからない。

「いいがら、待ってろ。あぎらめるんでねえぞっ」

励まそうとする源吉の声を耳にしつつも、善之助は辰五郎の顔から視線を引き離せなくなっていた。恐怖とは違う不可解な表情が辰五郎の顔に浮かんでいる。

辰五郎と目が合った。

ふっと、あきらめの色が辰五郎の目によぎったように見えた。

その刹那《せつな》、辰五郎の手が枝から離れた。

あっという間に下流へと流されていく。

「辰五郎！」

「辰っちゃん！」

無駄なのがわかっていても名前を叫ばずにはいられない。

善之助は身をひるがえして土手を登り始めた。

土手を登り切り、振り返った善之助は、倒木のそばに突っ立ったままの源吉をうながした。

「源ちゃんなにしてっけや。辰五郎を追いかけねば」

しかし源吉は、力なく首を振って川面《かわも》を指さした。

「もう無理だ。あの流れではよ」

二人がいるあたりから砂鉄川の川幅はいっそう広くなり、巨大な龍のようにうねりながら、やがて合流する北上川《きたかみがわ》へと向かって滔々《とうとう》と流れている。

土手の上で目を凝《こ》らしてみても、辰五郎はすでに影も形も見えなくなっていた。

善之助の膝《ひざ》から力が抜け、その場にへなへなとくずおれた。

うなだれた源吉が、のろのろとした足取りで土手の上に登ってきた。

おいっ、と太い声が聞こえてぎくりとする。

声がしたほうに目を向けると、刈り取りが終わった田圃《たんぼ》の畦道《あぜみち》を、鍬《くわ》を担いでこちらに向かって歩いて来る男の姿があった。

「そごの童子《わらす》ら、そったらところでなにしてるっけな。増水してっから、川さ近づいてはならねえぞっ」

大人の助けを借りれば、まだ間に合うかもしれない。

助けを求めようとして立ち上がった善之助の肩に、源吉が手をかけた。

振り向くと、着物の胸元をつかまれた。

善之助の顔を引き寄せた源吉が、低い声で言った。

「辰五郎が登っていだ枝をおれがゆすったこと、絶対、誰にも言うんじゃねえぞ。ばらしたら殺すからな。いいが、わがったな」

恐ろしい眼をしていた。

その眼の色と、殺すからな、という声が、善之助の眼と耳に残って離れなくなった。

6

辰五郎《たつごろう》の亡骸《なきがら》が見つかったのは、次の日になってからだった。

善之助《ぜんのすけ》と源吉《げんきち》に声をかけてきた男を通して事情を知った村人が総出で捜索した結果、砂《さ》鉄川《てつがわ》が北上川《きたかみがわ》にそそぐ手前の深い渓谷の岸辺に、こと切れた辰五郎が打ち上げられているのが発見された。

しめやかに執り行われた辰五郎の葬式に、善之助は出られなかった。遺体が発見されたその日から三日間、原因不明の高熱に見舞われ、朦朧《もうろう》とした状態で寝込んでいるしかなかったのである。

ようやく熱が下がり、なんとか物が食えるようになってからも、ずっと家に籠《こも》ったままで、一歩も外へ出ていない。

そして毎夜、悪夢にうなされ、何度となく目を覚ました。見る夢は、今朝がた見たのと同じような内容のものだ。しかも、二度に一度は、自分が木から落ちて死ぬ夢だった。夢には必ず辰五郎が出てきた。源吉は出てくるときもあれば出てこないときもあった。そして夢に現れる辰五郎は、なぜか源吉以上の乱暴者になっていた。まるで善之助を呪《のろ》い殺そうとしているかのように、夢のなかでひどい仕打ちを働いた。

終日ふさぎ込み、家から出ようとしない善之助を、当然ながら父と母は心配した。だが、善之助を無理に外へ出そうとはしなかった。同い年の幼馴染《おさななじ》みを失くしたばかりでは、ふさぎ込むのも無理はないと思っているようだった。

とはいえ、寝所《しんじょ》に引っ込んだままでは、悪い病気になったのかと案じた母が医者を連れて来るかもしれない。それは困る。そうならないようにと善之助は、家族そろっての朝《ちょう》餐《さん》が終わったあとで縁側に腰をおろし、ぼんやりと庭を眺めながら考え始めた。

いつも一緒に遊んでいた辰五郎が死んでしまったことは、もちろん悲しい。助けてやれなかったことも無念でならない。

だが、善之助がふさぎ込んでいる最大の理由は、源吉だった。

兄と姉の会話から、辰五郎は自分で過って木から落ちたと、そういう話になっているのがわかった。

それは嘘《うそ》だ。事実とは違っている。

源吉がクヌギの枝をゆすらなければ、辰五郎は川に落ちずにすんだ。そもそも、あのアケビを採れと源吉が無理強いしなければ、辰五郎にはなにごとも起きなかったはずだ。

辰五郎の死は、源吉に殺されたのとほとんど一緒だ。

しかし、その源吉にしても、辰五郎を殺そうとしたわけではない。それは絶対に確かだ。

事実、川に流された辰五郎を、善之助と同様に必死になって助けようとした。

それに、辰五郎のほうにも、まったく落ち度がなかったわけではない。熟《う》れたアケビを下で待っている善之助には放ってよこさずに、むしゃむしゃと勝手に食い始めた。それで源吉が腹を立てた。源吉が腹を立てるのは当然だし、その原因を作ったのは辰五郎だ。

しかし、いくら腹が立っても、あの枝をゆするのは、絶対にやってはならないことだった。

やはり、どう考えても、辰五郎を死なせたのは源吉だ。だからこそ源吉は、あのとき、殺すからな、とすごんで善之助に口止めをした。自分が原因だと、源吉自身が承知していたからにほかならない。

源吉はいまごろどうしているのだろうと、縁側の隅でうずくまったまま、善之助は考え始める。

自分の仕業《しわざ》だとばれていないことに、安堵しているのだろうか。それとも、自分のしたことを悔やみ、苦しんでいるのだろうか……。

もし、なにがあったか明るみになったら、源吉はどうなるのか。なにもお咎《とが》めなしというわけにはいかないだろう。子どもであっても大人と同じように代官所に引き立てられ、お白洲《しらす》で吟味《ぎんみ》を受けるのだろうか。吟味の結果、源吉が辰五郎を殺《あや》めたのは確かだということになったら、どんな裁きが待っているのだろう。

人殺しは重罪だ。普通だったら死罪になる。それではあまりに源吉が不憫《ふびん》だ。殺そうと思って木の枝をゆすったわけではないのに死罪では、どこかつり合わないような気がする。でも、現に辰五郎は死んでいるし、源吉だけがのうのうと生きているのは許されないように思う……。

困った。これじゃあ、いつまで経《た》っても堂々巡りだ。このままでは、頭がおかしくなってしまいそうだ。いったいどうしたらよいのか……。

祖父がいてくれればと、善之助は切実に思った。しかし作左衛門《さくざえもん》は、今年の梅の季節ごろ、今回は江戸から京都まで足を延ばすつもりだと言って旅に出たきり、渋民《しぶたみ》村には戻っていない。

祖父がいれば、なにかいい知恵を授けてくれるに違いない。そのためには、十日前にあったことを包み隠さず話さなければならないが、たとえ明かしても、祖父であれば絶対に悪いようにはしないと思う。その祖父をあてにできないとなると、これからどうするか、すべて自分で決めるしかなかった。

そうして一刻（約二時間）近くも考えを巡らせていただろうか。お日様がだいぶ高くなったところで、ついに善之助は腰を上げた。

縁側を伝って土間に向かった善之助は、自分の下駄をつっかけた。

囲炉裏《いろり》を切ってある板の間には誰もいなかった。家の者は、それぞれの用を足しに出払っているようだ。

十日ぶりに戸外へ出た。

空がやけに大きく見える。

庭を横切った善之助は、門をくぐって田圃《たんぼ》へと続くゆるい斜面を下り始めた。

7

善之助《ぜんのすけ》は、村はずれにある源吉《げんきち》の家に向かっていた。ついさきほど、辰五郎《たつごろう》の家をひとりで訪ねて、質素な仏壇に線香をあげてきたばかりだ。

辰五郎の家には乳飲み子を抱えた母親と祖母がいて、善之助が訪ねて来てくれたことに涙を流した。そればかりか、いつも倅《せがれ》と一緒に遊んでくれてありがとうございましたと、感謝までされた。

それですっかり善之助の覚悟が決まった。

あのときなにがあったかをすべて明らかにして、まずは辰五郎の家の者に謝り、そのうえで源吉と自分は裁きを受けるべきだ。

源吉だけに罪があるのではないと、縁側で思いを巡らせているうちに善之助は気づいた。

源吉ほどではないが、辰五郎の死に対して自分にも確かに責任がある。

あのアケビを採ってこいと源吉が無理強いしていたとき、樹上の辰五郎から、これ以上進んでも大丈夫だろうか、枝は折れないだろうかと訊《き》かれた。それに対して善之助は、なんとも言えない、折れるかもしれないし折れないかもしれない、と答えた。実際にどうだかわからなかったのでそう答えた。

だが……。

いまになって思うに、あのように正直に答えてはならなかったのだ。絶対に折れるからそれ以上登ってはだめだ。そう言うべきだった。それを聞けば辰五郎は、源吉がなにをどう言おうと引き返したに違いないし、源吉にしても、あれ以上無理強いはしなかったように思う。

だから辰五郎が死んだ責任の一端は、自分にもある。

ただし善之助は、あの日あったことを源吉に断ることなく明らかにするのは卑怯《ひきょう》だとも思った。口止めをされたとき、それはできないとは言わなかった。源吉の眼が恐ろしくて言えなかったのではあるが、たぶん源吉は、秘密を守る約束を交わしたと考えているに違いない。

　まずは源吉を説得する必要がある。これから源吉の家に行き、辰五郎の家に謝りに行く気にさせなければならない。

　簡単には源吉は承知しないと思う。そのときには仕方がない。なにがあったか皆に話すつもりだと、源吉に断ったうえでことを明らかにするしかない。それならば、源吉との約束を勝手に破ったことにはならないはずだ。

　そうしたら源吉はどうなるか。

　まずは、親父《おやじ》にしこたま折檻《せっかん》されるだろう。目がふさがるくらいぶん殴られるかもしれないが、それは源吉が悪いのだから仕方がない。

　そのあとで、二人そろって辰五郎の家に謝りに行く。辰五郎の母が言っていた。うちの馬鹿な倅がそそっかしいばかりに、善之助ちゃんにまで辛《つら》い目に遭わせて堪忍《かんにん》ねと。

　それは違う。辰五郎は馬鹿でもないし、そそっかしくもない。親にまで馬鹿な倅だと思われたままでは、辰五郎が浮かばれない。やっぱり、辰五郎の名誉を取り戻すためにも、すべてを明らかにしなければならない。

　ただし、そのあとのことを考えると、さすがに気分がすぐれなくなる。おそらく自分と源吉は代官所に引き立てられ、お白洲《しらす》で裁きを受けることになるのだろう。お白洲がどんなところなのか、見たこともないので想像もつかないが、きっと恐ろしい場所に違いない。

お白洲での裁きのことを考えているうちに、善之助の足が鈍った。やっぱりこのままなにもなかったことにして、口を閉ざし続けようかと、よこしまな考えが頭をもたげ始める。

気づくと足が止まっていた。

自分の家と源吉の鍛冶屋《かじ》とのちょうど真ん中あたりの、街道から一本奥まった裏通りの道端でしばし立ち止まっていた善之助は、両手の拳《こぶし》をかたく握って再び歩きだした。

お天道さまは人の悪事などすべてお見通しなのだと、常々《つねづね》母に言われている。やましいことを隠したままでは、この先ずっと、胸を張って暮らしていけなくなる。それよりは、すべてを白状して裁きを受けたほうがいい。

さして広くない渋民《しぶたみ》の集落である。ほどなく、行く手に鍛冶屋が見えてきた。誰が来ているのだろうと、歩きながら善之助は首をかしげた。源吉の家の軒先に駕籠《かご》が置かれて、屈強そうな駕籠舁《かき》が二人、手持ち無沙汰《ぶさた》に煙管《きせる》をふかしている。

駕籠に乗ってやって来るくらいだから、それなりの身分の客人に違いない。

もしかしてお代官だろうか……。

おっかなびっくり駕籠に近づき、駕籠舁の一人に尋ねた。

「お客人は誰なんだべ」

駕籠舁にぎろりと睨《にら》まれ、身がすくんだ。だが、別に怒っているわけではないらしく、

「医者だ」顔つきや目つきとは違って、ごく普通の声色で答えが返ってきた。

「誰か病気なのすか？」

「この家の坊主《ぼんず》が、三日ばかり前《めえ》から高熱ば出して寝込んでいるらしいっけ」

そう言った駕籠舁が、なあ、と相棒に顔を向けると、もう一人の駕籠舁がうなずいた。

「昨日も医者を呼んだみたいだけどよ、もうだめだろうと先生は言ってだっけな」

源吉に男の兄弟はいない。坊主と言うからには、病気なのは源吉に違いなかった。

いったい源吉の身になにが……。

駕籠舁にぺこりと頭を下げ、ふいごと金床《かなとこ》が据えられた土間に足を踏み入れたときだった。

「源吉ぃぃぃ……」

仕事場に続く建物の奥から、倅の名を呼ぶ悲痛な母親の声が聞こえてきた。

8

砂鉄川《さてつがわ》の岸辺を下流へ、さらに下流へと、虚《うつ》ろな目の善之助《ぜんのすけ》がとぼとぼと歩いている。

辰五郎《たつごろう》だけでなく、源吉《げんきち》までもが死んでしまった……。

胸中で、はたまた小声に出して、何度も繰り返し、善之助は呟《つぶや》いている。

源吉が高熱を発して医者が来ている。そう駕籠舁《かごかき》から教えられ、鍛冶《かじ》屋の土間に踏み入った善之助だったが、それ以上先には進めなかった。源吉の母の悲嘆に暮れた泣き声に足がすくみ、逃げるようにして表へと戻った。だが、そのまま立ち去ることもできなかった。

ほどなく家から出てきた医者に教えてもらって、源吉の身になにが起きたか知った。

源吉の遊び仲間だと聞いた医者は、最初、なにも答えずに駕籠に乗ろうとした。が、善之助が大肝入《おおきもいり》の岩渕《いわぶち》家の倅《せがれ》だと知ると、億劫《おっくう》そうにではあったものの――この家の倅は、立って歩けなくなるつぐい（破傷風）という悪疾《あくしつ》に罹《かか》り、邪気が体中に回って痙攣《けいれん》を引き起こし、最後には息ができなくなってついさきほど死んだ。この病は原因もわからぬし治療法もないゆえ、どんな名医でも手のほどこしようがない――そう言って駕籠に乗り、去って行った。

死とはなにか、幼い善之助には、ほんとうにはわかっていない。

いや、それは善之助に限ったことではない。はっきりと答えられる者は、大人を含めてこの世にはほとんどいないであろう。いるとすれば、善之助が書物の中で名前だけは知っている、空海《くうかい》、最澄《さいちょう》、道元《どうげん》、法然《ほうねん》や親鸞《しんらん》、そして日蓮《にちれん》、そうした仏教宗派の開祖といわれる高僧、あるいは、堯《ぎょう》と舜《しゅん》、湯王《とうおう》や武王《ぶおう》、そして孔子《こうし》といった中国の聖人《せいじん》くらいか……。

かろうじて善之助にわかっているのは、二度と二人には会えなくなったということだけだ。

気づくと善之助は独りで砂鉄川のほとりを川下に向かって歩いていた。自分の家屋敷はむろん、渋民《しぶたみ》の集落も背後に置き去りにして、ただひたすら下流に向かって歩いている。

どこへ向かっているのか。

無意識のうちに善之助は、あのアケビの実が熟《う》れていたクヌギの木が繁っている場所に向かっていた。

やがて行く手にクヌギが見えてきた。

大きく張り出した枝の下で立ち止まり、頭上を見上げる。

辰五郎が登っていた枝はどれだっけ……。

くまなく探してみるが、なかなか見つけられない。

見当違いをして別の木を見上げているのかと疑念がよぎったところで、ようやく見つけた。折れた断面が下からではよく見えなかったため、探し当てるのに苦労した。

やっと見つけたと思ったとたん、枝もろとも辰五郎が落ちていくさまが鮮明に脳裏によぎり、善之助は思わず目をつぶった。

おそるおそるまぶたを開けて、川面《かわも》を見やった。

あの時とは似ても似つかぬ、せせらぎと言ってよいほどの穏やかな流れが善之助の目に映る。

これであれば辰五郎は無事だったはずだ。そう思うと後悔の念がいっそう大きくなる。

あの日あの時の直前に戻れるものなら戻りたい。戻って二人が死なずにすむように出来事を変えたい。しかし、そんなことはできやしない。

クヌギの木の根元に尻をつき、膝《ひざ》を抱えた善之助は、しくしくと声を出さずに泣き始めた。

なぜ自分だけが生き残ってしまったのか。こんな思いをするのなら、二人と一緒に死んだほうがましだ……。

そう思ったところで、ふいに涙が止まった。

そもそもなんのために源吉の家に行ったのかを思い出したのである。

あの日あったことをすべて正直に話し、源吉と二人で辰五郎の家に謝りに行かねば、そのうえでお代官の裁きを受けねばと、そう決めて自分の家を出たのだった。

しかし、源吉がいなくなったいま、それはできなくなってしまった。

いや、と善之助は顔を上げ、袖口で涙を拭《ぬぐ》って考え始めた。

自分一人でも、できないことはない。一人では心もとないものの、源吉と辰五郎、両方の両親にすべてを話して謝り、そのあとで自分の父と母にも同様に話をして代官所に連れて行ってもらえばいい。

どんなお咎《とが》めを受けるかはわからないけれど、そうすれば心の中のもやもやしたものが消えるに違いない。

だが……。

だが、そうしたら、源吉の両親は、どんな思いをすることになるか。

源吉の母の、死んだ倅の名を呼ぶ悲痛な声が、善之助の耳の奥によみがえった。

辰五郎を死なせたのが自分の倅だと知ったら、源吉の母はどれだけ辛《つら》い思いをすることになるか……。

辰五郎の父母にしても同様だ。息子を死なせた相手が遊び仲間の源吉で、その源吉も死んだと知ったら、実際のところどんな思いをするだろう。決していい気はしないに違いない。いや、それとも、これであいこだと、せいせいした気分になるのだろうか……。

辰五郎の母と祖母を思い浮かべた善之助は、そんな人たちじゃないと、浮かんだ考えを打ち消した。それだけでなく、あいこでせいせいするなどと、よこしまなことを思い浮かべてしまった自分を責めた。

結局のところ、あの日なにがあったかは誰にも語らず、自分だけの秘密にしておけば、誰もこれ以上辛い思いをしなくてすむ。辰五郎と源吉の家族は、いまだって辛く悲しいのだから、それでもう十分じゃないのか。

でも、それだと真実が明るみに出ないまま、終わってしまうことになる。それは果たして許されることなのか……。

ああまただ、と善之助は憂鬱《ゆううつ》になった。またしても堂々巡りだ。正しい道がさっぱり見えない。蟻《あり》地獄に捕らえられた蟻のように、この堂々巡りから抜け出せない。

考えるのにも疲れ果て、力なく立ち上がった善之助は、来た道を戻り始めた。

帰りたくはなかったが、家に帰るしかない。このまま自分が戻らなかったら、またしても村中が大騒ぎになる。

ほんとうは、このままどこかに消えてしまいたい……。

そう思いながら歩いていた善之助は、川筋から離れ、千厩《せんまや》と渋民を結ぶ街道に出たところで足を止めた。

千厩から渋民へと、北に向かって歩いて来る旅装束《しょうぞく》の男の姿があった。

そのゆったりとした歩の進め方を、善之助が見紛《みまが》うはずがなかった。

駆け寄りたい衝動をこらえ、両手の拳《こぶし》を握って旅人が近づいてくるのを待った。男のもとへ駆けて行ったら、泣いてしまうのがわかっていたからだ。

旅人が立ち止まり、目深《まぶか》にかぶっていた菅笠《すげがさ》を軽く持ち上げ、少々驚いた顔をしつつも口許《くちもと》をほころばせた。

「善之助。こんなところでなにをしとった」

旅装束の男は善之助の祖父、岩渕作左衛門《さくざえもん》、その人であった。

柔らかな祖父の声を聞いたとたん、こらえていた涙が一気に溢《あふ》れ出した。

道端に突っ立ったまま拳を握り締め、身を震わせてしゃくりあげている善之助の頭に、作左衛門の手が載《の》せられた。

「どうした善之助。なぜ泣いておる。なにがそんなに悲しいのだ」

祖父の手からぬくもりが伝わってきた。

もう我慢しているのは無理だった。両腕で祖父の腰にしがみついた善之助は、声を限りに泣き始めた。これでもかというほど、善之助は大泣きした。涙が涸《か》れるまで、泣きに泣き続けた。

掬水庵の勝之助

1

掬水庵《きくすいあん》に定山和尚《ていざんおしょう》が来ている。

そう母から伝えられた勝之助《かつのすけ》は、読みかけの書物を手にして母屋を出た。

一寸ほど降り積もった雪を藁沓《わらぐつ》で踏みながら庭を横切った勝之助は、屋敷林のあいだを縫《ぬ》う小径《こみち》を伝って、祖父が住まう掬水庵に向かった。

七歳の節目で勝之助と名前を変えた善之助《ぜんのすけ》は、いまは九歳になっていた。

初めて定山和尚と会ったのは、勝之助と名を変えた年、元禄《げんろく》十五年（一七〇二）の夏のことだった。

祖父に連れられて、渋民《しぶたみ》村から西北西の方角におよそ四里の裏街道を歩いて辿《たど》り着いたのが、南北朝時代の貞和《じょうわ》四年（一三四八）に無底良韶《むていりょうしょう》禅師が開山した大梅拈華山圓通正法寺《だいばいねんげざんえんづうしょうぼうじ》、奥羽《おうう》の地では「奥の正法寺」という名で広く知られている曹洞宗《そうとうしゅう》の古刹《こさつ》であった。

祖父作左衛門《さくざえもん》が正法寺に孫の勝之助を連れてきたのは、正法寺二十三世の定山良光《りょうこう》和尚に弟子入りさせるためである。

初めて会った定山和尚に、勝之助は得も言われぬ感激を覚えた。

ぜひとも孫の師になってはくれまいかという作左衛門の頼みに柔和にうなずいた定山和尚は、緊張して畏《かしこ》まっている勝之助に穏やかな声色で語り始めた。

あとになって振り返ってみると、仏教の般若心経《はんにゃしんぎょう》と、儒教の経書《けいしょ》の一つである『孝経《こうきょう》』の大意を易しく講釈しつつ、目の前の子どもがどの程度その意味を理解できているか、問答を挟みながら試していたのだと思う。

和尚から問われるままに答え、和尚が書きつけた文字を懸命に読み上げた勝之助だったが、どうやら試験には合格したようだった。

肉厚の大きなてのひらで勝之助の頭を撫《な》でた定山和尚は、

「わずか七歳でここまで解せるとは、おまえのその利発さ、大いに賞賛すべきもの。まことにたいしたものだ」そう言って目を細めたあとで、七文字で一句とする四句の偈《げ》、つまり、禅僧の筆になる漢詩を書いて、勝之助に与えてくれた。

その際、和尚から授かった戒めの言葉を勝之助は二年半経《た》ったいまでも忘れていない。

「勝之助よ。確かにおまえの利発さはまれに見るものだ。おまえほど賢い男子《おのこ》には、この定山も初めて会《お》うた。しかし、だからこそ私は、おまえの行く末が案じられてならない。賢いのは悪いことではない。しかし賢すぎて見えなくなるものがあることも覚えておきなさい。その昔、孔子《こうし》の愛弟子《まなでし》であった顔淵《がんえん》や曽子《そうし》は、一見すると魯鈍《ろどん》であったと伝わっておる。愚の如し魯の如し。愚魯に甘んじてわかるものこそが実は大切だということを、決して忘れないようにしなさい」

そう諭《さと》されて授かった「掬水庵偈　定山」の書は、勝之助の文机《ふづくえ》の前に貼《は》ってあり、朝夕欠かさず朗読している。

暇を見ては母に頼み、正法寺に連れて行ってもらって教えを受けている勝之助だが、定山和尚のほうも、渋民村の近くに来た際には掬水庵に立ち寄り、弟子への教導の労を厭《いと》わなかった。

母屋を取り巻く屋敷林を抜けたすぐ目の前に、その掬水庵が静かにたたずんでいる。昨夜降った雪であたり一面が真っ白なせいで、よけいひっそりしている。

勝之助が七歳になった秋、作左衛門は、岩渕《いわぶち》家の屋敷の西側に、母屋と比べればはるかに質素な草庵を建て、掬水庵と名前をつけてそこに住まうようになった。十畳の畳部屋が一つと囲炉裏《いろり》を切った板の間、物置として使う下屋《げや》が畳部屋の隣にあるだけの小さな草庵であるのだが、とても居心地がいい。

なににも増して、今日もまた定山和尚の教えを受けられるのが嬉《うれ》しい。

藁沓の底できゅっと鳴る乾いた雪の音を耳にしながら、勝之助は掬水庵の戸口に立った。

2

勝之助《かつのすけ》が訪ねた掬水庵《きくすいあん》には、定山和尚《ていざんおしょう》のほかにもう一人、客人がいた。

畳部屋の床の間を背に定山和尚、火鉢を挟んで和尚の向かい側に祖父の作左衛門《さくざえもん》、二人のあいだ、下屋《げや》に出入りする西側の板戸を背にして、その男は座っていた。

一度も見たことがない顔だった。年齢は三十代の半ばくらいだろうか。雲水衣《うんすいえ》を身にまとった、いかにも修行僧といった風情《ふぜい》の痩せぎすの男であった。

「こちらに座りなさい」

祖父にうながされた勝之助は、火鉢を前に見知らぬ客人と向かい合わせに座った。

「ようこそおいでくださいました。和尚さまにおかれましては、ご健勝のご様子でなによりです」と定山に挨拶《あいさつ》したあとで、

「岩渕《いわぶち》作左衛門の孫、勝之助にございます」と言って、見知らぬ僧に頭を下げた。

「ほう、なかなかよく躾《しつけ》が行き届いているではございませぬか」

面白そうに言った男が、

「拙者は桃井素忠《ももいそちゅう》と申す。生まれは播磨国明石《はりまのくにあかし》でござる。故あって諸国を漫遊していたのだが、このたび正法寺《しょうぼうじ》を訪ねたところ、こちらにおわす定山禅師さまに誘われて参った次第でござる」

修行僧の出で立《た》ちをしてはいるが、まるでお侍のようなしゃべり方である。それが気になり、

「桃井さまはお武家さまにございますか」と訊《き》いてみた。

さよう、と顎《あご》を引いた素忠が、

「――と言っても、禄高が百石にも満たない下級侍ではあったがね」くだけた口調で頬《ほお》を緩めた。

「さきほど、故あって諸国を漫遊していたと申されましたが、どんなご事情があったのでございますか」

尋ねた勝之助を、作左衛門がたしなめた。

「これっ、そのようなことを訊いてはいかん。ぶしつけであろう」

「いや、かまいませぬ」

そう言った素忠が、ふふっ、と妙な笑いを漏《も》らしてから続けた。

「実は、明石というのは偽りでな。ほんとうは、同じ播磨国でも明石ではなく赤穂《あこう》の出なのだ。ところで、勝之助とやら。二年前のちょうどいまごろ、元禄《げんろく》十五年（一七〇二）の十二月十四日に江戸で起きた、赤穂の浪士による討ち入り事件は知っておるか」

「はい。聞き及んでおります」

主君の仇討《あだう》ちを果たした討ち入り事件である。庶民の興味や関心をいたく惹《ひ》きつけ、年

が明けた正月中には、奥州《おうしゅう》の片田舎《かたいなか》にも噂《うわさ》が届いていた。

「実はな。おれは、あのとき吉良《きら》邸に討ち入った赤穂浪士の一人だったのだ」

「しかし、全員切腹の処分になったのではございませんか」

「赤穂の四十七士と言われておるが、実はもう一人いて、合わせて四十八人いたのだ。その一人がおれだったというわけでな。実際、この手で吉良の家来を一人斬り殺している。吉良を討ち取ったあと、仲間とは行動を共にせずに逃亡したのだ。しかしそれは間違いだったと、その後、同志たちの切腹を知って後悔した。かといって名乗り出る勇気もなく、やむなく出家して諸国を流れに流れていると、まあ、そういうわけだよ」

素忠の話の内容をしばらく吟味《ぎんみ》してから勝之助は言った。

「恐縮ですが、いまの話は嘘《うそ》だと存じます」

「信じられんと言うのか」

「さようにございます」

「容易には信じられんのも無理はないと思う。しかし、それが真実なのだ」

「もし、真実だとすれば、和尚さまが懇意になさるはずがございません」

「それはそうだ。だが、おれがこの話を明かしたのはこれが初めて。したがって、禅師さまもいま知ったばかりなのだ」

「たとえ和尚さまになにも明かしておられなかったとしても、桃井さまがほんとうに人を殺《あや》めている方であったら、すぐに見抜いておられると思います。そのような者を、和尚さまがこの掬水庵に連れてくるはずがございません」

きっぱりした口調で言うと、しばらく勝之助の顔を見やっていた素忠が、ははは、と大きく笑った。

「なるほど、禅師さまと作左衛門どのがおっしゃる通りでした。このくらいの年端《としは》の子どもであれば、いまの拙者の話にころりと騙《だま》されるはずですが、なにを言ってもびくともしなかった。いや、これはたいした逸材。このお子の師匠にという話、楽しみになって参りましたぞ」

この桃井素忠というちょっと風変わりな男が自分の師匠に？　それはいったいどういうことか……。

情況が吞《の》み込めずに、師匠である定山和尚に勝之助は目を向けた。

「実はな、勝之助。事情があって、近いうちに私は正法寺を離れることになりそうなのだ。それでしばらく前から、おまえを安心して託すことのできる師を探していたのだが、ようやく見つかった。で、おまえに引き合わせるために、この桃井素忠どのをここに連れてきたという次第だ。なぜ、正法寺を離れるかは、すまんがいまは話せぬ。いずれおまえにもわかる時がやって来るであろうから、いまは訊かんでくれ」

「和尚さま……」

唐突な話に適当な言葉が見つからない。定山和尚が自分の前からいなくなるなど想像もしていなかっただけに、戸惑うばかりである。

すがるような目で定山和尚を見ている勝之助をちらりと見やった素忠が、

「禅師さま。申し訳ございませぬが、このお子の師匠を引き受けるか否かを決めるにあたり、一つだけ本人に問いたいことがあるのですが、よろしゅうございましょうか」と許諾を求めた。

なにを問うのか、すでにわかっていたようで、

「うむ、それがよかろう」と、定山はうなずいた。

では、とうなずき返した素忠が、勝之助に向き直り、じいっ、と目を見つめて問いを口にした。

「鍛冶《かじ》屋の倅《せがれ》の源吉《げんきち》、辰五郎《たつごろう》、そしておまえのあいだで三年前の秋にあった事件の顚末《てんまつ》、いかように決着をつけたらよいか、いまのおまえはどう考えている。この際、それをぜひとも訊いておきたい。そろそろ決着をつけるべきころあいであろう」

3

あの日、鍛冶《かじ》屋の倅《せがれ》の源吉《げんきち》が死んだ日、ちょうど帰郷して渋民《しぶたみ》村に向かっていた作左衛《さくざえ》門《もん》と街道筋で会うことができた善之助《ぜんのすけ》は、涙が涸《か》れるまで泣いたあとで、いったいなにが

あったのかをすべて話した。

田圃《たんぼ》の畦道《あぜみち》に肩を並べて座り、孫の話に黙って耳を傾けた作左衛門は、善之助が話し終えたところで言った。

「話はよくわかった。辛《つら》い思いをしたであろう。だが、すべてを知っているおまえがどうしたらよいか、正直なところ儂《わし》にもわからぬ。いや、儂だったらきっとこうするだろう、と言うことはできる。しかしそれが正しい道かどうかというと、これまた別の話だ。正しい答えはおまえが自分で見つけなければいかん」

「どうすれば見つけられるのですか」

「勉学に励むことだ。勉学を積めば必ずや見つかるだろう」

「でも、それじゃあ、いつになったら正しい答えが見つかるか……」

「時を要してもかまわぬ。急いだからといって二人が戻ってくることはないからの。慌《あわ》てる必要はない」

「でも、代官所に行かなくては……」

「それは案ずるな。この話を代官所に持って行っても取り合ってもらえぬよ。それについてはこの祖父《じい》を信じてよい。つまり、おまえがお咎《とが》めを受けることはない。だから考える暇はたっぷりある。勉学を積んでおまえが正しい答えに辿《たど》り着くことを、おそらくは源吉も辰五郎《たつごろう》も望んでいるであろう。それまではこの話、祖父の胸に留めておくゆえ、誰にも話す必要はないぞ。心配はいらぬ。安心しなさい」

作左衛門がなにを意図してそのようなことを言ったのか、当時の善之助には、さすがに理解が及ばなかった。だが、祖父が事実を知っていてくれるという、その一点だけで、行き場のなかった不安や葛藤《かっとう》から救われたのは確かだった。

その三年前の秋の出来事が素忠《そちゅう》の口から唐突に飛び出し、最初は動揺した勝之助《かつのすけ》であったが、祖父から言われていたことを思い出して、すぐに落ち着きを取り戻した。

正法寺《しょうぼうじ》の定山良光《ていざんりょうこう》禅師への弟子入りに際して、これからおまえの師となる禅師さまにだけはすべてを話しておいたと、祖父から言われていた。桃井《ももい》素忠が定山和尚《おしょう》から師を引き継ぐことになったのであれば、祖父や和尚と同様、すべてを知っていても不思議なことではない。

いったいどんな答えが返って来るのか、面白そうな目で値踏みしている素忠に、勝之助は言った。

「儒《じゅ》の教えでは、子は親に対して孝《こう》を尽くさなければなりません。また、『孝経』の教えには、身体髪膚《しんたいはっぷ》、これを父母に受く。あえて毀傷《きしょう》せざるは孝の始めなり、とあります。つまり、辰五郎や源吉のように親よりも早く死ぬことは孝の道に背くことになります。そもそも、父母に対する孝を尽くすことができなくなります。辰五郎も源吉も、親より早く死ぬことで、最も大きな親不孝をしてしまったのです。死してもなお、二人がそれぞれの親に孝を尽くすことができるのであれば、三年前の秋にあった出来事を明らかにすべきだと思います。ですが、明かせばさらにいっそう孝の道から外れることになると思います」

「明かすと、なぜ孝の道から外れることになるのだ」素忠が訊《き》いた。

「子が親に孝を尽くさねばならないのと同様、親は子に対して慈《じ》の心を持たねばならないのもまた、儒の教えです。源吉の父母が子の行いを悔やめば悔やむほど、源吉は死してもなお、親を苦しめて不孝を重ねることになるうえ、源吉の父母は儒の教えで説くところの小人《しょうじん》であるゆえ、やがては息子に対する慈の心が転じ、辰五郎を恨むことになるやもしれません。一方で、辰五郎の父母もまた小人であるゆえ、我が子への慈の心が昂《こう》じて、源吉と源吉の父母に対して恨みを抱くことになると思います。これもまた、辰五郎が死してもなお、親に対する不孝を重ねることになります。だから、死んだ二人がせめても最後にできる孝の道、二人に代わって私にできることは、なにがあったかは知らずにすむように隠しておくことだと思います」

「簡単に言えば、三年前の秋にあった出来事がつまびらかになれば、源吉と辰五郎の親が互いに憎みあうようになっちまうから、隠しておいたほうがいい。そういうことか」

「そうです」

「それじゃあ、源吉が犯した罪はどうなる」

「『論語《ろんご》』の一篇で孔子《こうし》は言っています。父は子のために隠し、子は父のために隠す、と」

「父が羊を盗んだ罪を役所に告げるか否か、どちらがまっすぐか、という話か」

「はい」

ふむ、とうなずいた素忠は、しばらくしてから、にいっ、と口許《くちもと》をゆるめた。

「よかろう。この桃井素忠、おまえの師を引き受けるとしよう」

幸七郎と孝之丞

1

宝永《ほうえい》五年（一七〇八）の九月、どこまでも突き抜けるように青く、ところどころにふわりふわりと綿雲が浮かぶ秋空の下、十三歳になった岩渕勝之助《いわぶちかつのすけ》、改め幸七郎《こうしちろう》は、母の亀《かめ》、および孝之丞《こうのじょう》とともに仙台城下にいた。

孝之丞は幸七郎より三歳年上、義理の兄のようなものだ。ようなものだ、などと回りくどい言い方をするのには、それ相応の訳がある。

孝之丞は、幸七郎のいまは亡き祖母の甥。正確を期すれば祖母の弟の倅《せがれ》なので、幸七郎から見れば従兄弟叔父《いとこおじ》である。ふだん声をかけるときに「いとこおじさん」などと呼ぶことはあり得ない。省略して「おじさん」あるいは「おんちゃん」と呼ぶのも、わずか三歳しか離れていないのに妙である。それに、幸七郎の父卯左衛門《うざえもん》の養子として孝之丞を岩渕家に迎えたのであるから、事実上の兄である。かといって単に「あんちゃん」と呼ぶと、実兄の作兵衛《さくべえ》と区別がつかなくなる。ならば「こうのじょうあんちゃん」でよいのではないかと、最初はそう呼んでみたのだが、これは長すぎた。結局、紆余曲折《うよきょくせつ》を経《へ》て「こうちゃん」すなわち「孝ちゃん」に落ち着いた。

そうなると、問題になるのは改名したあとの幸七郎である。「こうちゃん」と呼んだのでは、またしても区別がつかなくなる。が、これは案ずる必要がなかった。家人は、最初からそのまま「こうしちろう」と呼んでいる。そしてまた、善之助《ぜんのすけ》のころの「ぜんちゃん」のように、親しげに「こうちゃん」と呼んでくれる遊び友達もいない。これはまったくその通りで、親しい友達がいないのである。村には、以前の源吉《げんきち》や辰五郎《たつごろう》のように、年齢の近い子どもがいるにはいる。だが、幸七郎とはまったく話が合わないのだ。

幸七郎という名前は、流浪の禅僧桃井素忠《ももいそちゅう》に師を引き継ぐ際、正法寺《しょうぼうじ》の定山良光《ていざんりょうこう》和尚《おしょう》が授けてくれたものである。それに恥じない生き方をせねばならぬ。当時九歳の勝之助は、幼いながらも固く決意した。

とはいえ、自分のほうから同じ年端《としは》の子どもらを遠ざけているわけではない。勉学に割くべき時間が削られない限り、誘われれば遊びに出た。

ではあるのだが遊んでいる最中に、

「子曰《しのたまわ》く――」などと、『論語《ろんご》』の一節を滔々《とうとう》と喋《しゃべ》られても、ちんぷんかんぷん、いや、迷惑千万である。自ずと周囲のほうが幸七郎から遠ざかっていった。

幸七郎自身はそれを寂しいと思ったことはない。勉学に打ち込む時間が削られずにすむのであるから、むしろ歓迎すべきことであった。

それを母の亀は案じた。友達がいない幸七郎を不憫《ふびん》に思ったのではない。このままだとこの子はろくな人間にならぬのではないか、人の気持ちがわからぬ唐変木《とうへんぼく》になりはしないかと不安を覚えたのである。年齢を重ねるにつれ、その兆候が出ているようだし……と。

遊び仲間をあてがっても無駄なのは、火を見るより明らかだった。そこで亀は閃《ひらめ》いた。勉強仲間をあてがえばいい。

年が近い、できれば少し年上の、幸七郎に負けず劣らず利発で、しかも面倒見のよい男の子はどこかにいないかしらんと、亀は考えを巡らせた。そんな都合のよい子どもなどいないのが普通なのだが、いた。それが自分の母方の従兄《いとこ》に当たる孝之丞だったのである。

さっそく掬水庵《きくすいあん》に足を運んで相談してみると、作左衛門《さくざえもん》も、それはいい、と膝《ひざ》を叩いて即座に同意した。なんなら養子に貰《もら》ってもよいのではないか、と付け加えて。

その後はとんとん拍子で話が進み、幸七郎と孝之丞は、いまや実の兄弟のように仲がよい。しかも、単に仲がよいだけでなく、勉学において互いに切磋琢磨《せっさたくま》する、なくてはならぬ存在になっている。

その二人、幸七郎と孝之丞は、それぞれに風呂敷包みを背負い、仙台城下は御譜代町《ごふだいまち》の大町《おおまち》の通りを、肩を並べて歩いていた。風呂敷包みはたいして膨れ上がっているわけではない。が、見た目よりはずっと重い。これを背負って仙台から渋民《しぶたみ》村まで、およそ三十二里を歩くとなると、普通であれば、思い描いただけでうんざりするであろう。

が、幸七郎はまったく気にならなかった。むしろ、嬉《うれ》しさで舞い上がりそうになっている。背負っている風呂敷の中身が、買い求めたばかりの本だからである。

幸七郎の新たな師となった桃井素忠は、その飄々《ひょうひょう》とした物言いや立ち居振る舞いとは裏腹に、弟子への指南には労を惜しまなかった。素忠本人が得意としたのは儒医の知識と兵法の伝授だったが、自らが指南するにとどまらなかった。定山和尚とは正反対で俗人臭を身にまとう人物ではあったものの、人を惹《ひ》きつける不思議な魅力を持っている素忠は、諸国を遍歴してきたというだけあり、顔が広いようだった。その伝手《つて》を頼りに、素忠はときおり幸七郎を連れて、東山《ひがしやま》地方はもちろん気仙《けせん》地方にまで足を延ばした。高僧と名高い禅師に幸七郎を引き合わせて教えを受けさせるためである。とりわけ、昨年訪ねた気仙郡今泉の龍泉寺《りゅうせんじ》はよい勉強になった。住職の智光《ちこう》禅師との問答は、定山和尚とも素忠とも違う刺激を幸七郎に与えた。

そうして素忠の下で学ぶこと三年あまり。ついに読むものがなくなった。磐井郡《いわいごおり》で手にすることのできる本を、すべて読みつくしてしまったのである。

仙台に行けば、本屋で新版の儒書や注釈書が手に入る。

もちろん、祖父の作左衛門も師の素忠も、それは知っていた。が、あまり早く与えすぎるのもよくない。望めばなんでもすぐに手に入るという悪い癖をつけてはまずい。新たな知識を身につけたいと、幸七郎本人が喉《のど》から手が出るほど、やむにやまれぬまで渇望したところで、その機会を与えてやろうと、そう考えていた。そして、幸七郎が十三歳の秋、ついに素忠の許しを得て、母と一緒に仙台に向かう運びとなったのであった。

渋民村から仙台城下まで、大人の足でも普通であれば四日はかかる。渋民から千厩《せんまや》、藤沢《ふじさわ》と南下して西郡《にしごおり》へ、そこで北上川《きたかみがわ》を渡し舟で渡河し、佐沼《さぬま》から瀬峰《せみね》とつないで、ようやく奥州《おうしゅう》街道の高清水《たかしみず》に出る。西郡から石巻《いしのまき》に向かい、海道筋で仙台に行く方法もあるが、こちらのほうが近道だ。それでも、仙台までは、まだ十五里あまりも残っている。仙台領の奥とされる磐井郡の渋民だけあってさすがに遠い。孝之丞はまだしも、幸七郎を連れて行くのでは五日か六日はかかるだろうと、亀は見込んでいたようだ。ところが、幸七郎は四日間で歩き通した。一刻も早く本屋に行きたかったのである。

仙台に到着したら、まずは国分町《こくぶんまち》の裳華房伊勢屋半右衛門《しょうかぼういせやはんえもん》、通称「伊勢半《いせはん》」を訪ねてみるといい。祖父からそう教えられていた。仙台城下の本屋のほとんどが、町屋の中心地、国分町で商いをしており、最大手が伊勢半だとの話だった。江戸から板木《はんぎ》を買って来て刷っている本屋が多い中、伊勢半は本揃えもさることながら、板木職人を使って自ら開版もしているので、面白い本が見つかるかもしれぬぞと、作左衛門は目を細めていた。

間口三間《げん》の店に入るなり、売れ筋の往来ものには目をくれず、一心に儒書を漁《あさ》り始めた少年が、よほど奇異に、いや、胡散《うさん》臭く映ったのだろう。幸七郎の隣に立った番頭が、そばにいた母親と思しき女、つまり亀に一度目を向けてから、

「いったいなにをお探しですかな」

商売人らしく慇懃《いんぎん》ではあるものの、濃い眉毛を寄せて眉間《みけん》に皺《しわ》をつくり、迷惑そうな声色で見下ろした。

番頭を見上げた幸七郎は言った。

「中江藤樹《なかえとうじゅ》の『翁問答《おきなもんどう》』はありますか」

その問いに、番頭は幸七郎の顔を穴の開くほど見つめた。

少年が口にした中江藤樹とは、二代藩主伊達忠宗《だてただむね》公の時代に近江国《おうみのくに》で活躍し、近江聖人《せいじん》とまで称《たた》えられている陽明学者である。藤樹が書いた『翁問答』五巻五冊は、陽明学というよりは、儒の最大の徳目である孝を説き、修養や実践に眼目《がんもく》が置かれたものだ。仙台の藩儒《はんじゅ》のあいだでも人気があり、置けばすぐに売れる。これまでは江戸の本屋から仕入れて売っていたが、最近、自前で板木を彫って売り出そうかという話も出ていた。

「坊や、それは坊やが読むのかい？」

半信半疑で尋ねてみると、今度は、

『孝経啓蒙《こうきょうけいもう》』が面白かったので、ぜひとも『翁問答』も読んでみたいと、前々から思っておりました」と答えが返ってきた。『孝経啓蒙』も中江藤樹の手になる本で、『翁問答』の少しあとに書かれたものだ。

本当にこの少年は儒書のたぐいを読めるのに違いない……。

番頭は母親のほうを見やった。浅黒い顔から百姓であろうことは見て取れた。だが、着ているものが上等なのは一目瞭然《いちもくりょうぜん》だ。ひょっとすると肝入《きもいり》を務めるような家の奥方なのかもしれぬ。

その母親が、番頭と目が合うと、わずらわせて申し訳ございません、という顔をしながらも、

「この子が探している本、こちらにはないでしょうか。ほかの店にはなくても伊勢半さんならあるはずだと、そう聞いてやって参ったのでございますが」と尋ねた。

「なんのなんの、ありますとも」

思わず番頭は胸を張っていた。店頭には出していないが、二組、奥の間の戸棚に保管してある。職人に板木を彫らせる際の原本にしようと思って大事にとっておいたものだ。

つい、見栄を張ってしまったのだが、まあ、一組残っていればなんとかなるだろう。

内心の動揺を顔に出さぬように、

「しばしお待ちくださいまし」

鷹揚《おうよう》にうなずいた番頭は、奥の間に引っ込み、『翁問答』五冊が入った文箱《ふばこ》を携えて店に戻った。

桐の文箱から取り出した本を手にしたときの、少年の嬉しそうな顔ときたら……。

本屋らしく博学ではあるが如何《いか》にも無愛想と巷《ちまた》で評判の番頭であったが、

「坊や、ほかにどんな本が欲しいんだい？」

腰をかがめて少年に尋ねていた。顔に似合わぬ笑みさえ浮かべて。

2

仙台城下で最も賑わう御譜代町《ごふだいまち》、大町《おおまち》を東西に貫く大町通は、大手筋とも呼ばれている。西へと真っすぐ進めば、やがて広瀬川《ひろせがわ》を渡り、仙台城の大手門に行き着くからだ。

その大町通と奥州《おうしゅう》街道が交差する十字路が「芭蕉の辻《ばしょうのつじ》」とも呼ばれる「札の辻」で、その名の通り高札場《こうさつば》が設けられており、仙台城下の中心となっている。

さすがに奥州随一の城下町である。渋民《しぶたみ》村と比べて、いや、比べること自体が間違っているのだが、渋民から仙台に至るまでのどの宿場町とも比べようがないほど、行き交う人で賑わっている。

伊勢半《いせはん》で書物を買ったあと、幸七郎《こうしちろう》たちはさらに三軒、本屋を巡った。本の代金として持参してきた銭を使いきるまで本を買い漁《あさ》ったあと、大町の北隣、肴町《さかなまち》の料理屋でうどんを食べた。その料理屋を出た三人が向かっている先は、昨夜も泊まった七北田宿《ななきたしゅく》の旅籠《はたご》である。肴町界隈にも旅籠はあるのだが、いかんせん宿代が高い。倹約できるところは倹約すべし。それが亀《かめ》の習い性となっている。

「伊勢半の番頭さん、最初は怖かったけど、思ったよりいい人だったな」

幸七郎と肩を並べ、大手筋の通りを歩きながら孝之丞《こうのじょう》が言った。

「怖いって、どこが？」

幸七郎が首をひねる。

「まんず、なによりも顔が怖かったべ。あの太い眉毛、まるで閻魔《えんま》さまのようだったでねえか」

「眉毛？」

「んだ、眉毛」

しかし幸七郎は首をかしげたままである。

「幸七郎。おまえ、本ばかり見ていて、番頭さんの顔、覚えていないんでねえのか？」

「うん」

「やっぱり」

ため息をついた孝之丞が、幸七郎に説教口調で言う。

「目当ての本が見つかって嬉《うれ》しかったのはわかる。んでもな、幸七郎。おまえのその風呂敷包みさ入っている『翁問答《おきなもんどう》』、店の奥から出してきたべ？　それは覚えでいるよな」

「うん、覚えでる」

「何故《なして》奥から出してきた？」

「おらが『翁問答』を買いたいと言ったから」

「いや、そうじゃなくて。なして店の奥にしまってあったんだと思う?」

「大事な本だから、だべね」

「うん、そうだ。ということはだぞ、本当は売りものじゃなかったのかもしれないだろ」

「本屋なのに?」

「売るつもりだったら、最初から店に出しているべや。ところが桐箱さ入れて大事に取ってあったんだぞ。売るつもりがなかったからそうしていたと考えれば筋が通る。それをわざわざ出してきて売ってくれた。なしてだと思う?」

うーん、と考え込んだ幸七郎が、孝之丞に向かって顔を上げた。

「おらがしつこかったから?」

「半分当たりだが、半分外れだ」

あはは、と笑った孝之丞が続ける。

「あの番頭さん、おまえの勢いに負けたんだと思う。いや、勢いに負けたというより、恐れ入りましたと感じ入ったんだろうな。幸七郎の歳《とし》で中江《なかえ》藤樹《とうじゅ》の本を欲しいなんてお客、初めて会ったに違いない。しかも、真剣そのものだったものなあ。そんなおまえにほだされたんだろう。だから『翁問答』を出してきたんだと思う」

「うん、わかった」

「ほんとに?」

「本当にわかった」

「ならば、あの番頭さんには感謝しなければならないな。売るつもりのなかった本を売ってくれたんだから」

そこで、ふいに幸七郎が立ち止まり、あたりをきょろきょろし始めた。

「急に如何《なじょ》した」

孝之丞に訊《き》かれた幸七郎がもどかしそうに答えた。

「本にすっかり心を奪われて、番頭さんにちゃんとお礼を言うのを忘れてた。伊勢半どっちだっけ？　お礼を言いに戻らねば」

焦っている顔つきの幸七郎を見て、孝之丞が、頰《ほお》を緩めて言った。

「大丈夫だ。おれとおばさんとで、ちゃんとお礼は言っておいたから」

「孝ちゃん、堪忍《かんにん》。んでも、ありがとう」

そう言った幸七郎が勢いよく孝之丞に向かってお辞儀をした。が、背負っていた本入りの風呂敷包みの重みで、そのまま前へ転びそうになり、慌《あわ》てて孝之丞が抱き止めた。

二人の後ろを歩きながら様子を見ていた亀の口許《くちもと》がほころぶ。猿沢《さるさわ》にある孝之丞の実家、紺野《こんの》家に無理を言ってまでも養子に貰《もら》って本当によかった。そう亀は思った。自分や作左《さくざ》衛門《えもん》がわざわざ口にしなくても、孝之丞は、幸七郎が足りなかったり至らなかったりする部分を補い、正しい道筋を示そうとしてくれる。ありがたいことだと、眩《まぶ》しい思いで、亀は孝之丞に向けた目を細めた。

札の辻で奥州街道にぶつかったところで、通りに面した表長屋の店先から、

「いま何刻《なんどき》かねえ」

「そろそろ九ツ半（午後一時）になるんでねえか」

「なんと、どうりで腹が減るわけだ」

「昼飯、まだ食ってないのかい」

「忙しくて、それどころじゃなかったぜ」

そんな会話が聞こえてきて亀は思案した。

七北田宿までは一刻もあれば辿《たど》り着ける。未《ひつじ》の刻（午後二時）まで半刻《はんとき》あまりも間があるとなれば、どこか見物して行く余裕がありそうだ。

「孝之丞、幸七郎、ちょっと待《ま》だいん」

呼び止めた亀は、近くの小間物屋で店番にものを尋ねてから、二人のところに戻った。

「まだ少《べ》っこ暇があっから、せっかく仙台さ来たんだし、躑躅岡《つつじがおか》でも見物して行ぎすか」

そう亀が訊くと、二人は即座にうなずいた。

幸七郎に負けず劣らず嬉しそうな孝之丞の顔は、まだまだ子どものものだと、なぜか安《あん》堵《ど》を覚える亀であった。

3

亀《かめ》に連れられ、幸七郎《こうしちろう》と孝之丞《こうのじょう》が向かっている躑躅岡《つつじがおか》は、仙台の名所《などころ》の一つである。

「などころ」とは、はるか奥州《おうしゅう》みちのくを、都の公家《くげ》や歌人が憧憬《しょうけい》の地として歌に詠む際、歌枕として使われてきた対象のことである。

ここでわざわざ対象などと、面倒な言い回しをするのは、大昔の上品な公家さんや歌人は、奥州などというまさに陸奥《みちのく》の、蝦夷《えみし》が棲《す》むような最果ての土地になど行けるわけがなく、妄想《もうそう》だけが膨らむ一方だったからである。

とはいえ、陸奥への思いが募るあまり、実際に足を運ぶような奇特な御仁《ごじん》もいたようで、西行《さいぎょう》や道興《どうこう》といった僧侶などは、半分は修行なのだろうが残りの半分は物見遊山《ものみゆさん》で松島なんぞを訪れて歌を詠み、ごく最近では、松尾芭蕉《まつおばしょう》なる者が俳句を詠みつつ陸奥を旅していた。つまり、以前は和歌の世界の妄想であった名所が、いまは実態を伴った景勝地に変容するに至っているのであった。

ともあれ、名高い松島には及ばぬものの、躑躅岡も歌枕の地として、ずいぶん前から都では知られていた。しかし、実際に見物の士民《しみん》で賑わうようになったのは、わりと最近のことである。

最初のきっかけは、寛文《かんぶん》七年（一六六七）に、天神社、つまり榴岡《つつじがおか》天神社が、仙台城下の小田原からこの地に遷《うつ》されたときである。さらにその後、元禄《げんろく》八年（一六九五）に、四代藩主伊達綱村《だてつなむら》によって釈迦《しゃか》堂が建立《こんりゅう》された。その際、馬場《ばば》や弓場《ゆば》も隣接して設けられ、多くの桜が植えられた。桜といえば花見である。釈迦堂に至る門前には茶屋町が置かれ、いっそう人で賑わうようになった。

花見客で賑わう季節ではないため、桜が満開の時期とくらべると、躑躅岡を訪れる見物人は少ない。といっても、けっこうな数の人々がそぞろ歩いている。

躑躅岡は、岡の字が名前につく通り、その一帯が周辺よりもわずかに小高い丘となっている。

茶屋が並んだ先に出てきた短い石段を上り、二天門をくぐると、ほどなく釈迦堂の端正な姿が見えてきた。

建立されてからまだ十年ちょっとの真新しい堂を、幸七郎と孝之丞がひと回りして戻ると、荷物番をしていた母が、人の背丈をはるかに超える石碑に、じいっと見入っていた。

見入るといっても、字の読めぬ母である。ましてや碑文はすべて漢字で刻まれている。

案の定、亀は、

「幸七郎、この碑にはなにが書かれているんだい」と、眉根《まゆね》を寄せて尋ねた。

「前のお屋形《やかた》さま、綱村公が釈迦堂をお建てになった縁起が書かれているようだよ」

碑文にざっと目を通した幸七郎が教えると、

「へえ、そうなのかい。綱村さまが建てたのかい」

「うん」

「それで、どんなことが書かれているのかね」

「ちょっと待って」

幸七郎は、あらためて碑文を読み始めた。

幸七郎たちが前にしている釈迦堂は、綱村の生母である初子浄眼院《はつこじょうげんいん》が、我が子綱村を護《まも》ってほしいと常に身につけていた釈迦像を祀《まつ》るため、躑躅岡に綱村自身が建立したものである。石碑には、釈迦堂の建立に至る経緯や、母を慕う綱村の深い思いが刻み込まれていた。

伊達家のお家騒動から四十年近く経《た》ったいまでも、折に触れ、そのころの様子が年寄りたちの口の端《は》にのぼる。渋民《しぶたみ》のある東山《ひがしやま》地方は、北上川《きたかみがわ》を挟んで一関《いちのせき》藩のお隣である。もともと一関藩は、貞山《ていざん》公伊達政宗《まさむね》の十男、伊達宗勝《むねかつ》が領主となり、伊達氏の内分分知《ないぶんぶんち》大名として治めていた地である。ところが、寛文十一年（一六七一）のお家騒動により、宗勝が改易《かいえき》され、その後の十年あまりは仙台藩の蔵入地《くらいりち》となっていた。そこへ名取郡岩沼《なとりごおりいわぬま》から転封されて新たな一関藩主となったのが、宗勝とともに幼い綱村の後見を担《にな》っていた田村宗良《たむらむねよし》の子、田村宗永《むねなが》（のちの建顕《たけあき》）であった。

ややこしいことこの上ないのだが、ともに綱村の後見だったにもかかわらず、一方は土佐へと配流《はいる》されて家が断絶し、もう一方は一関藩の殿様である。しかもその騒動、自分ら渋民の者が暮らす土地の、川一本挟んだすぐお隣のこととなれば、面白くないはずがない。

ともあれ、場合によっては明日をも知れなかった綱村にとって、幼い自分を護り通してくれた浄眼院は、すべてをかけて孝を尽くすべき母だったに違いない。

幸七郎は、自分なりの注釈を加えつつ、碑文の内容を母に教えてやった。

それを聞いた母は、感じ入ったように大きくうなずき、石碑に向かって手を合わせた。

亀が合わせていた手を解くと、それを見計らっていたように、幸七郎たちのすぐそばで碑文に目をやっていた齢五十《よわいごじゅう》の町人が、

「いやあ、今日はまさに秋晴れ。いいお天気ですなあ」と声をかけてきた。

はあ、とうなずいた亀に男が尋ねる。

「あなたがた、どちらからおいでなさいました?」

「渋民ですが」

「ほう、渋民ですか」

「渋民がどこか、知っておいでですか」

半信半疑の声色で訊《き》いた亀に、

「知っておりますとも。磐井郡《いわいごおり》は大原の近くでございましょう?」と男が言う。

ええ、といぶかしげに亀がうなずいたところで、

「いや、これは失礼。私、仙台で薬種問屋《やくしゅどいや》をやっております大和屋《やまとや》の星久四郎《ほしきゅうしろう》という者です。商売柄、領内のあちこちを飛び回っているんですわ。渋民は残念ながら訪ねたことはないですが、大原には何度か」

「はあ、そうでございましたか」

「ときに、こちらのお子は、奥方さまのご子息で？」

久四郎と名乗った男が幸七郎に目を向けた。

「さようでございます」

「お名前は」

「幸七郎と申しますが」

なるほど、とうなずいた久四郎が、

「この碑文、おっかさんに読んであげていたようだが、これを全部読めるのかね」と幸七郎に訊いた。

「はい、読めます」

「年はいくつだね」

「十三です」

幸七郎が答えると、

「その歳《とし》でこれが読めるとは、いや、たいしたものだ」心底感じ入ったように言った久四郎が、亀に向かって尋ねた。

「渋民からわざわざ仙台までなにをしに来たのか、差し支えなかったら、教えてもらえますかな」

4

渋民《しぶたみ》くんだりから、親子三人でなにゆえはるばる仙台までやって来たのか――薬種問屋《やくしゅどいや》、大和屋《やまとや》の星久四郎《ほしきゅうしろう》から尋ねられた亀《かめ》は、どうしてまたこの人は、そんなことまで根掘り葉掘り訊《き》くのだろうと訝《いぶか》りつつも、根が正直なものだから、問われるままに事情を話し始めた。

ひと通り経緯を聞いた久四郎が、

「なるほど、そうでしたか――」とうなずいたあとで、幸七郎《こうしちろう》が背負っている風呂敷包みに、じいっと目を向けた。

定かな理由もわからぬままに幸七郎は身体《からだ》を硬くした。

久四郎が幸七郎のほうに一歩だけ近づいた。

思わず幸七郎は後退《あとずさ》った。

久四郎がさらに一歩、ずいっと草履《ぞうり》履きの足を踏み出した。

それにあわせて、ずずっと、こちらは草鞋《わらじ》履きの幸七郎が後退る。

ずいっ、ずずっ、ずいっ、ずずっ……。

石碑を背にした幸七郎の逃げ場が、ついになくなった。

「その風呂敷包みに買い求めた本が入っているのだね」

人差し指を向けて久四郎が訊いた。が、幸七郎は固く口を結んだままである。

「どんな本を買ったのか、見せてくれんかね」

笑みを浮かべて久四郎が言った。

久四郎自身は精一杯柔和な笑みを浮かべたつもりであるのだが、幸七郎にはこれ以上ないほど怪しげで薄気味悪い笑いにしか見えていない。

「怖がることはないよ。なにも坊やを取って食おうとしているわけじゃないんだから」

それを聞いて幸七郎の表情が変わった。

坊や、と呼ばれた。本屋伊勢半《いせはん》の番頭に続いて、この日二度目の「坊や」である。

幸七郎が同じ年ごろの子どもにあっては小柄なほうだからだろう。実際の年齢より二つ三つ下に見られることが多い。伊勢半の番頭は仕方がないにしても、この薬種問屋には先ほど十三歳だと教えたばかりだ。なのに「坊や」とは、これはどう考えても失礼千万な物言いである。

「坊やではないです。私には幸七郎というちゃんとした名前があります。ついさっき、名前も年も教えたはずですが、もうお忘れになられたのですか」

幸七郎が言うと、一瞬仰《の》け反《ぞ》った久四郎が、自分の額をぴしゃりと叩いて、

「いや、これは失礼。子ども扱いして申し訳なかった。幸七郎くんとやら。その包みのなかの本を見せてもらえるとありがたいのだが、見せてもらえるかね」あらたまった口調で頼み直した。

「だめです、見せられません」

「ど、どうしてだね」

あっさり拒まれた久四郎が、戸惑いの口調で訊く。

「あなたは泥棒かもしれないからです」

「ど、泥棒？」

「そうです。このなかから――」と背中の風呂敷包みを肩越しに見やった幸七郎は、「――本を取り出したとたん、ひったくって逃げていくかもしれません」そう言って、首の前に回した風呂敷の結び目をきつく握り締めた。

「これっ、幸七郎。あんだは、なにば語《かだ》ってんのっ。そったに失礼なことば、語るんでねえ！」

慌《あわ》てて幸七郎を叱りつけた亀が、眼が点になっている久四郎に向かって、しどろもどろになって頭を下げた。

「申し訳ございません。この子、うんと本が好きで、えーと、なんというか……あの、い

や、ほんとうにごめんなさい。こ、この子のご無礼、どうか堪忍《かんにん》してください」

しかし、これではなにを言いたいのか、まったく意味不明である。それを見かねた孝之《こうの》丞《じょう》が、亀のかわりに説明し始めた。

「大和屋さん、ほんとうに申し訳なかったです。うちの弟、勉学については大人顔負け、いや、大人以上なのですが、普通の子どもとはかなり違っておりまして、余計なことを言ってしまう悪い癖があるんです。ずっと前から欲しくてたまらなかった本を、今日ようやく伊勢半さんで手に入れることができました。いまの弟にとっては、一番の宝物と言えるでしょう。それで、万が一のことがあったらと心配になって、つい疑り深いことを口にしてしまったに違いありません。決して悪気があってのことではないですので、どうか堪忍してやってください」

まさに助け舟である。

得心《とくしん》した顔つきになった久四郎の前で、孝之丞は自分の風呂敷包みを解き、買い求めてきた本を一冊ずつ披露した。

「このような儒書や注釈書を買い求めました」

ほう、なるほど……いや、これはこれは……なんと、こんな本まで……。

いちいち感心したように声を漏《も》らした久四郎が孝之丞に尋ねた。

「ここにある本を、こちらの坊……いや、幸七郎くんが、全部自分で選んだというわけで？」

「そうです。勉学に関しては私よりも弟のほうがずっと優秀なもので、兄としてはたじたじです」

たじたじ、と言いながらも、弟に向けられる兄の目は優し気である。

兄弟を交互に見やった久四郎が、

「いやあ、それはすごいですなあ……」と感嘆の声を漏らしたあとでぽんと大きく手を叩き、まるで宝の山でも見つけたように嬉々《きき》として言った。

「これはまったくのところ、渋民などで燻《くす》ぶっていたんではもったいない。あ、いや、失礼しました。渋民が悪いわけではございませんよ。ですが、こちらの坊……いやいや、ご子息、渋民にいたのでは思う存分勉学に励むのは難しいでしょうよ。ここは思い切って、仙台に出したほうがいいと思いますぞ。そうしていただければ、私が懇意にしている先生をいくらでもご紹介できますわ。なんなら、うちに居候してもらってもかまいませんぞ。渋民に帰ったら、えーと、こちらのご子息のご師匠さまのお名前はなんでしたっけ――」

孝之丞、あるいは亀が答える前に、

「桃井素忠《ももいそちゅう》先生です！」幸七郎が胸を張り、誇らしげな口調で割り込んだ。

またしても仰け反った久四郎だったが、気を取り直したように大きくうなずき、幸七郎の肩に手を載《の》せて言った。

「そう、その素忠先生とやらに相談してみるといい。ぜひ、そうしなされ」

ついさきほどまでとは違い、幸七郎の目からは疑いの色がすっかり消え、むしろ期待に輝いてさえいるようだった。

素忠と幸七郎

1

幸七郎《こうしちろう》が生まれて初めて十三歳で目にした仙台の城下町は、夜な夜な夢に出てくるほどに強烈な印象を与えた。と言っても、通りを行き交う忙《せわ》し気な商人たちや、麗《うるわ》しい茶屋の娘たち、あるいは二本差しで悠々と通りを歩くお侍に心を奪われたのでもなければ、軒を連ねてひしめきあう街並みに憧れたわけでもない。

幸七郎が心を奪われたのは本である。伊勢半《いせはん》をはじめとした本屋である。仙台に行けば一日中本を読んでいられる。いや、本に囲まれての暮らしができる。それ以上に素晴らしいことが、いったいこの世のどこにあるというのだろうか。

渋民《しぶたみ》に戻ってからの幸七郎が、どこか心ここに在らずであったことは、桃井素忠《ももいそちゅう》にはお見通しだったようだ。

久方ぶりに訪ねた正法寺《しょうぼうじ》からの帰り道、幸七郎の前を歩いていた素忠が、道端に花を見つけたような、何気ない口調で言った。

「幸七郎、おまえ仙台に行きたくて仕方がないのであろう」

はい、と即答しそうになった幸七郎は、かろうじて声を呑《の》み込んだ。

仙台に出してもらえるよう師である素忠に相談してみるといい――仙台の躑躅岡《つつじがおか》で薬種《やくしゅ》問屋《どいや》の星久四郎《ほしきゅうしろう》からそう言われたものの、実際には切り出せていなかった。一昨年、定山《ていざん》和尚《おしょう》が江戸へと去って以来、素忠はいまの幸七郎にとって唯一無二の師であった。素忠の下《もと》を去って仙台に行きたいなどと願い出たら、儒の教えに背《そむ》くことになるのじゃないかと、しかしこの場合はいったい何の徳目に反することになるのか、判別がつきかねていたのである。

心の内を見透かされていた驚きと恥ずかしさで歩みが止まった幸七郎を、振り返った素忠がじっと見た。

「どうした？　なぜ返事をしない」

「あの……」

「まあ、おまえの考えていることくらい承知している――」薄く笑みを浮かべた素忠が、「幸七郎。いつか訊《き》こうと思っていたのだが、ちょうどよい機会だ、あらためて問うぞ」と言って笑みを消した。

無意識のうちに身構えた幸七郎に、少し間を置いてから素忠が問いかけた。

「おまえはなにが目当てで勉学に励んでいるのだ？　勉学をしていったいなにがしたいのだ？」

幸七郎は、ふいに冷水を浴びせられたような気分になった。これまで一心不乱に勉学を続けてきたものの、なにが目的で勉学をしているかなど、一度も考えたことがなかった。本を読み、新たな知識を増やすことが、とにかく心地よく、そういう意味では、勉学すること自体が目的であった。

だが、それでは答えになっていないことは、幸七郎にもわかる。しかし、答えないわけにはいかない。

「なにがしたいのかわかりません」

考えあぐねた末に、正直に答えた。師に対して嘘《うそ》をついたり誤魔化《ごまか》したりしてはならない。

なるほど、とうなずいた素忠が厳しい顔つきで言う。

「わからぬのであれば、わかるまでおのれの心を見つめるしかないであろう。いまのおれの問いに答えられぬうちは、仙台に行くことは許さぬ。よいな」

素忠の問いは、いまの幸七郎にとって最大の難問であった。

2

「先生、勉学に励んでなにをしたいのかわかりました」

――おお、そうか。言ってみよ。

「勉学の道を究《きわ》めたいのです」

──なるほど、そうか。

「はい」

──究めるのはよいが、究めてどうするというのだ。

「え？」

──勉学の道を究めてなにがしたいのだ。

「そこまでは考えておりませんでした」

──幸七郎《こうしちろう》。

「はい」

──勉学のための勉学では意味がない。それくらいのことがわからぬおまえではないだろう。

「……」

──出直してくるがいい。

「わかりました」

……………………………

「先生、勉学に励んでなにをしたいのか、今度こそわかりました」

――そうか。言ってみよ。

「聖人《せいじん》になろうと思います」

――聖人だと？

「はい」

――おまえ、自分が聖人になれると思っているのか？

「勉学に励んで道を究めれば誰でも聖人になれるというのが儒の教えです」

――中国にて聖人と呼ばれている者の名を挙げてみよ。

「堯《ぎょう》、舜《しゅん》、禹《う》、湯王《とうおう》、文王《ぶんおう》、武王《ぶおう》、そして孔子《こうし》です」

――周公旦《しゅうこうたん》はいかに。

「孔子が聖人と褒め称《たた》えていますから、聖人であろうと思います」

――この日本にはおるか？

「中江藤樹《なかえとうじゅ》先生が近江《おうみ》聖人と呼ばれております」

――それだけか？

「はい」

――数えてみるがいい。これまでの悠久の歴史において、十人に満たぬほどしか聖人はいないのであるぞ。その一人に自分がなれると思うのか。

「なれるはずだと思うから勉学するのであります」

——孟子《もうし》や朱熹《しゅき》でさえ聖人ではないというのに、それでもか。

「やってみないことにはわかりません」

——ならば問う。おまえが勉学に励み、道を究めたとして、自分が聖人になったとなぜわかるのだ？

「それは……」

——孔子は自らを聖人と言ったか？

「言っておりません」

——であろう。すべての聖人は、のちの世の人々が、その功績や人物を称えて与えた称号だ。つまり、おまえは自分が生きている限り、聖人と呼ばれることはないであろう。

「では、死してから聖人と呼ばれるように勉学の道を究めます」

——わかった。仮におぬしが聖人と呼ばれるほどの人物になれたとしよう。再び訊《き》くが、おまえは聖人になってなにがしたいのだ。なにをしようというのだ。

「それは……」

——考えていなかったのだな。

「はい」

——ならば、ゆっくり考えるがよかろう。

「わかりました」

…………………………

「先生、勉学の道を究めて聖人になったならば、いったいなにがしたいのか、ようやくわかりました」

――ほう、なにがしたいのだ。

「よりよき国を造るのです」

――幸七郎。

「はい」

――おまえは秀才なのか愚物《ぐぶつ》なのかわからぬな。

「どういうことでしょうか」

――生まれた家が肝入《きもいり》とはいえ、おまえは所詮《しょせん》百姓身分ではないか。凡下《ぼんげ》の者がどうやってよりよき国を造るというのだ。

「諫言《かんげん》するのです」

――誰に諫言するというのだ。

「もちろん、お屋形《やかた》さまにです」

――藩主吉村《よしむら》公にか。

「さようです」

――いかようにして諫言するのだ。

「学問の道を究めて聖人となれば、藩儒《はんじゅ》として取り立てられます」

――先日も言ったであろう。孔子がそうであったように、おまえが生きているあいだに聖人と呼ばれることはない。しからば、藩儒として取り立てられることもない。よって、諫言そのものができぬという話になる。

「ならば、聖人になるのは後回しでもかまいません。まずは藩儒となれるように勉学に励みます」

――確かにそれもよかろう。だが、藩儒となって、なにを諫言したいのだ。

「それはまだわかりません」

――ならば、

「お待ちください」

――なんだ?

「なにを諫言すべきなのか、それは藩儒として取り立てられて、初めてわかることに相違ありません。つまり先生は、いまの私には答えられない問いを立てていることになりませんか」

――ほう、それに気づいたか。

「はい」

――だがな、幸七郎。おまえが学んでいる儒のみがこの世をよくする方策ではない。それを忘れてはならぬ。

「そうでしょうか」

――たとえば、おまえの師であった定山《ていざん》禅師を思い出してみるがよい。正法寺《しょうぼうじ》におられるあいだ、どれだけの者が禅師の教えを乞《こ》いに来たものか、おれに言われずとも承知しておろう。

「もちろんです」

――定山禅師のような手立てもあるとは思わんか？

「仏法の道を究めろということでしょうか」

――そうは言っておらぬ。だが、禅の道を知らずには比べようがあるまい。

「わかりました。これからは、どちらも等しく学んでみます」

――そうするがよい。

3

どうも騙《だま》されているように思えてならない幸七郎《こうしちろう》だった。誰に騙されているかといえば、もちろん桃井素忠《ももいそちゅう》にである。

なにせ、最初に会ったときに、赤穂《あこう》浪士の一人だなどと、見え透《す》いた嘘《うそ》を口にした素忠だ。このところずっと続いている問答では、さすがに嘘を口にしているわけではないものの、うまく丸め込まれているような気がしてならない。

こんなとき、心の内を隠さずに相談できるのは白栄《はくえい》である。白栄とは幸七郎の祖父作左《さくざ》衛門《えもん》のことだ。

幸七郎が十四歳になったのにあわせ、祖父の作左衛門は剃髪して出家し、浄岩《じょうがん》白栄と名を変えた。といっても、幸七郎にとっては以前と変わらぬ祖父であり、白栄も極めて質素な暮らしを、これまた変わらず掬水庵《きくすいあん》で続けていた。

素忠が所用で不在にしていた際、胸の内の戸惑いを打ち明けた幸七郎に、白栄は言った。

「どんなに国が栄えても、人の心が乱れていたのでは意味がない。おそらく素忠どのはそれを言いたかったのだと儂《わし》は思うぞ。藩儒《はんじゅ》となってお屋形《やかた》さまに諫言《かんげん》を、というおまえの大願は見上げたものだと儂も思う。だがそれは、あくまでも形を整えることにすぎぬとは思わぬか？」

「形を整えれば、人の心も変わるのではないでしょうか。心は形がないゆえ器《うつわ》が必要になると思います」

答えた幸七郎に、

「ほんとうに心には形がないのか？　ないかもしれぬが、あるかもしれぬ。そうは思わぬか？」

「目に見えぬということは、形がないからだと思うのですが」

「心を見ようと、おまえはどれほどの修行や鍛錬をしたのだろうか。まずはそれが一つであろうな。書物を読むだけが勉学ではない」

考え込んでいる幸七郎に、白栄は目を細めて問いかけた。

「人が心を乱す最も大きな理由は、いったいなんだろう。おまえはなんだと思うかね」

すぐには答えられない問いであった。

白栄は答えを急《せ》かすでもなく、優しい色合いをたたえた目で幸七郎が口を開くのを待っている。

これまで読んだ書のどこかに答えが書いてなかっただろうかと、幸七郎は懸命になって記憶を探り始めた。

意識を凝《こ》らすあまり、自分の喉《のど》から、うーっ、という低いうなり声が出ていることにすら気づかない。

必死に考え込んでいる幸七郎を見かねたように、白栄が示唆《しさ》を口にした。

「難しいことではないぞ。おまえが一番心を乱したときはいつだったかを思い起こしてみるといい」

それを聞き、幸七郎は胸中で、あっ、と声を漏《も》らした。いや、実際に声に出していた。

なぜこんな簡単なことがすぐにわからなかったのだろうと、消え入りたくなる。

「死とはなにかを考えれば考えるほど、心が乱れます」

源吉《げんきち》と辰五郎《たつごろう》の二人を思い浮かべて幸七郎は言った。決して忘れていたわけではないが、八年も前のことである。最近では意識にのぼらない日のほうが多くなっている。

「幸七郎」

「はい」

「儂の問いに、最初おまえは学問をもって答えようとしたのではないかな」

「その通りです」

「そうしたらなかなか答えが見つからず、大いに困った」

「それも……はい、その通りです」

「だが、自分の心を覗《のぞ》いてみたら、考えるまでもなく答えが見つかった」

「はい」

うむ、と笑みをたたえた白栄が、

「いまの問いには、少々時をかければ、学問をもって答えることもできたであろう。だが、心を見つめることで容易に答えが得られる場合もある。それを覚えておきなさい」

「はい、心に留めておきます」

幸七郎が言うと、

「しかしだ——」と口にした白栄が、口許《くちもと》を引き締めて言った。

「よくよく考えてみれば、いまの儂とおまえとの問答で、そもそも心とはなにか、そもそも死とはなにか、それについての答えはなにも出ておらぬ。そうであろう？」

つかのま考えてから、幸七郎はうなずいた。

「確かにその通りです」

「その二つの問いに対する答えが、儒にも禅にもあったように覚えておるのだが、果たしてどうだったかの」

ここは待てよ、と幸七郎は思った。即答してはまずいのではないかと感じたのである。白栄の問いに対する答えは、確かに書物のなかに書かれている。たとえば、死とはなにかという問いへの答えは、仏教では輪廻転生《りんねてんしょう》、儒教では気の集散である。だがそれをそのまま口にしたのでは、書物で得た知識を披露しただけになる。

たぶん祖父《じい》ちゃんは――いまは得度《とくど》して浄岩白栄と名乗っているとはいえ、幸七郎にとっては以前と変わらぬ祖父である――と、幸七郎は考えた。

ここで得意満面に、「仏教では輪廻転生、儒教では気の集散だと説明しています」などと言ったら、相変わらず柔和に微笑《ほほえ》みながらも、「いったいどちらが正しいのだね？」と問われるに違いない。

ああ、そうか……。

祖父や素忠が、本当に自分に教えようとしていることが、ようやくわかったような気がする。素忠が、おまえは秀才なのか愚物《ぐぶつ》なのかわからぬな、と笑っていたのも、たぶん同じ理由だ。書物に書かれていることをいくら覚えても、ただそれだけでは意味がないのだと、そういうことなのに違いない。

「二つの問いに対する答えが書かれている本をもう一度、ゆっくり読んでみます。一度だけでなく何度でも読んでみて、自分で正しい答えを見つけてみます」

幸七郎が顔を上げて言うと、白栄は満足げにうなずいた。

4

宝永《ほうえい》七年（一七一〇）四月、十五歳になった幸七郎《こうしちろう》は、富士山を小ぶりにしたような緩やかな裾野《すその》を持つ、優しげな姿の室根山《むろねさん》を登っていた。古くは桔梗山《ききょうやま》、卯辰山《うだつやま》、あるいは鬼首山《おにこうべやま》と呼ばれていた高さが三千尺ほどの山である。

最古には日本武尊《やまとたけるのみこと》が鬼神を退治し、陸奥《みちのく》を平定した場所が鬼首山だったという。その後、按察使《あぜち》兼鎮守《ちんじゅ》将軍として多賀城《たがじょう》に遣わされた大野東人《おおののあずまびと》が、蝦夷《えみし》の討伐のために紀伊国牟婁《むろ》の熊野神の分霊を請い、まずは本吉郡唐桑《もとよしごおりからくわ》に迎えた。さらに日本武尊の威光にあやかり、養老《ようろう》二年（七一八）九月十九日、鬼首山に社地を定めて神殿を建立《こんりゅう》し、遷座《せんざ》を終えた。それを機に鬼首山を牟婁山と称すようになり、やがて室根山と書くようになった。

そんな伝承のある霊験あらたかな霊山である。八合目に本宮《ほんぐう》と新宮《しんぐう》の二つの社殿が並び、本宮には伊邪那美命《いざなみのみこと》が、新宮には速玉男命《はやたまのおのみこと》と事解男命《ことさかのおのみこと》が祀《まつ》られている。その後、慈覚《じかく》大師が東国に下った際に室根山の頂《いただき》で護摩《ごま》を焚《た》き、百日百夜の祈禱《きとう》を行ったことによって、天台宗国家鎮護の霊場となった時期もあったという。

その室根山に幸七郎が登っているのは、霊験にあやかろうとしているわけではなく、自身の心を見つめるためであった。禅の道も儒の教えも、他力《たりき》をよしとしていない。悟りの境地も聖人《せいじん》への道も、自力での到達を眼目《がんもく》としていることでは同じである。

祖父白栄《はくえい》の示唆《しさ》を受けた幸七郎は、これまで読んできた本を一から読み直し始めた。すべて読み終えるのに一年近くかかった。読む際に心がけたのは、二つの大きな題目を常に念頭に置いたこと。その二つの大きな題目とは、死とはなにか、心とはなにか、その答えに少しでも近づくことである。

死については、どう考えても儒の教え、朱熹《しゅき》の教えに、つまり朱子学《しゅしがく》に軍配が上がるように思えてならない。

幸七郎の最初の師である定山《ていざん》禅師の曹洞宗《そうとうしゅう》に限らず仏教においては、死者の霊魂はその人の生前の所業の善《よ》し悪《あ》し、すなわち因果応報によって、生まれ変わる先が決まる。その生まれ変わる先が、天道、人間道、修羅《しゅら》道、畜生道、餓鬼道、地獄道の、いわゆる六道《ろくどう》、あるいは六界と呼ばれる世界である。だが、最も上位の天道の世界に生まれ変わったとしても、人は煩悩《ぼんのう》から逃れることはできない。つまり再び生《しょう》・老・病・死の苦しみが始まる。

生まれ変わるということは苦しみがぐるぐる回り続けることであり、これが「輪廻転生《りんねてんしょう》」である。しかし、永遠に輪廻転生していたのでは救いがない。そこで、その束縛からなんとか解き放たれ、苦しみの世界から脱したいと願うことになる。解き、脱す。つまり「解脱《げだつ》」である。解脱するとは、悟りを得て仏に成ること。すなわち成仏《じょうぶつ》である。それによって、人間はついに苦しみから逃れられる。その成功者が、たとえばお釈迦《しゃか》様なのである。つまり、お釈迦様でも悟りを得る前は輪廻転生をして苦しみ続けていたことになる。

一方の儒教、特に朱子学では、万物はすべて「気」の連なりだとしている。人間も例外ではない。最も上質な「気」が集まることによって生まれるのが人間なのである。気が集まるということは、散ずることもある。人の死は、集まっていた気が尽き、散ずることによって訪れる。散じた気は、いずれはまわりの気に溶け込み、紛れていく。だが、まわりの気と完全に溶け合って区別がつかなくなるまではしばらく時を要する。それまではその気が周辺を漂っている。その際、同質の気を持っている子孫が心を込めて祈れば、まわりに漂う気と感応《かんのう》することも可能である。感じて、格《いた》る。それがすなわち「感格《かんかく》」である。だから儒教では「祖先祭祀《さいし》」をことのほか重要視するのだ。しかし、散じてしまった気が再び集まることは決してない。それが人の死というものである。

だが、仏教では人が死ぬと鬼すなわち霊となり、輪廻転生によって再び人になると言っている。それが正しいのならば、この天地において常に一定の数の人間があの世とこの世を行き来しているにすぎないことになり、新しいものはなにも生まれないという話になる。そんな馬鹿な道理はあるものかと、朱熹と門人たちとの問答を記した『朱子語類《しゅしごるい》』には書かれているのだが、この理屈のほうが仏教の説く輪廻転生よりも理に適《かな》っているように、どうしても幸七郎には思えるのだった。

あるいは仏教には、念仏を唱えることによって誰もが成仏できて極楽浄土へ行けるとしている宗派もある。しかし、これも幸七郎には容易には納得ができない。誰もが成仏できるのだとしたら、極楽浄土は世界中で死んだ人々によってたちまち溢《あふ》れ返ってしまうではないかと思うのだ。

次いで、心とはなにか、という題目であるが、幸七郎にとっては、こちらのほうがさらに難しいものであった。先の『朱子語類』を読み返していて、心の問題について悩む門人に対し、朱熹が答えめいたものを口にしている部分を見つけた。だが、正直なところ、意味がよくわからない。たとえば「心が紛擾《ふんじょう》して、きちんとつかまえておくのが難しいのですがどうしたらよいのでしょう」という問いに対して、朱熹は「心をつかまえておくことはほんとうに難しい。どうしても長続きせず、どうでもよいことに引きずられてしまう」と答えているのだが、これでは答えになっていない。さらに門人が「確かに心をつかまえようとしても長続きしません。物欲に打ち勝つことがどうしてもできません」と訴えると、朱熹は次のように返している。「難しくても頑張ってつかまえなければならない。

いつも心を目覚めさせ、どこかに行ってしまわないようにするのだ。物欲を覚えたならば気を引き締めて負けないようにしなさい。すべては自分の気持ちの問題なのだから、心をつかまえられないだとか物欲に負けそうになるなどと言ってはならないのだ」これでは門人が途方に暮れたことだろう。

心の紛擾を招かないためには、いったいどうしたらよいか。

その問いには仏教のほうが明確に答えてくれているような気がするのである。たとえば座禅は、心が紛擾しないようにするための最も優れた手立てなのではないかと思う。幸七郎がそう思うのは、正法寺《しょうぼうじ》にて定山和尚《おしょう》に手ほどきを受けて以来、掬水庵《きくすいあん》で、あるいは母屋の一室で、はたまた蔵のなかで、折りに触れて座禅を組んでいた。そうして壁に向かい、半刻《はんとき》余りも座禅を続けていると、確かに心が落ち着くのである。だが、それに対しても、朱熹は異を唱えている。

座禅に象徴されるように、仏教の修養法は「心を観《み》る」ことが主となる。しかしそれは、観る心と観られる心の二つに心を分裂させてしまい、修養法としては役に立たないと朱熹は言う。心はあくまでも一つであって二つに分裂することはないと言っている。確かにわからないでもない理屈ではあるのだが、ではどういう実践をしたらよいのかが不明なのだ。いや、一つの方法として「静座」なるものを朱熹は門人たちに勧めているのだが、座禅との違いが幸七郎にはよくわからない。しかも朱熹は、自身で門人たちに勧めておきながら、静座そのものにはあまり重きを置いていないように思える。

最終的に朱熹は、すべては「敬《けい》」であるとしている。心の紛擾を解決する方法が「敬」であり、それによってもたらされる境地もまた「敬」であると言っている。

そもそも「敬」とは何なのか。朱熹が最後に立ち返ったのは、北宋の程頤《ていい》による定めである。程頤は「敬とは何か、主一《しゅいつ》を敬という。一とは何か、無適《むてき》を一という」と言っており、それがすなわち「主一無適」であるという。幸七郎の理解では、「主一」とは一つの物事に心を集中させること、「無適」とは心が別のところに逸《そ》れていかないことだ。さらにまた、朱熹は、程頤の弟子である謝良佐《しゃりょうさ》の「常惺惺《じょうせいせい》」という言葉も好んでいるようで、これは心を常に目覚めさせておくという意味だ。

書物の読み込みが不足しているのかもしれない。加えて、幸七郎がここ一、二年で強く興味を持ち始めた朱子学に関する書物となると、いまだ目にしていないものが山ほどある。まだまだ勉強が不足していると残念でならない幸七郎であるが、いまの段階の理解では、「敬」とは、その時々でしていることに懸命に取り組み、それから心が逸れないように心を常に目覚めさせておくこと、ということになる。その言葉の解釈そのものは、大きく外れていないと思う。

しかしそれは、あまりに当たり前のことではないのか。正直そう思うのである。そんな当たり前のことを朱子学の祖である朱熹が本心で言うであろうか……。

それが「敬」だとするならば、たとえば鋤《すき》や鍬《くわ》をふるい、ただひたすら畑や田圃《たんぼ》を耕している百姓は「敬」そのものではないか。あるいは、冬のあいだ、行燈《あんどん》を灯した薄暗く寒い土間や板の間で、一心に縄ないや草鞋《わらじ》づくりに励んでいる百姓も「敬」を実践していることになる。突き詰めれば、そうした凡夫《ぼんぷ》こそが聖人であるという話になってしまう。

それはどう考えてもおかしいと思うのである。読み書きが覚束《おぼつか》ず、学問とは無縁の者が、聖人になれるはずがない。だから幸七郎には、「敬」を説く朱子学よりも、座禅を組んで己の心を観ることを是とする禅の道のほうに理があるように思えるのである。

ならば、人の死についてはは儒の教えを、心の修養方法については禅の道を選べばすむのかといえば、それも違うと幸七郎は思う。それぞれの都合のよい部分だけをつまみ食いするようでは、学問の道は深まらないだろうし、究《きわ》めることなどできないはずだ。

結局幸七郎は、そこで困り果て、にっちもさっちもいかなくなった。このような体《てい》たらくでは、師である桃井素忠《ももいそちゅう》に合わせる顔がないというのが偽りのないところで、実際、幸七郎は、このところ掬水庵に足を運ぶ回数がめっきり減っていた。

そんな状況に転機が訪れたのは、いまから七日ほど前、渋民《しぶたみ》村のどの家でも今年の田植えが終わり、野良《のら》仕事が一段落したころだった。いつものように、出羽三山の修験者《しゅげんじゃ》が渋民村にやって来た。各地に散らばる講を巡回してお札を売り歩く山伏である。

七つの歳《とし》から定山和尚と素忠に師事して禅や儒を学んできた幸七郎は、たまに目にする修験の山伏を、これまでは多少胡散《うさん》臭い目で見て来た。だが、修験の山伏が修行として行う回峰行《かいほうぎょう》には、もしかしたら、人の心とはなにかを見定めるための手立てが隠されているのではないかと、家々を回る山伏の姿を目にしてふと思ったのである。

といっても、修験者が行う回峰行の作法について幸七郎が知っていることはないに等しい。ではあるのだが、同じ修行を行う必要はないとも思った。回峰行を真似てみることによってなにかが得られるのではないか、これまで見えていなかったものが見えてくるのではないかと望みを抱いた。

さて、では実際になにをしたらよいかであるが、そこに思い至るのに苦労はなかった。庭に出れば、東南東の方角にいつでも綺麗《きれい》に見える室根山――それ以外に相応《ふさわ》しい場所はないであろう。八合目の社殿の近くには窟屋《いわや》がある。面壁の座禅を組むにはちょうどよい大きさの洞《ほら》である。

渋民から大原を経《へ》て室根山の北面の麓《ふもと》までは四里弱、ゆっくり歩いても二刻（約四時間）もあれば到着する。麓から山頂までは、半刻ほどで登ることができるはずだ。回峰行をしているごとく速足で歩けば、あの窟屋で座禅を組んでから山を下りても、日が暮れる前に渋民に戻って来るのは十分に可能である。

その回峰行を七日間、続けてみようと幸七郎は決意した。それでどうなるかはわからない。まったくの無駄な努力になるかもしれない。しかし、なにごとも試してみなければわからぬはずである。

それを幸七郎は素忠に話した。誰にも告げず、密かに七日間の回峰行をこなすこともできただろう。だが、師である素忠に隠して行うことは、さすがに憚《はばか》られた。

掬水庵で幸七郎から話を聞いた素忠は、一度まじまじと弟子の顔を覗《のぞ》き込んだあとで、ははは、と大いに愉快そうに笑った。

「先生、なにが可笑《おか》しいのですか」

幸七郎が訊《き》くと、素忠はにやにやしながら言った。

「なるほど、それでこのところ、おれを避けていたのだな」

「避けていたわけではありません。自分が不甲斐《ふがい》なくて、先生に合わせる顔がなかったのです」

「それを避けていると言うのだ」

「はあ……」

「いいのではないか」

「え？」

「おまえが考えたその室根山回峰行とやら、試してみるがよい」

「よいのですか？」

「おれに反対されると思ったか」

「はい。先生は修験の山伏をあまり快く見ておられないように思っておりましたので」

「そんなことはないぞ」

「そうなのですか」

「実はおれも試してみたことがある」

「回峰行をですか」

「うむ、比叡山《ひえいざん》でな」

その言葉に、幸七郎は思わず身を乗り出して尋ねていた。比叡山といえば延暦寺《えんりゃくじ》は天台宗の総本山である。そこで行われる最も過酷な修行が千日回峰行だと、以前に祖父から聞いて知っていた。

「それで、どうだったのですか？　何かつかめたことはあったのですか？」

「聞いてどうする」

突き放したように言った素忠が、真顔になって続けた。

「幸七郎。書物を読んだり人から聞いたりしても簡単にはわからぬものがあるはずだと考えて回峰行をしてみようと決意したのであろう。おれの話を聞いてもおまえの役には立たぬぞ。真似事でもなんでも、とにかくやってみるがよい。白栄どのや亀《かめ》どのには案ずることはないゆえ好きにさせてやってくれと、おれから頼んでおこう。おまえのその回峰行とやらを終えるまでは、ここに来るな。よいな」

「わかりました」

その翌日から、幸七郎の室根山回峰行が始まった。

5

回峰行《かいほうぎょう》を始めて三日目まで、幸七郎《こうしちろう》の心は雑念だらけであった。雑念を呼ぶ原因は空腹である。

卯《う》の刻、明け六ツ（午前六時）に家を出て室根山《むろねさん》に登れば、窟屋《いわや》で一刻あまり座禅を組んでから山を下りても、申《さる》の刻、夕七ツ（午後四時）くらいには渋民《しぶたみ》に戻ることができるはずだった。その間、幸七郎は水以外のものは口にしなかった。修験の山伏に倣《なら》い、行をしているあいだは断食《だんじき》をすると決めたのである。

空腹がどれほど身に堪《こた》えるものか、幸七郎は生まれて初めて知った。仙台領の奥に位置する片田舎《かたいなか》で百姓の家に生まれたとはいえ、祖父の代に財を成して大肝入《おおきもいり》を務めている岩渕《いわぶち》家の倅《せがれ》である。幸七郎は、いままで一度もひもじい思いをしたことがなかった。事実、仙台城下に住まう下級武士の食膳よりも、よほど豪勢なものを食って育っている。

早朝に家を出て、室根山の麓に到着するあたりまでは、まだまだ余裕である。いよいよ山に登り始めても足取りは軽い。が、七合目を過ぎて八合目に差し掛かったあたりで、必ずといってよいほど、急に足が重くなってくる。それでも我慢して登り続け、頂上に立ったところには、空腹で眩暈《めまい》がしそうになっている。室根山の山頂からは、視界を遮《さえぎ》る山がないので四方八方がぐるりと見渡せ、晴れていれば東の方角に大海原をも望むことができる。室根山の頂《いただき》はまさしく絶景の地である。

だが、とてもではないが景色を愛《め》でる余裕などなく、南斜面に建立《こんりゅう》された社殿のほうへとふらつく足取りで下りていき、窟屋を目指すことになる。救いなのは、室根神社の西側の少し行ったところに、地元の者たちが「姫瀧《ひめたき》」と呼ぶ、湧水が溢《あふ》れ出て小さな滝のようになっている水場があることだ。ここで幸七郎は喉《のど》の渇きを癒す。いや、腹いっぱいに清水を飲んで空腹をごまかすのである。

だが、所詮《しょせん》は水。いっときは腹がくちくなっても、窟屋で座禅を組み始めてほどなく、腹が減っていたたまれなくなるのである。そうなると、どんなに心を逸《そ》らそうとしても駄目だ。真っ白な握り飯が脳裏にちらついて離れなくなる。これでは無の境地どころか、そもそも座禅になっていない。

そうして空腹に耐え続けたあとで山を下り、ふらふらになって渋民に戻った一日目は、すっかり日が暮れていた。最初に考えていたよりも、一刻以上も余計に時間がかかってしまったのは、すべてが空腹のせいである。

試してみるがよい、とあっさり素忠《そちゅう》が認めた理由がわかった気がした。この辛《つら》さを、身をもって知れ。そういうことだったのに違いない。

しかし、一度始めた以上は途中で投げ出すわけにはいかなかった。二日目、三日目と疲労困憊《こんぱい》のなかで、それでも幸七郎は歯を食いしばって回峰行を続けた。

変化が訪れたのは四日目だった。山頂に立ったとき、さほど空腹を感じていないことに気づいた。腹は減っているのだが、どうにもならないほどの空腹感には襲われておらず、山頂からの景色を楽しむ余裕があった。窟屋に籠《こも》っての座禅中も、握り飯が脳裏を飛び交うことはなくなった。

不思議に思いつつ迎えた五日目。ふと気づいたときには澄み渡った青空の下、幸七郎は清々《すがすが》しい気分で山頂に立っていた。気づいたときには、というのは誇張ではない。五日目の幸七郎は、ほとんど無心で山を登っていたのである。

これがもしかしたら、程頤《ていい》や朱熹《しゅき》の言う「主一無適《しゅいつむてき》」の境地なのではないかと、幸七郎は思った。ただ一心に歩を進め、一歩一歩山の斜面を登ること以外はなにも考えていなかった。山を登るという行為から心が逸れた瞬間が一度もなかったように思われた。

続いて籠った窟屋では、ほとんど空腹を感じることなく、座禅を終えられた。雑念が一切なかったかと言えば嘘《うそ》になる。なぜ無心に山を登れたのだろうと何度か思い浮かべて、その理由を考えようとしてしまった。それ自体が禅の世界では雑念である。だが、飢えを覚えるという欲を封じ込めるのには成功した。

そして昨日の六日目は、一切の雑念を寄せ付けることなく、すべてを終えることができた。少なくとも、それが叶《かな》ったように幸七郎には思えた。

そうして迎えた最終日の今日、すべては滞《とどこお》りなく進み、静かな心で山頂に立つことができた。昨日と同じように南斜面を室根神社へと下り、巨大な杉の木がそびえ立つ境内《けいだい》を横切った幸七郎は、姫瀧で口をそそぎ――最初のころのような激しい喉の渇きも覚えなくなっていた――足下に注意を配りながら、窟屋のほうへと歩を進めた。

この間もほとんど無意識のままに身体《からだ》が動いていた幸七郎だったが、ふいに耳に届いた物音に足を止めた。

何の音か？

耳を澄ませてみる。

木の枝が折れるような音がしたと思ったのだが、森は静まり返っている。

いや、完全に無音ではない。鳥の声がたまさか届いてくるが、鳥たちのさえずりはあたりの景観に溶け込んでおり、気になるようなものではなかった。

余計なことを考えてはいけない。

自分にそう言い聞かせた幸七郎は、心を静めて歩を進め始めた。

木々の隙間に窟屋が見えてきたところで、再び幸七郎は足を止めた。

確かに聞こえた。

さきほどの音とも違う獣が呻《うめ》くような声が、途切れ途切れに届いてくる。

呻き声がするのは窟屋のあるあたりだ。

背筋に怖気《おじけ》が走った。

せっかくここまで無の境地で足を運べたというのに、これではすべてが台無しになってしまう。

いや、それより、声の主が熊であったらどうしようと、幸七郎の恐怖がいや増した。

ここで引き返すか……。

迷っていた幸七郎の耳に、違う声が聞こえた。

獣が呻いているのとは違う、艶《なま》めかしく切ないような声だ。

人がいる。

熊や獣ではない。

そう、確かにあれは人の声だ。しかも二人。低いほうの呻き声は男のものだ。もう片方の、次第に大きくなってくる喘《あえ》ぐような声は女のものに違いなかった。

その二つの声が妖《あや》しく重なり合って、窟屋のほうから届いて来る。

行かないほうがいい。一瞬、警告の声が脳裏をよぎった。しかし、どうしても抗《あらが》えぬ見えない力に手繰《たぐ》り寄せられるようにして、幸七郎は声のするほうへとにじり寄った。

目に飛び込んできた光景に、幸七郎は身を凍らせた。息をするのも忘れ、窟屋のなかでもつれ合っている男女を見つめる。

最初、自分がなにを見ているのか理解できなかった。が、意識とは違うなにかが、暴力的に幸七郎に真実を告げた。

幸七郎はいま、男女の営みを目《ま》の当たりにしているのだった。

見てはいけない。

そう思うのだが、身体が動かない。目を見開いたまま、幸七郎はその場から動けなくなっていた。動けないだけではなかった。下腹部が熱を持ったように熱くなり、痺《しび》れるような感覚に襲われ始めた。

幸七郎が呆《ほう》けたように見入り続けている先で、男と女が同時に声を上げた。叫ぶような野太い男の声と甲高い女の絶叫が重なり、森の中に響き渡った。

絡《から》み合っていた男女の動きが止まり、静けさが戻った森のなかで、幸七郎に聞こえているのは、自分が吐き出している荒い息と、胸の奥で心臓が拍動する音だけである。

膝《ひざ》から力が抜け、ずるするとその場にくずおれた。

我に返り、窩屋へと目を向けると、ぐったりしていた二人が、もぞもぞと動きだした。先に立ち上がった男が、脱ぎ捨てていた着物を身に着け始める。後ろ姿ではあったが、体つきから若い男であるのがわかった。

男に倣《なら》って、女も着物を身に着け始めた。結っていた髪をほつれさせた女は、若くはなかった。幸七郎の母親ほどの歳《とし》にも見える。

その女と目が合った。

ぎょっとした幸七郎は、後ずさりをし始めた。

幸七郎を見つめたまま、なぜか女がにいっと笑った。

男は幸七郎に気づいていない。男が気づいていないのを知りつつ、その女は幸七郎に向かって妖しげな視線を送ってくる。

ぞっとしつつも魅入《みい》られたようになり、後ずさりしていた足が止まる。

女の視線に気づいた男が、振り向いた。

その刹那《せつな》、幸七郎の呪縛《じゅばく》が解けた。

窟屋に背を向け、おぼつかない足取りで逃げ始めた。何度も転びながら、懸命になってその場から逃げ続ける。

見てはいけないものを見てしまった。生々しい男女の営みを目の当たりにしてしまった。

しかも見ていたとき、あろうことか、自分の意思に反して、心の底から興奮を覚え、身体の芯を熱くしていた。

ああ、私は……。

奈落《ならく》の底に沈むような絶望感に襲われる。

とうとう私は、穢《けが》れてしまったのだ……。

6

穢《けが》れてしまった。私はすっかり穢れてしまった……。お、おれは完全に、徹底的に、穢れてしまったのだ！

心の中で声にならない叫びを上げつつ、幸七郎《こうしちろう》は室根山《むろねさん》の斜面を駆け下っている。ぜいぜい、はあはあ、という息の合間に漏《も》れるのは、嗚咽《おえつ》とも呻《うめ》きともつかぬ奇妙な声だが、幸七郎自身は声を出していることに気づいてすらいない。

逃げなくては、一刻も早くここから逃げなくては、と気が焦るばかりで、そもそもいったいなにから逃れようとしているのか、自分でもわからなくなっている。

幸七郎が闇雲《やみくも》に駆け下っているのは、人一人がようやく歩ける程度の杣道《そまみち》である。所によっては草に覆われ、あるいは木の根が這《は》い、そして地面に突き出た岩の頭が隠れている。麓まで無事に駆け下ることができたら奇跡とするしかない。

その奇跡が起きようとしつつあった。斜面が次第に緩やかになり、田植え直後で満々と水が張られた田圃《たんぼ》が行く手に見えてきた。それまで遮二無二《しゃにむに》足を動かし続けていた幸七郎だが、上がっている息を整えるべく歩を緩めた。緩めたくて緩めたわけではなく、息が続かなくなったのだ。馬でいえば常足《なみあし》程度の速さで歩きながら肩を上下させ、吸った息を吐き出そうとしたところで、なんの変哲もない小石に躓《つまず》いた。やはり奇跡が起きるほど甘くはなかったという話であるが、あっ、と思ったときには、両手を前へと投げ出した格好で地べたに腹ばいになっていた。

倒れ伏したまま、幸七郎は動かなくなった。怪我《けが》や痛みで動けなくなったわけではなかった。気力が失せ、動くに動けないのである。

脳裏に窟屋《いわや》で見た光景がよみがえり、手の爪を地面に立てて土を搔《か》きむしる。

くそっ、くそっ。

口の中で呟《つぶや》いた幸七郎は、身体《からだ》を反転させて仰向けになった。春から初夏へと季節が移ろうとしている少しだけ白っぽい青空が、目の前に穏やかに広がっている。

その空を背景にして、またしてもあの汚《けが》らわしい光景がちらついた。

ああ、なんてことだ、なんというものを見てしまったのだ……。

いったいあの窟屋でなにが行われていたのか、最初は混乱の極みにあった幸七郎だったが、いまはほぼ正しく理解していた。

まだ幼いころ、源吉《げんきち》や辰五郎《たつごろう》と一緒に遊んでいたとき、繫《つな》がってハアハア言っている雄と雌の野良《のら》犬を見たことがあった。その二頭の犬がなにをしているのか、にやにや笑いながら教えてくれたのが、二つ年かさの源吉だった。それと同じことをしていたのだ、あの窟屋であの二人は。ああ、嫌らしい、そして汚らわしい。腹の底がむかむかする。

臓腑《ぞうふ》が搔きまわされているような吐き気を幸七郎が覚えるのは、あのような行為の結果自分がこの世に生まれてきたという事実に、初めてまともに向き合っているからだった。見てはならないものを見て、穢れてしまった。その事実から逃れようとして闇雲に山を駆け下ってきたのだが、よく考えれば、それは違う。

ふわりふわりと雲の浮かぶ、長閑《のどか》ともいえる空を見上げつつ、幸七郎は思った。穢れてしまったのではなく、最初から穢れた存在として生まれてきたのだ、この自分は……。

奈落《ならく》の底に落ちていくような絶望感を味わっている幸七郎が見上げる空で、二羽の鳶《とび》が大きな弧を描いて悠々と旋回している。

つがいだろうか……。

ちょうどいまは鳶の子育ての季節だ。生まれたばかりの雛《ひな》が、餌《えさ》を運んでくる親鳥をどこか近くの高木に造られた巣の中で待っているのだろう。

生き物としてこの世に生を受けるということは、穢れを背負って生まれることなのか……。

悠々と空を舞う鳶からは、穢れなど微塵《みじん》も伝わってこない。しかし、畜生界に生まれたからには、なにかそれ相応の因果があってのことに違いない。

そう考えたところで、幸七郎はがばりと身を起こした。なにか大事なことに気づきかけているように思えたのだ。

いったいなんだろうと眉根《まゆね》を寄せて意識を凝《こ》らし、するりと逃げようとしているものを、懸命になって捕まえようとする。

すべての生き物が因果応報で六道《ろくどう》の世界に輪廻転生《りんねてんしょう》するのは、穢れを持って生まれてきて、その穢れを祓《はら》えないままに生を閉じるからではないのか。悟りを啓《ひら》き解脱《げだつ》することとは、穢れを祓うことと同じかもしれぬ。だからこそ禅僧は妻帯せずに座禅の修行の先に悟りの境地を求めるのではないのか。そうして穢れとは無縁になることで、輪廻転生のくびきから逃れて解脱できるのではないのか……。

そうだ。きっと、そうに、違いない。

寸前までは絶望の淵《ふち》に沈んでいた幸七郎だが、天上から一筋の光明が射したように思えた。窟屋で目にした男女の営みは、天が自分に与えた試練だ。この試練を乗り越えることで、新たな道が目の前に開けるに違いない。

「よしっ」

声に出して自身を鼓舞《こぶ》した幸七郎は、立ち上がって着物の埃《ほこり》を払うと踵《きびす》を返した。

向かおうとしている先は、たったいま駆け下りて来たばかりの室根山である。

7

再び山頂まで登った幸七郎《こうしちろう》は、ゆっくりと室根神社まで下ったあと、足音を忍ばせるようにして窟屋《いわや》が見える位置まで戻った。

若い男と年かさの女という組み合わせを考えるに、普通の夫婦《めおと》関係であったとは思えない。そうでなければ、人目を忍ぶようにしてあんなところで会っていないはずだ。あの二人、いくらなんでも一晩中窟屋で過ごすつもりはないだろう。

もしあの二人がまだいたとしたら、立ち去るまで待つつもりでいた。その結果、夜になってもかまわないと覚悟を決めていた。

あの穢れてしまった窟屋に身を置くことが必要なのだ。そこで座禅を組み、一切の雑念を払うことができれば、穢れに打ち勝ったことになる。雑念を払う。穢れを祓う。どちらも同じく「はらう」というのは、はらうべきものの根源が同一であることを意味している。

それこそが、幸七郎が至った結論であった。

おそるおそる木陰から覗《のぞ》き見た窟屋には、人気《ひとけ》がないように思われた。

なにか物音はしないか、人の声や息遣いが聞こえてこないかと耳を澄ませてみたが、それらしき音は聞こえない。耳に届くのは、たまさか飛び交う鳥のさえずりと、姫瀧《ひめたき》から届いてくる微《かす》かな水音だけだ。

意を決した幸七郎は、身を寄せていた木の幹を押しやるようにして、足を踏み出した。岩肌が露出し、荒れて滑りやすい窟屋までの三間《げん》（約五メートル四〇センチ）あまりの登りを、慎重に登っていく。

ほどなく窟屋の全貌《ぜんぼう》が見えてきた。

畳一畳ほどの広さの窟屋は、文字通りのもぬけの殻であった。なにか残していったものがないか、汚《けが》らわしい行為を行っていた痕跡らしきものはないかと、窟屋の隅々まで調べてみた。

目につくようなものは、なに一つ残されていなかった。だが、昨日までとは違う淫靡《いんび》で妖気《ようき》めいたものが、狭い空間に漂うどころか、べったりと貼《は》りつき、さらには、岩肌に塗り込められているように思える。

幸七郎は、岩壁に向かって腰を下ろすと足と手を組んだ。呼吸を整え、まぶたを半眼に閉じて、まずは雑念が浮かぶままに任せた。

座禅の修行を始めて間もないころ、雑念を消そうとすればするほどかえってさまざまな思念がよぎって上手《うま》くいかなかった。

そんな幸七郎、当時の勝之助に、ある日、定山和尚《ていざんおしょう》が言った。

「いくら雑念を消そうとしても上手くいくものではないぞ。浮かぶままに身を任せてみるのもよいかもしれぬなあ」

和尚がなにを言っているのか、最初はわからなかった。が、無理に雑念を消そうと試みなくなったある日、ふいにその瞬間が訪れた。確かにそこには「無」を静かに見つめている自分がいた。とても奇妙な時間であり、空間であった。といっても、最初にその状態に達した際には、二、三度息をするあいだしか続かなかった。ものごとは一朝一夕《いっちょういっせき》にいくものではない。幾度となく試みることにより、常にではなくとも、おおむねそのような境地に至れるようになったのだが、それまで五年もの月日を要した。

しかしそれも、所詮《しょせん》は表面的なものにすぎなかったことを、幸七郎は身をもって知ることになった。この回峰行《かいほうぎょう》を始めるや、空腹のあまり、まともに座禅を組めなくなった。食欲という生き物として容易には消せない欲が雑念を呼んだのである。

その食い物への執着は、毎日、一心に室根山《むろねさん》に登ることでなんとか退《しりぞ》けることができた。

そこで今度はまったく別の欲にぶつかることになった。肉欲、情欲、あるいは色欲と呼べばよかろうか。窟屋での男女の交わりを目にしたことで、成長するにつれて自身の中でくすぶり、少しずつ肥大していた欲望、すなわち性欲が一気に噴出することになった。

幸七郎にとっては食欲よりも厄介な相手だった。予告もなく唐突に、そして暴力的にさらされたせいで、心の準備がなに一つできないままに向き合わされ、克服せねばならぬ問題となっていた。これはまさしく煩悩《ぼんのう》である、煩悩の塊に押し潰されそうになっているのが、いまの幸七郎である。

半眼になり、座禅を組み続ける幸七郎の脳裏によぎるのは、この窟屋でなされていた行為だ。女の白い肌と男の浅黒い体が重なり合い、もつれ合っている、汚らわしくも目を逸《そ》らすことのできなかった光景が奔流《ほんりゅう》となって押し寄せ、溺《おぼ》れそうになる。その奔流に一刻（約二時間）あまりも身を任せていた幸七郎は、薄く閉じていた目を、かっと見開いた。

大きく息を吸ったり吐いたりしたあと、対面していた岩壁に背を向け、田畑や丘陵《きゅうりょう》が織りなす遠く開けた景色に目を向けた。

駄目だ、さっぱり駄目だ。

浮かんでくる思念に逆らわずに身を任せようとすればするほど、いっそう深みに嵌《は》まっていく。

西の方角を見やると、だいぶ陽《ひ》が傾いていた。まだ空は青いが、あと一刻ほどもすれば赤く染まり始めるだろう。

あきらめて渋民《しぶたみ》に帰るという選択肢はなかった。ここで帰ってしまったら、この七日間の努力が、いや、これまで勉学の道で積み重ねてきたものが、すべて無に帰してしまう。

息を整え直した幸七郎は、再び壁に向かい、いつも以上に息を整えることに注力した。

次第に心が落ち着いてきた。が、雑念が消えたわけではなく、少しでも気を抜くと、いかがわしきあの光景に引き寄せられそうになる。

「一入空門與世殊　此心棄智好甘愚　学愚愚極任貧足　掬水渓流持扨有無――ひとたび空門に入り世を殊《た》（断）つ　この心は智を棄て愚に甘んずるを好む　愚を学びて愚、極まれば貧に任せて足る　掬水渓流有無をもつ……」

座禅の作法としてはまったく間違ったものなのだが、意図せず幸七郎は口に出して呟《つぶや》いていた。まるで読経《どきょう》するかのように幸七郎が唱えているのは、初めて定山和尚に会った際に授けられた七文字四句の偈《げ》であった。無意識のうちに幸七郎は、最初の師である定山禅師による最初の教えに回帰していたのである。

半刻《はんとき》（約一時間）あまりが過ぎたころには、一心に唱えていた七文字四句の偈が窟屋の壁に反響しなくなった。

さらに半刻が経過し、日が暮れて周囲が薄暗くなってきたころには、窟屋の中から人の気配が消えた。

東の空に懸かり始めた満月に誘われるようにして一頭の御犬殿《おいぬどの》、つまり狼《おおかみ》が社殿の背後の杉林から姿を現した。群れから独立したばかりのまだ若い雄狼である。何の因果があって狼としてこの世に生を受けたのか、若い狼の前途には険しい困難が立ちはだかっている。群から離れた雄狼は、単独で獲物を捕らえて生き延びねばならない。配偶者となる雌狼を得られるかどうかは運しだいだ。

若狼は本宮《ほんぐう》と新宮《しんぐう》、二つの社殿をひと回りしたあと、軽い足取りで姫瀧のほうへと下りて行った。

姫瀧の清水をぺちゃぺちゃ音を立てて舐《な》めたあと、首をもたげて鼻をひくつかせた。

若狼はひどく腹が減っていた。太陽が七回昇るあいだ、ほとんど水しか口にしていない。水以外で腹に収めたものといえば、蛙《かえる》が一匹と蚯蚓《みみず》が三匹だけである。

空腹でいっそう鋭くなった鼻が人の臭いを嗅《か》ぎつけた。普段は自分のほうから避けている臭いである。

が、空腹にはどうしても勝てなかった。そろりそろりと、音を立てずに臭いのするほうへと移動し始める。狼の記憶に微かに刻まれている窟屋の中から、その臭いは漂っていた。かつて子狼のときに兄弟たちと戯《たわむ》れていた窟屋である。

窟屋に辿《たど》り着いた若狼は、月明かりにぼうっと浮かぶ彫像のようなそれを見た。人間の臭いは、確かにそれから発せられている。紛れもなく肉の臭いだ。血の通った喰い物の臭いだ。

だが、なにかが違う……。

若狼の喉《のど》からウーッという低い唸《うな》りが漏《も》れた。牙《きば》を剝《む》いた口吻《こうふん》の端から、だらだらと涎《よだれ》が垂れ始める。

が、それは微動だにしない。動かぬだけでなく、漂ってくる臭いになんの変化も起こらない。

それの喉元に喰らいつきたい衝動としばらく戦っていた若狼は、やがて唸り声を引っ込めると、逡巡《しゅんじゅん》の様子を見せつつも身体《からだ》の向きを変えた。

岩肌に根を張ったかのように動かぬそれに背を向けた若狼は、麓の方角に向けて山の尾根をとぼとぼと下り始めた。

8

幸七郎《こうしちろう》が自ら申し出て、素忠《そちゅう》が許可を与えた室根山《むろねさん》での七日間の回峰行《かいほうぎょう》は、今日で終わったはずだった。だが、黄昏時《たそがれどき》はとうにすぎ、宵《よい》の口になっても、掬水庵《きくすいあん》で待つ素忠の前に幸七郎は姿を現さなかった。持って生まれた性格とでもいうべきか、年齢には似合わずすべてにおいて杓子定規《しゃくしじょうぎ》なほどに堅い幸七郎である。戻っていれば真っ先に報《しら》せに来るはずだった。

不審に思い、隣の母屋に出向いてみようかと素忠が考えていたところに、母の亀《かめ》が訪ねて来た。聞くと、幸七郎はまだ帰っていないという。息子の身になにかあったのではないかと案ずる亀に「本人が自ら望んで始めた修行、安易に手を差し伸べぬほうがよいでしょう」と一度は言ったものの、戌《いぬ》の刻（午後八時）を過ぎてもまだ戻らないとなると、放り置くわけにもいかなくなった。

室根山は険しい山ではない。崖《がけ》から落ちて死ぬような場所はないはずだが、なにが起きるのかわからないのが山である。行き違いになるおそれはあったものの、幸七郎を探しに行くことにして、素忠は掬水庵をあとにした。

雲のほとんどない満月の夜である。提灯《ちょうちん》の明かりがむしろ邪魔になるほど、夜道は昼のように明るい。

東へ向かって街道を歩くことおよそ二里、大原村を過ぎて室根山の登り口に差し掛かろうとしたところで、亡霊のように山を下りてくる人の姿を認めた。

案の定、人影は幸七郎であった。足取りはしっかりしている。怪我《けが》をしている様子は見られない。

素忠の前で立ち止まった幸七郎が、

「先生、なぜここに」と、いぶかしげに言った。

「亀どのが案じておられたので、様子を見に来てみたのだが――」弟子の頭から爪先までを検《あらた》めた素忠が、

「どうやら、案ずる必要はなかったようだな」と言うと、

「ご心配をおかけしまして申し訳ございません」そう言って幸七郎は腰を折った。

月明かりで見ているからだろうか。七日前の幸七郎とは違って見える。断食《だんじき》をしながらの回峰行のせいだろう。頰《ほお》がだいぶこけているが、やつれた感じはせず、むしろ眼の光が強くなっているように思える。

「して、この山での――」峰の肩のあたりに月が載《の》っている室根山に一度目をやり、

「おまえの回峰行は結願《けちがん》したのか」と尋ねると、しばらく考え込んでいた幸七郎が、

「明日、あらためて話をさせていただいてよろしいでしょうか」と訊《き》いてきた。

「よかろう」

承諾した素忠とともに渋民《しぶたみ》に戻るまでの道中、なぜか幸七郎はひと言もしゃべらなかった。

9

翌日の昼、幸七郎《こうしちろう》は掬水庵《きくすいあん》を訪ねて桃井素忠《ももいそちゅう》を前にしていた。窟屋《いわや》でなにを目にしたか、素忠には一切話していない。話すことに羞恥《しゅうち》を覚えるからではない。隠そうとしているからでもなかった。口にしても意味がないことだからである。あの光景を目にしたときは、天地が逆さになったように仰天し、うろたえた幸七郎であったが、窟屋に戻り、夜が更《ふ》けるまで自身の心を見つめたことで、あの男女の行為など些末《さまつ》なことにすぎぬと思える心持ちに至った。それよりもはるかに重大な、魔物と言えるようなやっかいなものを闇《やみ》の中から引きずり出し、腑分《ふわ》けをすることが叶《かな》ったのである。

それはなにか。

師である素忠を前にして口にするのは心苦しく、そして憚《はばか》られることではあるのだが、禅の道との、仏法の教えとの決別を、幸七郎は決意したのであった。

禅の道を究《きわ》め、煩悩《ぼんのう》を消し去り、解脱《げだつ》に至る。

間違った教えではないと、幸七郎も思う。それができたからこそ、お釈迦《しゃか》様は仏教の祖となった。それに偽りはないだろう。

「ですが、先生――」と、幸七郎は素忠に疑念をぶつけた。

「確かに座禅を組むことで、無の境地に至ることはできると思います――」昨夜の自分を思い起こして幸七郎は言った。

「しかし、先生。それは座禅を組んでいるあいだのことにすぎません。座禅を終えれば、またすぐ煩悩の世界に戻ってしまいます」

「繰り返して修行を積めば、そうはならぬ境地に至れる」

「先生はどうなのですか？」

「おれはまだまだ無理だ。いや、死ぬまで無理であろうな」

「先生でさえそうなのに、いったい誰がその境地に至れるというのでしょう」

「仏教において聖人《しょうにん》と呼ばれる高僧は、間違いなく無の境地に至っていただろう。おまえの最初の師、定山《ていざん》禅師も近いところにおられたと、おれは思う」

「そうかもしれません。しかしそれは、極めて困難な道を説いているように思われてなりません。禅の厳しい修行の末にでさえ、至れるか否かわからぬ境地を求められても、常人にはそもそも無理な話にございます。禅僧以外は最初から解脱への道は閉ざされているということになってしまいます」

「それは儒《じゅ》でも同じであろう。万人が聖人《せいじん》になれると朱熹《しゅき》は説いたが、その朱熹ですら聖人ではなかった」

「ですから、解脱できるかどうかが問題なのではありません。聖人になれるか否かも問題なのではありません」

「なにが言いたいのだ」

「教えのそもそもの出発点が間違っているのではないかと、私には思えてならないのです」

「それは仏教の教えが、ということか」

「はい」

「ずいぶん大胆なことを言うではないか」

「申し訳ございません」

「まあ、いい。続けるがよい」

「はい」

うなずいた幸七郎は、一度唾《つば》を飲み込み、口の渇きを潤《うるお》してから言った。

「そもそも、輪廻転生《りんねてんしょう》などないのではないかと思うのです」

「朱熹の言ったあれか。輪廻転生が真実だとすれば、この世には一定の数の命がぐるぐる回っているだけで、新しいものはなにも生まれないという批判のことだな」

「その批判はやはり正しいのではないでしょうか。それに、仏教には禅の教えだけではなく、浄土教や法華経もございます。たとえば浄土教は南無阿弥陀仏を唱えれば人は極楽浄土へと行けると説いています。同じ仏の教えでありながら、一方は厳しい修行を必要とする。かたやもう一方は、念仏を唱えるだけでいい。どう考えても辻褄《つじつま》が合いませんだろう」

「それは教義の違いにすぎぬ。たとえ矛盾があっても輪廻転生を否定するものにはならぬだろう」

「いずれにしても仏教は、解脱して成仏《じょうぶつ》し、輪廻転生の苦しみから逃れることを眼目《がんもく》にしてございます。であれば、いずれは現世にある命がすべて消えてしまう。そういうことになってしまいませぬか」

「人間の命だけで考えればそうなるだろう。しかし、現世には人の数を超えた無数の命がある」

「仮にそれが真実だといたしましょう。輪廻転生もあるのだといたしましょう。そのうえで仏教の目指すところを突き詰めて考えれば、すべての人々が救われること。解脱して極楽浄土に向かうこと。それは、裏を返せば、この世に、つまり現世に人は要《い》らぬと言っているのと同じことにはなりますまいか。ひいては、私たちが生きている今この時が、この時間そのものが無意味なもの、意味のないことだと言っているのと同じにございます」

「ほう。なかなかよく理解しているではないか。我々の生きる現世は苦しみばかりで本来生きるべき世界ではない。それが真実だ。だから仏の教えはいっそう生きてくるのだ」

「先ほど先生が言った、人の数を超えた無数の命はどうなりますか。仏教によって人がすべて成仏したあとに残された無数の命は省みる必要がない、ということですか」

「いずれは人間界に転生し、やがては成仏の道へ至ることができると考えればよい」

「そうしたら、しまいにはこの世からすべての命が消えてしまうことになります。だとしたら、なんのためにこの世界はあるのでしょう。太陽や月や、そしてこの大地は、なにゆえここにあるのでしょう」

「……」

「それよりは朱熹の教えのほうが実にすっきりするのです。気の集散ですべての物事は説明できそうに、私には思えてならないのです」

「人は死ねば気が散じ、やがてすっかり無になる……か」

「はい」

「それで人は救われるか？　人の心は安らぐか？」

「まやかしの教義にすがるよりはずっといいかと」

幸七郎が言うと、突然、ははは、と素忠が大きく笑った。

「まやかしとはよくぞ言ったものだ」

「怒っておいでなのですか」

いや、と首を振った素忠が笑みを浮かべて幸七郎に言った。

「そろそろ仙台に出てもいい頃合いのようだ。もうかまわぬぞ。いつでも仙台に向かい、さらに勉学に励むとよかろう」

遊学の孝七郎

1

宝永《ほうえい》七年（一七一〇）師走《しわす》の仙台城下。

御譜代町《ごふだいまち》の筆頭である大町《おおまち》、なかでも奥州《おうしゅう》街道と大町通の十字路に設置された高札場《こうさつば》に最も近い大町五丁目は、商人たちから羨望《せんぼう》の眼差しが向けられる一等地である。その大町五丁目に暖簾《のれん》を出している料理茶屋「後藤屋《ごとうや》」の奥座敷にて、四人の男が集まって談義をしていた。

この四人、仙台藩の重役、儒官《じゅかん》、大番士《おおばんし》に町人と、身分も家格もばらばらである。後藤屋は、城下の料理茶屋において一、二を争う格式の高さを誇っている。その最も奥の座敷で酒肴《しゅこう》の膳を前にしていられるのは、参集を呼び掛けたのが、若年寄《わかどしより》の田村図書顕住《たむらずしょあきずみ》だからである。

禄高七百石の田村の家格は召出《めしだし》の一番座。召出とは、正月に仙台城で持たれる宴席に呼ばれる家柄で、元日に参加できる者が一番座、二日に参加できる者が二番座と決められている。元日に藩主へのお目見えが叶《かな》うのであるから上級家臣ではある。だが、厳格に序列が定められている仙台藩において、決して上位の家格とは言えない。実際、最上位の御一門の十一家から始まり、御一家が十七家、準一家十家、一族二十二家、宿老三家、着座二十八家、さらに太刀上《たちうえ》十家に次いでの召出となっている。

それでも田村図書が藩政の一翼を担《にな》う若年寄を務めているのは、その頭脳を買われての抜擢《ばってき》であった。きっかけとなったのは、仙台藩において慣習的に続いていた、農民への無利息貸し付けを回収する買米《かいまい》制度に対する申し立てだった。江戸での米相場を利用して利益を得るための不道徳で理にあわない施策だとして非難する口上書《こうじょうがき》を上申したのである。結局、それにより万治《まんじ》年間（一六五八〜六一）に強制的に実施された御割付御回買米《おんわりつけごかいかいまい》が廃止に追い込まれた。

実は、無利息貸し付けによる買米制度は、農民にも藩にも歓迎されていたのであるが、若いころから朱子学《しゅしがく》に傾倒していた田村図書の目には、額に汗をせず利を得る方便としか映らなかった。田村に正論を振りかざされた当時の藩の重臣らは、内心ではどう思っていても誰一人として反駁《はんばく》できなかったのである。

さらには、城中のみならず領民のあいだでもいまだ生々しく語り継がれる、寛文《かんぶん》年間（一六六一〜七三）にあったお家騒動の概要をまとめたのも田村だ。

そろそろ還暦を迎える田村図書だが、藩内きっての頭脳派の重役としてまったく衰えを見せていない。

その田村に田辺喜右衛門《たなべきえもん》が尋ねた。

「稀に見る逸材を見つけたとのことだが、いったいどこの何者でござろうか」

田村図書とほぼ同年配の田辺整斎希賢《せいさいまれかた》、通称喜右衛門は、整斎の号が示す通り儒学者である。承応《じょうおう》二年（一六五三）に京都に生まれた喜右衛門は、伊藤仁斎《いとうじんさい》、木下順庵《きのしたじゅんあん》、山崎闇《やまざきあん》斎《さい》という名だたる儒学者に学び、若いころより気鋭の学者として名を馳せていた。その整斎に目をつけたのが、学問好きで知られる四代藩主伊達綱村《だてつなむら》の侍講《じこう》として仕えていた大島《おおしま》良設《りょうせつ》だった。大島の推挙を受けた喜右衛門は、延宝《えんぽう》七年（一六七九）、儒員として仙台藩に招かれ、その後、元禄《げんろく》八年（一六九五）には、綱村の養嗣子《ようしし》に迎えられた吉村《よしむら》の侍講となった。整斎と同じ時期に儒員に抜擢された栗原郡《くりはらごおり》生まれの遊佐木斎《ゆさぼくさい》とともに、仙台藩《はん》儒《じゅ》の双璧《そうへき》を成している。

「その者に、おれは一度しか会っておらぬでな。どのような者か、石川、おぬしから詳しく説明いたせ」

田村が言うと、年のころ三十路《みそじ》ほどの侍が口を開いた。

「渋民村《しぶたみ》にて大肝入《おおきもいり》を務めております岩渕夘左衛門《いわぶちうざえもん》の倅《せがれ》で、幸七郎《こうしちろう》という者にございます」

「百姓の倅か」

「さようにございます」

「ところで、その渋民村とはどのあたりだったかの」

「整斎どの、それは真面目に訊《き》いているのでござるか」

田村図書が眉《まゆ》をひそめて口を挟んだ。

「いや、だいぶ昔に仙台に移り住んだとはいえ、仙台城下以外は松島くらいしか足を運んだことがなくてな。この整斎、恥ずかしながら、地理にはめっぽう弱いのだ」

「偉そうに言うことでもあるまい。渋民は磐井郡《いわいごおり》のちょうど真ん中あたりにある」

「だいぶ田舎《いなか》だな」

「それにしてもそこもと、たまには自分の知行地に足を運んでみたらどうだ」

揶揄《やゆ》するように言った田村に、とぼけた口調で整斎が返した。

「はて、それがしの知行地はいったいどこだったか」

「それも真面目に言っておるのか」

「いたって真面目にござるぞ」

じゃれあうような問答をしながら、田村と整斎が笑う。二人が古くからのつきあいであることを知らぬ石川利兵衛《いしかわりへえ》が戸惑いの表情を浮かべた。四名のなかでは最も若輩であるとともに、大番士とはいえ禄高が百石に満たない下級武士である。藩の重役と、儒学者とはいえ召出の家格に取り立てられて六百石もの知行地を持つ大物儒官を前に、萎縮《いしゅく》するなと言っても無理な話だ。

利兵衛を見やった整斎が、

「いや、話の途中ですまんかった――」と頰《ほお》を緩めたあとで、

「して、その幸七郎とやらは幾つになるのだ」と尋ねた。

「確か、今年で十五だったかと」

確認するように大和屋《やまとや》の星久四郎《ほしきゅうしろう》に目を向けた利兵衛が答えた。

「で、どの程度できるのだ」

「経書《けいしょ》はすべてものにしているようにございます。噂《うわさ》を聞きつけて興味を持ちまして、大和屋の屋敷で会ってみたのですが、試しに何かを講じてみてくれぬかと申しましたら、一刻ほども『中庸《ちゅうよう》』について講釈されました。それがまた的確と申しますか、思わず居住まいを正して聞き入ってしまったくらいでして」

ほう、と漏《も》らした整斎が確認する。

「家督ではないのだな」

「えーと、それは……」

助け舟を求めるように利兵衛が久四郎に目を向ける。

おほん、とひとつ咳払《せきばら》いをした久四郎が、利兵衛に代わって答えた。

「家督は六つ年上の作兵衛《さくべえ》という者にございます。さらに、こちらは養子にございますが、三歳年上の孝之丞《こうのじょう》という者がおります。もうひとり、姉のハツは確か幸七郎より七つか八つほども上だったかと」

「家督がいるのに、なぜ養子を取ったのだろうか」

「幸七郎の勉強相手にと、そういう話だったと聞いております」

ふむ、とうなずいた整斎が、

「幸七郎の家について、だいぶ詳しいようだが」と尋ねた。

「実は、本人に初めて会ったのは、一昨年の秋のことにございます。幸七郎と孝之丞を連れて、母親が仙台まで本を買い求めに来ておったのです。たまたま躑躅岡《つつじがおか》で三人に行き会いましてね。なんと、わずか十三歳の子どもが、肯山《こうざん》（綱村）公が建立《こんりゅう》した碑文を母親に読み聞かせておりまして」

「あの碑文をか？」

「はい」

「十三歳の百姓の倅が？」

「さようにございます。いや、そばで聞いていて心底仰天しましてね。事情を尋ねてみたところ、渋民で手に入る本はすべて読み尽くしたゆえ、仙台まで本を買い求めに来たというではありませんか。で、私のほうから、それほど勉学がしたいのならぜひとも仙台に出ておいでと勧めました次第にございます。住まうところは心配いらぬからと申し添えましてね」

「そのときのおぬしの言葉を忘れていなかったというわけか」

「はあ、まあ……さような次第にございまして……」

「して、おぬしのところにはいつから？」

「六月の上旬にやって来ましたので、かれこれ半年になりますか」

「そのあいだ、誰かに師事しておったのか」

「師事してきたというほどのことはございませんが、吉田《よしだ》さまの勧めに従って、今は『楚《そ》辞《じ》』を熱心に読んでおります」

「吉田とは、吉田儒軒《じゅけん》のことか？」

「さようにございます」

久四郎が答えると、整斎が苦虫を噛《か》んだ顔になった。

「あやつ、まだ城下をうろちょろしておるのか」

「いえ、最近は手前どもの店にも屋敷のほうにも姿を見せておりませんので、どこか旅に出ておられるのかと」

そうか、とうなずいたものの、整斎の目から侮蔑《ぶべつ》の色は消えていない。

話題に出た吉田儒軒とは、江戸浪人の儒者のことである。

江戸や京都で儒学や朱子学を学んでいる儒者の身の処し方はさまざまだ。古くは林羅山《はやしらざん》、近年では新井白石《あらいはくせき》や室鳩巣《むろきゅうそう》のように幕府に登用されて、いわゆる「御儒者」となることが最大の立身出世であるのは言うまでもない。あるいは、整斎のように藩儒としてどこかの藩に迎えられるか。ただし、たとえ儒員として登用されても大した禄高は付与されないのが普通であるし、そもそもが狭き門である。

ならばということで、私塾を開く者も多いのだが、伊藤仁斎や山崎闇斎のように多くの門弟を抱えて一家を成す儒者は、出仕できる者以上に限られている。その多くは困窮に瀕《ひん》しており、儒医となって糊口《ここう》を凌《しの》ぐか、あるいは浪人となって諸国を巡り歩き、自身を売り込んだり篤志家《とくしか》の旦那衆を頼ったりと、流浪の身になる者も多い。吉田儒軒もそのような儒者の一人であり、整斎のような宮仕えの、しかも大物の藩儒にしてみれば、目障りで仕方がないのである。

整斎を見やり、やれやれという顔つきで微《かす》かに苦笑した田村図書が口を挟んだ。

「それにしても大和屋。相変わらず奇特というか、物好きなことだ。赤の他人の倅を引き受け、奉公もさせずに学問三昧《ざんまい》に任せるとは、奇特にもほどがあろうぞ」

「いや、手前は田村さまや田辺さまのお役に立ちそうな人材を常々《つねづね》探しておりますので」

「おいおい、大和屋。それではおれと整斎どのが、なにかよからぬことを企てているようにも聞こえてしまうぞ」

「めっそうもございません」

そう言って顔の前で手をひらひらさせた久四郎は、追従笑《ついしょうわら》いをしつつも、やり手の商人らしく、田村図書や田辺整斎の思惑をほぼ正確に見抜いている。

大和屋星久四郎は、その屋号から察せられる通り、畿内《きない》は大和の出身である。開府時、藩祖伊達政宗《まさむね》に付き従って米沢から岩出山《いわでやま》、そして仙台へと移住してきた譜代の商人を除くと、上方から進出して来た商人が実に多い。上方商人がおらねば仙台藩の経済は成り立たないと言っても過言ではないだろう。

久四郎も若いころにまずは江戸に出て薬種問屋《やくしゅどいや》の丁稚《でっち》となって修業を積み、その後、商機を狙い、仙台城下へと渡ってきた一人である。久四郎が仙台に進出して来たころには、最も大きな勢力となりつつあった近江《おうみ》商人が幅を利かせており、あらゆる種類の商売を牛耳っていた。そこで久四郎が目を付けたのは薬種の生産だった。むろん、久四郎がやって来る以前より薬種を扱う商人はいたが、もっぱら江戸から仕入れて売り捌《さば》いていた。つまり、領内では薬草の栽培がほとんどなされていなかったのである。

丁稚時代の人脈を頼りに江戸からの直仕《じか》入れで薬種問屋を始めた久四郎は、同じ薬種仲間で北材木町《きたざいもくまち》居住の北村屋権七《ごんしち》とともに、領内での本格的な薬草の栽培に乗り出すことにした。今から二十五年以上も前、貞享《じょうきょう》元年（一六八四）のことで、久四郎も二十代の半ばという若さだった。

久四郎と権七は、まずは藩に許可を得て江戸より大量の和薬の種を取り寄せた。そのうえで、国分寺《こくぶんじ》薬師堂周辺の国分生須原《いけすはら》と、その南に位置する小泉《こいずみ》村の土地を藩より無年貢で借り受けて薬園を開き、薬種の製造に漕《こ》ぎつけた。その際、薬草に詳しい者を雇って薬種製造の陣頭指揮を取ったのは権七で、久四郎はもっぱら藩との交渉役に回った。それぞれの得意とするところで役目を分担したのであるが、これが功を奏した。年ごとに生産量は増して、薬種も三十種類以上を数えるようになり、他領への出荷も可能なまでになった。こうして仙台の薬種仲間では最大手にのし上がった大和屋は、今では御譜代町である南町に店と屋敷を構えるまでになっていた。

だが、仙台城下随一の繁華街、大町に店を出すことを条件に、他領からの直仕入れなどの流通特権を認められている古手《ふるて》・木綿・絹布・繰綿《くりわた》・小間物の五つの仲間とは違い、薬種仲間は藩からのお墨付きを貰《もら》うまでには至っていないという問題があった。つまり、輸入に頼っている唐薬《とうやく》については江戸の問屋との強固な関係によって薬種仲間が流通を独占できているのだが、和薬の場合は、そうはいかない。和薬の生産地から薬種を直接仕入れて他領へ流すことが藩への仲役《すあいやく》上納を条件に許されているため、領内外の薬種商人が次々と出現して競争が激化していた。

仙台城下の十名の薬種仲間を実質的に束ねている久四郎は、この現状を変えるべく、しばらく前から策を練り、奔走《ほんそう》していた。

その一つは、藩政を担《にな》う重役と懇意になり、商売の実際を取り仕切っている御蔵方《おくらかた》や町奉行、町の検断衆《けんだんしゅう》に圧力をかけ、和薬の流通独占権を手中に収めることである。その目的のために久四郎が近づいたのが、田村図書と田辺整斎であった。もちろん、あからさまに便宜を図ってほしいとは口にしていないし、今後も同様であろう。その逆に、もっぱら久四郎のほうが二人のためにあれこれと便宜を図っている。それがいずれは回り回って利をもたらすに違いなかった。

たとえば、今回の幸七郎の件も、それがあってのことである。

先代の藩主伊達綱村は、若いころには深く儒学に傾倒していたのだが、途中から儒学への熱が冷《さ》めたように、以前は自身で排斥していた仏教を重んじ始めた。それにより、藩内における儒官の立場や影響力が、一時期、以前とは比べようがないほど弱いものとなった。それが、七年前に吉村が五代藩主に就いたことで、儒官の立場を挽回する機会が巡ってきた。一朝一夕《いっちょういっせき》にいくものではないが、今の時期が儒者の地位を向上させるための踏ん張り時なのである。

そうした状況下、結束して事に当たればよいところ、仙台藩の儒員たちは、表向きは別にして、内実は二派に分かれて反目しあっている。その一方の領袖《りょうしゅう》が田辺整斎で、もう一方が遊佐木斎なのである。したがって、整斎にしても木斎にしても、優秀な若者を門弟に持つことが、やがては自身の派閥の強化につながってくるのだ。

久四郎の目に狂いはなかった。岩渕幸七郎は、田辺整斎への、ひいては田村図書への手土産《みやげ》として申し分のない逸材であることが、この半年間の勉学ぶりを見ていて確信できた。

つまるところ、後藤屋での談義の場を設けたのは田村図書ではあるが、そのお膳立てをして実質的にこの場を操っているのは、大和屋星久四郎なのであった。

我ら薬種仲間が和薬流通の特権を握るためのもう一つの方策は……と、久四郎が思い浮かべたところで、整斎が大きく手を打ち鳴らして言った。

「わかった。その岩渕幸七郎とやら、門弟として迎えることにいたそう。田村どのからお屋形《やかた》さまに話を通して藩生《はんせい》として召し抱える段取りがついたら、大和屋、おぬしの屋敷に使いを差し向けるゆえ、本人を城中に連れて参れ」

「承知仕《つかまつ》りました。仰せの通りにいたします」

田辺整斎と田村図書に向かって、大和屋星久四郎は深々と頭を下げた。

2

「お呼びでしょうか」

自身の書院として専用に造らせた久四郎《きゅうしろう》の居室の襖《ふすま》が開けられ、幸七郎《こうしちろう》が姿を見せた。

行燈《あんどん》の明かりを頼りに読んでいた本から顔を上げた久四郎は、書見台を脇に寄せて幸七郎に向き合い、口許《くちもと》に笑みを浮かべて言った。

「よい報《しら》せだよ」

「はい」

「なんの報せだと思う？」

敢《あ》えて尋ねてみると、幸七郎は即答した。

「それは私にとってよい報せなのでしょうか。それとも久四郎さんにとってのものでしょうか。あるいは、大和屋《やまとや》さんにとってよい報せなのでしょうか。それがはっきりしないことには吟味《ぎんみ》できませんゆえ、答えるのは無理な問いにございます」

久四郎の思った通りである。こうした幸七郎の受け答えに、最初のころは面食らった。面食らっただけでなく、見込み違いだったかとも思った。だが、慣れてしまえば、戸惑うこともなくなった。話の流れにきちんと筋道が通っているか否か。それが幸七郎にとってのすべてだ。それを裏返すと、嘘《うそ》や偽りで物事を誤魔化《ごまか》したり、あるいは謀略を練って人を貶《おとし》めたりするような、必要悪としての処世術とはまったく無縁な、ある意味、純粋すぎるほどに純真な人間なのである。

予想通りの答えに笑みを浮かべた久四郎は、

「おまえにとってのよい報せだよ」と、あらためて言った。

「私が藩生《はんせい》に取り立てられる段取りがついたと、そういうことにございますね」

またしても即答であるが、これもまた久四郎の予想通りであった。

門弟として引き受けた整斎《せいさい》も、最初は驚き、戸惑うに違いない。だが、すぐにも幸七郎の本当の才覚に気づくであろう。気づかないとしたら阿呆である。石川利兵衛《いしかわりへえ》のような、無役の大番士《おおばんし》であるが学問には特別に熱心な者を試しに引き合わせてみたのだが、自分の半分あまりの年端《としは》の幸七郎がまるで師であるかのように居住まいを正し、講釈に聞き入っていた。十年に一度、いや、百年に一度出るか出ないかの、末恐ろしいまでの逸材だと久四郎が確信したのは、その時であった。

「近いうちに城から使いが来るはずだ。そうしたら、私と一緒に田辺《たなべ》整斎先生にお目に掛かることになる。整斎先生は知っているね」

「いえ、存じ上げません」

三度目の即答である。これには少々驚いた。仙台城下で儒学を勉強している身で、田辺整斎希賢《まれかた》の名を知らぬとは……。

「整斎先生のお名前、本当に耳にしたことがないのかい？」

「ありません。これまで読んだ本で、その名前を目にしたことは一度もないです」

その答えを聞き、久四郎は軽いため息を吐《つ》いた。

「幸七郎」

「はい」

「学問の道を究《きわ》めたいのであれば、書物に書いていることだけを学んでも駄目なのだよ。書物に没頭しているだけでは決して大成しない。それはわかるかね」

「はい、わかります。以前、祖父からも同じことを言われました。書物を読むだけが勉学ではない。己の心を見つめる修行や鍛錬も大事だと、そう教えられました」

「いや、私が言いたいのは――」

言いかけた言葉を久四郎は呑《の》み込んだ。

書物で得られる知識が学問をするうえで最も大事なのは確かであるが、同じ学者仲間との付き合いや、それによってもたらされる人脈が、学者として成功する上では欠かせぬものなのだと、そう言いたかったのであるが、果たしてどのように諭《さと》せば、この少年の胸に落ちるのか……。

しばし考えた久四郎は、今日のところはここまでに留めておくことにした。今の幸七郎に処世術を説いても無駄だ。もう少し大人になり、理屈通りにはいかない人の世のままならなさを本人が肌で知らないうちは、なにを言っても身にならぬだろう。

この若者の行く末に一抹《いちまつ》の不安があるとすれば、それに尽きる。どのような形で災いが降りかかってくるかはわからぬが、うまく潜《くぐ》り抜けてくれることを、久四郎は偽りなく願っていた。でないと、幸七郎の祖父、白栄《はくえい》との約束を違《たが》えることになってしまう。

次の言葉を待っている幸七郎に、久四郎は微笑《ほほえ》みかけた。

「なにはともあれ、めでたいことだ。明日にでも祝いの席を設けよう。さて、私もそろそろ眠くなってきた。今日はもう遅いゆえ、おまえもそろそろ休むといい」

はい、と答えた幸七郎がいなくなった部屋で、久四郎は幸七郎の祖父白栄との約束を思い出していた。約束というよりは、白栄の願いと言ったほうがよいだろうが、それは久四郎にとっても歓迎すべきものであった。

この二年間で、手紙のやり取りのみならず、白栄とは何度か会っている。直近は、幸七郎が仙台に出てくることが決まった時だ。孫をよろしくお願いしたい、ついては挨拶《あいさつ》に参りたいという手紙が久四郎のもとに届いたので、それには及びませぬという手紙を出したあと、渋民《しぶたみ》村に足を運び、あの草庵で白栄と会った。

手元から離れる孫の将来について、白栄は遠くを見るような目で語った。

「久四郎さんや。幸七郎には学者として一家を成すだけの素質があると儂《わし》も思っております。じゃが、それだけに心配も大きい。たとえば仙台にて藩儒《はんじゅ》として召し抱えられたとして、ずっと一所で宮仕えするのは難しいのではないかと案ぜられてならんのです」

「なぜでございましょう」

「あまりに真っ直ぐ過ぎる。それが元で人とぶつかることがあるやもしれない。いや、必ずそうなるでしょう。そうならぬためには、一所におらず学問修業の旅をして、いずれはここに戻って来るのが本人のためには一番よいのかもしれん。そして、この地の人々の教化に励んでくれればと、そう願っています」

そう口にした白栄は、たとえば、このような道を進んでくれれば言うことはないのだが、と前置きをして続けた。

「二十歳までは仙台にいてもよい。しかしいつまでも人の好意に甘えているようではいけない。二十一歳の春に京都へと上り、よき師や学友を求めて切磋琢磨《せっさたくま》するのがいい。その後、二十六歳の春には長崎に遊学して異国の者に多く出会い、本草学《ほんぞうがく》を勉強するのがよいでしょう。そうして立身成就《じょうじゅ》したのち、三十一歳の春に故郷東山《ひがしやま》に戻り、渋民の者たちを集め、耕作の合間に、自身が学んできたことの伝授と教化に努め、渋民の隆盛に尽くすと、そうなることを儂は願っているのです」

そう言ったあとで、さて、そこで久四郎さんに折り入って相談があるのですが、と口調を変えた白栄が切り出したのが、薬園の話であった。

訊《き》くと、良質な葉煙草《はたばこ》が採れる東山地方ゆえ、白栄自身がここであれば間違いないと見立てた、薬園を拓《ひら》くのにうってつけの広大な土地があるのだという。その薬園の開拓と和薬の生産、そして販売まで、大和屋さんと手を組んで独占的に進めたいのだがどうだろう、という話であった。いわば大和屋直営の薬園を東山地方に持つことになるのであるから、久四郎には願ったり叶《かな》ったりの話である。

話が一段落したところで、そのかわり、と白栄が言って久四郎の目を覗《のぞ》き込んだ。

もちろんですとも、と久四郎はうなずいた。広大な薬園を独占できるとなれば、幸七郎の遊学費用などお安いものだ。それにしても、一代で財を築き、大肝入《おおきもいり》にまでなった白栄こと岩渕作左衛門《いわぶちさくざえもん》は、なかなか侮《あなど》れない爺《じい》さんであった。

3

「みんな、聞いたか。いよいよ此度《こたび》の遊学生が決まるようだ」

孝七郎《こうしちろう》ら四人の若者が詰めている薄暗く寒々とした納戸《なんど》で、手にしていた紙の綴《つづ》りから顔を上げ、ついに我慢ができなくなった様子で口を開いたのは、藩生《はんせい》、つまり、正式な儒《じゅ》官《かん》になるために研鑽《けんさん》を積んでいる藩儒《はんじゅ》見習いの一人、佐藤吉之丞《さとうきちのじょう》である。

十五歳で田辺整斎《たなべせいさい》の門下生となり、帯刀を許された幸七郎《こうしちろう》が、額髪《ぬかがみ》をあげて孝七郎と名前を一字改めたのは一昨年、十九歳の春だった。同時に番外士に取り立てられた。切米《きりまい》三両四人扶持《ぶち》を給される武士の身分となったのである。それからさらに二年が経《た》った享保《きょうほう》元年（一七一六）の初春、子どものころは小柄だった岩渕孝七郎も人並みに背丈が伸び、一人前の若侍となっていた。

磐井《いわい》郡渋民《ごおりしぶたみ》村から仙台城下に出てきて六年、番外士といえども百姓身分の倅《せがれ》が伊達《だて》家の直臣《じきしん》となったのであるから、大いなる立身出世と言えなくもない。かといって、孝七郎に前途洋々たる未来が開けているかというと、それはまた別な話だ。それは孝七郎より一歳年上の吉之丞も同様なのだが、この場に居合わせているほかの二人、田辺希文《まれふみ》と遊佐好篤《ゆさよしあつ》は少々事情が違う。そのせいか、どうなるのだろうかと期待と不安が入り混じった表情の吉之丞に比べると、余裕の顔つきである。

吉之丞が口にした遊学生とは、藩費による京都への遊学を許される藩生のことだ。学問を修めるのに相応《ふさわ》しい地は、やはり京都を措《お》いてほかにないであろう。もちろん江戸でも学べぬわけではない。たとえば江戸の湯島《ゆしま》に林羅山《はやしらざん》が祖となる学問所があるのは、奥羽《おうう》の地でも広く知られている。しかし、聞こえてくる噂《うわさ》では、あまり振るわない様子だ。本来儒者の講釈を聴講すべき御旗本《おはたもと》の武士たちの姿がほとんど見られず、町人や町医者、家中の士などがぱらぱらと聴講に訪れる程度だという。江戸においての学問とは、将軍様やその御世継ぎのためにあるものらしい。どうやら、全国から集まる名もなき若い藩生たちが切磋琢磨《せっさたくま》する場には乏しいようだ。

そこへいくと、京都は学問の習得、とりわけ儒学の修養には事欠かない伝統がある。かの藤原惺窩《ふじわらせいか》を祖とする京学派の影響がいまなお色濃く残っているのだ。事実、仙台藩の儒官の双璧《そうへき》の一人である田辺整斎は京都に生まれ、伊藤仁斎《いとうじんさい》、木下順庵《きのしたじゅんあん》、山崎闇斎《やまざきあんさい》らに師事して名を挙げた。もう一方の雄、遊佐木斎《ゆさぼくさい》も生まれこそ仙台領であるが、若いころに上洛《じょうらく》して山崎闇斎の門人となっている。

つまり、藩費によって京都への遊学を仰せつかるということは、帰国後、正式に儒官として取り立てられることが約束されるのに等しい。そろそろ今度の遊学生が決まるらしいという噂に、吉之丞の目の色が変わるのも無理はない。だが、田辺希文と遊佐好篤の二人がそうでもなさそうなのは、名前が示す通り、希文は田辺整斎希賢《まれかた》の実子、好篤は遊佐木斎好生《よしお》の養嗣《ようし》だからである。京都への遊学のあるなしにかかわらず、いずれは儒官として取り立てられることが既定のものとなっている。

とはいえ、あからさまに顔には出さずとも、行けるものなら自分が行きたいと、両名とも内心で強く思っているのは間違いなかろう。江戸であれば、藩主の参勤交代のお供で上れる機会が多い。だが、京都となると、浪人の身にでもならない限り、たやすく行けるものではない。みやびな京の都を訪ねて見聞を広げたいと思うのは、誰しも共通した我欲である。しかも、若いころに京都遊学の経験を積んでおけば、儒家としての箔《はく》がつく。

「やはり、今回は田辺どのでしょうね」

探るような目で、吉之丞が希文を見やった。

田辺希文は何といっても田辺整斎の子息である。最有力の候補であるのは間違いない。めくっていた紙の束を放り投げるように床に置いた希文が、謙遜《けんそん》するように言った。

「いやいや、それがしよりも遊佐どのが適任でござろう。遊佐どのを差し置いて拙者ごときが京師《けいし》への遊学などおこがましいというもの」

遊佐どのを差し置いてとは、この場にいる四名の中で二十六歳の遊佐好篤が最年長であることを言っている。希文は一歳下の二十五歳。そこから三つ離れて吉之丞、そして最年少が孝七郎の二十一歳と続いている。

「いや、田辺どのこそ適任でござろうぞ。このところ、どちらかというと整斎さまのほうがお屋形《やかた》さまの覚えがよいようだし」

奥歯にものが挟まったような言い方をして好篤が返した。希文と好篤は、どちらも鷹揚《おうよう》そうに頬《ほお》をゆるめているが、作りものの笑みであるのは明らかだ。

二人を交互に見やった吉之丞は、気づ《つ》かれぬようにため息を吐きながら、遊学生の話など出すのではなかったと、胸中で顔をしかめた。

このところ、おもだった四人の藩生が連日のように通い詰めているのは、仙台城の大手門と二の丸の詰門《つめもん》のあいだにある長屋造りの建物、七十間御兵具蔵《ななじっけんごひょうぐぞう》、通称「蔵屋敷《くらやしき》」の御納戸《おなんど》の一つである。蔵屋敷には、御兵具蔵の名の通り、兵具や馬具、鉄砲などが主に収蔵されているのだが、それ以外にもさまざまなものが運び込まれ、保管されている。

四人の藩生が詰めている御納戸には大量の茶箱が積まれていた。箱の中身は茶ではなくて、すべて文書である。しかも、まったく整理されていない雑多な文書や手紙が、適当に綴られただけで、あるいは綴られもせず、乱雑に放り込まれている。それを朝から夕まで、いちいち引っ張り出しては何の文書なのか検《あらた》め、項目ごとに選り分け《え》て整理し直すという、辛気臭《しんき》いことこの上ない、気の遠くなるような作業をしていた。その作業を藩生たちに命じたのは希文の父田辺整斎なのだが、そもそもはお屋形さま、五代藩主吉村《よしむら》の命によるものだ。

吉村がいったい何を命じたのかというと、『伊達治家記録《だてじか》』の編纂《へんさん》である。伊達家の正史の編纂事業で、前藩主の綱村《つなむら》が田辺整斎と遊佐木斎に命じて編纂に当たらせたことに端を発している。綱村の時代には整斎と木斎、二人の儒官が同時に呼ばれて命じられていたのだが、吉村の代になってからは、もっぱら仰せつけられるのは整斎になっていた。今のお屋形さまの覚えがよいのは遊佐木斎ではなく田辺整斎のほうらしい。そんな噂があちこちで囁《ささや》かれているものだから、木斎の養嗣である好篤としては、内心面白くないのである。

ところで、現在編纂作業が行われているのは、肯山《こうざん》公の号にて隠居して久しい四代藩主伊達綱村の治世を記録する『肯山公治家記録』なのだが、記録所の日録を元に編纂するのみならず、引用の文書を全文掲載せよとの命であった。引用元の文書や書状、手紙や証文が膨大なうえ、未整理のままあちこちに分散していた。

そんなある日、ぽっかり抜け落ちてすでに散逸しているのではないかと思われていた文書類が、記録所ではなく蔵屋敷の御納戸の茶箱の中から偶然見つかった。

見つけてしまった以上は、ほかにも重要な資料が埋もれていることは十分に考えられる。よって御納戸に埋もれていた文書類をすべて検める必要が出てきたのであるが、そのような労力を要する地味な作業を、田辺整斎のような儒官が自ら行うわけがない。そうした際に駆り出されるのが、見習い藩儒の藩生たちである。しかし、愚痴をこぼす者はいない。下働きの声がかかることが儒官への道に通じることを誰もが知っているからだ。

そこにもってきて京都遊学の話が聞こえてきた。ごく近いうちにこの四名の中から誰かが選ばれ、お屋形さまへのお目見えが叶《かな》うのが、ほぼ確実となった。吉之丞らが色めき立つのも無理はない。

が、一人だけ意に介したふうもなく、黙々と作業を続けている者がいた。

岩渕孝七郎である。

三人から少し離れたところで茶箱の中身を検めていた孝七郎が唐突に声をあげた。

「あった。これだ、これに間違いない」

吉之丞、希文、好篤の三名がそろって孝七郎のほうに顔を向けた。

「間違いないとは、なにを見つけたのだ」

吉之丞が尋ねると、孝七郎は手にしていた書状を三人に見えるように天地を返して掲げてみせた。

「貞享《じょうきょう》元年（一六八四）三月八日の片平丁《かたひらちょう》の事件の委細を記した覚書《おぼえがき》だ。金成七平《かんなりしちへい》と宇《う》角喜右衛門《かくきえもん》、両名の名が記されているゆえ、間違いござらぬ」

「どのような事件であったのだ」

希文が尋ねると、しばらく書状に目を落としていた孝七郎が、なるほどそうか、と独り言のように呟《つぶや》いてから言った。

「三月八日の事件というのは、当時右筆《ゆうひつ》だった金成七平なる者が、片平丁にて同僚の宇角喜右衛門に斬りかかり、傷を負わせた事件のこと。その際、牢前《ろうぜん》にて斬罪の刑に処されたのは喜右衛門のほうで、なぜか七平には一切のお咎《とが》めなし。それればかりか、喜右衛門の兄に対しても城下十里外に追放の評定が下っている。おかしな評定だとは思いませぬか」

「確かに」

希文がうなずいた。

「ひょっとして――」と前置きをした好篤が、難しい顔つきで孝七郎に訊《き》いた。

「『評定所格式帳《ひょうじょうしょかくしきちょう》』の、えーと、何条だったか失念したが、人殺し云々の条文について、その判例であるということか」

「さよう。第十一条〈人殺しの類《たぐい》〉第二項にはこう記されている。一、人に慮外《りょがい》仕懸けられ候か、何ぞよんどころなき道理これあり、打ち果たし候えばお構いなし、相手死に損《ぞん》になり申し候、ただし、その時の様子により、死罪・流罪・追放などに仰せ付けられ候儀も御座候」

「そこもと、その条文を空《そら》で覚えておるのか」

驚いたように希文が言った。

「四書五経よりも覚えやすいと思うが」

当たり前のように孝七郎が答え、希文と好篤が、やれやれとばかりに顔を見合わせる。

「話を戻すと――」そう言って孝七郎が続けた。

「この覚書にて、何故そのような評定になったのかが解《げ》せる。どうやら喜右衛門なる者は七平に男色を迫ったらしい。しかし七平はそれを断った。その腹いせに喜右衛門は、七平は衆道《しゅどう》にご執心だと触れ回ったようなのだ。それを城中で知った七平が、喜右衛門を打ち果たすと近習目付《きんじゅうめつけ》に書置きして城を去り、喜右衛門の帰りを片平丁で待ち受けて斬りかかった。それが事の真相であるのは間違いなさそうだ」

「なるほど。ならば喜右衛門の斬罪も仕方あるまいな」

「そこまで侮辱を受けたとなれば、確かによんどころなき道理としてかまわぬだろう」

「それにしても、よくぞその覚書を探し当てたものだな。そこもとの執念深さには恐れ入った」

「おいおい、それでは誉め言葉になっておらぬぞ」

「いや、これはしたり。拙者の失言であった。ならば粘り腰と言い直そうか」

「いまさら遅いであろう」

「執念深いと言えば、知っておるか。この前の――」

孝七郎が発見した覚書をきっかけに、雑談めいた話になってくる。下城《げじょう》の時刻も近くなり、さすがに飽きてきているのだ。

当の孝七郎は我関せずである。茶箱の中から取り出した綴りを孝七郎が再び検め始めたところで「入るぞ」の声がして御納戸の扉が開き、屋外の冷気を連れて高橋与右衛門《たかはしよえもん》が入ってきた。

通称与右衛門の号は玉斎《ぎょくさい》、今年で三十四歳の藩儒である。遊佐木斎の愛弟子《まなでし》である与右衛門は、次代を担《にな》う儒官の筆頭と、誰しもが認める実力者だ。

弛緩《しかん》していた御納戸内の空気が一変した。下城の太鼓がじきに鳴ろうかという頃合いにわざわざ与右衛門が足を運んで来たのは、もしや……。

吉之丞は固唾《かたず》を呑《の》んで与右衛門が口を開くのを待った。希文と好篤も同様に居住まいを正して与右衛門に身体《からだ》を向けた。

「ご苦労であった。今日のところはもうよいぞ。明日、またよろしく頼む」

一同に向かって言ったあとで、与右衛門は御納戸の奥に目を向けた。

「孝七郎。お屋形さまがおぬしをお呼びだ。それがしについて参れ」

その言葉に、ざわざわと御納戸内の空気が揺らいだ。

茶箱のそばで何かの綴りを手にしていた孝七郎に視線が集まる。

「この綴りを検め終わるまでお待ちいただけませぬか」

「なにを言っている。かまわぬ、さっさとついて参れ」

「しかし、まだ下城の太鼓が聞こえておりませぬ」

「なにゆえお屋形さまがお呼びなのか、わからぬのか」

「京都への遊学の話にござりましょう」

「そうだ。このたびの遊学生は岩渕孝七郎にせよと、さきほどお屋形さまより仰せつかったのだ。わかっているならぐずぐずしている場合ではなかろうぞ」

「ぐずぐずしているのではございませぬ。あと四半刻《しはんとき》（約三十分）もすれば下城の時刻となりましょう。そのあいだにこの綴りの検分は終わりますゆえ、お屋形さまにおかれましては、それくらいお待ちいただいてもよろしかろうかと思いますが」

「馬鹿者っ。さように悠長《ゆうちょう》なことを言っている場合か。あとは三人に任せてとっととおれについて来い」

「先ほど、今日はもうよいと申されたと思いますが」

「取り消す。その文書――」と孝七郎が手にしていた紙の綴りを指さした与右衛門が、

「おぬしら三人で手分けして、今日中に検分を終わらせろ。よいな」

「それであれば仕方ありませぬ」

肯《がえん》じた孝七郎は、綴りを吉之丞に手渡し、

「どうもこの綴りには、家来手打ちと無礼打ちの件が、区別されずにごちゃ混ぜになっているようだ。きちんと選り分ける必要がある」そう伝えて立ち上がり、与右衛門へと歩み寄った。

「お待たせいたしました。それでは参りましょうか」

与右衛門と孝七郎の姿が消えた御納戸に取り残された希文と好篤には、落胆の色がありありであったが、それ以上に毒気を抜かれたような二人の顔つきが妙に可笑《おか》しく、思わず

吹き出しそうになる吉之丞であった。

4

――お屋形《やかた》さま。岩渕孝七郎《いわぶちこうしちろう》を連れて参りました。

「遅かったではないか。なにをしておった」

――申し訳ございませぬ。文書類の検分に手間取っておりましたもので。

「進んでおるのか、『治家《じか》記録』の編纂《へんさん》は」

――まだ始まったばかりですゆえ、そう簡単には。

「蔵屋敷《くらやしき》からごっそり文書類が見つかったと聞いておるが」

――さようにございます。

「いかようなものが多いのだ」

――えーと、それは……。

――『評定所格式帳《ひょうじょうしょかくしきちょう》』を制定する際に――。

――これっ、お屋形さまはおぬしには尋ねておらぬぞ。

「かまわぬ。申してみよ、孝七郎」

――お屋形さまもご存じの通り、肯山《こうざん》公さまの命で元禄《げんろく》十六年（一七〇三）の十一月二十八日に制定が成ったものでございますが、主に我が藩の刑罰に関する体系を統一したものにございます。聞くところによると、他藩はおろか江戸の幕府においてもここまで整ったものはいまだ作成されていないようにございます。なんとなれば――。

「そのあたりは、わざわざ講釈されずとも承知している。蔵屋敷からはいかような文書が見つかっているのか、それを聞きたいのだ」

――ことを急《せ》いてはいけませぬ。

――これっ、孝七郎。お屋形さまに無礼でござるぞ。

――無礼は申しておりませぬ。『評定所格式帳』が他藩に先駆けて我が藩で制定された理由がわかりませぬと、話の全容がつかめませぬゆえ申しておったのですが、お屋形さまにおかれましては、十分に承知しているとのことにございますね。

「心配は要《い》らぬ。その際の経緯は、先代より直接聞いているからな。ご一門衆が勝手に懲罰をしていたのでは、先々代の時のあのような騒動になりかねぬ。それを防ぐためには刑罰の権限は一手をもって藩にありとし、またその内容も統一する必要がある。そういうことであろう」

――そこまでおわかりでおいでででしたら、話は早く進みます。

――お屋形さまは講釈を命じているのではないのだぞ。偉そうに言うでない。

――承知仕《つかまつ》りました。しからば話を続けますが、『評定所格式帳』の制定に役に立ったと思われる判例の覚書が、今日になって見つかりました。これはかなり大きな発見と申してよいかと存じます。

「おお、そうか。たとえば、どのような判例が――」

――お屋形さま。僭越《せんえつ》ながら申し上げます。本日、孝七郎を呼び立てたのは、京師《けいし》への遊学を仰せつけるためにございましょう。『評定所格式帳』の話は、またの機会にお聞きになられてはいかがかと存じまするが。

「そうであったな。惜しいがまた今度聞くことにしよう。さて、岩渕孝七郎。このたび、おぬしに四年間の京師遊学を仰せつけることにした。思う存分、学問の道を深めてくるがよい」

――承知仕りました。仰せの通りにいたします。

――孝七郎。

――はい。何でございましょう。

――他にも言うことがござろう。

――はて、何のことにございましょうか。

――ありがたき幸せにございますとか、恐悦至極《きょうえつしごく》にござりますとか、いくらでもあろうが。

「これ、なにをこそこそ談じておる」

――いや、あまりの感激に言葉が見つからないようにございまして。

「そうか、そうか。なに、そんなに畏《かしこ》まらんでもよいぞ」

――お屋形さま。

「なんだ」

――お屋形さまにお尋ねしたいことと、お願いしたいことが一つずつあるのですが、よろしゅうございましょうか。

――これっ、無礼にすぎるぞ。この期《ご》に及んで願いも何もあったものか。

「かまわぬ、言うてみい。訊《き》きたいこととはなにか」

――なにゆえ私をお選びになられたのでしょうか。年功順に従えば遊佐どのか田辺どのになるのが妥当なところだと思うのですが。

「気になるか」

――はい、気にはなります。

「おぬし、天文学の江志知辰《えしちしん》が生きていたころ、師事しておったであろう」

――はい。

「しからば、二球《にきゅう》の説は知っておるな」

――はい。天球儀と地球儀のことにございます。

「聞いてどう思った」

――理に適《かな》っていると思いました。

「儒においては、この地は平らなのではなかったか」

――ですが、球だとしたほうが太陽や月、星々の運行の説明が容易につきます。

「よいことだ」

――なにがよいのでございますか。

「儒家は儒のみに、僧は仏門のみに偏《かたよ》ろうとするが、それは決してよいことではない。実はな、江志からおぬしの話を聞いておったのだ。そのころからおぬしを京師に送って、広く学問を学ばせてみたいと考えていたのだが、此度《こたび》、その機会が訪れたというわけだ。どうだ、得心《とくしん》いたしたか。

――はい。ありがたきお言葉にございます。

「うむ。して、願いというのはなんだ。遠慮せず申してみよ」

――京師に発《た》つ前に、一度国許《くにもと》へ帰らせてもらってもよいでしょうか。

「渋民《しぶたみ》に、ということか」

――さようにございます。

「なにゆえだ」

――祖父に会っておきとうございます。

「前にもおぬしの祖父のことは聞いた覚えがあるな。大肝入《おおきもいり》を務めておったが、だいぶ前に出家したとかなんとか、そういう話であったように思うが」

――さようにございます。宝永《ほうえい》六年（一七〇九）にございますから、今より七年前に出家して浄岩白栄《じょうがんはくえい》と名乗っております。

「いくつになられる」

――今年で七十一歳になります。

「この前はいつ会《お》うた？」

――昨年の秋、七月にございます。

「最近ではないか。それなのに会いたいというのは、加減でも悪いのか」

――いえ、昨年帰郷しましたときには、たいそう元気にしておりました。

「ならば、なぜ」

――このたびの京師への遊学について、許しを乞《こ》いたく存じまして。

「予が仰せつけたではないか」

――いや、さきほど仰せつかったばかりですので、祖父はこのことを知りませぬ。京師へ遊学となれば、祖父の許しを得ねばなりません。

――孝七郎っ、おぬし、なにを言っているのかわかっておるのか。無礼にもほどがあろうぞっ。お屋形さまが仰せつけたということは、紛《まご》うかたなく藩命であるぞ。おまえの祖父ごときがしゃしゃり出てくるような話ではないっ。

――白栄は私の祖父であるとともに、勉学の道における最初の師でもございます。六年前、仙台に出てくる際にも祖父の許しを得てから参りました。今回も同じにございます。祖父に断りもなく勝手に出立《しゅったつ》はできません。

——こ、この場をなんと心得る。こ、このっ……。

「与右衛門、あまりかっかするでないぞ。いいではないか。京師はどこにも逃げはしない。孝七郎、それでおぬしの気が済むというのであれば、国許に帰って祖父の許しを得てから出立するがよかろう」

——ありがとうございます。そのようにさせていただきます。

「ところで訊くが、もしもだぞ、おぬしの祖父《じい》さまが京師行きは罷《まか》りならんと言ったらどうするのだ」

——その際にはあきらめるしかございませぬ。私の代わりに誰か適当な者を選び直していただければと存じます。

——ば、ば、馬鹿なことを言うでないぞ。お屋形さまの命よりも、田舎《いなか》の祖父《じじ》ぃのほうが大切だと申すのか。

——比べるようなことではございませぬ。私は孝を尽くしてから物事を進めたいだけにございます。それに——。

——それに何だと言うのだ。

——祖父が私の京師遊学の話に反対するはずがございませぬ。ですから、案ずることはなにもございませぬ。

――お、おぬしときたら、まったく……。

「ははは、いや、愉快、愉快。愉快であったぞ、孝七郎。京師にてせいぜい勉学に励んでくるがよかろう」

――仰せの通りにいたします。

京都の孝七郎

1

京都の嵐山《あらしやま》が、春には桜の、秋には紅葉の名所であるのは、遠い陸奥《むつ》の地でもよく知られている。だが、実際に彼《か》の地を訪ねて桜やもみじを愛《め》でる日が叶《かな》う者は多くない。

ちょうど見ごろを迎えたその満開の桜並木の下を、二十三歳になった岩渕孝七郎《いわぶちこうしちろう》は、二人の学友と連れ立って歩いていた。

二人の名は辛島義先《からしまぎせん》、そして山宮源之允《やまみやげんのじょう》という。

孝七郎より六歳年長の辛島義先は、肥後《ひご》熊本藩の儒生で、いかにも肥後の男らしく色黒でがっしりした風体《ふうてい》をしており、孝七郎より一年早く上洛《じょうらく》して勉学に励んでいた。

義先の隣を歩く出羽国亀田《でわのくにかめだ》藩の山宮源之允は、女子《おなご》のように色白で華奢《きゃしゃ》な青年である。十七歳と年も若い。源之允が上洛したのは孝七郎と同じく二年前の春であるから、わずか十五歳で京都遊学を仰せつかった秀才である。

今朝のことだった。三宅尚斎《みやけしょうさい》の私塾にいつものように出向いてみると、今日の講釈は休みにするので花見に行ってきなさい、と言われた。嵐山の桜が満開を迎えているようだから、ぜひとも見物に行くようにと、尚斎が弟子たちに休みを与えたのである。

「しかし、人が多いな。これじゃあ、桜を見に来たのか人を見に来たのかわからぬな」

ひときわ枝ぶりのよい桜の下で顔をしかめた義先に孝七郎が言った。

「人を見る必要などないではないか。桜を見ようとすれば、見えるのは桜のみ。人のことなど気にならぬ」

「見たくなくても目に入って来るのだから仕方なかろう」

「勝手に目に入って来るのと、意図して見るのとでは違う」

「おぬしはそうかもしれぬがおれは違う。いや、どちらかといえば、おれのほうが当たり前であろう。なあ、源之允」

訊《き》かれた源之允が、考え深げに答えた。

「義先どのの当たり前と、孝七郎どのの当たり前は、それぞれに違うのだと思われます。さようにものの見方が違うということは、桜の気を見ているにすぎず、お二人とも理《り》を見るには至っていないのではありますまいか」

「さすが天下の秀才。言うことが違うわ。ということはだ、源之允。おぬしには桜の理が見えているのだな」

「私ごとき若輩者に見えるわけがありません」

「なにを言うか。謙遜《けんそん》するな」

「いや、謙遜ではなく、いかようにして桜の理を見ればよいのか、先ほどからその方策を考えているのですが、これがさっぱりで」

二人のやり取りを聞いていた孝七郎が口を挿《はさ》んだ。

「桜の木はなにゆえ葉をつける前に花を咲かせるのか、そこにこそ理があるのではあるまいか」

「なるほど」

「確かに」

同時にうなずいた義先と源之允に、孝七郎は言った。

「葉をつける前に花を咲かせる草木は桜だけではない。たとえば梅も然《しか》り」

「彼岸花《ひがんばな》もそうだな」

義先の言葉に、

「さよう」同意した孝七郎だったがすぐに、

「しかし――」と言葉を継いだ。

「桜と梅は花が散る前に葉が繁り始めるのに対し、彼岸花は花が枯れたあとで葉が伸びてくる。それが単なる気の違いによるものなのか、それとも理そのものが異なるのか。それを突き詰めていけば答えが得られると思う」

「一理ありますね」

源之允が深くうなずく一方で、義先がじれったそうに言う。

「それで、おぬしの見立てはどうなのだ。桜と梅、彼岸花の関係はいかに」

「義先」

「なんだ」

「おぬしは、どうしていつもせっかちなのだ」

「悪いか」

「悪くはないが、よい振る舞いでもないぞ。目指すべきは中庸《ちゅうよう》なり。『論語《ろんご》』にもあるだろう。中庸の徳たるや、それ至れるかな」

「おぬしに言われんでもわかっておるわい。だが、性分なのだから仕方なかろう。それでも、おぬしの頑固さよりはましだと思うが」

「頑固？」

「ああ」

「おれが？」

「ほかに誰がいる」

立ち止まり、一度周囲を見回したあとで、孝七郎は義先に尋ねた。

「頑固というのは誉め言葉ではないよな」

「当たり前だ。おぬしのそれは、もはや頑固を通り越して頑迷《がんめい》と言ったほうがよいかもしれぬ」

「頑迷となると、紛《まご》う方なく悪口ではないか。いったいおれのどこが頑迷だと言うのだ」

「誰が何を言っても、自説を一切曲げようとしないところだ」

「それは頑迷とは違う」

「どう違う」

「間違った説を依怙地《いこじ》になって撤回しないのであれば、それは頑迷《がんめい》と言えよう。しかし、間違ったことを述べていないのであれば、自説を曲げたり撤回したりする必要がどこにある。処世のため、あるいは目先の利のために正しい説を曲げるとしたら、それは腰抜け以外の何ものでもないではないか」

「それだ。それを頑迷と言うのだ」

「わからぬな。わかるように説明してくれ」

「説明できるようなものじゃあない」

「儒家ともあろう者、自分で説明できぬことを迂闊《うかつ》に口にしてはならぬと思うが」

「わかった。わかったからもう勘弁してくれ」

げんなりとした顔つきになった義先が、

「ほれ、源之允が笑っておるではないか」と言って源之允を見やった。

義先に倣《なら》って源之允に顔を向けた孝七郎は、

「そんなに可笑《おか》しいか」と尋ねた。

「お二人の噛《か》み合わぬ議論が、またしても始まったと思っただけにございます」

口許《くちもと》に笑みを浮かべたまま源之允が言う。

「噛み合わぬとは、いったい――」言いかけた孝七郎を、

「もういい。それでなくても人込みで疲れているのだ。議論はやめにして少し休んでいこうぞ」

そう言って、桂川《かつらがわ》に架かる渡月橋《とげつきょう》のたもとで暖簾《のれん》を出している茶屋を指さした。

「腹が減った。団子でも食っていこう」

茶屋へと足を向けた義先を孝七郎が呼び止めた。

「いや、おれはいい。先に帰る」

「帰る？」

尋ねた義先に、そうだ、と孝七郎が答える。

「なぜだ」

「実は手元不如意《ふにょい》なものでな。申し訳ござらぬが、先に帰らせてもらう」

「また本か？」

「うむ。先月、ついつい買いすぎた。気づいたら懐《ふところ》がかなり寂しくなっていた」

「団子の一本や二本、おれが奢《おご》る」

「いや、それは悪い」

「遠慮するな」

「遠慮しているわけではないが、仮に奢ってもらったとして、あとで返せるかどうかわからんぞ。できるだけ返すようにするが、返せぬうちにまた本を買ってしまうやも知れぬ」

「奢ってやると言っているではないか。返してもらおうとは、端《はな》から思っておらぬ」

「それで本当にかまわぬのか？」

「かまわんと言っておるだろう」

「ならば付き合うとしよう」

「偉そうに言うな」

笑いをこらえつつ二人のやりとりを見ていた源之允が、

「ちょうど軒先の席が空いたところです。あそこなら桜を見ながら休めます。誰かに先を越される前に掛けましょう」

そう言って、周辺で最も繁盛している茶屋へと向かって歩き出した。

2

傍《はた》から見ると嚙《か》み合わぬ議論で言い争ってばかりいるように見える辛島義先《からしまぎせん》と岩渕孝七郎《いわぶちこうしちろう》であるが、実のところは親友と呼んでよいほどに仲がいい。その二人に山宮源之允《やまみやげんのじょう》を加えた三人が、三宅尚斎《みやけしょうさい》門下の新三羽烏と呼ばれている。新と頭に付くのは、昨年、享保《きょうほう》二年（一七一七）の秋に、三名同時に三宅尚斎の門下生となったばかりだからである。

孝七郎が上洛《じょうらく》したのは、さらにその一年前の三月のこと。洛中《らくちゅう》でまずは身を寄せたのは、仙台においての師、田辺整斎希賢《たなべせいさいまれかた》の紹介で尋ねた桑名松雲《くわなしょううん》の屋敷だった。が、松雲に弟子入りしたわけではなく、すぐに浅井萬右衛門義斎《あさいまんえもんぎさい》の門を叩《たた》くことになった。孝七郎自身は松雲が京都においての師になるものとばかり思っていたのだが、どうも最初からそういう話ではなかったらしい。

ともあれ、田辺整斎、桑名松雲、浅井義斎は、ともに山崎闇斎《やまざきあんさい》の下《もと》で学んだ同門の儒者である。また、仙台藩における儒官《じゅかん》の双璧《そうへき》、遊佐木斎《ゆさぼくさい》も山崎闇斎の門弟である。それから察せられる通り、仙台藩の儒学は山崎闇斎の学派の流れを汲んでいる。山崎闇斎が没してからすでに三十五年あまりも経過しているのだが、闇斎に師事した門弟は数多く、京都においては闇斎《あんさい》学派、あるいは崎門《きもん》学派と呼ばれ、一大勢力となっている。

浅井義斎もその山崎闇斎に直接教えを受けた一人であったのだが、桑名松雲の口利きで孝七郎が門を叩いた時、すでに門下生として辛島義先が学んでいた。そして孝七郎とほぼ同時に浅井義斎の門弟となったのが、山宮源之允だった。

京都における朱子学《しゅしがく》の師となった義斎は、厳格で知られる崎門学を受け継いでいる儒家としては、その教義とは裏腹に、きわめて穏やかな人物であった。いや、本来の気質が穏やかというよりは、喜寿《きじゅ》も間近いという高齢ゆえに柔和であったとしたほうが正しかろう。事実、孝七郎が門に入ってからわずか一年と半年で病に倒れ、弟子たちに看取られてあっけなく没してしまった。

困ったのは師を失った門下生たちであるが、桑名松雲が便宜を図ってくれた。老齢ゆえ総勢で五名と、もともと門弟が少なかったこともあり、そっくりそのまま三宅尚斎の門人として学べるように段取りをつけてくれたのである。

その際、一名は国許へ帰り、もう一名は江戸へと出立《しゅったつ》したため、昨年の九月に浅井義斎の門下から三宅尚斎門下へと同時に移ったのは、孝七郎、義先、源之允のみとなり、もともとが同門であった流れでなにかにつけ行動をともにしているのであるが、それ以上に妙に馬が合う三名であった。

渡月橋《とげつきょう》のたもとの茶屋で、三本目の団子を齧《かじ》りながら、義先が孝七郎に訊《き》いた。

「引っ越しをしたいだと？」

「そうだ。どこかいい寄宿先を知らぬか？」

「今の米屋、居心地がよくないのか」

「そうではないが、どうも人の出入りが多すぎて落ち着かなくなってきた」

「なるほど、そういうことか」

口の中の団子を飲み下した義先が、さもありなんと得心《とくしん》した顔つきで言った。

「孝七郎どのの噂《うわさ》は聞き及んでいます。確かにそろそろ潮時かと私も思います」

義先以上に真剣な表情で源之允がうなずく。

上洛後、しばらくは桑名松雲の屋敷に寄寓《きぐう》していた孝七郎だったが、ほどなく師である義斎の家にほど近い米屋に間借りをした。

かなり大きな米屋であった。そうした規模の商家の主人となると、仙台の大和屋《やまとや》星久四郎《ほしきゅうしろう》がそうであったように、学問に熱心な者が多い。米屋の主人を相手に、三日から五日に一度の頻度で四書五経の講釈をするのを条件として、家賃を払わずに寄宿させてもらえることになったのだが、そもそもの発端は、これもまた松雲の口利きによるものだった。

しばらく経《た》ってから裏事情を孝七郎は知ったのだが、誰か適当な儒生はいないかと、前々より米屋の主人から松雲は頼まれていたらしい。そこへ折よく、仙台からなかなか優秀な藩生《はんせい》が送られて来たというわけである。

諸国から藩費で京都にやって来る遊学生は、洛中《らくちゅう》に点在するそれぞれの藩邸で寝起きをして、師の下《もと》に通っている者も多い。

仙台伊達《だて》屋敷とも呼ばれる仙台藩邸自体は、禁裏《きんり》の新在家御門《しんざいけごもん》、通称蛤《はまぐり》御門から三筋ほど西方へ行った京都守護職邸のはす向かいという、好立地にある。それはよいのだが、いかんせん、常駐の留守居が十名に満たないという小規模なもので、藩邸自体も町屋並みの手狭さだった。広大な敷地を擁する江戸の藩邸と比べること自体が憚《はばか》られるような情けなさである。とても落ち着いて勉学に励めるような場所ではなかった。それがあって米屋に世話になることにした。

米屋の居心地そのものは悪くない。朝夕の賄《まかな》いつきであったから、清貧の遊学生としては非常に助かる。さらには、店主への講釈も孝七郎の得手とするところである。

したがって言うことなしの好条件ではあったのだが、最近になってそうも言っていられなくなってきた。孝七郎の講釈の巧みさが評判を呼び、米屋の主人のような近所の商店主たちが、孝七郎の講釈を聞くためにこぞって集まりだしたのである。その数は、このところ二十名を超えるまでになっていた。

孝七郎としては、商店主らに講釈をすること自体はさして苦にならないのだが、

「二十人を超えている？　そりゃあまずいな」

「先生の耳に入らぬうちになんとかしたほうがよいのではないかと」

義先と源之允がそろって顔を曇らせた。

いかに儒学の知識に優れ講釈の弁が立つといっても、京都における孝七郎の立場は、三宅尚斎の一門弟にすぎない。間借りしている米屋で孝七郎のやっていることは、授業料こそ取っていないとはいえ、師に断りもなく私塾を開いているのと一緒である。これが尚斎の知るところとなれば、門下を離れるしかないであろう。

いや、それだけではすまぬかもしれぬ。

孝七郎らが師事している三宅尚斎は、佐藤直方《さとうなおかた》、浅見絅斎《あさみけいさい》とともに崎門の三傑と称されるほどの人物である。佐藤直方は江戸に出て久しく、浅見絅斎は六年ほど前にすでに没している。したがって京都における三宅尚斎は、学派を超えて誰もが一目置く重鎮だ。その尚斎に破門されたなどということになれば、京都での勉学の道が閉ざされるのは間違いない。

「このまま米屋に世話になっていたのではどうにもならぬ。こちらが望む望まないにかかわらず、日ごとに聴講生が増えそうな様子なのだ。だからこの際、米屋から離れた場所に引っ越しをして、ほとぼりを冷《さ》まそうかと思っている」

「まあ、それがいいだろうな」

あらためて義先が同意した。だが、隣に腰を下ろしている源之允は、食べかけの団子の串を手にしたまま、なにやら考え込んでいる。

「どうした、源之允。引っ越し先に心当たりでもあるのか」

「いえ」

横に首を振った源之允に孝七郎が尋ねる。

「なにか妙案でも」

はい、と顎《あご》を引いた源之允が、団子を皿に戻して言った。

「妙案というほどのものではないですが、ここはいっそのこと先生に申し出て、講釈の許可をもらったほうがよいのではないかと思った次第です」

「なにを馬鹿な……」

義先が妙なものを見るような目つきで言った。

「なにゆえ、そのような突飛《とっぴ》なことを？」

孝七郎にうながされた源之允が答えた。

「孝七郎どのの詩文の才や講釈の妙は、我ら門下生のあいだでも頭一つ抜きん出ているのは確かです。それはおそらく先生もお認めになっているでしょう。であれば、先生の監督の下、町人相手に私塾を開いてみるのもありではないかと思うのです。さすがに諸藩からの儒生を相手では罷《まか》りならぬとなるでしょうが、米屋の主人のような町人のみを相手にするのであればお目こぼしをしてもらえるのではないでしょうか」

「そう上手《うま》くはいかぬだろう」

そう言った義先が、

「その団子、食わぬのか」と尋ね、源之允の返事を待たずに串に手を伸ばした。その手をちらりと見ただけで、源之允が続ける。

「講釈を聞きに来る商店主たちから授業料を取ってはいかがでしょう」

「授業料を取る？　それこそまずいであろう」

疑念を示した孝七郎に、いえ、と首を振って源之允は言った。

「集めた授業料のうち何割かを、先生に納めるのですよ。三宅尚斎先生お墨付きの塾として売り出せば、塾生はいっそう集まることでしょう。塾生が増えるほど、先生は労せずして懐《ふところ》が潤《うるお》う。孝七郎どのも、それを元手に好きな本を買える。互いにとって良いことずくめではないですか」

「源之允。おぬし、儒官《じゅかん》よりも商人のほうが向いておるのではないか。確かにそれなら先生もうなずくかもしれぬ」

義先の言葉に源之允が意を強くしたように笑みを返した。

「でしょう？　町人のあいだでは我々儒生や儒家が、皮肉まじりに道学先生と呼ばれているのは、お二人ともご存じのはず。図らずも孝七郎どのが今なされているような形で町人たちを教化していくことが、これからの世の中では肝要になってくるのではありますまいか。温厚で知られる先生のことです。筋さえ通った話であれば、きっとお許しが出ると思います」

襟元に顎を埋めるようにしてしばし考え込んでいた孝七郎は、ほどなく顔を上げると、源之允に言った。

「そこもとの話、確かに筋は通っていると思う。どのような者でも学問によって研鑽《けんさん》を積めば聖人《せいじん》になれるというのが朱熹《しゅき》の教え。武士であろうと農民であろうと、あるいは商人や職人であっても、等しく学問を修めるべきであるし、学問に励む場が必要だと思う。だがしかし、そうした場を整えるのは政事《まつりごと》に携わる者がすべきことであろう。おれ一人が京師《けいし》において町人相手に私塾を開いても、なにほどのこともできぬ。それに、おれにはまだまだ学ばなければならないことが山ほどある。人に教えるよりも、人から教えられることを優先せねばならぬ身だ。人から金を取って私塾を開けるような器《うつわ》ではない」

「孝七郎」と義先が名を呼んだ。

「なんだ？」

「結局おぬし、面倒なことは御免被《こうむ》りたい。そういうことであろう」

「なにを言うか。面倒が嫌で言っているわけではないぞ」

「いやいや、あー面倒だと顔に書いてあるわい。無理して理屈をつけんでいい」

「無理などしておらぬ」

「妙案だと思って言ってみたのですが、駄目でしょうかね」

口を挿《はさ》んだ源之允に義先が言った。

「さっきは思わずおぬしの案に乗りそうになったが、やはり無理だ。いいか、よく考えてみろ。確かに今の先生は温厚でおられるが、かつて武蔵国《むさしのくに》の忍藩《おしはん》に儒官として仕えていたころ、再三にわたって藩主に諫言《かんげん》したせいで幽閉《ゆうへい》され、それでも自説を曲げなかった剛直の人であらせられるぞ。万一、先生の逆鱗《げきりん》に触れるようなことになったら、孝七郎のみならず、おれやおぬしの身にも災厄が降り掛かりかねぬ。やっぱり駄目だ。私塾などもってのほかだ。孝七郎、おぬしはさっさと米屋を出て、しばらくは大人しくしていたほうがいい。新たな寄宿先はおれが探してやるから案ずるな」

「義先、おれは先生の逆鱗に触れるのが怖くて言っていたのではないぞ」

「そうであろう、そうであろう。わかったから、それ以上四の五の吐《ぬ》かすな」

「その言い方、わかっておらぬな」

「まあまあ二人とも、さような取るに足らぬことで言い争っていても始まりませぬ」

「取るに足らぬだと？」

孝七郎と義先が同時に声をあげたところで、茶屋の奥が騒がしくなった。

そちらへと目を向けると、明らかに儒生と思われる風体《ふうてい》の四人組が、茶屋の奥にある座敷から連れ立って姿を現した。

どうやら酒を呑《の》んでいたらしい。その様子を見た義先が、声を潜めて孝七郎と源之允に耳打ちをした。

「古義堂《こぎどう》の奴らだ」

「古義堂」というのは、いわゆる古義学の祖、伊藤仁斎《いとうじんさい》が開いた私塾で、今は仁斎の長男の伊藤東涯《とうがい》が二代目として跡を継いでいる。

ここで問題なのは、闇斎と仁斎の学説の違いである。

山崎闇斎の崎門学は、朱熹によって体系化された朱子学の純粋化を基本としている。

よって、朱熹が註釈《ちゅうしゃく》を加えてまとめ直した四書を最も重要な経書《けいしょ》として扱っている。

それに対して伊藤仁斎は、朱子学的な経典の解釈を廃し、古典としての『論語《ろんご》』と『孟子《もうし》』のみに依拠すべしと主張した。つまり仁斎の古義学は、闇斎の崎門学を批判し、否定することで始まっているとも言えるのだ。

儒教という大きなくくりの中では大差のない違いである。しかし、出発点が異なることにより、さまざまな部分で相容《あいい》れない関係となってしまう。

実際、闇斎が開いた闇斎塾と堀川《ほりかわ》を挟んで相対する場所に、あえて仁斎が古義堂を開いたために、双方の塾生は表立っては何食わぬ顔をしつつも、心の底では常に反目しあっていた。

奴らが店を出るまで知らぬふりをしておこう。無言で義先が目配せした。

孝七郎と源之允が上京する前年、古義堂の塾生と道端で口論になり、互いに譲らなかったために大騒ぎとなって、当時の師である義斎からしばらく謹慎を仰せつけられたことがあると、武勇伝めかして義先が言っていたことがあった。

こちらが知らぬふりをしていれば、たとえ気づいたとしても、古義堂の塾生らはそのまま店を出ていたであろう。しかし、向こうに酒が入っていたのがよくなかった。しかも、そのうちの一人が、以前に義先が口論した相手であった。

義先がいるのに目を留めたその塾生が、薄い笑みを浮かべながら近づいて来た。

「いや、これは奇遇でござるな。そこにおわすは辛島義先どのではござらぬか。いやいや、その節は大変お世話になり申した」

酒臭い息で言った相手に、むすっとした顔で義先が返した。

「貴様の世話などしておらぬ」

「なんと、まだ根に持っておるのか。しつこい奴だな」

無視して黙り込んでいる義先に男が言った。

「ならば、今度は正々堂々と議論しようぞ。さすればあと腐れなしですべてを水に流せるというもの。いかがでござるか、辛島どの」

「正々堂々とはどういうことだ」

「公開討論だ。公開討論を開いて決着をつけようぞ。肥後《ひご》の男ともあろう者、まさか逃げはしまいな」

逃げはしまいな。その言葉が決定的だった。

すっくと立ちあがった義先が、大きく胸を張って言った。

「公開討論とは上等だ。受けて立とうじゃないか」

3

古義堂《こぎどう》の塾生らが去ったあと、憤然とした面持ちでどかりと縁台に腰を下ろした辛島義《からしまぎ》

先《せん》は、さらに一皿、追加の団子を注文すると、

「奴らめ、ぐうの音も出ぬほど目にもの見せてくれるわ――」独り言《ご》つように言ったあとで、

「なあ、孝七郎《こうしちろう》」と、孝七郎に目を向けてきた。

「なにが、なあ、なのだ」

「決まっておろう。公開討論だ。公開討論で奴らを徹底的に叩《たた》きのめしてやるのだ」

「そうか」

「そうか、とは気のない返事だな。それではまるで他人事《ひとごと》のようではないか」

「いかにも、他人事だが」

真顔で孝七郎はうなずいた。一瞬、虚《きょ》を衝《つ》かれた顔つきをした義先が、自分の頰《ほお》を挟み込むようにぴしゃりと両手で叩いてから、眼を剝《む》いて孝七郎に詰め寄った。

「他人事などではない。さっきの奴らの言い草を聞いただろう。腰抜け呼ばわりされたのだぞ」

「いや、逃げはしまいな、と言ってはいたが、腰抜けとは言っておらぬと思うが」

「同じことだ。あそこまで言われて黙っていられるか」

「おぬしの気性を鑑《かんが》みれば、確かに黙っていられぬだろうな」

「そうなのだ。だから公開討論を受けて立つことにした。逃げるわけにはいかぬからな」

「ならば、頑張るといい」

「だから、その他人事のようなしゃべり方――」と義先が鼻の穴を広げたところで、山宮《やまみや》源之允《げんのじょう》が口を挿《はさ》んだ。

「孝七郎どの。義先どのは、さきほどの公開討論の申し出を一緒に受けて立とうではないかと、そう言っているのだと思いますよ」

源之允を一度見やってから、孝七郎は義先に訊《き》いた。

「そうなのか？」

「そうに決まっているではないか。おれとおぬし、そして源之允の三人で奴らの申し出を受けて立とうと言っているのだ」

「源之允がどうかはわからんが、おれは受けぬぞ」

「なぜだ」

「受ける理由がない。先ほどの古義堂の塾生はおぬしを相手に討論したいと言ったのであって、おれにはなにも言ってこなかった」

「こうして我らが一緒にいるところにわざわざ声をかけて来たのだぞ。しかも、向こうは四人もいたではないか。あの四人で討論に臨むつもりなのは間違いない。四人相手におれ一人で受けて立つのでは分《ぶ》が悪すぎる。おぬしら二人とも加勢するのが道理というものだ」

「それもわからぬではないが……」

「ないが、なんなのだ？」

「いったいなにについて討論するというのだ。討論の題目がはっきりせぬうちは、加勢するかどうかは決められぬ」

「題目など、どうでもよいではないか」

憮然《ぶぜん》として答えた義先に源之允が訊いた。

「そもそも、なにが元で口論になったのですか。前に話を聞いた際、相当腹が立ったのだということは察せられましたが、細かなことは聞いておりませぬゆえ、知りとうございます」

「我らが学ぶ崎門派そのものを馬鹿にしおったのだ」

「ですから、いかように」

源之允が重ねて尋ねると、その時のことを思い出したに違いない。色白なら頬を紅潮させるだろうところ、色黒の義先の顔がどす黒くなった。

「さきほどおれと言い合っていた古義堂の門下生、播磨《はりま》の安藤吉之助《あんどうきちのすけ》という奴なのだが、この手拭いを指さして――」帯腰に下げている手拭いをつまみあげ、

「所詮《しょせん》は猿知恵であることを崎門自らそうして喧伝《けんでん》しているのだからまことに恐れ入り仕《つかまつ》る、などと真顔で吐《ぬ》かしおった」

「なるほど」

孝七郎と源之允が同時にうなずくと、

「得心《とくしん》している場合か。言われたおれの身にもなってみろ。怒髪天《どはつてん》を衝くとは、まさしくあのこと。あまりの怒りですぐには言葉が出なかったくらいだ」歯ぎしりしながら義先が顔をしかめた。

義先がつまんだ手拭いは柿色に染められている。

朱色または柿色は、朱熹《しゅき》を祖とする朱子学《しゅしがく》を絶対のものとして信奉する山崎闇斎《やまざきあんさい》の崎門派を象徴する色である。たとえば、崎門派で出版している講義録の表紙はすべて朱色だ。本のみならず、身につける小物類にもそれは及んでいる。崎門派の門弟の多くが義先のように柿色に染めた手拭いを腰から下げ、なかには柿色の羽織をまとって、自身が崎門の門人であることを誇示する者までいる。

腰からぶら下げている柿色の手拭いを猿の尻に見立てた冷やかしであるのは、説明されるまでもなくわかった。

「義先」

「なんだ」

「おぬしの腹立ち、もっともだとは思うが、そうなる前のやり取りがあったであろう。古義堂の安藤という塾生は、なにゆえそのようなことを口走ったのだ」

「孝七郎。おぬし、よもや、おれのほうから奴に難癖をつけたと思っているのではあるまいな」

「古義堂のしきたりを古臭いだの気色《きしょく》悪いだの、さんざん嘲《あざけ》っているおぬしのことだからな。それも大いにあり得ると思った」

「あのなあ――」

「違うのか？」

「違うのかとは、貴様――」何かを言いかけた義先だったが、はあ、と大きくため息を吐《つ》いた。

古義堂のしきたりとは、堀川《ほりかわ》にある伊藤邸での「会読《かいどく》」に先立って執り行われる儀式のことだ。伊藤仁斎《いとうじんさい》、今は長男の伊藤東涯《とうがい》が所有している「歴代聖賢道統図《れきだいせいけんどうとうず》」なるものが北側の壁に掛かった部屋にて、歴代の先聖と先師に跪《ひざまず》いて拝礼し、仁斎のころより伝わる同志会の会約を厳《おごそ》かに読み上げるのだという。

それをなぜ義先が知っているかというと、義先は上洛《じょうらく》した当初、初めは古義堂の門を叩《たた》くつもりだったからだ。ところが、本人の性格もあるのだろうが、その仰々《ぎょうぎょう》しい儀式そのものと、古義堂での会読の進め方が肌に合わなかったことから、崎門派の門弟になったという経緯《いきさつ》がある。

気を取り直したように、

「いくらおれでも、性《しょう》に合わぬからといって難癖をつけるなど、子どもじみたことはせぬ」そう言ったあとで義先は、

「そもそもの発端は――」と、前置きをして、口論になった時の委細を話し始めた。

義先が上洛した最初の夏、祇園御霊会《ぎおんごりょうえ》を見物に行った時のことだという。屋台で酒をひっかけていた際に、たまたま隣り合わせになったのが安藤吉之助だった。最初は古義堂の塾生とは知らずに酒を酌み交わしていたのだが、途中でそれぞれがどこの門弟か知れた。とはいえ祭りの宴席のことゆえ、最初のうちは、互いのお国自慢などを披露しつつ愉快に飲んでいたという。

だが、そうしているうちに、案の定と言うしかないのであるが、議論になった。一度そうなると、常々《つねづね》反目しあっている崎門派と古義堂の門弟である。やがて一歩も譲らぬ舌戦となり、ついには酒が入っていたこともあって、つかみ合いの喧嘩《けんか》になった。そのおり、安藤吉之助から投げつけられたのが、所詮は猿知恵云々、の聞き捨てならぬ冷やかしだった。そこで返す言葉を失った義先が繰り出したのが、応酬の言葉ではなく、右の拳《こぶし》であった。そこから先はやんぬるかな、である。

「その揉《も》め事の原因になった議論というのが、〈本然《ほんぜん》の性〉はありやなしや、なのだ」

決してくだらぬことで議論になったわけではないのだと、孝七郎と源之允に示したかっ

たのだろう。そう言って、義先は経緯の説明を終えた。

「なるほど。その議論の決着がつかぬうちに喧嘩になったと、そういうことですか」

落ち着いた口調で源之允が言うと、

「別に喧嘩したくてしたわけではないのだ。気づいたら、この拳が勝手に出ていたということだ」決まりが悪そうに答えた義先に、孝七郎は言った。

「話はわかった。だが、討論の題目がそれだとなると、簡単には決着がつかぬぞ」

「それは承知している」

「それに、公開討論となると、どちらかと言えば分が悪いのは我々のほうだが、それも承知の上なのだろうな」

「分が悪いとはどういうことだ」

「古義堂の塾生のほうが、会読で討論慣れしている」

孝七郎自身は古義堂の会読に参加したことはない。だが、三宅尚斎《みやけしょうさい》の門下生には、義先以外にも古義堂での会読に顔を出したことのある者がいて、それらの者からの話でおおよその様子はわかっていた。

会読というのは、塾生による経書《けいしょ》の読み合わせのことである。儒学の勉強は、まずは『孝経《こうきょう》』と『小学《しょうがく》』そして四書五経を空《そら》で唱えられるようになることから始まる。それが素読《そどく》だ。孝七郎が故郷の渋民《しぶたみ》村で暮らしていたころ、祖父から最初に素読の手ほどきを受けた際も『小学』を使っていた。

儒学を学ぶ者がひと通り素読をものにしたあとで受ける教えが、師による講釈である。経書の内容を、註釈《ちゅうしゃく》を加えつつ師匠が弟子に伝授するのだが、誰に師事するかで元になる経書の解釈そのものが違ってくる。

以前は、素読を経《へ》たのち、師による講釈の聴講で勉学は一段落していたようなのだが、最近では塾生で経書を読み合わせる会読が流行《はや》っている。その会読を最初に始めたのは、伊藤仁斎の古義堂においてのようだ。

ただし、同じ会読といっても、塾によりその実態はだいぶ違う。たとえば、崎門派の各私塾では、講釈のほうに重点が置かれていて、会読の回数そのものが少ない。その会読にしても、その日の担当の塾生が経書の一部を音読したあとで講釈し、必要に応じて師匠が補足するという進め方をしている。

それに対して古義堂の会読では、塾生同士での議論の場が設けられている。その日の担当の塾生が講釈を終えたあと、それに対する質疑と応答が塾生のあいだで交わされるのであるが、そのあいだ師匠は、特段口を挿まないで様子を見ているだけだという。

「確かに討論慣れしているとおれも思うが――」と孝七郎の指摘に同意した義先だが、横に首を振って続けた。

「あれじゃあ、塾生同士での勝ち負けを競うのが眼目《がんもく》となり、まとまるものもまとまらなくなる。いや、そもそも何が正しく何が間違いなのかもわからぬまま議論が終わってしまう。ああいうのは、おれは好まぬ」

「好まぬと言いながら、このたびの公開討論で勝ち負けを競おうとしているのはどういうことだ」

「それとこれとは話が別だ。公開討論ともなれば、もはやおれと安藤だけの確執で収まる話ではない。強《し》いて言えば、崎門派と古義堂、いや闇斎学と仁斎学との面目をかけての対決になるのだ」

「それほど大げさな話ではないと思うが」

「いや、やるからには勝たねばならぬ。負ければ尚斎先生の顔に泥を塗ることになる。確かに分が悪いかもしれぬが、孝七郎、おぬしであれば相手がどのような議論をぶつけてきても撃破できようぞ」

「おれが矢面に立たねばならぬのか？　元々受けたおぬしではなく」

「そうは言っていない。言ってはいないが、誰よりも弁が立つおぬしの加勢なしには勝算が見込めぬと言っているだけだ」

結局は同じ事であろう。孝七郎がそう言おうとしたところで、源之允が割って入った。

「お二人とも、議論の最中で申し訳ないですが、一つよろしいですか。いや、二つほど確かめておきたいことがあるのですが」

なんだ？　と孝七郎と義先がそろって顔を向けると、遠慮する口ぶりながらも源之允が言った。

「公開討論の申し出を受けたのはよいとして、尚斎先生はお許しになられるでしょうか。まさか、先生に内緒でことを進めるわけにはいかぬでしょう」

その指摘に、義先がはっとした顔つきになった。一方の孝七郎はといえば、当然だろという顔でうなずいている。

「それに、誰が勝ち負けの判定を下すのでしょう」

二つ目の指摘もまた然《しか》りである。

「判じ手をどうするかはともかくとして、まずは尚斎先生にお許しを得る必要があります。さすれば、この中の誰がそれを先生に切り出すかですが……」

そう言って源之允は義先に目を向けた。

源之允と同様に孝七郎も義先を見やる。

さすがに嫌だとは言えず、義先は、わかったと顎《あご》を引いた。その際、やせ我慢が見え見えであるにもかかわらず、任せておけとばかりに大きく胸を張って見せるあたりは、いかにも辛島義先であった。

4

公開討論の許可は、意外にもあっさり下《お》りた。孝七郎《こうしちろう》らの師である三宅尚斎《みやけしょうさい》のみならず、古義堂《こぎどう》の塾頭、伊藤東涯《いとうとうがい》も同様の判断を下したらしい。

孝七郎たちが嵐山《あらしやま》に花見に行った翌日、義先《ぎせん》は公開討論の申し入れを受けたいと尚斎に許しを願い出た。その時は、考えておこうという答えが返ってきただけだった。義先としては、頭から却下されなかっただけよしとするしかなかった。

それから五日後のことだった。その日の講釈が終わったところで、義先、孝七郎、源之允《げんのじょう》の三名が、残るようにと尚斎から申し渡された。もちろんその時点では、話が進んでいることを三人とも知らなかった。よって、公開討論に臨みたいという義先の願いは却下されるものとばかり思っていた。ところが、あにはからんや、尚斎の口から出たのは、

「義先、おまえの先日の願いを認めることにした。おまえたち三名で、公開討論に臨むがよい」という言葉であった。

それればかりか、期日と場所も申し渡された。

――三日後の昼四ツ（午前十時）、北野天満宮《きたのてんまんぐう》の境内《けいだい》にて、伊藤東涯、三宅尚斎の立ち会いの下《もと》で実施。討論の題目は「〈本然《ほんぜん》の性〉はありやなしや」とす――。

先生の許しが出たからには思う存分やり合ってやろうぞ。そう息巻く義先のかたわらで、

なにか裏があるのではないかと、孝七郎は疑念を持った。

三人で門を出たところで、忘れ物をした、先に帰っててくれ、と言って孝七郎は屋敷に戻った。

「どうした。なにか忘れ物か？」

奥の書院で尋ねた尚斎に、孝七郎は、いいえ、と首を振って訊《き》いた。

「このたびの公開討論、なにゆえお許しになられたのでしょうか。古義堂の仁斎学《じんさいがく》と崎門《きもん》派の闇斎学《あんさいがく》は水と油のようなものにございます。どう考えても、嚙《か》み合うような討論になるはずがありません。実は、義先と源之允には敢《あ》えて言っていませんでしたが、このたびの公開討論を先生はお許しになるはずがないと思っておりました。それなのに、なにゆえこうも容易《たやす》くお認めになられたのか。しかも、古義堂の東涯先生とともにお立ち会いなされるとのこと。話があまりに都合よく進みすぎにございます」

「なにが言いたいのだね」

「もしかしたら、先生と東涯先生とのあいだで、最初から話はついていたのではないでしょうか」

「最初からとは、いつのことかな」

「いつとはわかりませんが、少なくとも先日の花見よりも前から」

「なにゆえそう思う」

「花見をして来なさいと言われて我々が行った先に、たまたま義先が以前に揉《も》め事を起こした安藤《あんどう》という古義堂の塾生がいました。それだけでも偶然に過ぎますが、まるで待ち構えていたかのように、公開討論を申し入れてきました。どう考えても出来すぎにございます」

しばらく孝七郎の顔を見入っていた尚斎が、ふっと口許《くちもと》をゆるめた。

「いまさら詮索《せんさく》しても始まらぬことであろう」

どちらとも取れるような言葉を口にした尚斎が、

「このたびの公開討論に義先はかなり入れ込んでいるようだが、孝七郎、おまえはどうなのだ？　見た限りにおいては、あまり気乗りがしていないように思えるのだが」と尋ねた。

「正直に申しますと、やるだけ無駄な討論ではないかと思っております」

「無駄とまで言うか」

「はい。さきほど申しました通り、崎門の闇斎学と古義堂の仁斎学は水と油のようなもので、混じりあうことはできませぬ。なんとなれば、伊藤仁斎先生の古義学は『論語《ろんご》』と『孟子《もうし》』に立ち戻ることを本義としておりますが、別の見方をすれば、それ以後のものをすべて否定しているということにございます。それ以後のものというのは、紛《まご》う方なく、朱熹《しゅき》を祖とする朱子学《しゅしがく》のことにございます。朱子学の根本は、いわゆる〈理気《りき》二元論〉にございます。この世のものはすべて〈気〉の集散によってもたらされている。あらゆるものは〈気〉でできている。天下は、たとえ目に見えずとも〈気〉で満たされている。したがって、仏教でいうところの〈空《くう》〉や〈虚《きょ》〉はあり得ない。『易経《えききょう》』に書かれている形而《けいじ》下《か》のことにございます。ではその〈気〉の動きを司《つかさど》る則《のり》は何か、それぞれに意味を与えているものは何か。それが〈理〉であると朱熹は言っています。正確には――天下のものごとについて言えば、必ずそれぞれ〈然《しか》る所以《ゆえん》の故《ゆえ》〉と〈当《まさ》に然《しか》るべき所の則《のり》〉とがある。これがいわゆる〈理〉である――と述べています。こちらは『易経』で言うところの形而上のことにございます。この大原則から逸脱しては朱子学とは言えなくなります。ところが――」

「ふむ。なかなかよく勉強しているようだ。しかし、このたびの公開討論が無駄とまで断ずる理由には至っていないと思うが」

「それはそうです。まだ、説明の中途にございます。余計な口を挿《はさ》まず、最後までお聞きください」

わかった、と苦笑いした尚斎が、手ぶりで続きをうながした。

「ところが、仁斎学では〈理〉そのものは認めるものの、人の心に天道の〈理〉を当てはめるのは間違いだとしています。どういうことかと申しますと、朱子学では、人の心も天下の原理と同様に〈理〉と〈気〉によって成り立っていると考えます。具体的には、人の心は〈理〉である〈性〉と〈気〉である〈情〉に分けることができる。それがすなわち

『性即理《せいそくり》』にほかなりませぬ。そしてまた〈理〉である〈性〉は、本来絶対的な善でなければなりませぬ。孟子が言っているところの性善説と言い換えてもかまわないでしょう。ところが実際には、この世には善人ばかりがいるわけではない。それはなぜか。〈気〉の動きの影響を受けて本来は善であるべき〈性〉が歪められるからにございます。その歪められた〈性〉の部分を朱子学では〈気質の性〉と呼んでいます。すなわち〈性〉にも二種類ある。理に則ったまったくの善である〈性〉こそが〈本然の性〉にございます。本来人は〈本然の性〉のみを持って生まれてきます。ところがこの世で生きていく中で、どうしても〈気質の性〉が立ち現れ、我々の心に歪みをもたらしてしまう。その歪みを取り除くことが、すなわち聖人《せいじん》に至る道になるわけです。そのためにこそ『論語』を始めとしたさまざまな教えが儒教にはあるわけでございます。ところが、仁斎学においては、人の心は〈気質の性〉のみにてできている、としています。つまり仁斎学では〈性〉とは一律に善なのではなく、最初から〈気〉の影響を受けた生まれつきのものだと言っているのでございます。すると、自力ではいくら頑張っても聖人にはなり得ない、という話になってきます。聖人足り得る者は、生まれつき聖人として生まれてくる、ということにございます。伊藤仁斎は、十人が十人わかり、行えるのが道であると言っていますが、すべての者が一律に目指すべきものを道とする朱子学の教えとは違っております。さようにそもそもの出発点の違う朱子学、ひいては崎門学と古義学にございます。それではいくら討論を重ねようと、相容《あいい》れるはずがございませぬ。従いまして、このたびの公開討論も、最初から最後まで互いに譲らぬ不毛な議論になってしまうことでしょう。そのような討論会に意味があるとは私には思えぬのでございます」

一気呵成《いっきかせい》に言い終え、孝七郎がひと息ついたところで、尚斎が目を細めつつ尋ねた。

「それで終わりかね？」

いえ、と口にし、唾《つば》を一度呑《の》み込んで渇いた喉《のど》を湿らせてから孝七郎は言った。

「先生も、そして東涯先生におかれましても、いま私が述べたことなど、とうにご承知のことと思います。公開討論など開いても決着などつくはずがない。それにもかかわらず、お二方がお立ち会いになられるとは、いったいいかなる目論見《もくろみ》があってのことなのか。どうしても解《げ》せないのです。差し支えなければ、それを教えていただけませぬか」

「教えれば、なにか変わることでもあるのかね」

「変わるか変わらぬかは聞いてみなければわかりませぬが、聞かなければなにも変わるものがございませぬ」

ははは、と笑った尚斎が、

「相変わらずだな。おまえの弁が立つことは認めるが、人に話をする際は、相手によって話し方を選んだほうがよいかもしれぬ」

「なぜでございますか」

「いや、それはまたの機会にして、おまえの問いに答えることにしよう。いいかね」

「はい」

「さきほどおまえは、水と油のたとえを挙げたであろう」

「はい」

「確かに崎門と古義学は水と油で、おまえの言うように、もともとの立ち位置が異なっている」

「はい」

「しかし、水も油も、それだけでは形を取れぬであろう」

「確かにそうです」

「形がないということは、器《うつわ》が必要だということだ」

「……」

「たとえば同じ形の瓢簞《ひょうたん》が二つあり、それぞれを水と油で満たしたとしよう。その様子を思い描いてみなさい」

言われた通りに孝七郎が二つの瓢簞を頭の中で思い浮かべていると、

「崎門学と古義学、すなわち朱子学と仁斎学の関係はそれと同じだと思えばよい。それがこのたびの公開討論を私と東涯が許した理由だ」

師の言葉の意味を考え込んでいる孝七郎に、重ねて尚斎は、

「それともう一つ。確かに我々崎門派と古義堂は互いに批判の応酬をしている間柄だ。とはいえ、決して敵対しているわけではないのだよ。学問とはそういうものだ。それがこのたびの公開討論に臨むことによって、おまえたちも身をもって知ることになるだろう。それについては、私を信じてもらってよい」と意味ありげに言うのだった。

5

うららかな春の陽射《ひざ》しが満ちる北野天満宮《きたのてんまんぐう》、その境内《けいだい》には人だかりができていた。そのほとんどは、京都で学ぶ儒生と野次馬の町人、あるいは商いのために洛中《らくちゅう》を訪れている旅の者、それに仏僧と浪人風情《ふぜい》がちらほらで、それなりの身なりをしたお武家やお公家《くげ》は皆無だ。ぐるりと張り巡らされている人垣の中央で縁台に腰を下ろし、相対しているのは、伊藤東涯《いとうとうがい》と三宅尚斎《みやけしょうさい》の門弟がそれぞれ三名ずつ。三宅尚斎の門弟とは、辛島義先《からしまぎせん》、岩渕《いわぶち》孝七郎《こうしちろう》、山宮源之允《やまみやげんのじょう》の三名である。

昼四ツ（午前十時）から始まった公開討論は、すでに半刻《はんとき》（約一時間）以上続いているものの、いまだに決着がついていない。

縁台から腰を上げた義先が、口角《こうかく》泡を飛ばして熱弁を振るっている隣で討論の成り行きを追っていた孝七郎だったが、境内を吹き抜けたそよ風に首筋を撫《な》でられ、ふと何者かの気配を感じた。

意識が討論の内容から離れ、ふだんは考えないようなことを思い浮かべる。

昨今は天神さんと呼ばれて親しまれ、学問の神様として祀《まつ》られている菅原道真《すがわらのみちざね》が没してから、すでに八百年以上が経《た》っている。もともとは都に災いをもたらす怨霊《おんりょう》として恐れられた道真といえども、その気はとうの昔に霧散《むさん》しているはずだ。しかし、もしも道真が容易に進まぬこの討論の様子を見ているとすれば、いかような感想を抱くであろうか……。

おそらくは、さっぱり嚙《か》み合わぬ議論に、欠伸《あくび》を漏《も》らしているに違いあるまい。

事実、こうして聴衆の人だかりができているとはいえ、最初はこの倍ほどの人数がいたはずだ。古義堂《こぎどう》と崎門《きもん》派の対決、という触れ込みに興味本位でやって来た町人たちの多くが、飽きてしまってどこぞへと立ち去っている。

菅原道真が大欠伸をしている姿を思い描き、孝七郎は思わず苦笑を漏らした。

それを見逃さなかったらしい。先ほどから義先と論争を繰り広げていた古義堂の安藤吉《あんどうきち》之助《のすけ》が、孝七郎に指を向けた。

「岩渕どの。そのほう、いったいなにが可笑《おか》しいのだ。言いたいことがあるのならば遠慮せずに述べればよかろう」

「いや、特に申したいことはございませぬ」

「ならば、なにゆえこの場におられるのか。ここまでそのほう、なにもしゃべっておらぬではないか」

確かに公開討論が始まってからこれまでの半刻ほど、孝七郎は最初に名乗った時以外は口を閉ざしていた。理由は簡単だ。おれが加勢を頼むまではいっさい口を挿《はさ》まんでくれ、と義先から頼まれ、承知いたしした、と同意したからである。むろんその際、その理由を問いただした。できればおれ一人で奴らを論駁《ろんばく》してやりたいのだと、義先は答えた。ならば、最初から一人で受けて立てばよかったではないか。嵐山《あらしやま》の茶屋でのやり取りを持ち出して孝七郎が言うと、おぬしにはいざというときの切り札になってほしいのだと、義先は言った。

義先が、孝七郎に向かって目配せしてから縁台に腰を下ろした。どうやら、そろそろ加勢を頼むということらしい。

いつのまにか、義先と安藤の議論は迷走していた。もともとの題目から離れて『易《えき》経《きょう》』は占いの書なのか否かの話になっている。確かにこのままでは埒《らち》が明きそうにもない。

ゆっくりと腰を上げた孝七郎は、一歩前へ進み出た。

古義堂の塾生ら、同門の塾生、そして成り行きを見物している町人たちを順に見回した孝七郎は、肩を並べて床几《しょうぎ》に腰を落ち着けている三宅尚斎と伊藤東涯の両塾頭に目を向けてから、あらためて安藤吉之助に向き直った。

「さきほどから話の論点がずれているように見受けられますゆえ、いま一度、元に戻しましょう。このたびの討論の題目は朱熹《しゅき》の言うところの〈本然《ほんぜん》の性〉はありやなしや、であ

ります。それを念頭に置きまして、古義堂のおのおの方が最も重んじている『論語《ろんご》』にお
ける孔子《こうし》の言葉に立ち返ってみとうございます」

腕組みをしている安藤に向かって、孝七郎は尋ねた。

「ところでお訊《き》きしますが、孔子は聖人《せいじん》であるや否や。どちらでございましょうか」

「なにをいまさら。聖人であらせられるに決まっている」

「私もそう思います。孔子が聖人であったことは疑いようがございませぬ」

同意した孝七郎は続けて言った。

「さて、そこもとら仁斎学では、朱熹の言うところの本然の性はないものとしています。

人にあるのは気質の性のみ」

「いかにも」

「性は生まれつきであり、人それぞれで違う」

「さよう」

「したがって、自分の心をどれほど探っても絶対的な善である理は見えてこないのが当た
り前である。しかし、孔子にはそれができた。なんとなれば、孔子は生まれついての聖人
であったからである」

「まさしくその通り」

少し間を置いた孝七郎は、一同を見回してから続けた。

『『論語』の為政《いせい》第二に、誰でも知っている次の言葉がございます。子曰《しのたまわ》く、吾十有五にして学に志す。三十にして立つ。四十にして惑わず。五十にして天命を知る。六十にして耳順《みみしたが》う。七十にして心の欲する所に従いて矩《のり》を踰《こ》えず」

「それがいかがいたした」

「最後の、七十にして心の欲する所に従いて矩を踰えず。これこそが心と理が一致し、調和した境地。まさしく聖人の境地だと私には思われるのですが、それに相違はございませぬか」

「相違ござらぬ。その境地に達しているからこそ、孔子は聖人なのだ」

「ほう、なるほど……。しかし、それはおかしいですね」

「おかしい？　いったいなにがおかしいと言うのだ」眉根《まゆね》を寄せて安藤が言った。

「孔子が聖人であるならば、心の性は気質の性のみとするそこもとらの古義学においては、生まれつき聖人でなければならぬことになります。しかし孔子自らが自身の人生を振り返って、七十にしてようやくその境地、すなわち聖人の境地に達することができたと語っております。それはつまり、私は聖人として生まれついたわけではないと言っているのと同じでございます。これはいったいどういうことか。そこもとらの主張では、辻褄《つじつま》が合わぬではございませぬか。それよりは、たとえ孔子であろうと、生まれついての聖人ではなく、本然の性と気質の性の両方を併せ持っていた。しかし、たゆまぬ努力によって徳を積み、心に歪《ゆが》みをもたらす気質の性を退《しりぞ》けて孔子の心は本然の性のみとなり、聖人の境地に至ることができた。そう解釈したほうが、孔子自身の言葉とも合致し、矛盾は生まれませぬ。したがって、本然の性はありやなしや、の問いには、私ども崎門派の朱子《しゅし》学が言っている通り、あると答えるのが正しい。いかがでしょうか、安藤どの。そして、おのおの方」

おおー、という感嘆の声が取り巻く聴衆の口から漏《も》れる。

孝七郎にいかがでしょうかと問われた安藤が、ほかの二名となにやら小声で相談を始めた。

「いかがなされた、安藤どの。そこもとら、どうやら、今の論説に反論することができぬように見受けられるが」

義先が勝ち誇ったように言う。

「いや、しばし待たれよ」

焦りを滲《にじ》ませた声色で言った安藤が、仲間とさらに額を突き合わせる。

「ここはいさぎよく、自ら降参を申し出たほうがよくはござらぬか」

畳みかけるように義先が言うと、頰《ほお》を引き攣《つ》らせながらも安藤が立ち上がり、孝七郎らに向き合った。

「それは、ほ、方便《ほうべん》なのである」

「方便だと？　なんのための方便なのだ」

義先の問いに安藤が答える。

「孔子自身はそのように段階を踏んで聖人になったわけではござらぬ。し、しかし、弟子や人々に教え諭《さと》すための方便として、あえてそのように語ったに違いござらぬ」

「違いござらぬ？　どうやら自信をもって言い切ることができぬようだな」

「さようなことはない。学ぶ者にその手順を示してやるために、あえて孔子は――」

「詭弁《きべん》にすぎぬっ」

義先が遮《さえぎ》ると、顔を真っ赤にした安藤が、しどろもどろで抗弁を始める。

「き、詭弁などではござらぬ。そもそも聖人の心のうちなど、わ、我々のような凡夫《ぼんぷ》が推し測ることは、む、無理なのであって、無理なものを議論しようとしても、それ自体が――」

「もうよかろう。それくらいにしておきなさい」

そう声をかけたのは、古義堂の塾頭、伊藤東涯である。

隣に腰を下ろしている尚斎に顔を向け、

「そこもとのところには、なかなか優秀な門弟がおられるようですな。お見それいたした」

そう言って頭を下げた。

「せ、先生、まだ決着がついたわけでは……」

すがるような口調で言った安藤吉之助に、厳しい口調で東涯が申し渡す。

「見苦しい真似はよしなさい。まだまだ勉強不足であるのが露呈したということだ。負けて悔しいのであればそれでよい。その悔しさを忘れずにいっそう勉学に励めばよかろう」

「わ、わかりました……」

そう漏らしてうなだれた安藤から視線を離した東涯が、孝七郎に顔を向けた。

「岩渕孝七郎と申したか。なかなかよく勉学に励んでいるようですな。その若さで大したものです」

「お褒めの言葉、恐縮にございます」

縁台から上げた腰を折って孝七郎が言うと、

「いや、決して褒めたわけではないのだが――」意味ありげな笑みを浮かべた東涯が、

「そのほうが師事しているのが尚斎先生でよかったと思ってな。闇斎《あんさい》先生、あるいは絅斎《けいさい》先生だったらどうであったか。違いますかな、尚斎先生」そう言って、浮かんでいる笑みを尚斎に向けた。

問われた尚斎が、

「確かにそうですな」と言って笑みを返す。

いったい何の話だ、とほとんどの者が首をかしげているなかで、孝七郎だけはその意味

を正しく理解していた。

6

「いやあ、溜飲《りゅういん》が下がるとはまさしくこのこと。今日はおれの奢《おご》りだ。いくらでも飲んでくれ。さあ、ぐっとやろう、ぐっと」

上機嫌の辛島《からしま》義先《ぎせん》が、孝七郎《こうしちろう》が手にしている盃《さかずき》になみなみと酒を注いだ。

孝七郎と義先、そして源之允《げんのじょう》の三名がまだ明るいうちから酒を酌み交わしているのは、四条河原町は鴨川沿いに暖簾《のれん》を出している茶屋である。しかも、ふだんは足を運ぶことのない、料亭と言ってよいような格式の料理茶屋だ。酒を酌み交わしている理由は、先日の公開討論の祝勝会である。

「義先。かような料理茶屋で昼から飲んで、懐《ふところ》具合は大丈夫なのか？　奢ってもらっている身で案ずるのも無粋《ぶすい》な話だとは思うが、どこからそんな銭が出てくるのだ」

注いでもらった酒に口をつけながら孝七郎が訊《き》くと、義先にかわって源之允が答えた。

「熊本の義先どのの実家、かなり大きな商家なんですよ」

「商家？」

「知らなかったのですか」

「知らなかった」

そう言って、義先に目を向けると、

「おぬしには訊かれなかったので話さなかっただけだ――」と答えた義先が、

「おれの実家、城下では名の通った老舗《しにせ》呉服問屋なのだ。おれはそこの三男坊でな。普通であればどこかの商家に婿入りするところなのだが、自分で言うのもなんだが、学に秀でたおれを慮《おもんばか》ったお袋が親父《おやじ》に頼んで、番外士として藩の儒生に取り立ててもらえるよう段取りをつけてくれたのだ。はっきり言えば、侍身分を金で買ったようなものだからな。あえて自分から話すようなことではないだろうが」

「そうだったか。ならばおれも似たようなものだ」

「似たようなものとは？」

「おれも武家の出ではない」

「そうなのか？　会った時から立ち居振る舞いが板についているので武家の出かと思っていたのだが……それで、おぬしの家は何の商売をしておるのだ？」

「商人ではない。祖父の代から村で肝入《きもいり》をしている百姓だ」

「なるほど、そういうことか」

「そういうこととは、どういうことだ」

「なにゆえあれほど熱心に勉学に励むのか不思議でならなかったのだが、勉学の道であれば武家の連中と対等以上に渡りあえる。それはおれも一緒なのだが、このところ少し気が緩んでいたようだ。おぬしを見習って、明日から、よりいっそう精進するとしよう」

「お二人には申し訳ないです」

源之允がすまなそうに言って、手にしていた盃を膳の上に置き、膝《ひざ》に手を当てて頭を下げた。

「急にどうした。なにを謝っている」

色白の頰《ほお》を赤く染めている源之允に義先が訊いた。

「私の父はしがない儒官《じゅかん》にはございますが、百石取りの家に生まれました。自分で望んだものではないことゆえ、こればかりは私にはなんともできぬことです。どうかお許しください。この通りにございます」

そう言うや、源之允は自分の前に置かれた膳を横に除《の》けて、畳の上につくばった。

「なにを言うか。おれはな、源之允。おぬしの人柄と頭脳に惚れ込んでこうして懇意にしているだけなのだ。おぬしの家がどうの、親父がどうのなど、どうでもよいことだ」

「ぎ、義先どの……」

声を詰まらせた源之允が、大粒の涙をこぼし始めた。

どうも泣き上戸《じょうご》のようである。孝七郎や義先とは違い、酒にもめっぽう弱いようで、申し訳ないやら不甲斐《ふがい》ないやらと、自分を責める泣き言をしばらく並べ立てたと思いきや、畳の上に大の字になって鼾《いびき》をかき始めた。

やれやれ、という顔つきで苦笑した義先が、

「なにはともあれ、この度の公開討論、おぬしのおかげで助かった。あらためて礼を言うぞ」頭を下げて酒を勧めてきた。

「いや、礼を言われるほどのことはしておらぬ」盃で酒を受けながら孝七郎が言うと、

「浮かぬ顔をしてどうした」自分の盃に酒を満たしながら義先が尋ねた。

「古義堂《こぎどう》の東涯《とうがい》先生が最後に言った言葉、覚えているか？」

「確か、おぬしが師事しているのが尚斎先生でよかったとか、そんなことを言っていたと思うが」

義先の返答に孝七郎は付け加えた。

「闇斎《あんさい》先生や絅斎《けいさい》先生だったらどうであったか。そうも仰《おっしゃ》っていた」

絅斎先生とは、崎門《きもん》の三傑と称された一人、浅見《あさみ》絅斎のことである。没してから六年ほどになるが、師である山崎《やまざき》闇斎同様、極めて厳格な朱子学者《しゅしがくしゃ》であったと、いまでも崎門派の門人のあいだでは畏敬の念をもって語り継がれている。実際、仁斎学《じんさいがく》批判の急先鋒であったとも言え、仁斎の著作の批判書を幾つも書いている。そしてまた、いかにも厳格な朱子学者らしく、評判を耳にした諸侯からの招聘《しょうへい》を拒み続け、四条通の一本北、錦小路の自宅において、最期まで在野の儒家としての暮らしを貫いたという。

「何のことかおれにはさっぱりわからんかったが、孝七郎、おぬしにはわかったのか？」

うむ、とうなずいた孝七郎は、盃を手にしたまま答えた。

「おれが師事しているのが闇斎先生か絅斎先生だったら、破門になっているだろう。そう言っていたのだと思う」

「破門？　なにゆえだ」

「安藤を論駁《ろんばく》するためにおれが持ち出したのが、『論語《ろんご》』の為政《いせい》第二にある、吾十有五にして、のくだりだった」

「ああ。あれはまったく見事であった」

「古義堂の塾生らは、おそらく朱熹《しゅき》の注釈書はまともに読んでいないであろう。そう推測して持ち出してみたところ、案の定だった」

「……」

「義先。どうやらおぬしも勉強が足りんようだな」

「いきなりなにを言うか」

怒った声色になった義先に、孝七郎は言った。

「おれがあのとき言ったことに対して、安藤は、聖人《せいじん》に至るまでの手順を学ぶ者に示す方便だったに違いない、と答えたであろう」

「ああ。詭弁《きべん》にもほどがある」

「聖人の心のうちなど我々凡夫《ぼんぶ》にはわかるはずがないとも言っていた」

「苦し紛れの言い逃れに、しどろもどろになっていたっけな」

その時の様子を思い出したらしく、いい気味だと言いたげに、義先が口許《くちもと》を歪める。

「確かにどちらも、詭弁と言われても仕方がないような抗弁だった。しかし、あのとき安藤が図らずも苦し紛れで口にした抗弁は、実はどちらも朱熹が言っていることなのだ」

盃を口に運ぼうとしていた義先の手が止まった。手にしていた盃を膳に置いた義先が、

「それはまことか」と言って、孝七郎に詰め寄った。

「だから勉強不足だと言ったのだ。安藤もおぬしと同様にそうとは知らずに口にしたようだが、最初の方便云々は『論語集注《しっちゅう》』に、二つ目のほうは『朱子語類』に書いてある。どちらもおれが持っているからあとで貸してやる。自分で確かめてみるといい」

しばらく考え込んでいた義先が、

「ということは、あのときおれは……」そう漏《も》らして頬を引き攣《つ》らせた。

「そうだ。しどろもどろで抗弁を始めた安藤を、おぬしは詭弁だなんだとさんざんくさしたが、それは朱熹を嘲笑《あざわら》ったのと一緒だということだ」

「おぬしは、そこまで見通して『論語』を持ち出したのか」

「いや。安藤があのような抗弁を始めるとまでは思っていなかった。その前に降参するだろうという目算で持ち出した。討論の決着をつけるためにはそれしかなかったからだが、安藤があのような抗弁を始めたのを聞いて、正直なところ、これはまずいと思った。案の

定、おぬしが安藤を追い詰めた。その結果、公開討論には勝てた。しかし――」

「結局おれたちは、天に向かって唾《つば》を吐いてしまったと、そういうことか……」

「そういうことだ。さすがに尚斎先生と東涯先生は、すべてを承知されていた。あのとき東涯先生は、温厚な尚斎先生であるからこそ黙って済ませるだろうが、厳格で知られた闇斎先生や絅斎先生であったら破門になっても仕方がないぞと、暗に釘《くぎ》を刺したのだと思う」

二人のあいだに沈黙が落ちた。源之允はといえば、なにも知らずに穏やかな寝息を立てて夢の世界を彷徨《さまよ》っている。その源之允を一度見やった義先が、膳の上から盃を持ち上げ、一口つけただけで元に戻した。

「くそっ、なんだか不味《まず》い酒になってしまったな」

そう言ったあとで、不安げな顔つきで孝七郎に意見を求めた。

「今回のあれこれについて、尚斎先生は怒っておいでだろうか。どうしたらよいと思う？ここはきちんと謝っておくべきだろうか」

「先生がお怒りかどうかは、訊いてみなければわからぬことだ」

「それはそうだが……」

「だが、いずれにしても、先生の顔に泥を塗ってしまったのは確かだと思う。あの場においては、表面上は我々崎門派の勝ちに見えたであろうが、その実、我らがしたことと言えば、自分で自分の首を絞めたようなもの。弟子たちの様子を見ていて、内心では恥ずかしい思いをされていたに違いないと思う」

「やはり、謝りに行こう。今日は――」相変わらず夢の中の源之允を見やった義先が、

「さすがに無理だが、明日の朝一番で、三人で連れ立って先生のお宅を訪ねようぞ」と言った。

いや、と孝七郎は首を振った。

「なにか、問題があるのか？」

「討論の日からすでに五日が過ぎている。我らを叱責されるのなら、とっくにされているはずだ」

「それはそうだが……」

「それに、おれはおれなりにけじめをつけたいと思っている」

「けじめをつける？」

「ああ」

「いかようにして」

「先生に暇乞《いとまご》いして京師《けいし》から離れようかと思う」

「なんだとっ」

そう声をあげただけで、義先が絶句する。

じいっと孝七郎の目を覗《のぞ》き込んでいた義先は、やがて視線を外すと、手酌で満たした盃

をひと息に空けてから、ため息を吐くようにして深々と息を吐いた。

「おぬしらしいと言えば、おぬしらしいわい」

あきらめたように言ったあとで、孝七郎に尋ねた。

「京師を離れるとして、どこに行こうというのだ。国許に帰るのか？」

「いや、許しを得ている遊学期間はまだ残っているゆえ、長崎に行こうと思う。本草学《ほんぞうがく》を修めるのには長崎に行くのが一番だと、祖父から言われている」

「まあ、確かにそうであろうな。だが、本草学を修めてどうするというのだ。儒医にでもなろうというのか」

「それもよいような気がしている。本草学を学んで村のために尽力してほしいというのが、もともとの祖父の願いでもあるし」

「藩の儒官に取り立ててもらい、諫言《かんげん》によって藩政をより良きほうへ導くのが儒者としての務めではなかったのか。それがおぬしの目標だったと思うが、あきらめるというのか」

「確かにそうだった。だが、先日の公開討論をしていて疑問を抱くに至ったのだ。あのとき、最初は町人たちの人だかりが凄《すご》かったのを覚えているか？」

「もちろんだ。なにせ、古義堂の仁斎学と崎門派の闇斎学の両雄が相まみえ、天神様の前で対決するというのであるからな。そりゃあ見物に行きたくもなるだろう」

「だが、終わりのほうでは半分以上の町人たちが居なくなっていた」

「議論の内容に付いてこられなくなっただけであろう」

「そこなのだ」

「そことはどこだ」

「そもそも我らは民のために勉学に励んでいるはず。しかし、ともすれば勉学のための勉学になってしまい、民のことを忘れてしまう。他人に先んじることを求めてしまう。その最たるものが先日の公開討論だった。古義堂と崎門派のあいだでの勝ち負けなど、町人たちにとってはどうでもよいこと。我ら崎門派は、自身が聖人になることを眼目《がんもく》に朱子学を学んでいるが、どれだけ徳を積もうと民のためにならぬのでは意味がない。そうは思わんか？」

酔いのせいかもしれない。だが、間違ったことは言っていないはずだと、孝七郎は自分に言い聞かせていた。

江戸の孝七郎

1

享保《きょうほう》六年（一七二一）の初夏、二十六歳になった岩渕孝七郎《いわぶちこうしちろう》は、江戸市中は芝口《しばぐち》にある仙台藩上屋敷の長屋にて暮らしていた。

孝七郎が江戸にいるのは、藩主伊達吉村《だてよしむら》の参勤交代に際し、お供を仰せつけられたからである。仙台城を発《た》ったのは三月二十六日、その後、奥州《おうしゅう》街道沿いの宿《しゅく》に泊まりつつ、八泊九日の行程をこなして、四月五日の昼に、江戸城から南へおよそ一里、その立地から浜屋敷とも呼ばれる広大な敷地を持つ仙台藩上屋敷に入った。

といっても、孝七郎のような下級武士が寝起きをするのは、表門の左右、外郭《がいかく》沿いに並ぶ長屋である。その長屋にしても、俸禄によって部屋数や広さが定められている。たまさか御前講義を命じられ、藩主と直接対面する機会のある儒官《じゅかん》であっても、孝七郎は切米《きりまい》三両四人扶持《ぶち》にすぎぬ番外士である。与えられた部屋は、玄関なし、台所なし、風呂も厠《かわや》もなしで、八畳の居間が一室のみという貧相さであった。とはいえ、使用人を持たない身分で一人暮らしをするには十分な広さである。在府中の一年の間にそれ相応の書物を買い求めることになるだろうが、文机《ふづくえ》を置いたうえに布団を敷くことさえできれば何ほどのことはない。

孝七郎が儒官として取り立てられたのは、江戸に出立《しゅったつ》する少し前、三月三日のことであった。その数日後、仙台藩儒《はんじゅ》の双璧《そうへき》の一人、田辺整斎希賢《たなべせいさいまれかた》に呼ばれて出向いてみると、「このたびの参勤交代にそこもとを帯同することにしたと、お屋形《やかた》さまより直々に仰せつかった」そう申し渡された。以前、孝七郎が京都遊学を仰せつけられた時と同様の、いやそれ以上の大抜擢《だいばってき》であった。

本来なら手放しで喜ぶべき話である。だが、孝七郎は心から喜べずにいた。一昨年、享保四年（一七一九）の冬に祖父白栄《はくえい》が没したのに続き、この年明け、桃井素忠《ももいそちゅう》が他界していたからである。

振り返って思えば、京都で辛島義先《からしまぎせん》や山宮源之允《やまみやげんのじょう》とともに学んでいたころが、なんの屈託もなく純粋に学問に打ち込めていた時期だったような気がする。もちろん今でも向学の志《こころざし》は変わってない。だが、なにか大事なものを失ってしまったような不安と寂しさをどうしても拭《ぬぐ》えずにいる。

2

今より三年前の享保《きょうほう》三年（一七一八）、桜の季節に京都の北野天満宮《きたのてんまんぐう》で古義堂《こぎどう》の塾生らと公開討論を行ったあと、孝七郎《こうしちろう》は、義先《ぎせん》の紹介で柳《やなぎ》の馬場《ばば》の医生、川原玄達《かわはらげんたつ》の家に移り、しばらく過ごした。それに先立ち、義先に宣言していた通り、師である三宅尚斎《みやけしょうさい》に暇乞《いとまご》いを願い出た。その際、孝七郎は理由を話さなかった。問われれば答えるつもりでいたのだが、尚斎は敢《あ》えて尋ねることはしなかった。なにゆえ孝七郎が暇乞いを願い出たのか、聞かずともわかっていたのだろう。

孝七郎が義先に話したもう一つ、長崎遊学については、しばらくのあいだ保留とせざるを得なくなった。長崎までの遊学を、藩から容易には認めてもらえなかったからだ。

山崎闇斎《やまざきあんさい》を祖とする崎門《きもん》派の師について朱子学《しゅしがく》を学ぶのが、厳格な定めではないものの、仙台藩儒《はんじゅ》の順守すべき規範のようなものになっている。三宅尚斎の門下を離れ、本草学《ほんぞうがく》を修めるために長崎に行きたいという願いは、当然のごとく却下された。が、それであきらめる孝七郎ではなかった。田辺整斎《たなべせいさい》さえ説得できれば許可が下りるはず。そう考え、整斎宛てに数度にわたって手紙をしたため、仙台に送った。

その間、ただぶらぶらしていたわけではない。常に何かを学んでいないと落ち着かない性分の孝七郎は、世話になっている川原玄達の伝手《つて》で、摂州《せっしゅう》出身の国学者、高屋徹斎《たかやてっさい》に師事して『古事記』『万葉集』『源氏物語』『徒然草』などの古典を読み込んだ。

そうしているうちに、年の瀬も押し迫ったころ、ようやくのことで長崎遊学を認める書状が整斎の手紙と一緒に届いた。

そこで迷いが生じた。その手紙で整斎は、長崎にて本草学を修めるのはやぶさかではないが、むしろ、江戸においてさらなる儒学の研鑽《けんさん》を積むほうがよいのではないかと諭《さと》していた。林羅山《はやしらざん》が開いた私塾、湯島《ゆしま》聖堂での講義が以前よりも充実してきているので、そこで得られるものは大きいはずだ、とのことであった。さらに、孝七郎が望むならば、崎門三傑の一人である佐藤直方《さとうなおかた》先生、あるいは、幕府の儒官《じゅかん》として仕えている室鳩巣《むろきゅうそう》先生への紹介状を書いてもよいと付け加えてあった。

いったいどうすべきか……。

大人になってからの孝七郎には珍しく、迷いに迷った。

長崎に行くということは、本草学を修めたのちに故郷の渋民《しぶたみ》に戻り、儒医となって糊口《ここう》を凌《しの》ぎつつ、村人たちに文教を施し、村民の暮らしを少しでも豊かにするために、この身を捧げることを意味する。それは祖父の白栄《はくえい》の願いである。それを叶《かな》えるのが、祖父への孝を尽くすべき自分の務めであると思う。

だが……。

それは藩費での遊学を認めてくれた仙台藩、ひいてはお屋形《やかた》さまへの裏切りになるのではあるまいか……。

江戸にてさらに研鑽して知識を深め、それを藩儒として藩政に生かすのが、仮にも士分に取り立てられた家臣としての務めであろうし、それが主君への忠義を全うすることにもなろう。

孝と忠。そのはざまで悩んでいた。

いや、本来ならば悩む必要などない問いである。いかなる時も優先すべきは孝。それが儒家としての正しき在り方である。それなのに迷いが生ずるのは、学問への渇望をどうしても抑え込むことができないからだ。

長崎にて本草学を修めるまではよい。しかしそのあと、渋民に戻ったとしたら、さらなる学問への道は閉ざされるに等しい。

我欲であるのはわかっていた。

子どものころに素忠《そちゅう》から言われた通り、学問をするのが目的の学問では意味がないのは承知している。承知はしているのだが、もっとさまざまなことを知りたい。まだ読んでいない書物をひもときたい。優れた師に教えを乞いたい。そうした欲望を消すのは難しい。いや、無理である。たとえ消し去ることができたように思えても、火事場の焼け跡で燻《くす》ぶる残り火のように、放っておけば再び燃え上がる。三宅尚斎の門下を離れるや、高屋徹斎の下で日本古典を学び始めたのもそれが故だ。

迷いに迷った孝七郎は、義先に頼んで占いを立ててもらうことにした。卜占《ぼくせん》、すなわち『易経《えききょう》』にあるところの周易《しゅうえき》である。

あの公開討論で議論が本筋から外れた際、『易経』は占いの書か否かで対立したように、古義堂の仁斎学《じんさいがく》では、あくまでも道徳を説いた書として『易経』を扱っており、占いの部分は否定している。

孝七郎は、京都における師の三宅尚斎と同様、『易経』は占いの書だと解釈している。理気《りき》二元論に忠実に従えば、天の動静は人の運勢と根源的に繫《つな》がっていなければならない。その天の理が自身の理にどのような影響を与えているのか、その全貌《ぜんぼう》を知るのは不可能であるが、微《かす》かな兆しを知るための方法を示しているのが『易経』なのである。

ところが、義先による占いの結果に、孝七郎は首をひねることになった。長崎か江戸か。それを占ってもらったはずなのだが、なぜか速《すみ》やかに故郷へ帰るべし、との卦《け》が出たのだ。ほどなく、その理由が判明した。故郷、渋民から、白栄病気につきすぐに帰れ、との報《しら》せが届いたのである。

三年前、上洛《じょうらく》に際して伺いを立てた時の白栄は矍鑠《かくしゃく》としていた。しかし、考えてみれば祖父も七十代の半ばに差し掛かっている。いつなにがあってもおかしくない年齢だ。

長崎遊学どころではなくなった。急ぎ帰郷の支度を整えた孝七郎は、二十日ほどかけて仙台に戻り、登城して京都遊学中の詳細と故郷へ帰らねばならぬ事情を報告した。

だが、すぐに渋民へと向かうことはできなかった。京都遊学の成果を披露するため、御前講義を命じられたのである。

結局、孝七郎が渋民へ帰り着いたときには享保四年（一七一九）四月の末、新緑の季節となっていた。

幸い祖父の白栄は、だいぶ弱ってはいたものの、まだ掬水庵《きくすいあん》で寝起きができるほどには体力を保っていた。素忠とともに孝七郎の帰郷を喜び、京都で孫がなにを学んで来たか、身体《からだ》の調子のよい時には布団の上に身を起こし、眼を細めつつ熱心に聞き入った。

が、祖父が目に見えて衰えていくのは避けられなかった。今年の冬を越すのは難しいと思われる。それが儒医の見立てであった。

辛《つら》いことだが受け入れるしかなかった。渋民に留まり、祖父の世話をしつつ過ごそう。そう心に決めた孝七郎だったが、二月《ふたつき》と経《た》たずに仙台城下へ戻らざるを得なくなった。肯《こう》山《ざん》公の号にて隠居していた綱村《つなむら》が、六月二十日に没したとの報せが届いたのである。

前藩主の葬儀に参列せぬわけにはいかない。後ろ髪を引かれる思いで渋民を発《た》った孝七郎が再び故郷へ戻ることができたのは、日に日に冷え込みが厳しくなってくる初冬、十月も半ばになってからのことだった。

白栄は命脈を保っていた。まるで孝七郎の帰りを待ち侘《わ》びていたかのように。

掬水庵にて寝起きしつつ、祖父の看病をしていた孝七郎に、ある日、白栄が言った。そのころには布団の上に身を起こすこともままならなくなっていた白栄だったが、その日は自力で身を起こし、目脂《めやに》が溜《た》まった目で、まっすぐ孝七郎を見据えた。

「孝七郎。儂《わし》が死んだら、おまえは仙台に戻りなさい。戻っていっそう勉学に励み、お屋形さまに仕えるといい」

なぜそのようなことを口にするのか……。

孝七郎が戸惑っていると、思いのほかしっかりした口調で白栄は言った。

「京都への遊学の話をおまえから聞いて、つくづく思った。本草学を修めてこの渋民に戻り、儒医をしつつ村の者たちに文教を施すのが、おまえのためにもなると、そう考えていたのだが、どうやらそれは儂の間違いだったようだ」

「決して間違いなどではございません。実は長崎での遊学を、藩には認めていただいております。いずれ長崎に向かい、本草学を学んだのちに、ここに戻るつもりでいます」

「無理をすることはない。おまえの本当の望みはそこにはないはずだ。違うかね」

「確かに、江戸にてさらに儒学を学ぶか、長崎で本草学を学ぶか、迷いを抱いたこともありました。しかし今は――」

「嘘《うそ》はいかんよ、孝七郎」

「嘘ではございません」

ははは、と白栄は、しばらく見せていなかった笑みを浮かべたばかりか、声に出して笑った。

「おまえは本当に嘘を吐《つ》くのが下手《へた》くそだのう」

そう言って白栄が目を細めた。

「儂に遠慮は要《い》らぬ。今後は、思う存分勉学に励みなさい。おまえの行く末に横たわる道は平坦な道ばかりではないであろう。むしろ、困難に直面することのほうが多かろう。それでもおまえは、きっとなにごとか、儂などには思いもよらぬ大きな仕事を成し遂げるに違いない。そのなにごとかを成し遂げるために、明日にも仙台に戻り、勉学に励みなさい。それが儂の最後の願いだ」

まるで病が治ったかのように強い口調で語った白栄だったが、その翌日、まったく身を起こすことが叶わなくなり、草庵から母屋へと家人の手によって運ばれた。

白栄が息を引き取ったのは、それから十日後、真冬の寒さが厳しい十一月二十五日の夕刻のことだった。

あのときの祖父の言葉は、本心からのものだったのか、あるいは、敢《あ》えてあのように言って、孫が心置きなく勉学に励めるように差し向けたのか、一年半経った今でも、いまだに孝七郎は量りかねている。

素忠であれば、白栄の本心を知っているかもしれない。そう思って尋ねてみたのだが、いかにも素忠らしく、その問いに何の意味があるのか、と問い返された。白栄どのの遺言をまっとうするのがおまえの務めであろう、と付け加えて。

その素忠の言葉もまた、本心のものなのか否か、孝七郎には判別がついていない。子どものころには思いもしなかったのだが、人間というものは、本心ばかりを口にするとは限らない。仙台にて儒生となり、京都への遊学を経てさまざまな人々とつきあう中で、孝七郎はそれを学んだ。悪意があって嘘を吐くというのなら、話はまだわかりやすい。だが、悪意がなく、というよりは、むしろ善意で偽りを口にする場合もあるのだから難しい。

ときおり試しに、自分でも敢えて偽りを口にしてみたりもするのだが、祖父から容易に見抜かれたように、上手《うま》くいった試しがなかった。

いかなる時でも本心だけを口にすれば、世の中のすべてはすっきりすると孝七郎は思うのだが、そうはいかぬのがこの世の常であるらしい。それを思えば、本音のみで議論ができていた京都遊学時代が懐かしい。

そうなのである。だから学問の世界は安心できるのだ。正しいのか正しくないのか。真《まこと》か偽か。物事の白黒をはっきりさせるのが学問であり、真であると明らかになったものに対しては誰も異論を挟めない。

今度渋民に戻ったら、学問のあれこれについて、素忠ともっと議論を重ねよう。そのころには、自分にもさらにいっそう知識と知恵がついているはずだ。議論の相手として素忠が不足に思うこともないだろう。

白栄の遺言に従って仙台城下に戻り、儒生としての下働きと勉強をしながら、そう考えていたところに訃報《ふほう》が届いた。享保六年（一七二一）の年が明けたばかりの一月七日、桃《もも》井《い》素忠が五十一歳で急逝したのであった。

3

その日、昼を過ぎたところで仙台藩上屋敷をあとにした孝七郎《こうしちろう》は、茅場町《かやばちょう》へと向かっていた。

江戸に着いてから十日あまりが経《た》っていた。昨日までは、各所への挨拶《あいさつ》回りを中心に何かと忙しかったのだが、それもようやく一段落した。

江戸藩邸における藩儒《はんじゅ》としての実務は、そう多くはない。最も大きな役目は、藩主や世《せい》子《し》、あるいは姫君への講釈なのだが、頻繁にあるわけではない。御世継ぎの侍講《じこう》、つまり教育係に任命されればそうはいかないだろうが、孝七郎の場合、与えられた仕事は江戸詰めの役人から依頼された文書類の整理や清書、あるいは草案の下書きなどで、それも三日に一度程度の頻度で詰所に足を運び、文机《ふづくえ》を前にすれば事足りる。それはつまり、出府しているあいだの一年あまり、自由に学問に励んでよろしいと藩からのお墨付きをもらっている、ということである。

ただし、京都に遊学していたころに比べると、かなり窮屈ではある。参勤交代によって出府した下級藩士は基本的に藩邸内で過ごさねばならない。外出の際には鑑札《かんさつ》を必要とし、それも日中に限られていた。

屋敷内での暮らしも、徒目付《かちめつけ》と小人《こびと》目付の監視下にあり、たとえば銭湯での入浴も、明け六ツ（午前六時）から暮れ七ツ（午後四時）のあいだと定められており、銭湯自体も芝《しば》口《ぐち》三丁目内にある近隣の三軒のみと指定されている。

それでも孝七郎の場合、ほかの下級武士よりは自由が利き、外出先をいちいち吟味《ぎんみ》されずに鑑札を与えてもらえるのでましだった。

孝七郎が茅場町を目指して江戸の町並みを歩いているのは、徂徠《そらい》の号にて私塾を開いている儒学者、荻生惣右衛門《おぎゅうそうえもん》を訪ねるためである。

京都にいたころから、荻生徂徠の名は耳に届いていた。町医者の倅《せがれ》として生まれた徂徠は、幼いころより学問に秀でていたという。だが、父が仕えていたのちの将軍徳川綱吉《とくがわつなよし》によって江戸払いに処せられ、若いころは上総国《かずさのくに》を転々とする苦しい境遇にあったらしい。その後、父が赦免《しゃめん》されて江戸に戻ることができて、芝で私塾を開いたものの、極貧の暮らしがしばらく続いたようだ。そんなおり、将軍となった綱吉の側近柳沢吉保《やなぎさわよしやす》に抜擢《ばってき》されて川越《かわごえ》の柳沢邸に仕え、五百石取りまでに加増された。だが、綱吉の死去と吉保の失脚によって柳沢邸を出ることになり、宝永《ほうえい》六年（一七〇九）より、日本橋茅場町にて私塾「蘐《けん》園《えん》塾」を開いていた。

孝七郎が出府するにあたって、田辺整斎《たなべせいさい》が室鳩巣《むろきゅうそう》への紹介状を持たせてくれていた。すぐにも面会をしたかったのだが、さすがに幕府の儒官《じゅかん》となると忙しいようで、実際に会うのはしばらく先になりそうだった。

そこで前々より気になっていた荻生徂徠に会い、可能ならば教えを乞《こ》いたいと思ったのである。荻生徂徠の教えは、最近では「徂徠学」として喧伝《けんでん》されるほどの人気ぶりで、多くの門人が出入りしているという。しかも、その教えは独特であり、朱子学《しゅしがく》と仁斎学《じんさいがく》の双方に対して批判的な立場を取っていると聞き及んでいた。いったい何をもって朱子学のみならず仁斎学をも批判するのか。伊藤《いとう》仁斎の古義学《こぎがく》は、朱子学への批判の上に成り立っている。仁斎の学派を批判するのであれば、結果、崎門《きもん》の朱子学に立ち戻ると思うのだが、そうではないのはなぜなのか。

これは純粋に学問の問題である。いったい何がどうなっているのか、孝七郎にとっては是が非でも探究せねばならぬ問題だった。

4

通りすがりの町人に道順を訊《き》きながら探し当てた蘐園塾《けんえんじゅく》は、ごく普通の町屋であった。以前は五百石もの俸禄を得たことのある名の通った儒家の、しかも人気の私塾だと聞いて、もっと大きな構えの屋敷だと思い込んでいたので、少々拍子抜けした。

気を取り直して玄関に入った孝七郎《こうしちろう》は、静まり返っている屋内に向かって、ごめんください、と声を張り上げた。

返事がない。

もう一度、来訪を告げると、しばらく待ったあとで、廊下の床板が軋《きし》む音が届いてきた。

ほどなく、寝間着姿のままの、むさ苦しい初老の男が目の前に現れた。

喉元《のど》をぼりぼり掻《か》きながら欠伸《あくび》をしている男に向かって、

「こちらは荻生徂徠《おぎゅうそらい》先生のお宅でございましょうか」と尋ねてみた。家を間違えたと思ったのである。

再び大欠伸をしながら、ああ、とだけ男が答える。

「荻生徂徠先生はおいででしょうか」

「おいでだよ」

「それがしは、仙台藩の藩儒《はんじゅ》、岩渕《いわぶち》孝七郎と申します。本日は、荻生徂徠先生に面会いたしたく参上仕《つかまつ》りました」

「ほう、そうかい」

「先生にお取り次ぎ願えませぬでしょうか」

「おれだが」

「は？」

「だから、おれがその荻生徂徠先生だ」

そう名乗った男を、頭の天辺《てっぺん》から爪先まで穴の開くほどまじまじと見た。

「どうかしたか」

そう訊かれた孝七郎は、慌《あわ》てて腰を折った。

「大変、失礼仕りました。あらためまして、仙台藩儒の岩渕孝七郎と申します。この度の参勤交代に帯同を仰せつけられ、先日、四月五日に芝口《しばぐち》の仙台藩邸に到着いたしました。出府したならばぜひとも先生にお会いして教えを乞《こ》いたいと、前々より思っておりましたゆえ、足を運ばせていただきました。なにとぞよろしくお願い申し上げます」

しばらく無言で孝七郎を眺めていた徂徠が、

「土産《みやげ》は？　まさか手ぶらではあるまいな」と尋ねた。

「もちろんにございます」

うなずいた孝七郎は、振り分けにして携えてきた大徳利を二本、差し出した。

「手前ども伊達《だて》家御用蔵の清酒にございます。どうぞお納めくださいませ」

大徳利を受け取った徂徠が、

「まあ、よかろう。上がりなさい」奥のほうに向かって顎《あご》をしゃくった。

世話をする者が誰もいないのか、あるいは、外出中なのか、人気《ひとけ》のない廊下を通って、客の間と思《おぼ》しき座敷に入る。

「家人が出払っているもので、何のもてなしもできぬが――」

畳の上に腰を落ち着けた徂徠が、傍《かたわら》に置いた大徳利を指さして、

「吞《の》むか？」と尋ねる。

「いや、まだ真昼にございますので、遠慮いたします」

孝七郎が答えると、

「それもそうだな……」と呟《つぶや》いた徂徠が、

「おれに教えを乞いたいだと？」確認するように訊いてきた。

「さようにございます。先生の教えは徂徠学とまで称されて、大変な人気を博しております。ぜひともそれを、先生の教えの神髄をご教示願えないでしょうか」

ふーむ、と漏《も》らした徂徠が、

「確か、仙台藩と言ったな」と尋ねる。

「さようにございます」

「食ってるぞ」

「は？」

「うちでも仙台米を食わせてもらっている」

「さようにございますか」

「なかなか上等な米だ」

「ありがとうございます」

江戸市中に出回る米のかなりの割合が、仙台から廻送《かいそう》される仙台米で占められているのは周知の事実である。

「して、いかほどだ？」

「いかほどとは……」

「仙台藩の石高《こくだか》だ」

「六十二万石にございます」

「それは表向きの話であろう。仙台藩は奥の大藩。実際の石高はそれに収まるはずがなかろうよ」

「その通りにございます」

「で、実際の石高はいかほどだ」

「百万石くらいにはなるかと思います」

「くらいとは、どうにもはっきりせぬな。それに、いつのことかも肝要。年によって実収は異なってくるであろう」

やれやれという顔つきでそう言った徂徠が、

「では、あらためて訊くが、昨年の出来高はいかほどで、一石あたり幾らの値が付いたかね」

なぜそのようなことを訊くのかわからなかったものの、

「存じません」と孝七郎は答えた。

「存じないだと？」

「はい。それぞれいかほどなのか、調べておりませぬゆえ、私にはわかりかねます」

すると、これ見よがしに、徂徠が長いため息を吐き出した。

「おいおい、そこもとの仙台藩において財政の基盤となるのは、ここ江戸に送る廻米《かいまい》であろう。違うかね」

「違いませぬ。その通りにございます」

「その仙台藩の藩儒ともあろう者が、実質の石高も知らぬ、米価もわからぬとは、いったいなんぞや。そのような者に教えるものなどなにもない。どうしても教えを乞いたいのなら、もっと勉強をして出直してくるがいい」

そう言った徂徠が、

「この酒はもらっておくが、悪く思うな」と口にして立ち上がり、玄関のほうを見やって手を払った。それは、どう解釈しても、もう帰れ、という仕草に違いなかった。

5

もう帰れという仕草をした荻生徂徠《おぎゅうそらい》に、孝七郎《こうしちろう》はわかりましたとうなずいて立ち上がった。そのあとで、徂徠が抱えている大徳利に指を向けた。

「しからば、それを返していただけぬでしょうか」

「返せ？」

「はい」

「これをか？」

大徳利に徂徠が目をやる。

「さようです」

「これはしたり。一度人に呉れてやったものを返せとは図々《ずうずう》しい」

「図々しいのは先生のほうにございます」

孝七郎の言葉に徂徠の眉根《まゆね》が寄せられる。

「おい、これは土産《みやげ》だろう。土産をもらって図々しいということはあるまい」

「初めてお目にかかる際に手土産を持参するのは当然といえども、その酒はただの酒ではございませぬ。伊達《だて》家の御用蔵で造られたもので、将軍様への献上酒にも使われる最上等の酒にございます。しかも、この度は二本、持参いたしました」

徂徠がもう一度、手元の大徳利を見やる。

「一本はお初にお目にかかるご挨拶《あいさつ》としてお持ちしましたが、もう一本は先生のご講義を拝聴させていただきます謝礼としてお持ちした次第にございます。したがいまして、片方を差し上げるのは致し方ないとしても、もう片方は持ち帰らせていただいて当然のことかと存じます」

手にしていた大徳利と孝七郎の顔を交互に見やった徂徠が畳の上に座り直し、自分の前にどんと音を立てて置いた。

「片方が土産で、もう片方が謝礼というのは、おぬしが勝手に決めたことであろう。おれが知ったことではない」

徂徠に倣《なら》い、孝七郎も畳に腰を戻して言う。

「ですから、いま説明いたしました。説明をお聞きになられた以上、一本はお戻しになるのが道理というものと存じます」

「岩渕《いわぶち》と申したか」

「はい」

「そのほう、誰に向かってさような口をきいている」

「荻生徂徠先生にございます」

一瞬仰《の》け反《ぞ》った徂徠が、いぶかし気な声で言った。

「おまえは馬鹿か？」

「馬鹿ではないと思いますが」

即答した孝七郎に、徂徠が返した。

「この若造、無礼にもほどがあるぞ」

「いや、無礼なのは先生のほうかと」

「なんだと？　おれのどこが無礼だと言うのだ」

「さきほどの先生のこの仕草――」と言って、顔の前で手を払ってみせた孝七郎は、

「私は犬ころではございませぬ。帰ってもらいたいのであれば、帰られよと言葉で言うのが礼儀というものでございましょう。それがし、若輩者ではありますが、かりにも陸奥《むつ》の大藩、仙台伊達家の藩儒《はんじゅ》にございます。これは――」再び手を払い、

「あまりにも礼を失した仕草と言うしかございませぬ」

言い終えた孝七郎の顔をまじまじと見入った徂徠が首をかしげた。

「おぬし、おれをからかっているのではあるまいな」

「からかってなどおりませぬ。いたって真面目にございます」

再びじいっと孝七郎の顔を見入った徂徠が、ほどなくしてため息を吐《つ》き出した。

やれやれ、と軽く首を振ったあとで、気を取り直したように尋ねる。

「おぬし、仙台では誰に師事している」

「田辺整斎《たなべせいさい》先生にございます」

「田辺か……」

「田辺先生をご存じなのですか」

まあな、とうなずいた徂徠が、

「京師《けいし》には留学したことがあるのか」と再び尋ねた。

「はい。正徳《しょうとく》六年（一七一六）の春から享保四年（一七一九）の春まで三年ほど」

「京師での師は」

「最初、浅井義斎《あさいぎさい》先生に師事しましたが、お亡くなりになられたあとは三宅尚斎《みやけしょうさい》先生の下で学ばせていただきました」

「古義堂《こぎどう》では学んでおらぬか」

「学んでおりません」

なるほど、と口にした徂徠が、

「しからば、おぬしを闇斎崎門《あんさいきもん》派《は》の唐変木《とうへんぼく》と見なしてよいわけだ」そう言ってにやついた。

「唐変木とはどういうことでございましょうか」

「唐変木だから唐変木と言ったまでだ」

「まったく意味がわかりませぬ」

「おぬしは馬鹿か」

「馬鹿ではないと先ほど申しましたが、お忘れでございますか」

はあ、と、この日二度目のため息を吐いた徂徠が、ごしごしと耳の後ろを掻《か》いてから言った。

「『格物窮理《かくぶつきゅうり》』、すなわち一心に事物の理を窮《きわ》め、居敬《きょけい》によって心を静めるのが聖人《せいじん》へ至る道。そうであったな？」

「さようでございます」

「で、実際どうかね」

「どうかとは、なにがでございましょうか」

「おぬしは聖人になれそうかと訊《き》いておるのだ」

「それはわかりませぬが、聖人の境地に至るべく学問に励み、徳を積むべく日々精進しております」

「なれんよ」

「は？」

「おぬしがいくら頑張っても、聖人にはなれぬ」

「なぜそう言えるのですか」

「おぬしら崎門派は朱熹《しゅき》の言った通り、『性即理《せいそくり》』、すなわち、人には〈本然《ほんぜん》の性〉が備わっていると信じておるようだが、あるとすればそれは〈気質の性〉のみ。簡単に言えば、人は生まれつき人それぞれで、努力したからとて誰でも等しく聖人になれるわけではない。それは歴史を見れば明らかであろう」

「徂徠先生の言っていることは古義堂の仁斎学《じんさいがく》と一緒ですね」

「その点においてはな」

「ならばお訊きします。孔子《こうし》は聖人でありますか」

「聖人であろうな」

「しかし孔子は、『論語《ろんご》』の為政《いせい》第二にて――」

「七十にして心の欲する所に従いて矩《のり》を踰《こ》えず、のくだりか？」

虚《きょ》を衝《つ》かれた孝七郎は、

「さ、さようにございます……」思わず口ごもった。

「人にあるのが気質の性のみであれば、孔子は最初から聖人であらねばならぬが、孔子自身の言葉と矛盾するではないかと、そう言いたいのであろう」

「は、はい……」

「朱子学《しゅしがく》も仁斎学も、心の有りようで聖人か否かを決めようとするから、さような矛盾を生むにすぎぬのだ。そもそも、朱熹も仁斎も『論語』そのものを読み違えているからそのような不毛な議論になる。儒者を自認しておきながら、訓点などという余計なものをふって読もうとすれば、大事なところで誤読するのも当然のこと」

「どういうことにございましょうか」

「わからぬか」

「……」

「どうした」

「わかりませぬ」

「唐変木なわりには素直だな」

そう笑った徂徠が、

「しからば教えて進ぜよう――」と前置きをして続けた。

「人が聖人か否かは成したことで決まるのだ」

「すみません。それだけではわかりませぬ」

「古代中国の堯《ぎょう》と舜《しゅん》、続く三代、すなわち、夏《か》、殷《いん》、周《しゅう》、それぞれの王朝の創始者たる禹《う》、湯王《とうおう》、武王《ぶおう》、そして魯《ろ》の周公旦《しゅうこうたん》は、なにゆえ聖人なのか。それぞれに天から聡明叡智《そうめいえいち》の才徳を受け、天下を安んずるための道《どう》、すなわち礼楽《れいがく》を定めたからこそ聖人なのだ。しかるに孔子は、春秋《しゅんじゅう》の時代においては失われていたそれらの道を、後世に伝えたからこそ聖人と言えるのであって、本然の性がどうのという話ではない。朱子学も仁斎学も、そして陽明学も、心、心と煩《うるさ》く語るが、孔子自身は『論語』において心を説いていないであろう。『論語』は修養の実践を説いているにすぎぬ。それはなぜか。孔子の時代には、道とは何か自明のものであった。ところが戦国時代となって、なにが道なのか不明になり、諸《しょ》子百家《しひゃっか》が勝手なことを言い始めたのだ。孟子《もうし》も然《しか》り。それが朱熹にも闇斎にも、そして仁斎にもわかっておらぬ」

そこで言葉を切った徂徠は、黙り込んでいる孝七郎に向かって、薄い笑みを浮かべた。

「その顔、おれの言ったことが理解できておらぬようだな」

「は、はい……」

「ならば、馬鹿でもわかるようにやさしく嚙《か》み砕いて教えてやろう。よいか？　万人が聖人になれると朱子学は教えているが、かりに万人が聖人になったとしたら、この世はどうなる」

「天下泰平の素晴らしき世の中になります」

「だから馬鹿だと言っておるのだ」

何度も馬鹿と言われているうちに、孝七郎は、自分が本当に馬鹿になったような気がしてきた。

「もし、万人が聖人となったら、誰が米を作るのだ。誰が田を耕すのだ。誰が鋤《すき》や鍬《くわ》を拵《こしら》えるのか。誰が家を建てるのか。おぬしの着ているその衣、いったい誰が糸を紡《つむ》いで機織《はたお》りをするのだ。いったい誰が厠《かわや》から肥溜《こえだ》めに糞《くそ》を運ぶのか。誰が担《にな》うか言うてみい」

「そ、それは、皆で手分けをして……」

「それでは、どこに聖人が聖人たる意味がある」

「な、なんと申しますか……」

「岩渕とやら。よく聞くがいい。この世がどのようにして成り立っているのか、それを考えずして聖人が云々、心がどうのと、いくら議論を重ねても意味がないことを知っておいたほうがよかろう。古代の中国のように礼楽《れいがく》が整った世では、君子は時をかけて礼楽を学び、行く行くは民を安んずるために、すなわち安民のために、君主とともに力をふるうことになる。一方で小人《しょうじん》は、自身が暮らす土地で親兄弟とともに徳を積みながら暮らしていく。さように、君子から小人まで、すべての人々が自身に相応《ふさわ》しき場所で担うべきものを担うことによって、治世は保たれるのだ。したがって、すべての者が聖人たらんとすれば、かえってこの世は乱れることになろう。そうは思わんかね、仙台の儒官《じゅかん》どの」

最後の「仙台の儒官どの」は明らかに皮肉であるのだが、それに気づく余裕が、いまの孝七郎にはない。

「先生のおっしゃっていることは確かにそうかもしれぬと思うのですが、聖人に至る道を求めることが無意味だとは、どうしても思えませぬ」

「頑固な奴だな」

ふん、と鼻で笑った徂徠が、

「右も左も聖人だらけの世の、いったいどこが面白い。面白くはなかろう。面白くないどころか、はなはだ気色《きしょく》が悪い。この際だから敢《あ》えて言っておこう。おぬしら崎門派が奉《たてまつ》っている朱子学は、門下に入りて学べば学ぶほど、もっともらしく思えてくるかもしれぬが、あらためて問い直せば、しょせんは憶測による虚妄《こもう》の説にすぎぬ」

「それは言いすぎというものではありますまいか」

「ならば訊くが、朱子学では陰陽《おんよう》二つの気が凝集して火、水、木、金、土の五行《ごぎょう》となり、五行の組み合わせで万物が生成されるとしているが、なにゆえ五行でなければならぬのだ？　五行でなければならぬ根拠はどこにあるのか。夜空に見える星のうち、不可思議な動きをする星が五つ見えたからか？　そんなものは、こじつけ以外のなにものでもあるまいよ。あるいは仁斎学。朱子学と比べればいくらかましだとはいえ、おのが心のみに目を向けていたのでは、この世は少しもよくならぬ。天下の治世に役に立たずして、何のための学問か。どうだい、おれの言っていることは間違っているかね」

縁側から陽射《ひざ》しが入る客間に沈黙が満ちた。

どうにも居心地の悪い沈黙である。

なにも返せないでいる孝七郎に、

「さてと――」と声をかけた徂徠が、

「これで謝礼分の講義は十分にさせていただいた。この酒はもらっておくゆえ、おぬしは――」そこで、顔の前で払おうとした自分の右手の甲を左手でぴしゃりと叩き、

「おっと、これは失礼いたしした。そろそろ門下の者が訪ねてくる頃合いゆえ、これにて帰っていただこうか。よろしいですな、仙台藩の儒官どの」と言った。

6

日本橋茅場町《かやばちょう》の「蘐園塾《けんえんじゅく》」にて荻生徂徠《おぎゅうそらい》に会ってから、五日が経《た》っていた。その間、孝《こう》七郎《しちろう》は仙台藩邸の長屋から一歩も外に出なかった。いや、一日に一度だけ、飯を食うために部屋から出たが、それ以外は、銭湯にも行かず自室に籠《こも》りきりである。

部屋に籠ってなにをしていたか。

ずっと考え続けていた。

徂徠学とも称される荻生徂徠の説は、果たして正しいのか、それとも間違っているのか。認めるべきものなのか否なのか……。

初め孝七郎は、徂徠の屋敷でのあれこれを思い出しては腹を立てた。孝七郎よりもはるかに年かさであるとはいえ、すこぶる丁重に聴講を願い出た仙台藩儒《はんじゅ》に対しての、まるで犬猫を扱うような横柄《おうへい》で無礼な振る舞いは、いったいなんだというのであろうか。しかも、幾度となく「馬鹿」と言われた。生まれてからこの方、馬鹿だとか阿呆だとか、一度も他人から言われたことがない。それをこともなげに口にして憚《はばか》らないとは、品性のかけらもない糞《くそ》野郎である。

おのれ荻生徂徠、いや、惣右衛門《そうえもん》め。今度まみえる機会があったら、ぐうの音《ね》も出ないまでに論駁《ろんばく》してやろうぞ。

そうして丸一日、徂徠に対する憤りが収まらず、敷いた布団の上で悶々《もんもん》と、さらには七《しち》転八倒《てんばっとう》までして身悶えし続けた。

ひと晩経った翌朝、明かり取りの窓から差し込む陽射《ひざ》しで目覚めた孝七郎は、収まらぬ腹立ちの本当の正体を悟った。荻生徂徠に対してというよりは、自分自身に腹が立って仕方なかったのである。

徂徠の言ったことに、なにも反論できなかった。なにひとつ反論できずに終わってしまった。他人と学問上の議論を試みて、いっさい反駁《はんばく》できなかったのは、これが初めてである。不甲斐《ふがい》ないにもほどがある。そんな自分が情けなくて仕方なく、自分自身に対して憤慨していた、というのが本当のところであったのだ。

それに気づいたことで、だいぶ気分が落ち着いた。徂徠に向けられていた憤りが完全に消えたわけではないものの、気を取り直した孝七郎は、努めて冷静に、あの場でのやり取りを振り返り始めた。

人が聖人《せいじん》か否かは成したことでのみ決まると徂徠は言った。それは、極端に言えば、心がどうかは関係がないということである。

幼いころから禅に親しみ、その後は儒学を広く学び、朱子学《しゅしがく》の深遠さに感銘を受け、今後は朱子学者としての道を究《きわ》めて少しでも聖人の境地に近づこうとしている孝七郎にとっては、まさに寝耳に水の言葉であった。その徂徠の説に反論ができないということを突き詰めていけば、やがては朱子学を否定することになってしまう。徂徠が言ったように、虚妄《こもう》の説にすぎぬことになってしまう。

そんな馬鹿な話はないはずだ。徂徠の説にはどこかに誤りがあるはずだ。どこかに綻《ほころ》びがあるはずだ。

その綻びを探り当てようとして、孝七郎は、三日三晩考え抜いた。

考え抜いた結果、辿《たど》り着いた結論は、徂徠の説には綻びを見出《みいだ》せない、というものだった。残念ながら、どうあがいても、徂徠の説を論駁する言葉や理屈が見つからないのである。

じっと考え込んでいただけではない。一度読んだ書物は隅々まで頭に入っている孝七郎であったが、四書五経をはじめ、江戸藩邸に持参した書物を片っ端から再読してみたものの、無駄な努力であった。

ならば、やはり朱子学は、徂徠の言うような虚妄の説なのか……。

これまで全幅の信頼を置いていた朱子学に、孝七郎は疑念を抱くことになった。

荻生徂徠と会ってから五日目の今日、孝七郎は昼どきに藩邸の賄《まかな》い所に行っただけで、誰とも言葉を交わさずに長屋に戻り、ただひたすら、答えの出ない問いに向き合っていた。

果たして朱子学は、これからの自分にとって、いかなるものになるのか。さらに言えば、このまま朱子学を学び続けていてよいものか、あるいは……。

黙然《もくねん》と考え続けているうちに陽《ひ》が傾き、夕七ツ（午後四時）の鐘が聞こえてほどなく、長屋の戸口の外で「御免」という声がした。

出府してまだまもない孝七郎である。来客などあるはずはないのだが、と思いつつ引き戸を開けると、当番の徒目付《かちめつけ》であった。

部屋にいたのが孝七郎本人であるのを確認した目付は、持参した書状を孝七郎に手渡し

たあとで、

「明日、江戸城馬場先御門前《ばばさきごもん》、定火消《じょうびけし》屋敷隣の高倉《たかくら》屋敷にて、室鳩巣《むろきゅうそう》先生がそのほうに面会するとのことゆえ、昼四ツ（午前十時）に参上せよとの仰せである」と伝えた。

渡された書状を手にしたままぼうっとしている孝七郎に、

「いかがいたした」目付が尋ねた。

我に返った孝七郎は、慌《あわ》てて答えた。

「いや、なんでもございませぬ。しかと承知仕《つかまつ》りました。お役目、ご苦労さまにございます」

うむ、とうなずいた目付が、孝七郎の肩越しに布団が敷きっぱなしになっている居室を覗《のぞ》き込んだあと、幾度か鼻をひくつかせてから顔をしかめ、お国言葉で、

「おめえよぉ、風呂ぐれえ入《へえ》ってから出かけたほうが良《い》がすぺや」と言い残して帰って行った。

確かに、五日も風呂に入らず、着替えもしていなかった孝七郎の身体《からだ》からは、饐《す》えた汗の臭いが立ち昇っていた。

7

江戸城の辰巳《たつみ》（南東）に位置する馬場先御門《ばばさきごもん》のお堀のすぐ外、武家屋敷を護《まも》る定火消《じょうびけし》屋

敷の隣に、室鳩巣《むろきゅうそう》が講じている高倉《たかくら》屋敷はあった。さらに隣の林大学頭《はやしだいがくのかみ》の屋敷に挟まれるようにして建っており、さほど大きな建物ではないが、見るからに落ち着いた風情《ふぜい》の佇《たたず》まいである。

昨夕、久しぶりに銭湯に行き、こざっぱりした孝七郎《こうしちろう》は、玄関に立つ前に身体のあちこちに手を這《は》わせて、もう一度自分の身なりを検《あらた》めた。

大丈夫だとうなずき、足下に置いていた大徳利を手にする。荻生徂徠《おぎゅうそらい》を訪ねたときと同様の御用酒二本である。

開けられていた玄関の中に入り、

「ごめんください」と声を張り上げると、待つことわずか、室鳩巣本人と思《おぼ》しき、十徳《じっとく》をまとった見るからに儒者という風体《ふうてい》をした老人が姿を現した。

「それがしは、仙台藩の藩儒《はんじゅ》、岩渕《いわぶち》孝七郎と申します。本日は、室鳩巣先生に面会いたしたく参上仕《つかまつ》りました」

孝七郎が腰を折ると、

「室です。ようこそおいでくださいました。もっと早くお招きしたかったのですが、なにかと雑用が多く、本日まで延び延びになってしまい、申し訳ござらぬことをしました。さあ、どうぞ、お上がりくだされ」と、すこぶる丁寧な答えが返ってきた。先日とは大違いである。

「かたじけのうございます」

もう一度腰を折った孝七郎は、先日の徂徠とのやり取りを思い出しつつ、顔を上げて言った。

「手前ども伊達《だて》家御用蔵の清酒にございます。一本はお初にお目にかかりますご挨拶《あいさつ》としてお持ちしました。もう一本は、先生のご講義を拝聴仕りたくお持ちした次第にございます。どうかお納めくださいませ」

孝七郎が大徳利を差し出すと、

「それは、それは、なんともはや、貴藩の御用蔵の品でございますか。お気遣いくださりまして恐縮至極。ありがたく頂戴いたします」

そう言って大徳利を受け取った鳩巣は、

「これにはめっぽう目がない質《たち》でしてな。伊達家の御用酒ともなると、さぞや美味《うま》いのでございましょうな」と、悪戯《いたずら》っぽい眼をして口許《くちもと》をゆるめた。

「それはもう、類《たぐい》まれなる美酒にござります」

「いやあ、楽しみですな。さあ、どうぞ」

大徳利を大事そうに抱えた鳩巣が、書院風の居室に孝七郎を招き入れた。

ちょっとお待ちくだされ、と言って一度いなくなった鳩巣と入れ替わりに、若いお女中が姿を見せ、盆に載《の》せてきた茶と菓子をうやうやしく差し出した。

出された茶を啜《すす》っていると、ほどなく鳩巣が戻って来て畳に腰を下ろし、にこやかな顔で尋ねた。

「整斎《せいさい》どのはお元気ですかな。確か、もう七十に近いご年齢だったかと思いますが」

「はい、たいへん元気にしております」

「このたびの紹介状、そなたを大変買っておいでのようでしたので、お会いするのを楽しみにしておりました」

「私のほうこそ、高名な室先生にこうしてお目にかかれて、大変光栄にございます」

「もう一人、木斎《ぼくさい》どのは、その後いかがしておられますかな」

「木斎先生も変わらずお元気にしていらっしゃいます」

「そうですか、それはよかった」

懐かしむような眼をして、鳩巣は言った。

元禄《げんろく》十年（一六九七）であるから、孝七郎が生まれてまもないころ、当時は加賀藩の藩儒として仕えていた室鳩巣と遊佐《ゆさ》木斎とのあいだで、神道と儒教を巡る論争があったのは有名な話である。ただし、鳩巣も木斎も、論争の内容が内容だけに、交わした書簡を公のものとはしていない。そのため、いかなる問答があったのか、正確に知っている者はいないはずなのだが、それがかえって余計な憶測を生んでいるようで、二人は犬猿の仲だと見る向きが多い。だが、目の前の鳩巣の顔つきを見る限り、単に懐かしがっているようにしか見えない。

「室先生」

「なんですかな」

「木斎先生をお嫌いではないのですか」

「おや、いきなりどうされました」

「昔、元禄年間に、室先生と木斎先生とのあいだで議論の応酬があったと耳にしていましたゆえ、気になってお尋ねしてみた次第です」

「はは、なるほど。まあ、あれは若気の至りというもの。今となっては懐かしい昔話のようなものです」

そう言って柔和な笑みを浮かべる室鳩巣に、なぜか強く惹《ひ》かれる孝七郎であった。

8

ごりごりごりと、硯《すずり》で墨を磨《す》る音が響いている。

場所は、仙台藩上屋敷の中奥《なかおく》。

表門から入ってすぐに並ぶ建物の群れは、勘定所や御内所など藩邸詰めの藩士らの仕事場、あるいは接客用の対面所や書院といった公の場である。それらの建物群のさらに奥に位置するのが藩主とその御身内が暮らす御主殿《ごしゅでん》で、中奥とも呼ばれている。

中奥へと通じる廊下は一本のみ。たとえ奉行（家老）といえども勝手には踏み入ることのできぬ場所であるのだが、この日の孝七郎《こうしちろう》は、裃《かみしも》を身に着け、お屋形《やかた》さまの寝所《しんじょ》にほど近い書院造りの一室にいた。

硯を前に一心に墨を磨っているのは孝七郎ではない。第五代仙台藩主の伊達吉村《だてよしむら》である。隠居に追い込まれた綱村《つなむら》に代わって家督を継ぎ、藩主の座に就いたのは元禄《げんろく》十六年（一七〇三）のこと。それから二十年近くが経《た》ち、若かった吉村も四十三歳と、陸奥《むつ》の大藩に相応《ふさわ》しい貫禄を備えた藩主となっている。

墨を磨る手を止めた吉村が、

「これくらいでどうだろう」と孝七郎に訊《き》く。

お屋形さまの前に進み出た孝七郎は、硯に筆を浸《ひた》して練り具合を確かめた。

「まだ、薄うございますな」

「丁度よいと思うのだが」

「いや、書き手の好みにもよりますが、それがしには薄すぎます。これでは書に勢いがつきませぬ」

そうか、とうなずいた吉村の背後に小姓《こしょう》と肩を並べて控えていた江戸詰め奉行の亘理石《わたりいわ》見《み》が、

「これ、孝七郎。お屋形さまが御自ら、おぬしのために墨を磨って進ぜようと仰せになら

れたというのに、さような注文をつけるとは無礼であるぞ」と戒めた。

「無礼なことはございませぬ。お屋形さまに所望《しょもう》されて、それがしが書をしたためる運びに相成った次第にござります。書き手が墨の濃さについての希望を述べて、それが無礼だというのであれば、仕方がありませぬ。これにて、失礼仕《つかまつ》ることにいたします」

筆を硯に置いた孝七郎は、後退《さが》って畳に手をつき、藩主に向かって平伏した。

「ますます無礼千万な。ここをいったいどこだと心得ておる。そもそも――」

「石見。まあ、よいではないか」とさえぎった吉村が、

「そこもとの望みの濃さになるまで、いくらでも磨ってやろうではないか」と笑みを浮かべて硯に屈《かが》み込んだ。

墨を磨りながら吉村が言う。

「ときに孝七郎。せんだっての上書《じょうしょ》、読ませてもらったぞ。なかなか的を射ておった」

せんだっての上書とは、孝七郎が藩儒《はんじゅ》となってから初めて藩主に奉じた上書のことで、七か条の諫言《かんげん》から成っている。

「恐悦至極《きょうえつしごく》にございます」

「それにしても、それほどひどいかの」

「ひどいとは、なにがでございましょう」

「おぬしの言うほどには、仏氏《ぶっし》は堕落しておらぬと思うが」

上書の七番目、「絶異端《ぜついたん》」と題した諫言のことだ。そこで孝七郎は、我々が尊ぶべき道学を害し、儒の教えで最も大切な「三綱五常《さんこうごじょう》」すなわち、君臣、父子、夫婦間にあるべき道徳と、仁《じん》・義《ぎ》・礼《れい》・智《ち》・信《しん》の道義を疎《おろそ》かにするものが異端であり、その最たるものが仏氏、つまり仏僧である、と厳しく批判していた。

「それはお屋形さまが、今の仏氏がいかような所業を行っているか、つぶさにご覧になっていないからにございます」

「そうかの」と言って、吉村が手を止める。

「さようです。その点においては、もともとの仏教とは、解脱《げだつ》を眼目《がんもく》として己を厳しく律するものであったはずです。その点においては、道学と相通ずるものがございました。しかし、今のほとんどの寺は、檀家《だんか》を抱えていることに胡坐《あぐら》をかき、己を律するどころか、寺院から仏具、さらには袈裟衣《けさごろも》に至るまで華美に走り、酒肉を断つと言いながらも、それはあくまでも建前、その実際は逸欲《いつよく》の限りを尽くしております。これを早急に正さずして、いかがいたすと申すのでございましょうか」

「よくもまあ次々と悪口が出てくるものだな」

「悪口ではございませぬ。ありのままを申し上げただけにございます」

「それにしても孝七郎。わしは目くじらを立てはせぬが、読みようによっては、ご公儀に対する誹《そし》りとも取られかねぬぞ」

「どういうことにございましょうか」

「あれでは、ご公儀が定めた檀家制度のせいで仏氏が堕落すると、そう言っているように取られても仕方がない。おぬしの上書が外に漏《も》れ、まかり間違って公方《くぼう》さまの耳にでも入るようなことがあったらさすがにまずい」

「檀家制度がよくないとは、ひと言も書いておりませぬ。あくまでも仏氏の至らぬ部分を明らかにしただけにございます。さように読み違えてもらっては、はなはだ迷惑でございます。それに、あの上書が外に漏れるようでは、そもそもの扱い方に問題がございます」

わかった、わかった、と苦笑した吉村が、再び手を動かし始めた。

しばらく無言で墨を磨っていた吉村が手は休めずに、

「仏氏の件はよいとして、五か条と六か条にて、予の家臣らを相当手厳しく腐《くさ》しておるが、さすがにそれはなかろうと思うぞ」と言った。

上書において「戒逸欲《かいいつよく》」「遠佞人《えんねいじん》」とした項目のことである。そこで孝七郎は、飲食、衣服の華美や居室の装飾にはじまり、さまざまな欲に溺《おぼ》れる者が多く、厳しく戒めなければならない。そうした欲に溺れ、うわべだけを飾り、要領よく立ち回るような佞人を政《まつり》事《ごと》の中心から遠ざけなければ、藩政が乱れるばかりであると、厳しく指摘していた。

「すべてのご家臣がそうだと言っているわけではございませぬ。大変立派な御仁《ごじん》もおいでdo でございます。ですが、この浜屋敷における諸人の様子を見ておりますと、残念ながら、決して褒められたものではございませぬ」

「そうかの」

「はい。たとえば、お勤めのない日、多くの者がいったいなにをして過ごしておるのか、お屋形さまにおかれましては、常日ごろ中奥においでにございますゆえ、露ほどもご存じないものと存じます」

「これっ、いい加減にせんか」

しばらく口を閉ざしていた奉行の石見が、我慢できなくなったように口を挿《はさ》んだ。

「いや、大事なことでございますので、この際、お屋形さまにとくと申し上げておきとうございます」

よかろう、とうなずいた吉村に、一度目礼して続ける。

「広間での勤めのない日、本来であれば、経書《けいしょ》を読み、学問に励むのが、士分の士分たる所以《ゆえん》であり、あるべき姿というものにございます。しかし、将棋や碁を嗜《たしな》むならまだしも、日がな一日、他人の噂話《うわさばなし》に花を咲かせてだらしなくすごす者、暇を見つけては興行に足を運ぶ者、内職で小遣い稼ぎに励む者など、そうした輩《やから》が目に余ります」

「たまには息抜きも必要であろう」

「たまにはとは、どの程度のことにございましょうか」

「まあ、三日に一度くらいは、羽を伸ばすのもよかろうぞ」

「それでは多すぎます。無駄に時を過ごすことになります。息抜きは月に一度もあれば十分でございましょう」

「みながおぬしのようにはいかぬだろうて」

「端《はな》からあきらめてはいけませぬ」

「いや、わしとて何もしておらぬわけではないぞ。家督を継いで入部したおりには、まずは二十五か条の家中法度《かちゅうはっと》を定めて綱紀粛正を図った。最近も、そこの石見をはじめ奉行に命じて、あれやこれやと手立てを講じておる」

「それは存じ上げております。しかし、実効が伴わないのでは絵に描いた餅《もち》になってしまいまする」

「これっ、言葉がすぎるぞ。何度も申しておるであろう」

石見が孝七郎を睨《にら》みつける。

「石見」

「はっ」

「一昨年の恩賞の令と昨年の衣服の制、その後も順守されているか検《あらた》めたうえ、いっそうの徹底を図れ。よいな」

「承知仕《つかまつ》りました」畏《かしこ》まった石見が頭《こうべ》を垂れた。

恩賞の令とは、これまでは勤めの年数に応じて与えられていた恩賞を、実際の務めぶりを吟味《ぎんみ》したうえで支給するように改めたものである。また、衣服の制とは、陪臣《ばいしん》が着用する衣服が華美に走らぬよう、質素倹約を細かく定めた制令のことで、享保《きょうほう》三年（一七一八）に交付したものを、三年が経過した昨年になって再度交付したものだ。つまり、孝七郎が言ったように、せっかく制定したにもかかわらず、実効を伴っていないものが多いのだ。

　やれやれとばかりにため息を吐《つ》いた吉村は、動かしていた手を止め、

「これくらいでどうだろう」そう言って、孝七郎を招き寄せた。

「ちょうどよい練り具合にございます」

　墨をあらためた孝七郎が言うと、

「そういえば――」思い出したように吉村が続けた。

「室新助《むろしんすけ》を我が藩の儒官《じゅかん》として迎えるようにと、あれは何か条だったか――」

「二か条の『挙賢才《きょけんさい》』にございます」

「そう、その二か条だ。儂《わし》は会ったことはないが、それほどまでに賢才なのか」

「畏《おそ》れ多くも私ごときが判ずるようなことではございませぬが、東国においては右に出る者のない素晴らしき儒者に相違ありませぬ。したがいまして、室新助どののを我が藩にお迎えするのがよろしかろうと」

　新助とは、幕府の儒官室鳩巣《きゅうそう》の通称である。

「ときに、室新助は幾つになる」

「確か、今年で六十五歳になられたかと」

つかのま、考え込む顔つきをしたあとで、吉村が言った。

「すでに喜右衛門《きえもん》と清兵衛《せいべえ》がいるからな。そこに加えて新助も、というのはさすがに無理であるぞ」

吉村が名を口にした二人は、仙台藩儒の重鎮、田辺整斎《たなべせいさい》と遊佐木斎《ゆさぼくさい》のことだ。

「さようでございますか……」

「そんなにがっかりするでない」

孝七郎の顔を見て苦笑した吉村が、手にしていた墨を置き、控えていた小姓から受け取った四尺画仙《よんしゃくがせん》の書道紙を、孝七郎の前に自らの手で広げて、さあ、と促した。

「しからば、失礼仕ります」

硯で筆先を整えつつ、しばし思案した孝七郎は、息を整えたのち、おもむろに紙の上で筆を走らせた。

温故而知新可以為師矣
故《ふる》きを温《たず》ねて新しきを知れば以《もっ》て師と為《な》るべし――『論語《ろんご》』為政《いせい》第二の一節である。

筆を置いた孝七郎が一礼してから後ろに下がると、書を前にしてじいっと見入っていた吉村が、

「なかなかよいぞ。勢いがみなぎっている字だ」称賛の言葉を口にした。

「恐縮にございます」

「だが――」と首をかしげた吉村が、墨がまだ瑞々《みずみず》しく光っている書を指さし、

「こちらからこちらへと、少しばかり斜めに曲がっておるぞ」そう指摘したあとで、

「いま一度、書き直してみたらどうだ」と言った。

自分の筆になる書をあらためて見やった孝七郎は、吉村に向き直って言った。

「それがしの字、確かに斜めになってございます。しかし、字であることには変わりませぬ。したがいまして、直さずともその意は正しく伝わります。しかし、お屋形さま、藩政を直さぬままではどうなりますか。国自体が傾くことになりはしますまいか。孔子《こうし》は言っております。過《あやま》ちて改《あらた》めざる、是《これ》を過ちという。そしてまた、過ちては則ち改むるに憚《はばか》ること勿《な》かれ、とも。よき君主としての心得、この正月に、お屋形さまに講じさせていただいたはずですが、お忘れでございましょうか」

部屋の端から端まで、空気が凍り付いたようになった。さきほどまでは孝七郎が口を開くたびに窘《たしな》めていた奉行の石見も、青ざめた顔でお屋形さまの顔色を窺《うかが》っているばかりで、身動きひとつつままならぬ様子である。

沈黙に凍り付いた空気を破ったのは、吉村の哄笑《こうしょう》であった。ひとしきり笑ったあとで石見のほうに顔を向け、

「のお、石見。おぬしら奉行や若年寄《わかどしより》にも、孝七郎のごとく遠慮会釈なくものを申せる者

がいればよいのだがな」と言ったあとで、孝七郎に向き直り、

「この書、遠慮なく貰《もら》っておこう。ときおり眺めていれば、藩政を過ることもあるまいて」そう言って、再び愉快気に笑うのだった。

9

お屋形《やかた》さまへの拝謁《はいえつ》を終え、中奥《なかおく》からお奉行詰め所の前まで戻ったところで、つと立ち止まった石見《いわみ》が周囲を見回し、廊下に人の気配がないのを確かめてから、声を潜めて孝七《こうしち》郎《ろう》に言った。

「あまり冷や汗をかかせるでないぞ」

「なんのことにございましょうか」

「さきほどのお屋形さまとのやり取りに決まっておる」

「なにかまずいことでもありましたでしょうか」

「まずいもなにも、お屋形さまに向かって、あのようにずけずけとものを言う奴がどこにおる。言葉を慎めと何度も言ったであろう」

「お屋形さまは笑っておいででしたが」

「あれは、おぬしの図々《ずうずう》しさに呆《あき》れ果てて笑いしか出てこなかったのだろうて」

「藩政について問題や疑義があれば、それを諫言《かんげん》するのが藩儒《はんじゅ》としての務めにございま

す」

「それはそうだが、程度というものがある」

「程度とは」

「行き過ぎはまずかろうということだ」

「行き過ぎとは、なにがでございましょう。それがし、行き過ぎたことはなにも申していないと思いますが」

眉根《まゆね》を寄せて孝七郎の顔をまじまじと見やった石見が、やれやれとばかりに横に首を振ってから言った。

「そもそもの発端は、あの七か条の上書《じょうしょ》だ。お屋形さまであるからこそ、意に介した様子はお見せにならないが、他藩であのような上書を出してみろ。主敬《しゅけい》にもとる不届き者として、国外追放に処されてもおかしくないぞ」

「さように狭量な君主をいただくような国であれば、遅かれ早かれ傾くに違いありませぬ」

「孝七郎、おれはおぬしの行く末を案じて忠告しておるのだ。言うまいと思っていたが、この際だから、おぬしの耳にも入れておこう。実はな、あの上書、お目付衆やご近習のあいだで問題になっておる。一刻も早く儒官《じゅかん》の任を解くべしと言っている者もいるらしい。お屋形さまがあれだけおぬしを買っているゆえ、さすがに進言するまでには至らぬだろうが、気をつけないと、いつかは足をすくわれることになろうぞ。この後も藩儒としてお屋形さまに仕えたいのであれば、くれぐれも出しゃばりすぎは慎むことだ。よいな」

言うだけのことは言ったということなのだろう。孝七郎の返事を待たずに背を向けた石見は、そそくさと、お奉行詰め所の奥へと姿を消した。

一人になった孝七郎は、長い廊下を歩きながら考える。

奉行の石見が言ったことは、確かにそうなのだろう。孝七郎の身を案じての忠告というのも嘘《うそ》ではないと思う。だが、忠告に従うつもりはなかった。周囲の顔色を窺《うかが》い、するべき諫言をせずに、命じられた書誌編纂《へんさん》の仕事をしているだけでは、藩儒として藩主に仕える意味がないではないか。

一年前、荻生徂徠《おぎゅうそらい》と相まみえたことで、信奉していた朱子学《しゅしがく》そのものに対して疑念を覚え、道を失いかけたが、今の孝七郎からは迷いが払拭《ふっしょく》されていた。そこに導いてくれたのは、室鳩巣《むろきゅうそう》である。おりに触れ、孝七郎に対する助言を厭《いと》わない鳩巣であるが、それ以上に、その人となりに孝七郎は感銘を覚え、会って話をするごとにいっそう尊敬の念が増した。室鳩巣には、孝七郎が幼いころ、最初の師となった定山良光和尚《ていざんりょうこうおしょう》に、どこか相通ずるものがあった。

二度目に高倉《たかくら》屋敷を訪ねたおり、孝七郎は荻生徂徠との一件を鳩巣に打ち明けた。朱子学に対する信頼がぐらついていることも、正直に口にした。黙って耳を傾けていた鳩巣は、孝七郎が話し終えると、柔和な笑みを浮かべた。

「学問において迷いや疑いを抱くのはよいことです」

しからば、と前置きをした孝七郎は、質問をぶつけてみた。

「先生は、人には〈本然《ほんぜん》の性〉があると思われますか。惣右衛門《そうえもん》どのは、あるのは〈気質の性〉のみと言い切り、朱熹《しゅき》は『論語《ろんご》』を読み間違えているとまで言っておりましたが」

つかのま、考える仕草をした鳩巣が、

「せんだって初めてお会いした際、孝七郎どのは仙台藩の奥の地にて大肝入《おおきもいり》の家に生まれたと言っておりましたな」と確認する。

「さようです」

「ということは、子どものころより、お百姓の暮らしぶりはつぶさに見ておいでだ」

「はい」

「その後、士分に取り立てられ、京師《けいし》への遊学ののち、今は仙台藩の藩儒として研鑽《けんさん》を積んでおられる。さような生い立ちであるということは、その若さにもかかわらず、お百姓から町人、そしてお侍、さらには貴藩の藩公まで、あらゆる身分の人々と袂《たもと》を接しておられるわけです」

うなずいた孝七郎に、鳩巣が尋ねた。

「それでいかがですかな。人としての心の有りようは、身分によって違いがありますかな。

これまでご自身で会った人々を思い出してみなされ」

幼いころにともに遊んだ源吉《げんきち》や辰五郎《たつごろう》から始まり、倅《せがれ》の死に悲嘆に暮れていたその両親、尊敬してやまなかった定山和尚と、風変わりなところがあったものの多くを学ばせてもらった桃井素忠《ももいそちゅう》、仙台に出るきっかけを作ってくれた薬種問屋《やくしゅどいや》の大和屋星久四郎《やまとやほしきゅうしろう》、そして京都でともに学んだ辛島義先《からしまぎせん》や山宮源之允《やまみやげんのじょう》らの面影が、つぎつぎと孝七郎の脳裏をよぎった。

一人一人の顔を思い浮かべつつ、孝七郎は答えた。

「身分によって決まるものではないように思われます」

「では、何によって決まるのだろうね」

「日々の暮らしでの心がけや、交友関係、そして読み書き算盤《そろばん》から始まって学問への取り組み方。そうしたものがすべて重なって決まってくるように思います」

「そうした諸々《もろもろ》の中でなにが一番大切だと思われますかな」

「やはり学問かと思います」

「なぜそう思われる」

「実は――」と言って、孝七郎は母の思い出話をした。

「私の母は、読み書きがまったくできませんでした。ですが、私が仙台にて藩生《はんせい》となったあと、渋民《しぶたみ》に帰郷したおりに、自分も読み書きができるようになりたいと乞《こ》われて『女《おんな》四書《ししょ》』と『列女伝《れつじょでん》』を渡した次第にございます」

「ほう、なるほど」

『女四書』とは、徳川家光《いえみつ》から家綱《いえつな》の時代の儒者、辻原元甫《つじはらげんぽ》が、中国に伝わる『女誡《じょかい》』『女孝経《こうきょう》』『女論語』『内訓』の四書を集めて和訳した、女子に向けた訓戒の書。もう一方の『列女伝』は、前漢の劉向《りゅうきょう》が女性の史伝を集めて編纂した歴史書で、歌人の北村季吟《きたむらきぎん》が和訳したものである。

「確か、四年後でしたか。久しぶりに村に帰ったおり、母が読み書き自在になっており、驚いたというか、いたく感心した次第にございます。その時の母は、読み書きができるようになって閉じていた眼が開いたように思える、世の中のことがいっそうよくわかるようになったと、たいそう喜んでおりました。そんな母を見て、誰であろうと学問をすることが大切だと、あらためて教えられたように思ったことを、今でもはっきり覚えています」

「孝七郎どの。そこもとの中では、もう答えが出ておるではないですか」

そう言って鳩巣が目を細めた。

「学問をすることに意味や価値があるのは、人は本来みな均《ひと》しい、という前提があってのこと。どこまで到達できるかは人それぞれではあるものの、惣右衛門どのの言うように最初から決まっているわけではないでしょう。私はそう信じていますよ」

信じている、という言葉が、孝七郎には妙に耳新しく聞こえた。

「私も信じとうございますが、もう一つ、惣右衛門どのは、朱子学は憶測による虚妄《こもう》の説にすぎぬと断じておりましたが、それを反駁《はんばく》することがどうしてもできぬのです」

「惣右衛門どのがそう言って憚《はばか》らないのは私も知っておりますよ」

「先生におかれましては、何か反駁できる説をお持ちでしょうか」

「残念ながら、ないですなあ」

「では、陰陽五行《おんようごぎょう》の説は間違っていると？」

「それは、わかりませぬな」

「……」

「間違っているか否か、正しいか正しくないかにこだわるのは、勝ち負けを判じるようなもの。決してよいことではありませぬ」

「どういうことにございましょう」

「どのような説が、ものごとをよりよく説明できるかが大事なのだと、私は思っています。この世の事物を朱子学以上に明確に説明できる説を、いまだ私は知りませぬ。まあまあ長く生きてきましたが、そのような説にはまだ出合っていない。である以上、今は朱子学を信頼してよろしいということになりませぬか。惣右衛門どのが朱子学を虚妄の説だと断ずるのなら、なにゆえ虚妄の説になるのかを明らかにせねばなりません。しかし、それはされておられぬでしょう」

「それは、つまり……今後、仮に朱子学以上に世の事物を巧みに説明できる説が出てきたとしたら、先生はそちらの説を支持する、ということにございますか？」

「朱子学とて全能ではないかもしれない。間違っている部分があれば、その部分を正していくのは当然のこと。とはいえ、一部分が間違っていたからといって、それで全体が否定されるかといえば、そうではないでしょう。変えるべきところは変え、守るべきところは守る。そうした工夫を積み重ねることで、朱子学はさらに有用なものとなっていくと私は信じています――」深く頷《うなず》いた鳩巣が、ただし、と厳しい顔になって続けた。

「朱子学を根底から覆《くつがえ》すような説が出てきたとすれば、その際は、朱子学そのものを捨てることに躊躇《ちゅうちょ》してはならない。それが学問をする者の正しき態度でございましょう。自分の信奉している説は絶対ではないかもしれない、もしかしたら、間違っているかもしれない。それを常に念頭に置いての学問でなければ、学問の世界に進歩は望めません。違いますかな、孝七郎どの。だから最初に私は、学問において迷いや疑いを抱くのはよいことです、と言ったのです」

「先生……」

「なんですかな」

「あ、ありがとうございます！」

常に淡々とした口調で語る鳩巣であったが、その奥底には学者としての凄《すご》みがあった。

その鳩巣の言葉に、孝七郎は目から鱗《うろこ》が落ちたような心境になっていた。

10

孝七郎《こうしちろう》の行く手に黒山の人だかりができている。

孝七郎が向かっているのは、江戸市中は日本橋のたもとに設けられた高札場《こうさつば》である。もとより賑《にぎ》やかで人通りの多い日本橋なのだが、ここまでの人だかりを目にしたのは初めてだ。

近づくにつれ、人垣ができているのは高札場ではなく、通りを挟んだ向かい側の晒場《さらしば》であるのがわかった。

晒場とは、罪人が本来の刑を執行される前、衆目の前に晒して辱《はずかし》めを与えると同時に、町人など凡下《ぼんげ》の者に対する見せしめを目的として作られたものだ。したがって、どの晒場も、日本橋のような人通りが多い場所に設けられている。

歩を止めた孝七郎は、しばし迷った。

何の罪状なのかは近づいてみなければわからぬが、伝馬町《てんまちょう》の牢屋敷から引き立てられてきた罪人が、縄を打たれたうえで晒し者になっているはずだ。でなければ、これほどの見物客が鈴なりになっていないだろう。

孝七郎が江戸に参府して以来、ほぼ一年が経《た》っていた。回数はさほど多くないものの、日本橋界隈は歩いている。しかし、罪人が晒されている場面を実際に目にしたことは、これまでなかった。それは仙台や京都においても同様だった。晒しの場面にたまたまぶつからなかったこともあるが、あえて足を向けなかった面もある。たとえば、学友の誰かが噂《うわさ》を聞きつけてきて、見物に行かぬかと誘われたとき、一度も腰を上げたことがなかった。

そのような暇があったら、勉学に励んでいたほうがずっといい。

嘘《うそ》ではない。寸暇を惜しんでという言葉通り、学問以外のことに時を費やすのを極力避けている孝七郎である。

だが……。

あと百歩も歩かぬうちに日本橋のたもとに辿《たど》り着けるところに身を置いているいま、その理屈は避ける理由になり得ない。なのに、通りの真ん中に立ち尽くしたまま、次の一歩を踏み出せないのは何故《なにゆえ》か。

自身の心の奥底を覗《のぞ》き込もうと、孝七郎はじっと思いを凝《こ》らし始めた。

孝七郎の脳裏に、幼いころの源吉《げんきち》と辰五郎《たつごろう》の顔が浮かんだ。朧《おぼろ》な面影としてではなく、鮮明な思い出として甦《よみがえ》っている。

砂鉄川《さてつがわ》でのあの出来事を源吉や辰五郎の両親に話さなかったことは、儒《じゅ》の教えに照らし合わせて決して間違いではないと、いまも孝七郎は思う。『論語《ろんご》』の一篇にある、父は子のために隠し、子は父のために隠す、のくだりである。それはつまり、犯した罪を明らかにして裁《さば》くよりも大事なものがあるということだ。

その一方で、罪人を捕らえ、評定所《ひょうじょうしょ》で裁いて罰を与えることは、天下の平穏を保つためには必要なことだと、それもまた承知している。盗みや殺傷沙汰《さっしょうざた》を起こした悪人が野放しになっていたのでは、この世は乱れるばかりだ。

すなわち、裁かれるべき者と裁かずともよい者の線引きをどこでするかを孔子《こうし》は『論語』で示しているわけだが、ここで孝七郎は迷路に踏み込んでしまう。

もしもあのとき、源吉が高熱に倒れて死ぬことがなかったとしたら……。

砂鉄川でなにがあったか隠したままでいたとしたら、溺《おぼ》れ死んだ辰五郎の両親が悲嘆に暮れるのは、源吉の生死にかかわらず、変わらないだろう。その一方で源吉の両親も、倅《せがれ》を亡くした辰五郎の両親に同情を寄せる以上の苦しみを覚えることはないはずである。

では、砂鉄川でなにがあったかを正直に明かしたとしたらどうなったか。

辰五郎の両親は単に悲しむだけでなく、息子を死に追いやった源吉を憎み、恨むことになったであろう。そしてまた、源吉の親も辰五郎の家に顔向けができなくなり、思い悩むことになっただろう。

結局のところ、いずれにしても事実を秘匿《ひとく》したほうが、取り巻く人々の苦しみや悲しみが減じることになる。

しかし、それで八方丸く収まるかというと、そこで疑念が生じてしまう。生き延びた源吉自身の問題である。

殺そうとしたわけではないとはいえ、木の枝を揺すって辰五郎を川に落とし、死に追いやった事実が消えることはない。その罪を隠し、胸の奥に抱えたまま生きていくことに、その後の源吉は苦しむことになったのではないか。

あるいはまったく逆に、事実がばれなかったことに胡坐《あぐら》をかき、のうのうとその後《のち》の人生を送っていったとしたら、果たしてそれは許されることなのか。

いや、源吉のみならず、この私も……。

自分が晒場や刑場に近寄ろうとしなかった本当の理由は、これだったのかもしれない。晒しや処刑の場面に出くわせば、いやでも砂鉄川での出来事を思い出すことになる。その結果、答えの出せぬ問いに向き合うことになる。加えて、自分だけがこうして生きている後ろめたさに苛《さいな》まれることになる。自身でも気づかぬうちに、それを避けていたのに違いない。

そう孝七郎は得心《とくしん》した。

ここで避けたら、いつまで経《た》っても決着をつけられぬ。ならば……。

自分に向かってうなずいた孝七郎は、止めていた歩を進め始めた。

次第に晒場が近づいてきた。幾重《いくえ》にも人垣ができ、晒されている罪人を見やりながら、声を潜めて囁《ささや》き合っている。

武士の身なりをした孝七郎を認めると、野次馬の町人たちはそれとなく位置をずらして、場所を譲ってくれた。

晒されているのは若い男の首だけであった。いや、斬られた首が晒されていたわけではない。首だけに見えたのは、「鋸挽《のこぎりび》き穴晒し」に処されていたからである。

自身では晒場や刑場に近づかなかった孝七郎ではあるが、幕府における刑の種類については、儒者の心得として詳細までを知っている。

罪状は主殺《しゅごろ》しだった。角田屋《かくだや》という呉服屋の主人を雇われ人が殺《あや》めたのだが、主殺しは人殺しのうちで最も重い罪である。どうやらこの男は、店の金を盗もうとしていたところを主人に見つかり、揉《も》み合いになった末に逆上し、台所から持ち出してきた包丁で主人を刺し殺したらしい。

罪人は晒場に掘った狭い穴に座らされていた。男の首には、両側から挟み込むように板の枷《かせ》がかけられ、動けぬようにしてある。さらに、首の両側には俵《たわら》が三俵ずつ積まれ、鋸が立てかけられていた。

鋸の歯には、黒ずんだ血糊《ちのり》がへばりついている。以前は、通行人に罪人の首を実際に鋸で挽かせていたという。それではあまりに惨《むご》いということで、鋸は置かれるだけになっていた。だが、将軍が吉宗《よしむね》公になってから、それでは形だけのもので意味をなさぬということで、罪人の肩口を少しだけ鋸で挽き、鋸の歯に血を付けるようになったとのこと。

身動きのできぬ罪人は固く目を瞑《つむ》っているものの、息をしているのが見て取れる。男は、こうして二日間晒されたあと、市中引き回しのうえ、刑場にて磔《はりつけ》にされる運命にあった。

孝七郎は罪人から野次馬たちへと視線を移した。取り巻く町人たちの目の色や顔つきは、さまざまだ。

じいっと見入っている者もいれば、ちらりと見ただけで背を向けて立ち去る者もいる。見ている顔も、興味深げに子細を確かめようとしている者、怯《おび》えたように青ざめた顔をしている者、しかめ面をしている者、そうかと思えば、なにが面白いのかにやにや笑いを浮かべている者と、実にまちまちである。

孝七郎の背後で囁き合っている声が、否応なく耳に入ってきた。

「盗みを見つかって主人を刺し殺すとは、ひでえ奴だ」

「盗みだけなら、実際には盗らずじまいで終わっているんだからよ。せいぜい入れ墨敲《たた》きで放免してもらえたはずだぜ。なにを血迷ったんだか、馬鹿な野郎だ」

「こうして晒し者になって当然だろうぜ」

「いや、でもよ。本当かどうかはわからねえが、今回のお裁きはお奉行の間違いだという噂もあるようだぜ」

「なんだって？　お奉行が裁きを違《たが》えたってどういうことだい」

「おい、声がでけえぞ」

「すまんすまん。で、いってえどういうことなんだよ」

「知らねえのか」

「ああ、教えてくれ」

「盗みを見つかったんじゃあなくてよ、実際は角田屋の主人の女房と懇《ねんご》ろになっていたところを見つかったたと、それが本当らしい」

「本当かよ」

「ああ」

「まあ、だとしても、てめえが世話になっている主人の女房を寝取るとは、やっぱりくず野郎だぜ」

「いやいや、そこが問題なんだ」

「そこって、どこが」

「実は、あの野郎から手を出したんじゃなくてよ、角田屋の女房のほうから色仕掛けをしたんだと」

「そりゃあ、どう考えても嘘だろ。もしそうだとしたら、お白洲《しらす》でそれを明かしているはずだろ」

「いや、そこがややこしいんだ。聞くところによると、どうも単なる浮気じゃあなかったらしいんだな。角田屋の女房とあの男、心底惚《ほ》れ合っていたっつう話だ」

「つまり、てめえが惚れた女に累《るい》が及ばねえように、お白洲では盗みだとあえて嘘を吐《つ》き通したと、そういうことか」

「そういうこと」

「だとしたら、あの男、実に見上げたあっぱれな野郎じゃねえか」

「まあ、あくまでも噂だからよ」

「でもよ、火のないところに煙は立たぬと言うじゃねえか」

「とはいえ、人を殺めたことに変わりはねえからな。いずれにしても、死罪はしかたなかろうよ」

「まあ、そりゃあそうだ」

聞くつもりがなくても聞いてしまった。しかも、聞かないほうがよかったようなことを……。

晒されている男に、孝七郎はあらためて目を向けた。

真偽のほどはわからない。どちらかといえば、興味本位の単なる噂話にすぎぬのだろう。しかし、男を見る目が、噂話を耳にした前とあとでは確実に違っているのは確かだ。さきほどまでは、晒し者にされている恥辱に耐えかねて目を瞑っているのだと見えていたものが、いまは、どこか諦観《ていかん》しているようにも見えてしまう。

男がまぶたを開き、その眼の色合いを見ることができれば、ことの真相がわかるような気がする。

しかしその気配は一向になく、ほどなく孝七郎は罪人に背を向け、人だかりができているわりには奇妙な静けさが漂う晒場をあとにした。

11

日本橋で晒しの場面を目にしたその日の夕刻、孝七郎《こうしちろう》は久しぶりに室鳩巣《むろきゅうそう》の高倉《たかくら》屋敷を訪ねていた。

とっぷりと日が暮れ、夜更《ふ》けになっても、行燈《あんどん》の揺らめきのなかで孝七郎と鳩巣の談義が続いている。

「そなたの仙台藩にも、鋸《のこぎり》挽《び》き穴晒しに相当する刑罰があるのでしょうな」

尋ねた鳩巣に、はい、と孝七郎はうなずいた。

「主殺《しゅごろ》しは、引き晒し竹鋸にて挽き磔《はりつけ》、と定められておりますが、今日私が目にしたものとほぼ同じでございます。ただ、違うのは、親殺しの場合も同様の罰が与えられるところにございます」

「ほう、なるほど。江戸では親殺しの場合、通常は単に磔ですからな。つまり、ご公儀は忠に重きを置いているところ、貴藩では忠と孝を同等に扱っているというわけですな」

「さようです」

「他にも刑罰について事細かく定められていると、さきほど言いましたな」

「はい。実は我が仙台藩には『評定所格式帳《ひょうじょうしょかくしきちょう》』というものがございます。およそすべての罪に対する刑罰が定められており、武士も凡下《ぼんげ》の者も、それに従って裁かれることになっております」

「その『評定所格式帳』とやら、いつごろ制定されたのですかな」

「元禄《げんろく》十六年（一七〇三）十一月二十八日の日付になっています」

「日付まで覚えておられるのですか」

「はい」

いかにもそなたらしいですな、と笑った鳩巣が言う。

「それにしても二十年近くも前にそうしたものが整えられたとは、その点においては、仙台藩は進んでいますな」

「先生もご存じとは思いますが、仙台藩は俸禄制ではなく、地方《じかた》知行制にて政事《まつりごと》を進めております。よって、ご一門衆は、他国の小藩以上に広い領地をお持ちにございまして、領地内の百姓や町人が罪を犯した際、その地の領主が仕置きをするという習慣がございました。しかしそれでは、それぞれの領主が好き勝手に裁きをすることになり、仙台藩としての藩政に支障をきたすことになります。そこで、二代目の藩主となった義山《ぎざん》公、すなわち忠宗《ただむね》公が、知行地にて百姓や町人を勝手に仕置きしてはならぬと、すでに寛永《かんえい》十四年

（一六三七）、御一門や御一家、有力など家臣に命じておられました。ですが、なかなかそれが守られず、それがひいては、寛文《かんぶん》十一年（一六七一）のお家騒動につながったという次第にございます」

「市村座の『泰平女今川《たいへいおんないまがわ》』ですな。あれは確かに面白い」

「あ、はい。あの、先生は歌舞伎狂言などもご覧になられるのですか」

「たまには、足を運びますぞ」

「そうですか……」

「どうかしましたか」

　当代随一の儒者室鳩巣が歌舞伎興行に足を運ぶとは思いもしていなかったため、つかのま絶句した孝七郎だったが、気を取り直して続けた。

「いや、なんでもございません。話を戻しますと、御一門ら領主による勝手な仕置きを禁じて、藩主による治世を隅々まで行き渡らせるため、先代の肯山《こうざん》公が命じて作らせたのが『評定所格式帳』にございます」

「なるほど、よくわかりました。実は、公方《くぼう》様の命により、そなたの藩と同様なものを幕府でも作っている最中でしてな。私もその編纂《へんさん》を手伝っておるのですが、なにせ、膨大な判例に当たらねばなりませぬ。名前だけは『公事方御定書《くじかたおさだめがき》』と決まっているのですが、出来上がるのはまだまだ先になるでしょうな。併せて、これまでに出された御触書を判例集としてまとめなければなりませぬから」

「まだまだ先とは、いかほどでございましょう」

「そうですなあ。まあ、二十年近くはかかるかと思いますぞ。そのころには私は生きておらぬですがな」

ははは、と笑った鳩巣が、一転して真顔になった。

「実は孝七郎どの。私は、もっと大事なものを編纂しようと、密かに考えていましてな」

その声の響きに、孝七郎はごくりと唾《つば》を呑《の》み、次の言葉を待った。

「聞きたいですかな」

「もちろんにございます」

勢い込んでうなずいた孝七郎に、鳩巣が尋ねた。

「その前にそなたに訊《き》いておきたいことがあるのだが、よろしいですかな」

「はい、なんなりと」

「今日、そなたは初めて晒場《さらしば》を目《ま》の当たりにした。それで心が乱されたゆえ、私を訪ねて来られたと、そういうことでしたな」

「さようです。先生と話をすれば、なにか道筋が見えてくるのではないかと考えました次第にございます」

「で、実際のところ、どう思われますかな。貴藩の『評定所格式帳』にしても、やがて完成する幕府の『公事方御定書』にしても、制定せぬよりはよいとしても、果たして本当に十分なものか、もっと言えば、天下をよりよく治めるための規範として本当にそれでよいのか、ということです」

難しい問いである。だが、晒場の光景を目にしてから疑念を抱いていたことであるのは確かだ。

鳩巣は、孝七郎が口を開くまで、急《せ》かしたり促したりすることは一切せずに、柔和な目をしてただじっと待っていた。

顎《あご》に指を添えてうつむき、しばらく考えていた孝七郎は、ほどなく顔を上げた。

「当藩の『評定所格式帳』は、確かによく整ったものになっております。実に事細かに刑罰の種類が定められ、遺漏《いろう》なきものになっています。ですが、見方を少しばかり変えてみれば、刑罰が最初にあり、刑罰を与えるための評定、つまり刑罰ありきの裁きであってよいのだろうか。さような疑念がどうしても拭《ぬぐ》えぬのです」

「なにゆえ、そう思われる」

「日本橋の晒場にて町人らが囁《ささや》いていた噂話《うわさばなし》が本当であれば、主殺しの罪は免《まぬか》れないのは当然としても、当人がどれだけの罪を負うべきか、それが変わってくるのではないかと思うのです」

「気質の性が乱れることによって過ちを犯したとしても、本然《ほんぜん》の性が消えることはない。

よって、気質の性の乱れ方によって与える刑罰は変わってしかるべき。さようなことですかな」

「はい」

「しかしですな。それはすでに家光《いえみつ》公がなさっていたことです」

「なにをなさっていたのでしょうか」

「ご存じないのですかな」

「はい。申し訳ございませぬ」

「いやいや、謝るようなことではございませぬぞ」

目許をゆるめた鳩巣が、しからば教えて進ぜましょう、と続けた。

「当時の町奉行に島田次兵衛《しまだじへえ》という者がおったのですが、評定をするのにすこぶる便利だということで、先例を集めたいわゆる先例集を作ってお白洲《しらす》を裁いていたのです。それを聞き及んだ家光公が、評定所が扱う事件は人の顔のようなもので、どんなに似ていても必ず違いがあるもの。町奉行たる者、安易に先例に倣《なら》うことなく、それぞれの事情をよくよく吟味《ぎんみ》して裁かねばならぬ、とそう申されたそうです。その家光公のご意向に沿ってその後の評定が進められてきたために、これまで幕府としてのまとまった先例集は作られていなかったのです。しかし、お裁きがあまりにまちまちでは、ご法度《はっと》、延《ひ》いては江戸幕府そのものの信頼を揺るがしかねぬということで、いまの公方様、吉宗公が作成を命じたのが

『公事方御定書』であると、さような経緯《いきさつ》なのですな」

「なるほど、そうでしたか。しかし、そうしますとこの話、堂々巡りになりますね」

「さよう。あちらを立てればこちらが立たずとはよく言ったもので、家光公の仰せと吉宗公の仰せ、どちらを選んでも、なかなかすっきりするものではない。それはなにゆえか。孝七郎どの、そなたは、なぜだと思われますかな」

「おそらく……」

「おそらく、なんでしょう」

「おそらく、どちらでもないものが真に正しきものとして、どこかにあるからではないでしょうか」

「どこかにとは？」

「そこまではさすがにわかりません。ですが、見つけようはあるように思います」

「探せば見つかるようなものですかな」

「それもわかりませぬが、まずは心当たりをことごとく当たってみるしかないように思います」

「心当たりとは、たとえば？」

膝《ひざ》を交えて議論を交わしつつ、時おり問いを発しては孝七郎が自らの考えをまとめる手助けをしてくれる鳩巣であるが、それにしても今日の鳩巣は、いつも以上に執拗《しつよう》である。

なぜだろうと胸中で首をかしげつつも、心のうちに浮かんだものを口にした。

「刑律について吟味するのであれば、やはり中国の史書から当たってみるのが妥当なのではありますまいか。それで答えが得られるかはわかりませんし、どこから手をつけるかという問題もありますが、中国史を疎《おろそ》かにして進められるものはなにもございません」

「同じです」

「同じとは、先生もそう思われるということでしょうか」

「さよう」

うなずいた鳩巣が、口をきつく結んで何事かを考え始める。常に柔和な鳩巣が、ここまで厳しい顔つきをするのも珍しい。

今日の先生は、いったいどうしたというのであろう……。

ふだんであれば、どうしたのですか、と臆せず訊いている孝七郎だが、さすがに口を開くのが憚《はばか》られる。

じっと待ち続けることしばし。ようやく鳩巣は、ひと言だけ言った。

「決めましたぞ」

なにを決めたのか……。

堪《こら》えているのが難しくなり、なにを決めたのですか、と孝七郎が尋ねようとした直前、おもむろに立ち上がった鳩巣が、行燈から燭台の蠟燭《ろうそく》に火を移し、

「ちょっとついて来なされ」そう言って手招きした。

連れて行かれたのは、屋敷の北側に設けられた納戸《なんど》だった。

鳩巣に続いて納戸に入った孝七郎は、ゆらめく蠟燭の明かりに浮かぶ書籍の山を目にして息を呑んだ。

鳩巣が掲げてみせた蠟燭の明かりでざっと眺めただけでも、いまさっき、二人のあいだで話題にのぼっていた中国の史書の類《たぐい》であるのがわかる。しかも、容易には手に入らぬだろう貴重な本が幾つも目についた。

「先生、これは……」

「さきほど、もっと大事なものを編纂しようと思っている、と申したでしょう」

「はい」

「そのために集めているものがこれです」

「ということは、すでに先生は……」

「そうです。中国の史書をつぶさに調べ、刑律にかかわる判例をまとめた注釈書を著《あらわ》したい。そのために集めている本です。四書五経の類は多くの注釈書がこれまでも書かれてきましたが、これはまだ誰も成し遂げていない。もし、この仕事を完成させれば、おそらくは先ほどの問いに対する答えも得られると、私は信じているのです。そなたはどう思われますかな」

「確かに、私もそう思います」

深い感銘を受けて、孝七郎はうなずいた。

でしょう？　と悪戯《いたずら》っぽく笑った鳩巣が、しかし、と無念そうに言った。

「残念ながら、私には成し遂げるだけの時が残されていない。よって孝七郎どの。その仕事をそなたに託したいのです。引き受けてくださいますかな」

そう問うた室鳩巣であったが、必ずや引き受けてくれるという確信に満ちた口調であった。

仙台藩儒芦東山

1

下城《げじょう》をうながす大太鼓の音を背に大手門をあとにしてほどなく、芦幸七郎《あしこうしちろう》は仙台城下で最も賑わう御譜代町《ごふだいまち》である大町《おおまち》の通りを同僚の儒官《じゅかん》、佐藤吉之丞《さとうきちのじょう》と肩を並べて歩いていた。

先に立って二人を案内しているのは、大町三丁目にて繰綿問屋《くりわたどいや》を営む鈴木八郎右衛門《すずきはちろうえもん》の息子の米之助《よねのすけ》。城中で奥小姓《おくごしょう》を務める米之助は、幸七郎の門下生でもある。

商人の倅《せがれ》が小姓《こしょう》を仰せ付けられているのは、八郎右衛門が四百両もの大金を献上して侍身分を買ったからであり、それは幸七郎が京都に遊学していたころの学友、肥後《ひご》の辛島義先《からしまぎせん》と同様である。

向かっている先は、米之助の家、住吉屋《すみよしや》だと思っていたのだが、暖簾《のれん》をくぐることなく、ずんずん東へと歩いていく。

「米之助！」

吉之丞の声に歩を止めた米之助が振り返った。

「なんでございましょう」

「おぬしの家、とっくに通り越しているぞ。どこへ連れて行こうというのだ」

「大町五丁目の後藤屋《ごとうや》にございます」

「後藤屋とは、あの後藤屋か」

「さようにございます。東山《とうざん》先生にお目にかかるのに、人の出入りが多く、なにかと忙《せわ》しない自分の店では礼を失すると、父が申しておりました」

「後藤屋といえば、城下で一、二を争う料理茶屋であろう。いいのか、おれも一緒で」

「もちろんにございます」

「なら、かまわぬが」

うなずいて歩き始めた吉之丞が、幸七郎に耳打ちをする。

「わざわざ後藤屋にまで招いてとなると、事は上手《うま》く運びそうだな」

「うむ」

顎《あご》を引いた幸七郎に、

「住吉屋は、いかほど程度、用立ててくれるだろうか」吉之丞が期待を込めた声色で言った。

「それは会ってみなければわからぬ」

「二百両、いや、住吉屋のことだ。三百両くらいは出してくれるのではないか」

「だとよいのだが……」

「さすればこの度の願い、間違いなくご重役らに聞き届けてもらえるであろうな」

「おそらくは」

吉之丞が口にした「この度の願い」とは、近日中に若年寄《わかどしより》に提出するべく幸七郎が準備を進めている、学問所の設立願いのことだ。

江戸の高倉《たかくら》屋敷で初めて室鳩巣《むろきゅうそう》に会ってからすでに十四年の月日が流れ、若かった幸七郎も、いつのまにか四十の声を聞いていた。

仙台藩の儒員としてのここまでの歩みは、順風満帆であったと言えよう。藩主の参勤交代にその都度同行し、享保《きょうほう》六年（一七二一）から十四年（一七二九）まで、延べ九年間にわたって江戸と仙台を行き来した。世子《せいし》久村《ひさむら》（享保十六年より宗村《むねむら》）の侍講《じこう》こそ仰せ付けられなかったものの――吉村《よしむら》の侍講を務めた田辺整斎希賢《たなべせいさいまれかた》の子、田辺希文《まれふみ》が世子の侍講を務めているのだが、それは当然のこと――藩主の覚えがすこぶるよい証である。

その間、おりに触れて名を変えてきた幸七郎であるが、通常は、遠祖の故郷である下《しも》野国《つけのくに》芦野《あしの》村から取った「芦」を姓に、渋民《しぶたみ》村のある磐井郡東山《いわいごおりひがしやま》を由来に「東山《とうざん》」を号とし、実名は徳林《とくりん》としたうえで、「孝」の字を「幸」に戻した「幸七郎」を通称としている。他国の儒者との書簡のやりとりの際は、手紙の内容に鑑《かん》みて、その都度変幻自在に名を記しているものの、城中においては「芦幸七郎」に統一している。でないと周囲が混乱するからだ。

ともあれ、参勤交代への同行が一段落して国許に落ち着いた翌年、仙台城に近い北一番丁に屋敷替えを賜《たまわ》り、さらに翌年の享保十七年（一七三二）には、長年の学問精進と上達に対する報奨として、それまでの切米《きりまい》三両四人扶持《ぶち》から五両七人扶持へと加増された。石高《こくだか》に直せば五十石あまりにすぎぬので、いかにも儒者らしく質素と倹約を宗《むね》とする幸七郎であっても、暮らしは決して楽ではない。だが、大肝入《おおきもいり》の家に生まれたとはいえ、一介の百姓身分の小倅《こせがれ》だったことを思えば、これ以上は望めないほどの出世である。

そうしたなかで幸七郎が所帯を持ったのは二十八歳のときだった。幸七郎には、まったくその気はなかったのだが、父と兄が気を揉《も》んだ。当時、母の亀《かめ》の具合が優れず、床に臥《ふ》せることが多くなっていたのである。少しでも早く幸七郎に妻を娶《めと》らせ、安堵《あんど》させてやりたかったのだろう。祖父の白栄《はくえい》のころから懇意にしていた登米郡米谷《とよまごおりまいや》の高泉《たかいずみ》家の侍医飯《いい》塚葆安《づかほあん》の娘、ちょうを嫁に迎える段取りを万端つけたうえで、その旨を幸七郎に伝えてきた。

幸七郎としては、本意とは言えない婚姻であった。ちょうの人柄に不満があったのではない。幸七郎には伊達《だて》家の直臣《じきしん》という立場があった。陪臣《ばいしん》である飯塚家の娘を正妻として迎えるのは、厳密には本来あるべき姿ではないのだ。だが、母を思うとこの縁談を断ることはできなかった。躊躇《ためら》いはあったものの、渋民村の実家で祝言を挙げた。享保八年（一七二三）二月二十四日のことである。

迷いを胸に抱いたままの婚姻であったが、祝宴の末席で目を潤《うる》ませている母を目にして、これでよかったのだと思った。その母も、幸七郎が身を固めたのを見届けて満足したかのように、翌年の秋に没した。五十九歳であった。

その後、ちょうとの夫婦としての暮らしのほうは、なかなか落ち着いたものにはならなかった。夫婦仲が悪かったわけではない。参勤交代に同行しての参府の際は単身であったため、一年おきに長期にわたって家を空ける暮らしが、しばらくは続いたからである。

ともあれ、北一番丁の屋敷に移ってからは、儒員としての務めは多忙を極めたものの、暮らし自体は落ち着いたものとなり、昨年、享保十九年（一七三四）の初冬、ようやく長女のこうを授かった。

新たな命を授かり、幸七郎には極めて感慨深いものがあった。娘が生まれる二月《ふたつき》ほど前に、生涯の師と仰いでいた室鳩巣が七十七歳にてこの世を去っていた。人が死んで気が散逸するかと思えば、新たに気が凝縮《ぎょうしゅく》して命が芽生える。その繰り返しこそがこの世そのものだ。

それを思えば、人は生きているうちに成したことがすべてだと、迷うことなく言ってのけた荻生徂徠《おぎゅうそらい》の言葉にも、ときには耳を傾ける必要があるようにも思う。しかし、その徂徠も七年前に没していた。

鳩巣から託された中国の刑律に注釈を加えた書を編纂《へんさん》する仕事は、残念ながら手をつけるまでには至っていない。着手しましたという報《しら》せを送らぬうちに鳩巣が逝去したことは、無念である。だが、その仕事は、あくまでも幸七郎個人としての窮理《きゅうり》である。手すきのときに進めるしかない。儒員としてやらなければならぬことが多すぎて、その暇がないのだ。

まずは、在府中から命じられ、加増を受ける前年まで取り組んでいた仕事がやっかいだった。稲葉・片倉・久我《くが》など伊達家の外戚の系譜をまとめた『伊達支族系譜同外戚』六冊と『伊達外戚系譜続編』全一冊の編纂に追われたのだが、これは、実のところ他人の尻拭《ぬぐ》いの仕事であった。もともとは幸七郎よりひと回りほど年上の儒官、高橋玉斎《たかはしぎょくさい》以敬《もちゆき》が命じられて編纂に携わっていたものだったのだが、精緻《せいち》さに欠けるだけでなく誤りも多いことが判明して、やり直しを命じられた。玉斎は校訂ののちに再提出したものの、それでも不備が散見された。それに業《ごう》を煮やした藩主吉村自らが玉斎を免じ、全巻訂正したうえでの再編纂を幸七郎に命じたのである。

実際に始めてみて、玉斎の仕事のあまりの杜撰《ずさん》さには呆《あき》れるしかなかった。いちいち訂正していくよりも、なにもない状態で一から編纂したほうが楽なくらいである。というのも、これは誤りではないかと思われる部分を見つけた際、なぜそのような間違いを犯したのか、その原因を明らかにする必要があったからだ。

いくらなんでも酷すぎる。もしかしたら玉斎は、自分ではほとんど編纂に携わらず、配下の儒生らに実務のほとんどを任せていたのではあるまいか……。

そう推測した幸七郎は、ある日、直接玉斎に疑念をぶつけてみた。そこもとは形だけしか編纂に携わっていなかったのではないかと。

むろん、そうだと玉斎が認めるわけはなく、結局真相が明らかになることはなかったのだが、漏《も》れ聞こえてきた儒生らの噂話《うわさばなし》から、自分の推測は間違っていなかったと、いまでも幸七郎は思っている。

ともあれ、さんざん苦労はしたものの、満足できるものが完成して、お屋形《やかた》さまからも直接労《ねぎら》いとお褒めの言葉を賜った。翌年の五両七人扶持への加増は、それがあってのことである。そしてまた、その際の功績によっていっそう忙しくなってしまった。お目付けを通して、次から次へと仕事が舞い込んでくるのである。

これではいつになったら室先生との約束を果たせることやら……。

そうため息を吐《つ》きたくなっていたところで、昨年の暮れ、在郷休職中の奉行、遠藤文七《えんどうぶんしち》郎《ろう》（守信《もりのぶ》）の使いが来て、片平丁《かたひらちょう》の仙台屋敷に呼び出された。

栗原郡《くりはらごおり》の川口村に知行地を持つ遠藤文七郎の家格は宿老である。宿老とは、戦国の時代から領国経営の統括に当たってきた重臣で、代々奉行職に就くことが定められている、藩内に三家しかない名門だ。

広い客間に通されて挨拶《あいさつ》を交わしたあと、

「お奉行が仙台城下においでだとは思いませんでした」幸七郎が言うと、

「先月までは栗原の在郷屋敷でのんびりしていたのだが、今月の初めに城下に戻った。年明けから復職せよとの命を受けたものでな」

「それはおめでとうございます」

「めでたいんだか、どうなんだか」苦笑いした文七郎に、

「なにゆえ、拙者ごときをお呼びになられたのでしょうか」と幸七郎は尋ねた。

藩儒《はんじゅ》としての仕事ぶりはどうでも、儒員としてはまだ序列が下のほうに位置する幸七郎である。奉行から直接お呼びがかかることは、通常はない。

幸七郎の問いに直接答えず、

「学問所設立の件で、以前おれが蟄居《ちっきょ》になったのは知っておるな」と、文七郎は問うた。

「はい」

遠藤文七郎が奉行職に就いていた享保六年（一七二一）、学問所の設立を建言する意見書を藩主吉村に提出していたことは、幸七郎も知っていた。

「おぬしも承知のように、前のお屋形さまの肯山《こうざん》公のころより、我が藩は財政難に陥っている。新田の開拓が頭打ちで江戸廻米《かいまい》による増収が見込めぬなか、度重なる城の改修が必要であったところに、不相応に豪壮な寺社の建立《こんりゅう》が相次ぎ、出費が重なる一方であった。それに加えて元禄《げんろく》元年（一六八八）、幕府より日光東照宮の普請《ふしん》を命じられたものだから、

まさしく踏んだり蹴ったり。藩の財政はいよいよ逼迫《ひっぱく》した。幾度となく倹約令を出してはいるもののなかなか実効があがらず、領民の暮らしは困窮し、それでかえって人心が離れていくという悪循環を生んでいる。この悪循環を断ち切るためには、回り道のように思えても、十分に対する徹底した教育が急務。そう考えて学問所の設立を建言したのだが、お屋形さまに時期尚早として退《しりぞ》けられたうえ、職を解かれて蟄居を命じられた」

「お気の毒にございます」

当時のことを思い出したらしく、文七郎が苦虫を嚙《か》み潰したような顔になる。

「だが、おれの考えは決して間違ってはおらぬ。武士たるもの、文武を兼備せねば話にならぬのだ。ところが、父兄が無学なせいで子弟の教育がまったく行き届いておらず、おかげで、学問にも武芸にも励まず御用を手前勝手に進める者が多すぎる。かようなことでは、政事《まつりごと》がいよいよ滞《とどこお》り、民の人心を失うことになるのは火を見るよりも明らか。違うかね、幸七郎」

「私もさように存じます」

うむ、とうなずいた文七郎が続けた。

「蟄居が解かれて復職したあと、あきらめきれなかったおれは、いま一度、お屋形さまに建言した」

「それは存じ上げませんでした。いつのことにございましょうか」

「六年前、享保十三年（一七二八）の暮れのことだが、またしても却下された。閉門や蟄居にこそならなかったが、奉行職を解かれてやむなく在郷に引っ込んでいたのだ」

「なるほど。して、このたび復職が叶《かな》って、三度目の建言をなさるつもりだと、さようなことにございますか」

「いや、それはせぬ。三たびも、となると、さすがにただではすまぬまい」

「確かに」

うなずいた幸七郎をしばらく見入っていた文七郎が、おもむろに口を開いた。

「単刀直入に言おう。来春、おぬしが学問所の設立願いを出してみぬか。おぬしが願書を出すのであれば、表立っては無理だとしても、おれが後ろ盾になろうぞ」

「まことにございますか」

「嘘《うそ》や酔狂でわざわざかような話はせぬ」

苦笑した文七郎が真顔になって言った。

「おれが二度目の意見書を出したおり、藩の財政は相変わらず逼迫していたが、銅銭と西国の飢饉《ききん》のおかげで、いまはだいぶ好転している」

銅銭とは、仙台領内で産出した銅を使うことを条件に幕府の許可を得、石巻《いしのまき》の鋳銭場で享保十二年（一七二七）から鋳造している寛永通宝《かんえいつうほう》のことだ。それを領内に流通させることで利潤を得ることができる。

飢饉というのは、三年前の享保十七年（一七三二）に西国を襲った大飢饉のことである。その年の奥州《おうしゅう》は、西国とは逆に豊作となった。江戸での米相場が高騰したのに乗じ、大量の米を江戸に送って利益をあげ、逼迫していた財政がようやくのこと好転したのである。

「学問所を設立できる好機がようやく巡ってきた。この機を逃すことはできぬ。そこで思い出したのが、おれが最初の意見書を出した翌年、おぬしがお屋形さまに提出した七か条の諫言書《かんげんしょ》だ。探し出してあらためて読ませてもらったが、士分には学問を学ばせ、有用な人材を登用すべきという点では、おれの考えとまったくのところ一致している。しかもこのところのおぬし、お屋形さまの覚えは悪くないと聞いている。どうだ、幸七郎。おぬしの手で学問所を設立してみないか。おぬしにしても、望むところであろう」

そういうことだったのかと、なにゆえ片平丁の屋敷に呼ばれたのか得心《とくしん》した。

つかのま、考えを巡らした幸七郎は、文七郎に尋ねた。

「以前よりも藩の財政が上向いてきたとはいえ、学問所を設立するとなれば、それ相応の物入りとなるでしょう。少なくとも、素読や講釈を行う講堂が必要になるかと思います。いかようにしてその手当てをするか、そこが肝となりますが、お奉行におかれましては、なにか妙案をお持ちでございましょうか」

「持っているからおぬしを呼んだのだ」

意味ありげに口許《くちもと》をゆるめた文七郎が尋ねる。

「ときに、おぬしの門人に鈴木米之助という奥小姓がおるであろう」

「おりますが、よくご存じで」

「親父《おやじ》の八郎右衛門とは、以前よりの顔見知りでな。学問所の設立に必要な金子《きんす》、住吉屋が用立てしてもかまわぬと言っている」

「いかほどでございましょうか」

「それは先の話だ。まずはおぬしが首を縦に振らぬことには、どうにもならぬ」

「私が断りましたら、いかがいたすおつもりでしょうか」

「さっきも言った通り、この機を逃すわけにはいかぬからな。他の者を当たることになるだろう」

「誰かは決まっておりますか」

「決まってはおらぬが、田辺希文か高橋与右衛門《よえもん》か、そのあたりが順当なところであろうな。ただし、万一のことを考えれば、高橋のほうが妥当だろう」

万一のことを考えれば、というのは、今回の建言を田辺希文が行ったにもかかわらず、何かの事情で却下されたとしたら、仙台藩儒の重鎮である希文の父田辺整斎《せいさい》の立場が悪くなるのでそれはまずかろう、ということだ。そして、高橋与右衛門とは、あの高橋玉斎のことである。

「承知仕《つかまつ》りました。その役、私がお引き受けいたします」

「おおそうか。そう言ってくれると思っておったぞ」

心底嬉《うれ》しそうに、そして安堵したように破顔した文七郎に、

「ただし、ひとつ約定《やくじょう》していただきたいことがございます」と言った。

「約定とな？」

笑みを引っ込めて眉根《まゆね》を寄せた文七郎に、臆することなく幸七郎は言った。

「学問所設立の願書、その内容はすべて私の思うところに任せていただきとうございます」

「中身については口出しするな。そういうことか？」

「さようです」

「相当、自信があるようだな」

「でなければ、承知しましたとは申せません。それに――」

「それに、なんだ？」

「私の提出する願書が必ず通るとは限りませぬ。その際、この件に関してはまったく与《あずか》り知らぬほうが、お奉行にとってもよいのではないかと思いますが」

しばらくまじまじと幸七郎を見据えていた文七郎が、やがて表情を崩したばかりか、大笑いをし、

「いやはや、これはこれは愉快でたまらぬ。おぬしのことを融通の利かぬ石頭だと揶揄《やゆ》する者も多いようだが、そんなことはなさそうだ。やはり、おぬしに声をかけてよかったわ

い」そう言って、再び愉快気に笑うのだった。

そうした経緯《いきさつ》で吉之丞とともに訪ねた後藤屋の座敷にて、住吉屋の主人鈴木八郎右衛門は、広げた左手に右手の人差し指を添えて、

「手前どもで用立てする金子、これではいかがでしょう」と笑みを浮かべた。

幸七郎の隣でごくりと唾《つば》を呑《の》んだ吉之丞が、

「な、なんと。ろ、六百両も用立てすると申すのか」声を震わせて言うと、にこやかな顔で八郎右衛門は首を横に振った。

「なにをおっしゃいますか。この住吉屋を見くびってもらっては困ります。六千切《ぎり》、用立ていたしましょう。それで足りますかな」

文字通り、吉之丞は目を白黒させた。六千切といえば、千五百両もの大金である。

「こ、幸七郎……」

まるで助けを求めるかのように目を向けてきた吉之丞に一度うなずき、八郎右衛門に身体《からだ》を向けた。

「かたじけのうございます。これでどこに出しても恥ずかしくない立派な学問所を造ることができます」

このときの幸七郎の脳裏には、やがて出来上がるだろう講堂の様子が、目に見えるがご

とく鮮やかに浮かんでいた。

2

北一番丁の屋敷にて、書見台を前にしていた幸七郎《こうしちろう》の目の前に、どかりと腰を下ろした佐藤吉之丞《さとうきちのじょう》が、憤然とした顔つきで、

「聞いたか、幸七郎。与右衛門《よえもん》が学問所の設立願いを出したとのことだ。いったいどういうことか。なにを考えているのだ、与右衛門の奴は」とまくし立ててから、懐《ふところ》から取り出した紙片を、畳に叩きつけるようにして置いた。

読んでいた本を閉じた幸七郎は、落ち着いた口調でたしなめた。

「奴呼ばわりはまずいであろう。ほかに聞いている者がいないからまだよいが」

「いや、あまりに腹が立ったもので、つい……」

決まりが悪そうに言った吉之丞に尋ねた。

「おれは聞いていないが、いつの話だ」

「一昨日、若年寄《わかどしより》の氏家《うじいえ》どのに提出したということだ」

「それは？」

畳の上に置かれた皺《しわ》だらけの紙に幸七郎が目を向けると、

「与右衛門の願書の写しを手に入れてきた」と答えた吉之丞が、紙片を取り上げて幸七郎

の手に押し付けた。

皺を伸ばしながら紙を広げ、文面を追いつつ考える。

住吉屋《すみよしや》とのあいだで金子《きんす》の工面がつき、段取りがすべて整って「講堂設立願」と題した学問所設立願いを幸七郎が提出したのは、享保《きょうほう》二十年（一七三五）二月二十三日であった。今日は三月十一日なので、二十日ばかり前のことになる。

学問所設立の願書について、幸七郎が提出する前から知っていたのは、目の前の吉之丞以外は、住吉屋の八郎右衛門と米之助《よねのすけ》親子、そして奉行職に返り咲いた遠藤文七郎《えんどうぶんしちろう》の三名のみである。

高橋玉斎《たかはしぎょくさい》与右衛門とのあいだで、学問所についての話題がのぼったことは、これまで一度もなかった。与右衛門が前々より独自に学問所設立の願書を準備していたとは思えない。実際に、そんな様子や気配は微塵《みじん》もなかった。ということは、明らかに幸七郎が願書を提出したのを知って、後追いで出すことにしたのであろう。

「どうする、幸七郎」

「どうすると言っても、そこもとの願書を取り下げてくれと申し入れるわけにもいかぬ。どちらの案が採用されるか、ご重役の決裁を待つしかないであろう」

「なにを悠長《ゆうちょう》なことを言っている。願書を出すなら出すで、先に提出していたのはこちらだからな。ひと言くらい断りを入れるのが筋というものであろう。これではまるで、果たし状を突き付けてきたようなものではないか」

「果たし状とはおおげさな」

幸七郎が笑うと、

「笑いごとではござらぬぞ。いったいどうする」

「だから、決裁を待つしかないと言ったであろう」

「なにか手を打たなくてよいのか」

「必要ない」

「なにゆえ、それほどのんびりしていられる」

「のんびりしているわけではないが――」と口にしてから読み終えた上書《じょうしょ》の写しを文机《ふづくえ》に置き、吉之丞に言った。

「この内容ではこちらの願書が採用されるのは間違いない。なにも案ずることはないだろう。それに、いざというときには文七郎どのが陰で動いてくれようぞ」

「それはそうだと思うが……」

そう同意しつつも、不安を消せない様子の吉之丞に、あらためて幸七郎は言った。

「大丈夫だ。案ずる必要はない」

強がりで言っているわけではない。二つの願書、どう読み比べても、こちらの願書のほうが優れている。最も肝要な金子の手当ても十分以上に整っている。これで与右衛門の案が採用されたとしたら、この藩の重臣は、さらにはお屋形《やかた》さまも、聞きしに勝る大間抜けということになる。さすがにそれはないであろう。

3

仙台藩に初めて開設される学問所をどうするか。

その結論が出たのは、幸七郎《こうしちろう》が「講堂設立願」を提出してから四カ月あまりが経過した六月十五日のことである。

その日の幸七郎は当番日ではなかったため、北一番丁の自宅にて朝餐《ちょうさん》後、いつものように書見台を前にしていた。登城せずにすむ日のうち、最も落ち着いて書物を前にできるひと時である。というのも、昼を挟んで未《ひつじ》の刻（午後二時）に入ったあたりから、三々五々、弟子たちが勉学を目的に芦《あし》家を訪ねてくるからだ。

浪人身分であれば、京都遊学時代の師であった三宅尚斎《みやけしょうさい》のように私塾でも開いているところだ。だが、藩の正式な儒官《じゅかん》の身としては、さすがにそれはできない。

月謝を取らなければ問題なかろうと考え、弟子たちを集めて素読や講釈を行っていた時期がある。しかし、当たり前ではあるのだが藩の知るところとなり、それは罷《まか》りならぬと釘《くぎ》を刺された。

ならば仕方がないということで、訪ねてくる弟子たちに自宅の一室を開放し、幸七郎が所蔵している書物を自由に読ませることにした。

素読や講釈はしない。だが、弟子から問われれば、その都度、ひとりひとりに丁寧に答えを授けてやっている。あるいは、考えるべき問いを投げかけてやっている。それが評判を呼び、日を追うごとに芦家に出入りする学問熱心な者が増えていた。その多くは、十代から二十代前後の若い藩士だ。下級武士の子弟がほとんどで、最近では士分のみならず町人も増えてきている。なかには、日が暮れてからも行燈《あんどん》の灯りで書物に没頭し続けるような熱心な者もいる。そんなおりには妻に命じて膳を用意させ、晩餐をともにしながら議論を重ねることもある。

そんな具合に、登城すれば儒官としての務めで、自宅にいれば弟子たちの師として、なにかにつけ忙しい暮らしぶりであるゆえ、非番の日の朝から昼にかけては、幸七郎にとっては心休まるひと時なのである。

ではあるのだが、近くの寺から昼四ツ（午前十時）の鐘の音が届いてほどなく、お城からの遣いの方がおいでです、と妻のちょうに声をかけられた。

書見台を離れて玄関に出てみると、遣いの者とは住吉屋《すみよしや》の倅《せがれ》、鈴木米之助《すずきよねのすけ》だった。

「先生、大至急、ご登城ください。整斎《せいさい》先生がお呼びです」

息せき切った様子で、なんの前置きもなしに米之助が言った。

「そんなに慌《あわ》ててどうしたのだ」

「学問所の件にございます。さきほど、ご重役らによる審議が終わったとのことです。その結果を整斎先生が東山《とうざん》先生に直接申し伝えたいとのことで拙者が遣いを命じられ、先生をお迎えに参りました」

「そうか、ご苦労」

やれやれようやく決まったかと思いつつ、幸七郎はうなずいた。奉行や若年寄《わかどしより》による重臣会議がなかなか先に進まぬのには慣れている。とはいえ、四カ月近くもというのはかかりすぎである。学問所の設立が、所詮《しょせん》は急務でないことの表れであろう。

ともあれ、自身の「講堂設立願」が採用されるか否かに関しては、十分以上に自信があった。これでようやく先に進むことができると意を新たにした幸七郎は、

「ちょう」妻の名を呼んだ。

はい、という声が台所のほうからして、たすきで小袖をたくし上げた姿で、ちょうが玄関先に現れた。昼餐の用意とあわせ、午後になるとやって来る弟子たちにふるまう、はっと汁——ちょうの実家のある登米郡《とよまごおり》でよく食べられている料理で、練ったうどん粉を薄く伸ばした生地を、あり合わせの野菜と一緒に醤油汁に仕立てたもの——の準備を女中と一緒にしていたようだ。

「これから城に行って来る。肩衣《かたぎぬ》の用意をしてくれ」

「畏《かしこ》まりました。お帰りは遅くなりそうでしょうか」

「行ってみなければわからんが、私が不在でも、弟子たちにはいつもと同じように、好きにさせてやっていい。ただし――」

「承知しています。室《むろ》先生からお預かりした書物だけは手を触れさせないように。さようでございますわね」

「うむ」

「では、お出かけの支度をしてきます」

ちょうが奥へと引っ込んだところで、米之助が言った。

「奥さまもいろいろと大変ですね」

「なに、台所仕事は好きなようだからな。苦にはしていないようだ」

「まあ、それもありますが、毎度毎度はっと汁をお振舞いになられては、つまりあの、別な意味での台所事情が大変なのではないかと思いまして」

「そこもとが気にするようなことではないぞ」

「いや、申し訳ありません。商家に生まれたせいで、どうしても金子《きんす》の算段を考える癖がついていまして」

「そこもと、どちらかというと勘定方が向いているのではないか」

「確かにそうかもしれませぬ」

米之助が苦笑したところで、お着替えの支度が整いました、とちょうが幸七郎を呼びに来た。

米之助を待たせたまま座敷で着替えを済ませ、裃《かみしも》を身に着けた幸七郎は、ちょうに見送られて表へと出た。

仙台城に向かう道すがら、期待を込めた口調で米之助が言う。

「先生、いよいよですね。どんな講堂ができることか、いまから楽しみでございます」

「そこもとの父上には感謝している。城からの帰りにでも住吉屋に寄って、あらためて礼を言わねばな」

「先生におかれましては、なにかとお忙しい御身にございます。わざわざご足労いただかなくても」

「いや、そうはいかぬだろう」

住吉屋に寄るのであれば、手土産《てみやげ》の一つや二つは必要であろうな、いや、それよりも、なにか気の利いた書を筆書きしてやったほうが、八郎右衛門《はちろうえもん》は喜ぶかもしれぬな……。

そんなことを考えつつ、幸七郎は軽い足取りで歩を進めた。

4

仙台城の二の丸に出向いてみると、儒官《じゅかん》の詰所となっている広間の物書部屋《ものかきべや》ではなく、客間のさらに奥まった場所に設けられている元書院へ参れということだった。

めったに足を踏み入れることのない元書院では、田辺整斎希賢《たなべせいさいまれかた》と希文《まれふみ》の親子が待っていた。

今年で八十三歳になる整斎は、さすがに老いを隠せず、少々耳も遠くなっている。したがって、藩主吉村《よしむら》の世子《せいし》宗村《むねむら》の侍講《じこう》を務める希文が、いまは藩儒《はんじゅ》としての田辺家の名声を実質的に支えていると言ってよい。

幸七郎《こうしちろう》より四歳年かさの希文が、整斎に目配せしてから口を開いた。

「この際、単刀直入に申そう。まことに残念ながら、この度のそこもとの願書は退《しりぞ》けられた」

すぐには言葉を返せなかった。

しばらく黙したのちに、幸七郎は訊《き》いた。

「それは、学問所そのものの設立が罷《まか》りならぬということでしょうか。それとも……」

そうだ、と希文がうなずく。

「高橋与右衛門《たかはしよえもん》の案が通った。せんだってまで大番組の武沢源之進《たけざわげんのしん》が使っていた北三番丁の屋敷が、いまは空き家となっている。そこを学問所として使うことになった。文教の内容も与右衛門の建言に沿ったものとなる見通しだ」

「そんな馬鹿なことがございますか」

「おれに言われても困る。決めたのはご重役らだ」

「お屋形《やかた》さまは……お屋形さまもご承知なのでございますか」

「それはそうだ。お屋形さまのご決裁なしに進められるような話ではないからな」

そう答えた希文が、

「おい、どこへ行く」と言って、立ち上がった幸七郎を見上げた。

「お屋形さまに直訴《じきそ》に参ります」

「なにを血迷っている」

「血迷ってなどおりませぬ」

そう言って立ち去ろうとした幸七郎に、

「待たれよ」それまで黙していた整斎が声をかけた。

「座りなさい」

穏やかな口調で言われ、しばし逡巡《しゅんじゅん》したのち、幸七郎は畳の上に腰を戻した。

「頭を少し冷やしなされ。直訴などと、そんな物騒なことをしても、そなたの儒官としての立場が悪くなるだけで、ことはなにも変わりませんぞ」

「しかし……」

幸七郎の胸中では、ふつふつとお湯が沸くように、憤りと疑念が複雑に入り混じっていた。

時期尚早ということで学問所そのものの設立が見送られるというのであれば仕方がない。

だが、自分の建議が却下され、高橋玉斎《ぎょくさい》の案が採用されるのには、どうしても納得がいかない。

仙台藩の決して潤沢とはいえない財政を鑑《かんが》みて、空き家となっている手ごろな屋敷を利用して学問所を設立すべし、というのが与右衛門の上書《じょうしょ》の骨子である。さきほど希文が口にした武沢という大番士《おおばんし》が誰なのかは知らない。だが、旧宅が北三番丁にあったとなると、上級家臣でないのは明らかだ。禄高はせいぜい百石内外であろう。それでは学問所として使うには手狭すぎる。しかも、教授する内容も、学問と礼法および弓術を学ばせるというだけで、実に曖昧《あいまい》なものだ。

それに対して、幸七郎の「講堂設立願」は、はるかに充実したものになっている。住吉《すみよし》屋《や》が用立ててくれる千五百両の献金を元手に、専用の講堂を建立《こんりゅう》するとともに、微禄の藩士の子弟に対しては奨学金を支給して、身分の別なく勉学に励めるように整える。そのうえで古代の中国における初等の学問所である「小学」に倣《なら》い、読み書きに加えて歴と地勢、そして算術を学ばせることを基本にするという、きわめて具体的なものであった。なによりも、住吉屋による献金が大きい。それがあれば、藩の財政に悪影響を与えずに済む。藩にとっても歓迎すべき話のはずだ。

幸七郎は、希賢と希文の親子に、いかに自分の案のほうが優れているか、あらためて思いの丈を述べたあと、

「この度の決裁は、どう考えても筋の通らないものにございます。先生のお力でなんとかできぬものでしょうか」そう言って、整斎に詰め寄った。

あからさまに困惑の色を浮かべた整斎が、希文に顔を向け、仕方なかろうと言外に匂わせてうなずいた。

それを受けて希文が言った、

「実は、おぬしの願書にある住吉屋からの千五百両の献金。それが最も大きな問題となったのだ」

「問題とは、いったいどういうことでしょうか」

軽くため息を吐《つ》き、希文が答える。

「商人からの献金によって神聖なる学問所を造るわけにはいかぬと、そういう話になったらしい」

「なにを馬鹿な。財政難がすっかり解消しているのならばともかく、商人からの金子《きんす》は受け取れぬなどとは、やせ我慢にもほどがあります」

やれやれ、とばかりに希文が言う。

「相変わらず、杓子定規《しゃくしじょうぎ》にしか取ろうとせぬのだな。それが唯一、そこもとに足りぬところだ」

「どういうことでしょうか。なにが足りぬのでしょうか」

「いいか、幸七郎。仮にここで住吉屋からの献金を受け取ったとしよう。しかも千五百両もの大金だ。今後、学問所の運営について、住吉屋があれこれ口を挟んでくることになるやもしれぬ。それはすなわち、商人が政事《まつりごと》に関わることになる。それは許すわけにいかぬと、そういうことだ」

「住吉屋は、鈴木八郎右衛門《すずきはちろうえもん》は、さような人物ではございませぬ。あくまでも我が藩の学問の発展を願っての、善意による献金にございます」

「馬鹿正直に商人を信じるわけにはいかぬだろう」

口を挟もうとした幸七郎を右手で制して希文が続ける。

「おぬしの申す通り、まったくの善意であったとしても、さような前例を作ってはまずいということだ。献金だけならまだよい。だが、商人の懐《ふところ》を当てにするような癖が、知らぬ間についてしまうとも限らない。それが昂《こう》じて、やがては商人から借金をして藩の財政を賄《まかな》うようになるやもしれぬ。そうなってから悔いても、もはや手遅れ。ご重役らの審議において、最後にはそれが決め手になったと、若年寄《わかどしより》の氏家《うじいえ》どのが言っておられた」

「……」

「その顔は、どうしても承服しかねるか」

なおも黙している幸七郎に、希文が少しばかり声を潜めて言った。

「悪いことは言わぬ。これ以上、ことを荒立てぬほうがいい。実を言うと、妙な噂《うわさ》が流れているのだ」

「妙な噂とは……」

「おぬしが住吉屋から袖の下を貰《もら》っていると、そんなことを囁《ささや》いている者がいるようだ」

「袖の下など、さようなことは断じてございませぬ。誰ですか、そんな噂を流しているのは」

「あくまでも噂だ。誰が言い始めたかはわからぬ」

「まさか、希文どの。そこもとも、さような根も葉もない噂話を信じているのではありますまいな」

「信じるわけがなかろう。だが、なかには信じたくなる者もいるということだ。もう一度言うぞ。ここは大人しく引き下がったほうがいい。よいな」

希文から整斎へと幸七郎が目を移すと、無言のまま、重々しい頷《うなず》きだけが返ってきた。

5

芦幸七郎《あしこうしちろう》の願書が退《しりぞ》けられ、高橋与右衛門《たかはしよえもん》の案が通った。

田辺整斎《たなべせいさい》と希文《まれふみ》親子との面会を終えたころには、その事実が城中に知れ渡っていたようだ。

儒官《じゅかん》の物書部屋《ものかきべや》の襖《ふすま》を開けるや、佐藤吉之丞《さとうきちのじょう》が血相を変えて駆け寄ってきた。

「いったいこれはどういうことだ。整斎先生はなんとおっしゃっている」

「声がでかいぞ」

そう言って幸七郎は、吉之丞を周りに人がいない廊下の隅まで連れて行った。

その顔つきから、相当憤慨している様子が見て取れる。幸七郎とて腹の虫がおさまらないのは同じなのだが、吉之丞の顔を見ているうちに、逆にだいぶ落ち着いてきた。

いったいどういうことだと重ねて尋ねた吉之丞に、元書院でのやりとりを詳しく話して聞かせた。

聞き終えた吉之丞が鼻の穴を広げて言う。

「袖の下がどうのという噂《うわさ》、きっと奴らが触れ回っているに違いなかろうぞ」

「奴らとは」

「与右衛門と好篤《よしあつ》に決まっておろう。与右衛門はおぬしに顔に泥を塗られたと思っているはずだからな」

吉之丞が言っているのは、与右衛門らが編纂《へんさん》した書を幸七郎が訂正して編纂し直した仕事のことである。一方の好篤は、遊佐木斎《ゆさぼくさい》の養嗣《ようし》。昨年の十月、七十七歳で木斎が没したことにより家督を継いでいる。結局、いまだに田辺整斎と遊佐木斎という仙台藩儒《はんじゅ》の双璧《そうへき》のあいだの反目が、それぞれの弟子たちのあいだで続いているのだ。

だが、証拠がないのに詮索《せんさく》していても始まらない。それには吉之丞も気づいているよう

で、

「それより、川口どのだ」と口にした。

川口どのとは、栗原郡《くりはらごおり》の川口村が給地の奉行、遠藤文七郎《えんどうぶんしちろう》のことである。

「学問所の詮議の際、川口どのも加わっていたはずだよな」

「そのはずだ」

「なのに、なにゆえかような結末になるのだ。そもそも、住吉屋《すみよしや》からの献金の話を持ってきたのは川口どのであろう。いったいどういうことだ」

「おれに訊《き》かれてもわからぬ」

「よしっ、川口どのに訊きに行こう。確か、今日は当番日のはず。御奉行詰所にいるに違いない。さあ、一緒に参ろうぞ」

幸七郎にも異論はなかった。整斎と希文にこれ以上ことを荒立てるなと釘《くぎ》を刺されたものの、なぜこのようなことになったのか、文七郎の口から経緯を聞かぬうちは引き下がれるものではない。

足を運んだ御奉行詰所の廊下にて、

「芦幸七郎と佐藤吉之丞の両名、お奉行に面会いたしたく罷《まか》り出《い》で候」と声を張り上げたものの、「入られよ」という答えは返ってこない。

不在なのだろうかと二人で顔を見合わせていると、目の前で襖が開き、筆頭奉行の遠藤文七郎が姿を現した。

後ろ手に襖を閉めた文七郎が廊下へと進み出てくる。襖が閉じる間際、若年寄《わかどしより》の氏家《うじいえ》兵庫《ひょうご》が部屋の中にいるのが、ちらりとだが見えた。

「二人そろってなに用だ」

どことなく迷惑そうな口調で文七郎が言う。

「学問所の件でございます」

幸七郎が言うと、

「残念であったな。だが、重臣会議で決定し、お屋形《やかた》さまの承認も得られたことゆえ、仕方がなかろう」淡々と文七郎は答えた。

「お奉行」

「なんだ」

「私の案が退けられたのは、住吉屋の献金のせいだとうかがいました。しかし、そもそもその話を持ち込んだのは、お奉行にございます。であれば、詮議の場にて私の案を擁護するのが筋というものでございましょう。筆頭奉行のお奉行が断固として唱えれば、私の建学願いが通ったはずにございます。しかし、なにゆえそうはならなかったのか、その疑念がどうにも拭《ぬぐ》えぬのでございます。お奉行は、いったいなにゆえ、詮議の成り行きを黙って見過ごされたのでございましょう」

「見過ごしたとはこれはまた心外な。詮議の場に参集したおのおのの意見を公平に聞くのが筆頭奉行の務め。多数が賛同した与右衛門の案を可とするのは当然であろう」

「それでは約束が違います」

「約束？　いったいなんのことだ」

「学問所の設立のため、私の後ろ盾になっていただけると、そうお約束なさったではございませぬか」

「なんだ、そのことか」

忘れていた、とでもいうような口ぶりで文七郎が言った。

「なんだ、そのことかとは、さような言い方はないでありましょう」

幸七郎の抗議を意に介した様子もなく、文七郎が言う。

「いずれにしても学問所を設立する運びになったのだからよいであろう」

「それは、与右衛門の案でもかまわないということでございますか」

「与右衛門の案でなにか問題があるのか」

「問題もなにも――」つかのま絶句した幸七郎は、

「両案を天秤にかけてみれば、どちらが優れているかは明らかでございましょう」

「天秤にかけた結果、与右衛門の案のほうに軍配が上がったというだけの話だ」

「お奉行はそれでもかまわぬのですか」

「まずは、どのような形であっても学問所を設立するのが肝要。おぬしの案では通らぬとなれば、与右衛門の案を可とするのは当然のこと」

「そこをなんとかするのがお奉行の役目ではないかと存じますが」

「幸七郎。おぬし、自分がどれだけ無礼なことを言っているか、わかっておるのか？　お奉行の役目だと？　それでは、おぬしの命を受けて動けとおれに言っているのと同じではないか。いつからおぬしは、さように立派な身分になったのだ」

「誰であろうと、必要なことは諫言《かんげん》するのが、儒者の役割にございます。身分がどうのという話ではございませぬ」

「貴様──」

文七郎がなにかを言いかけたところで、ぐいっと強く袖が引かれた。

「お奉行の説諭、大変よくわかりました。拙者らはこれにて失礼仕《つかまつ》ります」

早口で言った吉之丞が御奉行詰所を背にし、幸七郎を引きずるようにして、先へ先へと歩き始める。

「吉之丞、離してくれ。お奉行との話はまだ終わっておらぬ」

「煩《うるさ》い、黙れっ」

叱りつけるように言った吉之丞が、幸七郎をうながして歩を進め続ける。そのまま人気《ひとけ》のない納戸《なんど》の前まで来たところで、ようやく袖を離した。

「幸七郎。いくらなんでも、あれはまずいぞ」

「あれとは、なにがだ」

「筆頭奉行の川口どのに対して、あの口の利き方はまずい。無礼千万にもほどがあろうぞ」

「無礼なことを口にした覚えはないぞ」

「それはおぬしがそう思っているだけだ」

先ほどまでは吉之丞のほうがかっかしていたはずなのだが、いまはすっかり逆転して、幸七郎の宥《なだ》め役に回っている吉之丞である。

「やはり、いま一度、お奉行に掛け合ってくる」

そう言った幸七郎を慌《あわ》てて押しとどめた吉之丞が言う。

「いいか、幸七郎。落ち着いて考えてみれば、お奉行があのように言うのも致し方ないかもしれぬ」

「どう致し方ないというのだ」

「住吉屋の話をおぬしに持ってきたときには、まだ与右衛門の上書《じょうしょ》は影も形もなかった」

「それがどうした」

「だから、その時点では、お奉行もおぬしの案を通そうと思っていたはず。だがその後、与右衛門が上書を提出したことで、さきほどご自身でも言っていた通り、学問所ができるのであれば、どちらでもよいと考えが変わったにちがいない。学問所の中身は問わぬとなれば、重臣会議で多勢に無勢《ぶぜい》で無理に頑張る必要もなかろうよ。そういうことだとおれは思う」

「その結果、ろくでもない学問所ができることになる」

「仕方がなかろう。それに、ものはやりようだ。学問所ができたあとで、少しずつ改革を進めていくという手もあるだろう」

「物事は初めが肝心。与右衛門の案で一度学問所を造ってしまったら、容易には中身を変えることができなくなるやもしれぬ。そんな悠長《ゆうちょう》なことをするより、やはり――」と言って踵《きびす》を返そうとした幸七郎を、再び吉之丞が押しとどめ、

「やめろ。とにかく早まったことはするな。この先どうするか、あとでゆっくり考えようぞ」懇願するように言うのであった。

6

北一番丁の屋敷の縁側で幸七郎《こうしちろう》と吉之丞《きちのじょう》が碁を打っていると、表通りに駕籠《かご》が一挺《ちょう》止まるのが見えた。引き戸がついた四人肩《しまいかた》の立派な乗物であるのが垣根越しでもわかる。駕籠舁《かき》によって引き戸が開けられた。降りてきたのは若年寄《わかどしより》の氏家兵庫《うじいえひょうご》である。

若老《じゃくろう》の重職にある者が、幸七郎のような下級武士の屋敷を訪ねてくることは、普通は

ない。

むすっとした兵庫の顔を見ただけで用件がわかった。学問所の件だ。それ以外あり得ない。

「おい、まずくないか。兵庫どのがこんなところにわざわざお出ましになるとは尋常じゃない」

碁石を人差し指と中指で挟んだまま身を凍らせた吉之丞が言った。

「こんなところとは、どういう意味だ」

幸七郎が訊《き》くと、

「馬鹿野郎、そんなことにこだわっている場合か」と返した吉之丞が、手にしていた碁石を碁笥《ごけ》に放り入れ、裸足《はだし》のまま縁側から飛び降りて、兵庫のもとに駆け寄った。

しきりに恐縮した様子で、吉之丞が兵庫を屋敷の玄関のほうへと案内し始める。

兵庫と吉之丞の姿が見えなくなってほどなく、妻女のちょうが縁側にやって来て幸七郎に確認した。

「若年寄の氏家兵庫さまがおいでになっています。客の間にご案内してもよろしゅうございますわね」

「うむ。粗相のないように頼む」

「御着替えはいかがいたしますか?」

当然ながら正装などしておらず、着流し姿であったが、

「要《い》らぬだろう。お待たせいたすよりはいい」

「畏《かしこ》まりました」

そう言ってちょうが兵庫の案内に戻ったところで、幸七郎は客の間に向かった。と言っても手狭な屋敷のこと、障子を開けて敷居を跨《また》いだだけで、床の間が設《しつら》えられた客の間である。

待つことわずか。ちょうの案内で吉之丞を従えた氏家兵庫が客の間に入ってきた。

畳に腰を下ろすなり、皮肉を含んだ口調で兵庫が言った。

「身体《からだ》が優れぬと聞いておったが、碁を打てるくらいであれば心配は無用だな」

やはり、垣根越しにこちらの様子が見えていたようだ。

「今朝は珍しく調子がよかったのと、この陽気ですゆえ、たまには陽《ひ》に当たったほうが身体にもよいかと思いまして」

戸外から届いてくる鶯《うぐいす》のさえずりを耳にしながら幸七郎が答えると、

「見え透《す》いたことを」と鼻であしらった兵庫が、

「なにゆえ、おれがこうしておぬしの家になんぞ足を運んだのか、わかっておろうな」と言った。

「拙者ごときのために見舞いにおいでくださいまして、まことに恐悦至極《きょうえつしごく》にございます」

「おぬし、おれをからかっているのか」

「めっそうもございません」

真顔で幸七郎が言うと、渋面《じゅうめん》になった兵庫が、

「仮病とわかっていて、見舞いになど来るものか。いや、仮にほんとうに病気だったとしても、面倒を起こしてばかりのおぬしのところになど来るわけがなかろう――」と言ったあとで、

「お屋形《やかた》さまの命でなければ、このような貧相な屋敷になど来るものか」と、いっそう顔をしかめた。

お屋形さま、という言葉には、さすがに幸七郎も驚いた。

「お屋形さまが……」

「そうだ。いつまでも意地など張っておらず早々に出講せよと仰せだ。東山《とうざん》は相当臍《へそ》を曲げているようだからおぬしが直接説得に参れ。そうお屋形さまに命じられたとあっては、足を運ばぬわけにもいくまい」

臍を曲げている、との言われ方は心外であったが、お屋形さまがじきじきに命じたとなると、これまでのように病気を理由にのらりくらりと学問所への出講を引き延ばしているわけにもいかぬだろう。

だが、しかし……。

幸七郎の「講堂設立願」が退《しりぞ》けられ、かわりに高橋玉斎与右衛門《たかはしぎょくさいよえもん》の上書《じょうしょ》が採択されたのは、一昨年、享保《きょうほう》二十年（一七三五）六月のことである。

それからほぼ一年が経《た》って、与右衛門の案通り、北三番丁にあった武沢源之進《たけざわげんのしん》の旧宅の改修がようやく始まった。

学問所の設立にやたらと時を要すること自体は、幸七郎にとってはむしろ都合がよかった。もとより、とうてい承服しかねるような形式の学問所である。実際に開講する前に、なんとかする猶予ができるのは歓迎すべきことだった。

とはいえ、屋敷の改修が始まってしまった以上、全面的に阻止するのはさすがに無理である。そこで幸七郎は、昨年の秋、再度願書を提出した。商人からの多額の献金が問題なのであれば、そうでなければよかろう。そう考え、芦家《あしけ》が自前で朱熹《しゅき》を祀《まつ》る朱子祠堂《しどう》を建て、同志とともに朱書の講習を行いたいと願い出た。

だが、それは罷《まか》りならぬと却下された。

仙台藩は押しも押されもせぬ陸奥《むつ》の大藩だというのに、藩政を担《にな》う重役連中ときたら、呆《あき》れるばかりの頑迷さである。

そうしているうちに、昨年の暮れ近くになった十一月二十一日、ついに仙台藩で最初の学問所が開講した。その布陣は、主立《おもだち》（学問所長）に高橋玉斎与右衛門、指南役に芦東山《あしとうざん》幸七郎、遊佐毅斎好篤《ゆさきさいよしあつ》、佐藤吉之丞成信《なりのぶ》などの顔ぶれである。

任命に際し一同は、藩主吉村《よしむら》より次のように申し渡された。

――当世の学問の風として、自分の知識を鼻にかけて人の非才をあざけり、その身の行いはかえって不学の者よりよろしからざる者もいる。あるいは詩章文字を事として実学の意なき者が多い。このような学風であっては学問所設立の趣旨に反する。一章一段をもって、身を修め、心を正し、正意に向かい、専ら人倫を明らかにし、忠孝を励まし、士風をおこすことを勧めるよう教育すべし――。

まったくもって正論である。よろしからざる者とはいったい誰のことかと言えば、幸七郎に言わせれば、遊佐木斎《ぼくさい》の学問の流れを汲《く》む与右衛門と好篤の二人である。藩生《はんせい》として共に学んでいたころはまだよかったが、歳《とし》を重ねるにつれ、学風の違いが顕著になってきている。とても一緒に指南にあたれるものではなかった。だが、学問所を取り仕切る主立は、あくまでも与右衛門である。

よって幸七郎は出講を拒否した。あからさまに拒否したのではさすがにまずいので、病気につき出講いたしかねると申し出た。兵庫に言われた通りの仮病である。

玉斎与右衛門からは再三にわたって出講せよと催促の遣いが来たがすべて無視した。かわりに、三度目となる願書を、吉之丞との連名で提出した。

今度は、書状の中ではっきりと述べた。学風の異なる者が同一の講堂で講釈をしたのでは学生が混乱するだけである、と。それを避けるために、芦と佐藤の両家で城下の別な場所に学舎を建てて運営に当たりたいと願い出た。もちろん、藩に財政的な負担をかけることはないと明記して。

だが、これもまた、あっさりと退けられた。

ここまで軽んじられては、依怙地《いこじ》になるなと言われても無理である。出講をうながす使者をことごとく無視しているうちに、ついに与右衛門ではなく、若年寄の氏家兵庫が遣いをよこした。

こうなると、さすがに知らぬふりはできない。ということで、先日、出講に際しての条件を認《したた》めた手紙を使者に持たせたのだが、まさか、兵庫本人が自分の家にまでやって来るとは思わなかった。が、お屋形さまの命だと聞いて得心《とくしん》した。

幸七郎とて藩主の命とあらば、これ以上出講を拒否し続けるわけにはいかない。ではあるのだが、あっさり、わかりましたと引き下がるのも癪《しゃく》に障《さわ》る。

そこで幸七郎は、兵庫に尋ねてみた。

「兵庫どの。お屋形さまがさように仰せであれば致し方ありませぬが、その前に、せんだってお送りしました四か条、その後、どう相成りましたでしょうか」

「四か条？　ああ、あれのことか――」と思い出したように口にした兵庫が、億劫《おっくう》そうな顔つきで言った。

「一つ目は、まあよかろうということになった」

一つ目というのは、病弱の身につき朝の出講は辛《つら》いゆえ、午後からの出講にしてほしい、という願い出である。

幸七郎の返事を待たずに兵庫が続ける。

「二つ目もまた、よしとなった。特に急ぐわけでもないからな」

伊達《だて》家の系譜をあらためてまとめた『御代々考《ごだいだいこう》』の執筆期限を引き延ばしてほしいという条件である。

「だが、三つ目と四つ目は罷りならぬ」

「それはなにゆえにござりましょう」

「与右衛門と出講日を別にしてくれとは、図々《ずうずう》しいにもほどがあろうぞ」

「図々しいとか、さようなことではござりませぬ――」そう言って首を横に振った幸七郎は、語気を強めて続けた。

「好篤どのはもちろんのこと、与右衛門どのも、ともに遊佐木斎先生の学風を忠実に守る立場にありまする。つまり、学風としては山崎闇斎《やまざきあんさい》の崎門《きもん》派にあるわけです。そこまではよろしい。拙者も、京都に遊学中は崎門派の流れを汲む三宅尚斎《みやけしょうさい》先生のもとで学んでおりました。ところが山崎闇斎は、純粋な朱子学《しゅしがく》から離れて神道に傾き、やがては垂加神道《すいかしんとう》を唱えるようになり申した。遊佐木斎先生も然《しか》りでございます。純然たる朱子学の立場から敢《あ》えて申せば、ことの本質を正しく見ておらぬ邪道な学派と言っても差し支えございませぬ。拙者の学風とはとうてい相容《あいい》れるものではありませぬ。かりに拙者と与右衛門どのが同じ日に講釈を受け持ったとしたらどうなりますか。どちらの講釈を是としたらよいのか、学生たちは迷いに迷い、途方に暮れることになりましょう。それは避けねばならぬと、ただそれだけのことに存じます」

「幸七郎」

「はい」

「学問所の開講に際してのお屋形さまの戒め、覚えておるか？」

「もちろんにございます。一字一句、忘れてはおりませぬ」

幸七郎が即答すると、やれやれとばかりに首を振った兵庫が、

「まあ、よかろう。しかしまあ、馬耳東風とはよく言ったものだ――」と、ため息を吐き出したあとで、

「ともかく、出講日を別にするというおぬしの願いは聞き入れられぬ。これはお屋形さまの意でもある。よいな」強い口調で念を押した。

「お屋形さまの仰せであれば仕方がありませぬ。ならば、四つ目の条件はいかが相成りましたでしょうか」

「それも罷りならぬ」

「これはしたり。月に一度だけ朱書の講義をさせてほしいという、それのどこが罷りなら

ぬと申すのですか」

「互いに相容れぬと、おぬしが自分で言ったばかりではないか。必要以上の余計な講義や講釈は要らぬ。それこそ学生が困惑するばかりであろうぞ」

「いや、しかし――」

「これもまたお屋形さまのご意向であらせられる。どうしても異を唱えたいのであれば、おれはもう知らぬ。おぬしが直接お屋形さまに願い出ればよかろう」

そう言って兵庫が、幸七郎をまともに見据えた。

さすがに抗《あらが》うことはできなかった。しばしの沈黙のあと、幸七郎は兵庫に向かって頭《こうべ》を垂れた。

「万事、承知仕《つかまつ》りました。お屋形さまには多大なるご厚情を賜《たまわ》りまして、有り難き幸せにござります。そう幸七郎が申していたとお伝えくださいませ」

「よかろう」

鷹揚《おうよう》にうなずく兵庫の声を、内心では歯ぎしりをしつつ幸七郎は聞いていた。

7

出講を渋っていた幸七郎《こうしちろう》が学問所に足を運ぶようになってから半年あまりが過ぎ、元文《げんぶん》二年（一七三七）の年も残りわずかとなった閏《うるう》十一月のその日、講師としての当番日を終えた幸七郎は、吉之丞《きちのじょう》と連れ立って肴町《さかなまち》の料理茶屋に足を運び、二人で酒を酌み交わしていた。

「いや、今日のおぬしの講釈はいつにも増してよかった。回を重ねるごとに聴講生が増えている。おぬしに弟子入りを希望する子弟があとを絶たぬのも当然だな」

自分のことのように上機嫌で言った吉之丞が盃《さかずき》を傾け、勢いよく酒をあおった。

空になった盃に酒を注いでやりながら、幸七郎は言った。

「おれとしては、いつもと変わらぬ調子で講釈をしていたつもりだが」

「いや、まるで講釈師が高座で喋《しゃべ》っているようだった。誰もが話に引き込まれる」

「おいおい、おれは話芸を披露しているわけではないぞ」

苦笑した幸七郎に、

「好篤《よしあつ》には、おぬしの爪の垢《あか》でも煎《せん》じて飲ませてやりたいわ。あやつの講釈はさっぱり面白くない」と返した吉之丞が、幸七郎に酒を注ぎながら、真顔になって尋ねた。

「ところで、込み入った話でもあるのか？　おぬしのほうから飲みに誘うのも珍しい」

うむ、とうなずいた幸七郎は、満たされた盃を傾けてから言った。

「吉之丞、どう考えても間違っているとは思わぬか」

「間違っているとはなにがだ。唐突に言われても答えようがないぞ」

「席順のことだ、席順」

「席順とはなにの席順だ」

「決まっておろう。講堂での学生の席順のことだ」

「席順が間違っているということか？」

「当たり前だ。与右衛門《よえもん》らが定めた学式では、家格の上位の子弟から順に並ぶことになっている。おかしいとは思わぬか？」

「別に思わぬが、それのどこが間違っていると言うのだ」

「朱熹《しゅき》の教えの根源は、学問の研鑽《けんさん》と徳を積むことによって、誰もが聖人《せいじん》になれるところにある」

「幸七郎。そんなことはおぬしに言われんでもわかっておる。朱子学《しゅしがく》の基本中の基本だ」

「ならば、学生の席順を家格によって決めるのがいかにおかしなことか、明らかであろう」

「確かにそうだが、では、いったいどうやって席順を決める。まさか好き勝手に座らせるわけにもいくまい。それとも、早く来た者の順にでもしろというのか？　それじゃあ、神聖な学問所としての規律が保てなくなろうぞ」

「長幼の順でいい。家格には関係なく、年かさの者から順に座ればよいだけの話だ」

「待て、待て待て。ということはだな。たとえば、猪狩《いがり》の倅《せがれ》のほうが茂庭《もにわ》どののご子息よりも上位の席に着くということか？」

「いかにも」

吉之丞が口にした猪狩の倅とは、禄高四十石の大番士《おおばんし》の長子のことで、今年で十六歳になる。一方、茂庭どののご子息とは、禄高が一万三千石もある筆頭の御一族、茂庭氏の世継ぎであるが、まだ十二歳と学問所に通う子弟のなかでは年少のほうである。

「いや、いくらなんでも、さすがにそれはできぬと思うぞ。それでは、茂庭どのの顔が立たぬであろう」

「さようなことを言っているから駄目なのだ。学問においては誰もが平等であらねばならぬ」

「確かにそうだが、それはあくまでも建前であって、世の中には、できることとできぬことがある」

「できぬと決めつければ、何ごとも成らざるなり。違うか？」

「それはそうだが……」

「学生の席順だけではない。講師の座列についても然《しか》りだ。家格、役職、俸禄、師弟関係を勘案して上位の者から上座を占めるのは、やはり間違っている。これもまた年齢順に席順を決めればよいだけだ。そして、講堂内における最上位の席には、その日の当番講師が着くことにすべき。それ以外にはなかろうぞ」

「若老衆《じゃくろう》がご視察に参った際にもか？」

「さよう。たとえ御奉行が、いや、お屋形《やかた》さまがおいでになられたとしても、当番講師の後ろに控えさせればよい。さすれば、学問の場ではなにを重んずるべきなのか、一目瞭《いちもくりょう》然《ぜん》であろう」

「おぬしのような特別に秀でた講師であればそれでもよかろうが、おれには無理だぞ。正直な話、そこまでの自信がない」

「自信のありなしや、できるか否かは関係ない。たとえどれほどの愚物《ぐぶつ》や腐儒《ふじゅ》であろうと、その日一日は当番講師にすべての者が敬意を払う。その形こそが大事なのだ。そうでなければ、学問所での教師の権威は保てぬ」

「……」

黙り込んでしまった吉之丞の盃に酒を満たしながら、この半年あまりの日々を振り返る。学問所の儒役として指南を始めてから、思うに任せぬことのほうがはるかに多かったが、少ないながらも幸七郎の意の通ったこともあった。たとえば、儒役の四名は講釈のみ担当することにし、素読の指導はそれぞれの弟子に任せても可とする、であるとか、儒役の出講は輪番制にするだとか、無駄を省くための建言は、学問所を監督する若老衆に聞き入れてもらえた。

しかし、それらはどれもこれも些末《さまつ》なことばかりだ。どこに出しても恥ずかしくない学問所にするためには、もっと根本的な部分での改革が必要であり、それが席順の改変なのである。

盃を手にしたまま難しい顔をして考え込んでいる吉之丞に、幸七郎は言った。

「吉之丞。いま言った座列に関する改革の案、どうだ、おれと連名で願い出ないか。この改革が実現すれば、我が仙台藩の学問所は、天下に名だたる藩校として誰もが認めるものになろうぞ」

吉之丞がじいっと幸七郎の顔を見つめる。

幸七郎がうなずきかけてやると、意を決したようにうなずきを返した吉之丞が、

「わかった。我が藩の学問の向上のため、おぬしとともに尽力しようぞ」そう気焔《きえん》を上げて酒を一息にあおった。

8

芦東山《あしとうざん》、佐藤吉之丞《さとうきちのじょう》の連名で座列に関する願書を提出した十日後、二人は再び同じ料理茶屋にいた。

誘ったのは、今回も幸七郎《こうしちろう》のほうである。

三日前、若老衆《じゃくろう》による審議の結果、二人の願書が却下されていた。いつもであれば、やたらと時を要する審議なのだが、ほんとうに吟味《ぎんみ》したのかと疑いたくなるような早さである。

「希文《まれふみ》どのには、ほとほとがっかりした」

幸七郎が苦虫を嚙《か》みつぶしたような顔をして言うと、

「いや、確かにわからんでもないがな」

吉之丞の言葉に、幸七郎は大きく首を横に振った。

「なにを言うか。整斎《せいさい》先生はあのお歳《とし》ゆえ仕方がないにしても、希文どのがあのような及び腰では、由緒ある藩儒《はんじゅ》としての田辺《たなべ》家の面目が立たぬであろう」

「まあ、落ち着け」

そう言って吉之丞が幸七郎の盃《さかずき》に酒を注いだ。

願書が却下になったその夜、幸七郎は田辺整斎希賢《まれかた》と希文親子の家を訪ねた。座列に関する願書を再吟味するよう、田辺整斎の名で若老衆に申し入れてほしいと頼むためである。

願書に記した座列についての改革案がいかなるものか、幸七郎から説明を受けたあと、希文が声を潜めて整斎になにやら耳打ちをした。

整斎がゆっくりうなずくと、幸七郎に向き直った希文が言った。

「そこもとの改革案、確かに朱子学《しゅしがく》においては正論であろう。だが、我々が生きているのは中国ではない。時代も違う。天下の成り立ちそのものが異なっているのだ。さすれば、学問もそれに合わせて変わってくるのは当然のこと。そこもとの案をいまの仙台藩にあてがおうとしても無理が生じる。我らのような儒者であれば、おぬしの改革案にも一理あると理解を示せないでもない。しかし、実際に政事《まつりごと》を担《にな》っている若老衆には無理であろう。家格や俸禄、そうした格式の違いを厳守しているからこそ、ここまでの大藩の政事を滞《とどこお》りなく進めることができているのだ。それをまったく無視しているようなおぬしの改革案が採用されることはなかろうぞ」

「そのような悪しき因循《いんじゅん》にとらわれているから、有能な人材が育たないのでございます。それに吉之丞と連名で出した改革案では、藩政の仕組みを変えろと言っているわけではございませぬ。学問に際しては皆が等しく貴賤なきことを、せめて学問所のなかだけでも明らかにしたいと、そう申しておるのです」

「いずれは学問所のなかだけではすまなくなる。それを若老衆は案じているに違いない」

「さような心配は要りませぬ」

「いや、心配するなと言っても無理であろう」

「ならばあらためてお聞きします。このたびの座列の改革案、間違っているでしょうか」

「間違ってはおらぬが、上策とは言えぬ」

「つまりそれは、先ほどからお願いしています若老衆の説得はできぬと、そういうことでしょうか」

「できぬと言っているわけではない。やっても無駄だと言っているのだ」

そんな具合にまるで押し問答のようなやり取りに終始し、埒《らち》が明かぬまま引き下がるしかなかった。

「諫言《かんげん》こそが藩儒の務めであることを、希文どのはすっかり忘れておる。情けないことこの上ない」

そう吐き捨てた幸七郎は、吉之丞に言った。

「こうなったら仕方がない。もう一度、願書を出そうぞ」

「また却下されたらどうする。というより、却下されるに違いない」

「何度でも繰り返し出すまでだ」

「それはいくらなんでもまずいだろう。若老衆に睨《にら》まれることになりかねぬ」

「別にかまわぬ」

「幸七郎」

「なんだ」

「おれは降りる。これ以上おぬしに付き合っていたら身が持たぬ。金輪際《こんりんざい》、誘わんでくれ」

「おい、吉之丞」

「かまうな」

そう言って立ち上がった吉之丞は、幸七郎が止める間もなく、逃げるようにして部屋から出ていってしまった。

ひとり取り残された幸七郎は、手酌で盃に酒を満たし、
「まったくもって、どいつもこいつも……」
苦々しげに呟《つぶや》いて、一杯、二杯、三杯と、続けざまに酒をあおった。

9

五歳になった娘のこうを膝《ひざ》の上で遊ばせながら、町人のあいだで評判だという、最近刷られたばかりの松島遊覧の紀行文を気晴らしに読んでいると、台所から茶の間に入ってきた女中のますが、幸七郎《こうしちろう》の前に茶を淹《い》れた湯呑みを置いた。

ますの背には、昨年生まれたばかりの二番目の娘、さくがおぶわれている。

さくは芦《あし》家の次女であるが、実母は以前より藩儒《はんじゅ》としての幸七郎の身の回りの世話をしていたますである。ますは芦家の女中であるとともに、幸七郎のお妾《めかけ》でもあるのだが、妻のちょうとは馬が合うようで、同じ屋根の下で暮らしていても、いたって平和である。

実母が違うからであろうか。身体《からだ》の弱い姉のこうと比べて、妹のさくはすこぶる丈夫だ。赤子のころ、姉のほうはほとんどぐずることのない、手のかからない子どもだったが、妹はまったく違う。いまは実母の背ですやすや寝ているが、目を覚ませばよほど腹が減っているのか、わんわん泣き始め、乳を飲んで泣き止《や》んだと思っても、少しするとまたすぐぐずり始める。ではあるのだが、熱を出したりぐったりしていたり、ということはまったく

ない。それに対して、普段は手のかからない姉のほうは、しょっちゅう熱を出して周りを心配させている。

姉妹でも実に違うものだ。それ自体が興味深く思われるのは、人には等しく備わっているはずの本然《ほんぜん》の性とはいかなるものか、あらためて考えさせられるからである。

台所には戻らずに幸七郎の前に座ったますが、

「今日もまたご出講なさらなくて、よろしいのでございますか」と尋ねる。

「別にかまわぬ」

「そうですか」

そうですか、とますは口にしたものの、どこか案ずるような口ぶりである。

「どうしたね。なにか言いたいことがあるのなら、遠慮せずに言いなさい」

幸七郎がうながすと、はい、とうなずいたますが、遠慮気味に口を開いた。

「昨日、旦那さまが本屋に行っているあいだに、米之助《よねのすけ》さまが訪ねておいでになりました」

繰綿問屋《くりわたどいや》鈴木《すずき》八郎右衛門《はちろうえもん》の倅《せがれ》である。幸七郎の門弟では、いまや古参のひとりだ。

「用件はなんだったのかね」

「できればそろそろご出講してほしいとのことにございました。旦那さまのご講義を心待ちにしている学生さんがたいそうおいでだそうで、東山《とうざん》先生はいつ学問所に戻られるのだ、おぬしならなにか知っているだろうと、一番弟子の米之助さまがご学友から責めたてられ、大変お困りとのことにございます」

「米之助には気の毒だが、ここでこちらから折れるわけにはいかぬのだ」

「そうはおっしゃいますが、旦那さまが折れなければ、願書がお聞き届けいただけるというわけではございませんでしょう？」

「ます」

「はい」

幸七郎を見つめているますに、厳しい口調で言う。

「願書が聞き届けられるか、それとも退《しりぞ》けられるかは、わたしのほうから折れるか折れないかとは別問題なのだ。よけいな口出しは無用。よいね」

「わかりました」

そう答えつつも、どこか不満げな顔で幸七郎を見つめている。

そこでますの背中でさくがむずかりだしたと思うや、大きな泣き声をあげ始めた。

軽くため息をついたますが立ち上がり、背中の娘をあやしながら台所へと戻っていった。

幸七郎の膝の上で身を固め、二人のやり取りを見ていたこうが、父親から身を引き剝《は》がし、小走りでますのあとを追っていく。

茶の間にひとり取り残された幸七郎は、手にしていた本に眼を戻した。が、気が散って中身が頭に入ってこない。

本を閉じた幸七郎は、茶の間を出て縁側に腰をおろし、小さな庭を眺めやった。庭の片隅ではぽつりぽつりと咲き始めた朝顔が陽射《ひざ》しを浴びていた。

昨年、元文二年（一七三七）の暮れ、学問所の座列に関して佐藤吉之丞《さとうきちのじょう》と袂《たもと》を分かつことになった幸七郎は、その後、単独で願書を提出した。先日出したもので三度目である。提出するたびに幸七郎は学問所への出講を控えた。控えたというよりは、拒否したとするほうが正しい。願書の扱いをどうするか、若老衆《じゃくろう》の評議で決定せぬうちは出講いたしかねる、と述べたうえで願書を提出しているのだ。

単独での願書提出の一度目と二度目は、ともに五日ほどで回答が届いた。どちらも否。呆《あき》れるばかりの若老衆の頑迷ぶりであるが、仕方がない。渋々ながらではあるが、指南役の務めを果たすべく、学問所へ出講して学生らに講義を授けざるを得なかった。

むろん、それで引き下がるような幸七郎ではない。さらに理詰めで練り直した三度目の願書を提出した。どこからどう攻められても揺らぐことのない、完璧《かんぺき》な論旨の願書である。

それからひと月近くが経過していた。

前回までとは違い、若老衆の評議にかなりの時を要している。それは、今度こそ見込みがありそうだということなのか、それとも……。

朝顔の花弁を見つめる幸七郎の顔が曇る。

なぜか、得体の知れない胸騒ぎがしてならなかった。

10

庭の朝顔を眺めつつ幸七郎《こうしちろう》が妙な胸騒ぎを覚えた翌日の早朝、明け六ツ（午前六時）という早い時刻に、北一番丁の屋敷に人が訪ねてきた。元文《げんぶん》三年（一七三八）六月十一日のことである。

前夜、遅くまで経書《けいしょ》を読み耽《ふけ》っていたこともあり、幸七郎はまだ床の中にいた。妻のちょうに起こされて玄関先に出てみると、学問所から遣わされた者ではなかった。大小を腰に差した役人である。玄関口に立っているのはその役人ひとりだけであったが、門の外に複数名の者がいて、周囲に眼を光らせている様子が、低い垣根越しに見て取れた。

「芦《あし》幸七郎、そのほう、これよりただちに評定所《ひょうじょうしょ》へ参られよ」

評定所留役《とめやく》だと名乗った役人が幸七郎に言った。仙台藩では留付《とめつけ》とも呼ぶが、評定所の実務を取り仕切る役人である。

「なにゆえ私が評定所に参らねばならぬのでしょう」

幸七郎が尋ねると、

「この場では明かせぬことゆえ、評定所にて明らかにする」とだけ留役は答えた。

「評定所に参らねばならぬようなことは、なにもしておりませぬが」

「それは、そのほうが決めることではござらぬ」

「私に対していったい誰が何の訴えを起こしたのでございましょうか。身に覚えのないことで裁きを受ける謂《いわ》れはございませぬ」

「出頭はできぬと言うのでござるな」

「さようにございます」

「ならば仕方ござらぬ」

そう言った留役が合図を送ると、同心と思《おぼ》しき者たちが三名、敷地へと入って来て幸七郎の前に立ちはだかった。うち一名の手には捕縛《ほばく》用の縄が握られている。

さすがにこれ以上抗《あらが》うのは無理だと、幸七郎は観念した。

「分かり申した。仰せの通り、評定所に参ります。これから支度をしますゆえ、しばらくお待ち願えぬでしょうか」

「よかろう」

うなずいた留役を玄関先に残し、室内に戻った幸七郎は、ちょうに手伝ってもらって身支度をしながら、評定所へ出頭する旨を告げた。

「なんのお咎《とが》めなのでございましょう」

不安そうにちょうが言う。

「咎め立てされるようなことはしておらぬ。すぐに戻るゆえ、なにも案ずることはない」

「でも……」

「案ずるな」

そう言い含めて屋敷をあとにした幸七郎だったが、なにが原因で評定所への出頭を命じられたのか、もちろん承知していた。

学問所の座列についての願書が原因に違いない。しかし、あれはあくまでも願書である。評定所で吟味《ぎんみ》され、裁きを受けなければならぬようなものではない。

いや、もしかしたら……と幸七郎は考える。願書の扱いをどうするか困り果て、若老《じゃくろう》衆の審議では決めかねるということで、評定所に持ち込まれたのかもしれない。よく考えてみると、その公算は大きい。

いずれにせよ、こちらにはやましいことはなにひとつない。仮に願書が原因なのであれば、むしろ好都合だ。どのように攻められようと論駁《ろんばく》できる自信がある。天地神明に誓って自分は正しきことを貫こうとしているだけだ。恐れるものはなにもない。

幸七郎はそう自分に言い聞かせ、玄関口で待たせている留役の前に戻った。

11

広瀬川《ひろせがわ》の河畔、米ヶ袋《こめがぶくろ》の評定所《ひょうじょうしょ》において、まずは当番の役人による取り調べがあり、そこで罪状に対する申し開きや反論ができるものだと幸七郎《こうしちろう》は思っていた。そのうえで奉行らによる審議がなされて判決が申し渡されるはずであると。

だが、申し開きの機会など与えられなかった。いや、確かに取り調べらしきものは、揚《あがり》屋《や》においてあるにはあった。しかしそれは、講堂の建設願いから始まり、先日の座列に関する願書まで、これまで幸七郎が提出してきた数々の願書の日付や内容が間違いないか、それを問われただけである。

その後、一刻ほど揚屋で待たされたあと、裁きの場に連れていかれ、罪状が読み上げられるとともに、一方的に判決が言い渡された。

「芦《あし》幸七郎。このたびそのほうから出された学問所への若年寄《わかどしより》出席の座列についての申し出であるが、お屋形《やかた》さまのお耳にも達している。それより先、そのほうは学問所設立の件につき、再三にわたって不都合な申し出をしていた。その後の学問所への出勤についても同様の不届きを重ねていたが、お屋形さまのご厚情によって見逃してきたのである。それにもかかわらず、去年の冬よりそのほうは、若年寄出席や座列の件につき、またしてもいろいろと不都合な申し出をしているが、それに関しては受け容れることができぬと若年寄から申し含めたはずである。しからばその指図に従って勤務をすべきところ、支配頭の指図に違背して、またまた同様のことを申し出てきた。そこで学問所主立《おもだち》の高橋与右衛門《たかはしよえもん》にも座列の件を諮問してみたところ、そのほうの申し分とは異なるものであった。結局そのほうは、学問所設立の意見が取り上げられず、高橋与右衛門の案が採用されたことを恨んで邪を挟み、儒礼に事寄せて我意を押し通そうとしているにすぎぬ。そのほうのこれまでの行状に対しては、お屋形さまにおかれても、重々不行届きであるとの思《おぼ》し召しである」

そこで一度言葉を切った評定役が、おほん、と大きく咳払《せきばら》いをしてから、判決を言い渡した。

「よってそのほうは、妻子と共に石母田愛之助《いしもだあいのすけ》へお預けとする。なお、そのほうと一緒に申し出を行っていた佐藤吉之丞《さとうきちのじょう》については、そのほうに従っていたにすぎぬゆえ、特別なご宥免《ゆうめん》をもって、半地召し上げのうえ閉門を仰せ付けることに相成った」

聞いている途中から、幸七郎の顔面から血の気が引き始めた。さらに脇の下から冷や汗が流れ、わき腹をつうっと伝い落ちた。

「お待ちください」

かろうじて声を絞り出した幸七郎は、すがるように言った。

「座列についての拙者の申し出は、決して私怨《しえん》があってのことではございませぬ。儒礼に照らし合わせて至極まっとうなことを申し上げているにすぎませぬ」

「すでに言い渡しは済んでおる」

「吟味《ぎんみ》は、吟味は、しかと行われたのでございましょうか」

「口を慎め、無礼であるぞ」

「拙者が重々不行届きとのお屋形さまの思し召しは誠にございますか。とうてい信じられるものではございませぬ」

「芦幸七郎、これ以上罪を重ねたくないのであれば、それ以上なにも申すでない。さもなくば、他国追放の処分になりかねぬぞ」

腹に抱えた言葉を飲み込むしかなかった。なにを言っても無駄なのが身に染みてわかった。もとより申し開きなど一切できぬ裁きの場だったのだ。

自身の無力さをこれほどまでに思い知らされたのは、これまでの四十三年間の人生において初めてであった。

幽閉の芦東山

1

幸七郎《こうしちろう》と家族の身を預かることになった禄高五千石の石母田《いしもだ》家は、給地を仙台藩北西部の加美郡宮崎《かみごおりみやざき》に持ち、家格は御一家という伊達《だて》家重臣のひとつだ。現当主は通称愛之助《あいのすけ》、石母田頼在《よりあり》である。

評定所《ひょうじょうしょ》で判決を言い渡されたあと、罪人となった幸七郎は、北一番丁の屋敷に戻ることを許されなかった。

宮崎への出立《しゅったつ》の準備は、妻のちょうと、女中のますに任せるしかなかったのだが、幸七郎の屋敷に小荷駄方《こにだがた》の人足を遣わし、必要なものを宮崎の配所《はいしょ》まで運ばせる手配を、評定所の役人がしてくれた。

といっても、気遣いや好意でそうしてもらえたわけではない。幸七郎の屋敷にある大量の書物を運ばせるためだった。そのはからいの理由は、幸七郎が編纂中《へんさんちゅう》だった伊達家の『御代々考《ごだいだいこう》』を預かり先で完成させ、藩に上納させるためである。

理不尽な理由で幸七郎を罪人に仕立て上げたにもかかわらず、藩儒《はんじゅ》としての務めは果たせという、まことに都合のよい話である。だが、それによって大切な蔵書が救われ、宮崎に配流《はいる》されたあとでも手元に置けるのであれば、幸七郎にも異議はなかった。

ところで、幸七郎が言い渡された他人預かりは、種類としては追放刑にあたる。大きく死刑、流刑《るけい》、追放刑、身分刑、自由刑、栄誉刑に分類される武士に対する刑罰は、さらに二十種に細分されるのだが、他人預かりは重いほうから数えると八番目の刑だ。

人を殺《あや》めたり傷つけたりしたわけではない。あるいは、盗んだり姦通《かんつう》したりしたわけでもない。死罪や流刑の重罪にならないのは当然であるが、それでも他人預かりというのは重すぎる刑罰なのではないかと、幸七郎は思う。いや、なにか罰を与えるとしても、せいぜい逼塞《ひっそく》か閉門程度の話であろう。いや、違う。そもそも刑に値するような罪など犯していないはずだ。

いったいなにゆえかような事態になってしまったのか。出立の準備を整えた家族が評定所に来るまで、揚屋《あがりや》のなかで幸七郎は思いを凝《こ》らし続けた。

よく考えてみれば、今回のような案件は前例がない。以前、奉行の遠藤文七郎《えんどうぶんしちろう》が学問所設立について上書《じょうしょ》を提出した際には、直接お屋形《やかた》さまが決裁した。評定所は関与していない。そのときは確か、奉行職を解かれたうえの蟄居《ちっきょ》だけですんだはずだ。刑の重さでは二十種のうち、軽いほうから三番目である。

自分は方法を誤ってしまったのだろうか……。

学問所を管轄するのは若年寄《わかどしより》であったので、すべての願書は律儀に若老衆《じゃくろう》の審議にかけてもらうよう、当番の若年寄に提出していた。むしろ、若年寄や奉行を飛び越え、藩主への上書として直接お屋形さまに建言すべきだったのではないか。そうすれば、事はもっとすんなり運んだかもしれない。

だが、判決では、お屋形さまも重々不行届きであるとの思《おぼ》し召しであると、そう言い渡された。あの聡明なお屋形さまが、自分の願書を不行届きとしてあっさり退《しりぞ》けるとは思えない。

もしかしたらこういうことかもしれぬと、幸七郎は想像を巡らせた。

高橋玉斎《たかはしぎょくさい》だ。与右衛門《よえもん》が背後であれこれ画策したのではなかろうか。もとより与右衛門は、幸七郎をこころよく思っていないはずである。それを決定づけたのは、与右衛門が中心となり、遊佐木斎《ゆさぼくさい》派の藩儒たちで編纂した仕事が不備だらけのあまり、幸七郎が編纂し直したことだ。あれで与右衛門の学者としての無能ぶりが、周囲にあまねく知られることになった。

そこに持ってきて幸七郎がいち早く講堂の建設願いを出したのを知り、遅れをとってはならぬと焦った。そこで慌《あわ》てて学問所設立についての願書を出した。そのあたりは吉之丞《きちのじょう》が前に言っていた通りであろう。しかし、天秤にかけてみれば、幸七郎の建設願いのほうが、どこからどう見ても優れているのは確かである。それで与右衛門はますます焦った。

今回の一連の流れで最も不可解なのが、明らかに劣る与右衛門の案のほうが採用されたことである。

おそらく……。

そう、おそらく与右衛門は、氏家兵庫《うじいえひょうご》かどうかは不明だが、有力な若年寄の誰かと裏で結託していたに違いない。幸七郎の案が却下になったのは商人からの多額の献金が問題になったからだという話だったが、それはおそらく後付けの理由であって、最初から与右衛門の案を採用する段取りになっていたのであろう。事実、幸七郎自身が身銭《みぜに》を切って学問所を作りたいと願い出ても、一切聞く耳を持ってもらえなかったのは、さような裏取り引きや画策があったからに相違ない。

そのうえさらに……。

幸七郎が学問所に出講するようになると、学生らは誰もがこぞって「芦東山先生《あしとうざん》」の講義を聞きたがった。事実、毎回、手狭な講堂は受講生たちで溢《あふ》れかえっている。それに比べて与右衛門や遊佐好篤《よしあつ》が講釈を受け持つ際の講堂の入りは寂しい限りだと、幸七郎の耳にも入っている。

与右衛門としては、気に入らないのが当然であろう。内心嫉妬《しっと》に狂い、目障りな幸七郎を追い落とせる機会を、虎視眈々《こしたんたん》と狙っていたに違いない。

それにまんまと利用されたのが、講堂の座列に関する願書だったのだ。

判決の言い渡しのなかに、与右衛門にも座列の件を諮問してみたところ、幸七郎の申し分とは異なるものであった、という文言が入っていた。言い渡しを聞いていたときは、もともとの考えが異なるのでそれは当然のことだと思っただけだったが、そこで与右衛門が悪知恵をはたらかせた。

たとえばこんな具合に——芦幸七郎の座列に関する願書は確かに道理が通っている部分もございます。これまでのように問答無用でむげに却下したのでは、納得できぬ学生らが多数出てくるやもしれませぬ。場合によっては、若老衆に非難の矛先が向く恐れもございます。ここはひとつ、評定所に預けてみてはいかがでございましょうか。さすればすべてが収まるべきところに収まるに違いございませぬ——などと言い添えて。

その結果、評定所扱いになったのだとすれば辻褄《つじつま》が合うではないか。学者としては無能なくせに世事に長《た》けている与右衛門のこと。それくらいはしかねない。

そして、収まるべきところがどこかも、すでに決まっていたというわけだ。

邪推ではない。その確信が、いまはある。

評定所に持ち込まれたとしても、これまでの藩政の前例にない案件である。過去の判例を参考にすることはできない。逆に言えば、いかようにも判決を下せるということだ。

他人預かりの判決が言い渡される前に読み上げられた罪状を幸七郎は思い出して、歯ぎしりをした。

——結局そのほうは、学問所設立の意見が取り上げられず、高橋与右衛門の案が採用されたことを恨んで邪《じゃ》を挟み、儒礼に事寄せて我意を押し通そうとしているにすぎぬ——。

まったくの事実無根である。与右衛門を恨んで邪を挟んだとは聞いて呆《あき》れる。恨んでいたのは与右衛門のほうだ。

自分がそう思っているだけではない。多くの門弟は、幸七郎が私怨《しえん》に駆られて物事を進めるような人間でないのはよく知っている。それはさすがに若老衆とて承知しているはずだ。学問所の多くの学生が「芦東山先生」を敬愛しているのは周知の事実である。

そこで持ち出してきたのがお屋形さまなのだ。お屋形さまの思し召し、つまり、最後にはお屋形さまが決裁したとなれば、誰一人として異を唱えられない。どんなに無茶な判決であろうと、藩主が決めたことにすれば罷《まか》り通る。

なるほど、そういうことだったのか。おれは与右衛門らにまんまと嵌《は》められたというわけだ……。

すべての辻褄が合い、暗澹《あんたん》たる気分で得心《とくしん》した幸七郎であったが、心の奥底では青白い怒りの炎がちらちらちらと揺れている。

その炎は与右衛門や好篤ら遊佐木斎一派の藩儒のみならず、田辺晋斎希文《たなべしんさいまれふみ》にも向けられていた。

田辺整斎《せいさい》先生は、あのご高齢であらせられるから仕方がない。しかし倅《せがれ》の希文は、いまや遊佐一派と相対する田辺派の藩儒を率いる旗頭であろう。こうした場合に整斎先生の直弟子であるおれを守らずしてどうするというのだ。

幸七郎が吉之丞と連名で出した座列についての願書に対して、「間違ってはおらぬが、上策とは言えぬ」などと希文はぬかしおった。努めて落ち着いた口ぶりで冷静を装ってはいたが、内心ではこれ以上関わりたくないと顔をしかめていたに違いない。儒者としての信念を貫かねばならぬ立場にありながら、保身に走るとはなにごとか。

さらには佐藤吉之丞。あれだけおれと共に気焔《きえん》を上げておきながら、いざとなったら腑《ふ》抜《ぬ》けになり、さっさと逃げ出してしまうとは、完全にあやつを見損なっていた。

それにしても、気の毒なのはお屋形さまだ。

このたびの判決と言い渡しは、お屋形さまにしてみれば極めて不本意なものだったに違いない。しかし、側近の重臣らが、こぞって芦東山を排除すべしと強硬に主張すれば、さすがに耳を傾けざるを得なくなるだろう。

仙台領の片隅の宮崎などに幽閉《ゆうへい》されるということは、流刑になるのに等しい仕置きである。こんなことになるのだったら、藩儒としての務めを真面目に果たそうなどとせず、機を見て脱藩していたほうがましだったかもしれぬ。さすれば、江戸なり京都なりで私塾を開いて門弟を集め、学問三昧《ざんまい》の暮らしができたであろう。

いや、待て。隙を見て、いまから脱藩を企てても遅くないのでは……。

そう考えた幸七郎であったが、ほどなく横に首を振った。妻子がいては、しかも幼子がいたのでは脱藩など無理だ。さすがに妻や子どもを打ち捨てることなどできないし、人として許されることではない。

そう思い、いっそう暗澹たる気分に陥る幸七郎であった。

2

「な、なにをなさっているんですか！」

切迫したような声が幸七郎《こうしちろう》の背後でした。

庭の片隅から幸七郎が振り返ると、両目を見開いた妻女のちょうが、戸口の前で立ち竦《すく》んでいた。

「見ての通りだ」

そう言って、手にしていた紙の綴《つづ》りを焚火《たきび》に放り入れた。

薄くなっていた煙が濃くなり、紙の束がめらめらと燃え上がる。

「お待ちください！」

そう叫んだちょうが、幸七郎のそばに駆け寄ってきた。

「な、なにを燃やしておいでなのですか」

「見ればわかるだろう」

腰を屈《かが》めたちょうが、幸七郎の足下からまだ燃されていない綴りを手にして、

「これはもしや、お屋形《やかた》さまの御先祖さまを調べるために、あなたさまが集めたものではございませんか」

「その通りだ」

そう言った幸七郎が綴りの束に手を伸ばすと、身をひねってかわしたちょうが、

「いけません。せっかくの苦労が水の泡になってしまうではありませんか」と言って、綴りを守るように抱きかかえる。

「寄こしなさい」

「いやです」

「渡しなさいと言っているだろう」

「渡しません」

見張りについていた番人が、何ごとかと様子を確かめにくる姿を認めた幸七郎は、

「好きにしろ」と、ちょうに言い捨てて、足音も荒く配所《はいしょ》の中へと戻った。ずかずかと土間を通り抜け、縁側から居間に上がった幸七郎は、書斎として使っている上の間に入った。

文机《ふづくえ》の前に腰をおろすが、それで何かが変わるわけでもない。硯《すずり》と墨と筆。文字を書く術《すべ》が奪われている。いまの幸七郎には、文字を書くことそのものが許されていないのである。

配流先《はいる》の宮崎《みやざき》に向けて仙台を発《た》つ直前、執筆が中途まで進んでいた『御代々考《ごだいだいこう》』は必ず完成させて送り届けるようにと、あらためて念を押された。他人預かりの身となっても、四人扶持《ぶち》の俸禄は支給される。藩儒《はんじゅ》としての務めは果たせということだ。

それは別にしても、仕事を途中で投げ出すのは幸七郎とて不本意である。石母田《いしもだ》家の侍医、金沢良安《かなざわりょうあん》の屋敷の敷地内に用意された配所に落ち着いてすぐ、執筆のための筆と硯が欲しいと番人を通して願い出た。

藩にお伺いを立てるゆえしばらく待て。そう申し渡されてから五日が経《た》った昨日、芦《あし》幸七郎に筆を持たせるのは罷《まか》りならぬというのが藩からのお達しである、と申し渡された。

執筆しろ、しかし、筆を持ってはならぬ。まったくのところ、理不尽を通り越して悪い冗談のような話である。

あらためて幸七郎は、自分が置かれている立場を考えた。

そもそも罪人の身である者が、藩儒としての務めなど果たしてはならぬであろう。藩命であろうとなんであろうと、たとえお屋形さまに懇願されようと、金輪際《こんりんざい》、藩儒の仕事などするものか。

腹立ちまぎれにそう心に決め、『御代々考』のために集めた資料を、配所の庭で焼却していたのである。

文机の前を離れた幸七郎は、襖《ふすま》を閉ざした薄暗い部屋で畳の上に大の字になり、天井を見上げつつ、ひとり黙然《もくねん》と、学問一筋に身を捧げてきたおのれの人生に思いを馳《は》せた。

城下から遠く離れた宮崎の地に幽閉《ゆうへい》されたのはまことに遺憾である。しかし、自分の歩んできた道を悔いてはいないし、間違ったことはなにもしていない。間違っているのは、このたびの評定を下した藩のほうである。いつか、それが明らかにされる日がやって来るはずだ。この他人預かりの刑は、天が自分に与えた試練なのかもしれぬ。この試練を乗り越えた先を見ずして朽ち果てていくわけにはいかぬ。

そもそもこの宇宙には、天理の行き渡らぬ場所など一切ない。このお預かり所にも、牢獄の中にも、島の内にも、土の底にも、水の中にも、道理が至らぬところはないのだ。

すべては天命のなせるところなり。それさえ知っていれば、この世には恐れるものなどなにもない。剣《つるぎ》の山さえ極楽浄土と変えられようぞ……。

繰り返し自分に言い聞かせる幸七郎だったが、いつしか思いは、京都での遊学時代へと飛んでいた。

もう二十年も前の話であるが、京都の落ち着いた風情《ふぜい》の街並みや嵐山《あらしやま》の桜と紅葉、そして学友たちの顔が、昨日のことのように鮮やかに甦《よみがえ》る。

辛島義先《からしまぎせん》や山宮源之允《やまみやげんのじょう》は今ごろどうしているだろう。三宅尚斎《みやけしょうさい》先生はお元気であろうか……。

思えば、志《こころざし》を同じくする学友たちと切磋琢磨《せっさたくま》し、なんの迷いもなく学問一途に打ち込めたあのころが、最も幸せだったかもしれない。義先や源之允が、今のこのおれの境遇を知ったら、いったい何と言うであろう。

京都での懐かしい日々に思いを馳せているうちに、いつしか幸七郎は眠りに落ちていた。

その幸七郎の目尻から、つう、と一筋の涙が伝《つた》い落ちた。

3

殿がそこもとに会いたがっている。

監視の番人ではなく、小野善兵衛《おのぜんべえ》という名の若い家臣が遣いに来た。殿とは宮崎邑主《みやざきゆうしゅ》の石母田頼在《いしもだよりあり》のことである。

最初聞いたとき、邑主の在郷屋敷に罷《まか》り出でよ、ということだと思った。もちろん監視の番人に付き添われて。

だが、そうではないと、遣いの善兵衛は言った。幽閉《ゆうへい》中の者を外に出すわけにはいかぬゆえ、明日、こちらから配所《はいしょ》へ参る。芦幸七郎《あしこうしちろう》にそう伝えてくれと頼在に命じられたとのことだった。

その石母田頼在が、平伏している幸七郎の目の前にいる。

「久しぶりだな、変わりはないかい」

やけに親しげな口調で頼在が言った。

久しぶりとはどういうことか……。

胸中で首を傾《かし》げながら顔を上げると、幸七郎よりも七つ八つほど年上に見える頼在が、面白そうな笑みを浮かべて、自分の顔を指さした。

「おれだよ、おれ。評定所《ひょうじょうしょ》で他人お預かりの判決を言い渡した、おぬしにとっては憎たらしいはずのこの顔を忘れたかい」

そう言われてようやく結びついた。あの時は、ほとんどのあいだ平伏していたのと、言い渡された内容に頭が真っ白になったのが重なり、評定役の顔をまともに見ていなかった。

「申し訳ございませぬ、ようやく思い出したところにございます」

「なに、気にせんでいい」

「ひとつ訊《き》いてよろしゅうございましょうか」

「かまわん、なんなりと訊くがいいぞ」

「なにゆえ、頼在さまが私の身柄を預かることになったのでございましょうか」

「ほかに引き受け手がいなかったからに決まっておろう。たとえ藩主の命でお預けにするとしても、引き受ける側がうなずかぬことには話が進まぬ。なにせ、罪人を預かるわけだからな。それ相応の負担と覚悟がいるゆえ、あらかじめ根回しが必要だということだ。それでだな、衆議の結果、預け先は禄高が一千石を超える着座以上の者でよかろうと、内々で決めたところまではよかった。ところがだ。おぬしを預かってもかまわぬという者が誰一人としておらぬときたもんだ。なぜだかわかるか」

「いや、わかりませぬ」

「おぬしを預かって、揉《も》め事を抱えるようなことになってはかなわん。そう考えて及び腰になったようだ」

「揉め事など起こすつもりはございませぬが」

「幸七郎。おぬし、頭が切れるわりには世事にうとすぎる、いや、自分のことがわかっておらぬな。まあ、大学者とはそういうものなのだろうが」

「頼在さまがなにをおっしゃりたいのか、拙者にはよくわかりませぬ」

しからば教えてしんぜよう。そう前置きをした頼在が続ける。

「このたびのおぬしに対する評定所での申し渡しについて、お屋形《やかた》さまは、不本意ながらも重役らに押し切られてしぶしぶ承知した。おぬしはそう思っておるだろう」

「その通りにございます」

「違うのだよ」

「違うとはなにがでございますか」

「不本意でもしぶしぶでもない、ということだ。それにて可、芦幸七郎を自由の身にしてはならぬぞと、お伺いを立てた御奉行にきつく言い含めになられたという話だ」

「……」

「どうした。信じられぬか」

「は、はい……」

「話は変わるが、学問所でのおぬしの講義、たいそうな人気ぶりだったというではないか」

急になんの話だろうといぶかりつつも、

「恐縮にございます」と幸七郎は目礼した。

「それに引き換え、高橋与右衛門《たかはしよえもん》や遊佐好篤《ゆさよしあつ》の講義のほうはさっぱりだとか」

「それがどうかいたしましたか」

「せっかく作った学問所ゆえ、その隆盛のためには、芦東山《あしとうざん》を留め置いたほうがよくはないかと申す者も、実は若干名だがいるにはいた」

「さようでございましたか。いったい誰にございましょう」

「それは明かせぬ――」と首を横に振った頼在が、

「講堂の座列についてのおぬしの願書についての扱いが評定所に持ち込まれる見込みとなった際、評定役としてなにもわからぬようでは話にならぬからな。実は、希文《まれふみ》どのに指南してもらって、あらためて朱子学《しゅしがく》を勉強してみたのだ」

黙したまま話の成り行きをうかがっている幸七郎に、

「久方ぶりの経書《けいしょ》だったゆえ、かなり難儀したがな――」と笑みを向けた頼在が続ける。

「おぬしら儒者とは違って小難しいことはわからぬゆえ、至極簡単にしゃべるぞ。違っているところがあれば、違うと遠慮なく言ってくれ。よいな」

「承知しました」

うむ、とうなずいた頼在が、幸七郎に問いかける形で問答を始めた。

「幸七郎。おぬしは朱熹《しゅき》の教え、すなわち朱子学こそが、この世で唯一無二の最高の学問だと考えている。そうだな」

「さようにございます」

「その朱子学の肝心かなめの教えは、学問によって身を修めれば誰もが聖人《せいじん》になれる」

「まあ、端折《はしょ》ればそういうことになりましょう」

「すなわち、人はみな平等であって出自による貴賤はない。よって学問所においては、家格や役職、俸禄には関係なく、長幼のみで席順を決めるべき。そうであったな」

「はい」

「あの願書にしたためた諸々《もろもろ》は決して間違っていない。天の道理に照らし合わせて正しきことだと、おぬしはそう思っているのであろう」

「もちろんにございます」

「そこだ、そこが間違っているのだ」

「そこと言われましても……」

「自分は決して間違っていない。おぬしがそう思うこと自体が間違っていると言っているのだ」

「いかように間違っているというのでしょうか」

眉根《まゆね》を寄せて幸七郎が問うと、

「まあ、いい。すぐにもわかる」頰《ほお》をわずかに緩めた頼在が、

「さて――」と口にしたあとで続けた。

「ところで、一国の君主たるものは、徳を積み、その徳によって人民を治めるべきものなり。したがって、徳を備えた君主の下であれば、この世はおのずと平《たい》らかになる。それは確かだな」

「確かでございます」

「つまり、ひるがえって言えば、この世が乱れるのは君主に徳がないからである」

「さようです」

「徳のない君主、あるいは徳を失ってしまった君主には、君主たる資格はなし。その際は、天命に従って君主の首を挿《す》げ替えるのもやむなしである」

「いや、それは」

「間違いだと申すのか？」

「間違いではございませぬが……」

「では、いったい誰が新たな君主となるのか。それは、徳のあるなしによって決まるもの

なり。そうであろう？」

「は、はあ……」

「徳を積むことで誰もが聖人となれるのであれば、身分や出自にかかわらず、誰もが君主となり得る——」と言った頼在が、にいっ、と笑みを浮かべた。

「たとえば、おれやおぬしでも、徳を積み、天に認められれば君主に、すなわち、お屋形さまになれるというわけだ」

「そ、それは——」

幸七郎の言葉をさえぎった頼在が、

「突き詰めればそういう話になろうぞ」強い口調で言ったあとで、

「つまり、こういうことだ。おぬしに師事する門弟が増えれば増えるほど、学問に励まぬ者や徳を積まぬ者は、一切要《い》らぬという話になってくる。そのような者には役職を与えてはならぬ、かわりに勉学に秀でたものを登用せよという風潮が自ずと生まれてくるであろう。さような風潮が蔓延《まんえん》すれば、御一門やおれのような御一家、あるいは御一族、そうした家格の別は、無意味なものとなってしまう。それでどうやって国を治めるというのだ。まさに下克上《げこくじょう》の様相を呈して、たちまち国は乱れ、その結果、民百姓は塗炭《とたん》の苦しみの中で路頭に迷うことになる。違うかね、幸七郎」

「それは考え過ぎというものにございます」

「考え過ぎだと言うのなら、お屋形さまに向かって言ってくれ」

「お屋形さまに言えとは、どういうことでございますか」

「最初に、お屋形さまがこのたびの評定を可としたのは、不本意でもしぶしぶでもないと言ったであろう」

そこでいったん言葉を切った頼在は、幸七郎の目をじっと見て言った。

「罪状はどうでもかまわぬ、どうでもかまわぬから、芦幸七郎を学問所から遠ざけよ、これ以上、幸七郎の門弟を増やしてはならぬ。お屋形さまがそう仰せになられたのだ」

「ま、まさか……」

「まさかではない」

ぴしゃりと頼在が言った。

お屋形さまがそう仰せになられたという言葉が、胸中に沈むにつれ、微《かす》かに保たれていた希望の灯が消えていく。

藩主を取り巻く者どもがどうであろうと、お屋形さまだけは自分をわかってくれていると信じていた。それが唯一、幸七郎のすがることができる灯りであった。

しかし、そのお屋形さまがこのたびの処遇を厳命したとは……。

がっくりとうなだれている幸七郎が不憫《ふびん》に思えたのかもしれない。

一転して柔らかな口調になって、頼在が言った。

「とはいえ、他人預かりの刑に処することになったとお聞きになられた際、お屋形さまはこうも言っておられた。幸七郎に恨みはないのだが、我が藩の安泰を考えればそれが最善の策であろうと」

しかし、それを聞いてもなんの慰みにもならなかった。

畳に視線を落とし、身じろぎ一つせずにいる幸七郎に向かって、軽くため息を吐《つ》いた頼在が、

「まあ、いずれにしても、この石母田家でおぬしの身柄を預かることになった以上、預かり人としての務めは、しかとさせてもらうつもりだ」と言い残して立ち上がり、幸七郎の前から立ち去った。

人の気配が失せた座敷に、何かを包んだ風呂敷がぽつんと残されていた。頼在が置いていったものだ。忘れ物とは思えない。

膝《ひざ》でにじり寄った幸七郎は、風呂敷の結び目をほどいた。

風呂敷の中から出てきたのは、見事な蒔絵《まきえ》が施された漆塗りの、硯箱《すずり》だった。

蓋《ふた》を開けると、硯と墨と水滴《すいてき》、そして筆が三本、収められていた。

ずしりと持ちごたえのある硯を子細にあらためてみる。玄昌石《げんしょうせき》とも呼ばれる牡鹿郡《おしかごおり》石《いしの》巻《まき》の雄勝石《おがついし》を削って造られた、最上等の硯であった。

雄勝石が放つ、怪しげな漆黒《しっこく》の美しさに、幸七郎は思わず我を忘れて見入っていた。

4

幸七郎《こうしちろう》が家族と暮らす配所《はいしょ》には、昼夜を問わず監視の目が光っている。二名一組三刻（約六時間）ずつの交代で一日に八人の番人が必要になるのであるから、石母田《いしもだ》家にしても大変であろう。見張りの番人に同情する謂《いわ》れはないのだが、自分が配流《はいる》されたばかりに余計な務めを果たさなければならなくなったわけで、気の毒なことだと思う。

当初は気分が落胆の底に沈んでいた幸七郎であったが、配所に幽閉《ゆうへい》されてから三月《みつき》以上が経《た》ち、そんな具合に、石母田家の家臣に対して思いを致すことが、ようやくできるようになってきた。

ただし、配所の敷地の外へは一歩も出してもらえない。どうしても所用がある際、たとえば米谷《まいや》のちょうの実家に何かを無心するであるとか、そうしたときには家人の外出は許された。しかし、それにしても配所を出入りする際には荷物検《あらた》めと称して役人が立ち会い、所持品を一つ一つ検められた。

そしてまた、頼在《よりあり》の配慮で筆を持てるようになったものの、自身と妻女の実家以外に宛てた手紙は、書くことが許されていない。書いた手紙は、宛先から内容まで子細に役人に検められる。

家族に宛てた手紙しか書けないのでは、幸七郎としては手紙を書く意味があまりない。

父と兄にそれぞれ一通ずつ書いたところで、筆を持つことそのものをやめてしまった。

このところの幸七郎は、幽閉直後のような激しい苦悩に苛《さいな》まれることはなくなっているが、気力そのものが失せ、一日中なにするわけでもなく、庭を眺めてぼんやり過ごすばかりとなっている。

他人との面会もまだ許されていない。といっても、幽閉中の罪人にわざわざ会いに来ようとする者などいないであろう。

そう思っていたのだが、秋も深まり、山々が紅《あか》く色づき始めたところで、仙台城下から来客があった。もちろん、藩の許可を得ての客人である。

幸七郎を訪ねて来たのは、繰綿問屋《くりわたどいや》鈴木《すずき》八郎右衛門《はちろうえもん》の倅《せがれ》、鈴木米之助《よねのすけ》であった。

「先生におかれましては、お元気そうでなによりでございます」

目礼した米之助に、そっけない口調で幸七郎は返した。

「とってつけたような挨拶《あいさつ》など要《い》らぬぞ」

困惑の色を浮かべた米之助に、

「その後、学問所はどうなっている」と、最も気になっていたことを尋ねてみる。

はい、と答えた米之助が、少しばかり表情を曇らせて言った。

「一見して落ち着いた風情《ふぜい》ではございますが、先生が指南されていたときの活気にはほど遠いと申したほうがよかろうかと存じます」

「吉之丞《きちのじょう》はどうしている」

「いまだに閉門中にございますが、今後閉門が解けたとしても学問所に戻るつもりはないと言っておられるようにございます――」と答えた米之助が、

「聞くところによると、毎日酒浸《びた》りのようで」と言って、いっそう顔を曇らせた。

「私の門弟たちはどうしているだろう。変わらず学問に励んでいるであろうか」

「はあ、まあ……」

「どうした。歯切れが悪い返事ではないか。隠し立てする必要はないぞ」

「実は、わたしを含めて数名しか学問所には参っておりませぬ」

「数名だけ？　なにゆえだ」

「先生の講義が聞けぬのでは、学問所に通う意味はないと申す者が大多数でございまして……」

「米之助」

「はい」

「それだけではないであろう。遠慮することはない。かまわぬから申してみろ」

実は、と口にして、米之助が言いにくそうにしゃべり始めた。

「先生が他人預かりに相成りましたことで、学問所での居心地が悪くなったと申しますか、与右衛門《よえもん》どのの門弟たちから、あれこれと難癖をつけられたり、そこまであからさまにで

はないにしても陰口を叩《たた》かれたりして、どうにも学問所に足が向かぬ者が多いのでございます」

「私への処罰と学問に精進することとは別の話であろう」

「それは確かにそうなのですが、やはり何と申しますか、人の目が気になるというか、憚《はばか》られると申しますか……」

「私の弟子であったことが憚られるというのか」

「はい……」

「くだらぬ、実にくだらぬ」

「ですが、人の心は一筋縄ではいかぬというか、困ったことにございます」

自身の言葉通り困り果てている様子の米之助を見ているうちに、幸七郎の憤りも少しずつではあるが収まってきた。

「わかった、その話はもういい。それより米之助、さような話をしに、わざわざ藩の許可を得てここまで来たわけではあるまい」

ほっとしたようにうなずいた米之助だったが、再び重苦しい顔つきになって口を開いた。

「去る十月一日、整斎《せいさい》先生がお亡くなりになりました」

「整斎先生が……」

「さようにございます――」と答えた米之助が、

「実は、希文《まれふみ》どのに頼まれたことがございまして、それをお伝えに参った次第にございます」

「頼まれたとは?」

「整斎先生の墓碑銘を、ぜひとも先生に書いて欲しいとのことにございます」

それには直接答えずに、しばらく間を置いてから、幸七郎は訊《き》いた。

「整斎先生はお幾つになられていたのだろう」

「八十六歳にございました」

大往生とでもいうべき年齢ではあるものの、また一つ心に穴が穿《うが》たれたような気分に、幸七郎は陥った。

幸七郎のもとにまだ訃報《ふほう》は届いていないので元気なこととは思うのだが、これで自分が師事したことがあるのは、三宅尚斎《みやけしょうさい》先生ただお一人を残すのみとなってしまった……。

時の流れには逆らえないとはいえ、やはり悲しく、そして寂しいことであった。

5

ただいま戻りました、という声とともに、ちょうが配所《はいしょ》の土間に駆け込んできた。

ちょうは、男をひとり伴っていた。

十徳《じっとく》を羽織った総髪の男が、次の間から出てきた幸七郎《こうしちろう》に、

「ご無沙汰《ぶさた》していた。して、ますどのの容態は」と、挨拶《あいさつ》もそこそこに尋ねる。

「あまり、いや、かなりよくない。熱にうなされて朦朧《もうろう》としている」

「診《み》てみよう」

「よろしく頼む」

うなずいた男が縁側で草鞋《わらじ》を脱ぎ、ちょうが携えてきた薬箱を受け取って、ますを寝かせてある次の間へと入った。

男の名前は白鳥良作《しらとりりょうさく》。遠田郡田尻《とおだごおりたじり》は富村《とみむら》の儒医である。

突然の高熱でますが倒れたのは、三日前の朝だった。

いつものように、朝餐《ちょうさん》の用意のために台所で働いていたのだが、こしらえた味噌汁《みそしる》を居間に運ぼうとした際、手にしていた鍋を取り落として中身を土間にぶちまけ、自身もその場に倒れ伏した。

驚いたちょうが駆け寄り、助け起こそうとしたものの、顔を赤くして浅い息をしているますは、自力では身を起こせない様子だった。

ちょうを手伝って座敷に運ぶために抱き起こしたますの身体《からだ》は、まるで火鉢のように火《ほ》照《て》っていた。

ただの風邪とは違うと思った幸七郎は、いつも世話になっている石母田《いしもだ》家の侍医《じい》、金沢《かなざわ》良安《りょうあん》を呼んでくるよう、番人に頼んだ。

同じ敷地に屋敷を構えている良安である。すぐさま駆け付けてきて、熱さましの薬を調合してくれた。季節外れの夏風邪に相違なかろう、という見立てであった。

だが、二日経《た》っても、ますの熱は下がらない。容体はいっそう悪くなるばかりである。やはりこれはただの夏風邪などではない。幸七郎とて本草学《ほんぞうがく》の知識は持っている。この病状では良安の手には余ると判断した幸七郎は、ちょうを遣いとして、白鳥良作のもとに送ることにした。

幸七郎よりひとつ年上の良作は、ちょうの縁戚であるうえに、若いころはちょうの父である米谷《まいや》の飯塚葆安《いいづかほあん》から医術の指南を受けていた。そしてまた、良作の妻女の兄が幸七郎とちょうの婚礼の仲人をしたという浅からぬ因縁がある。

そうした縁があり、できれば京都でさらに医学の研鑽《けんさん》を積みたいという希望を持っていた良作に、自身の師である三宅尚斎《みやけしょうさい》宛てに紹介状を書き、京都遊学の便宜を図ってやった。幸七郎がちょうと所帯を持った年、享保《きょうほう》八年（一七二三）の春のことである。

やがて京都から帰ってきた良作は、腕の立つ立派な儒医となっていた。そればかりでなく、三宅尚斎門下生として朱子学《しゅしがく》を学んできたからだろう。自分のほうが年上にもかかわらず、仙台藩儒《はんじゅ》として頭角《とうかく》を現し始めていた幸七郎に、自ら弟子入りして教えを乞《こ》うた。

そうした、学問に対する貪欲さがある良作は、京都から戻って仙台城下にいるあいだに、儒医としての腕をますます上げた。これならば伊達《だて》家の侍医にもなれるだろうというのが、当時の幸七郎の見立てである。といっても、腕前だけで侍医になれるわけではない。やはり、縁故関係がものを言う。

それはさすがにわかっていたので、幸七郎は、仙台城下での開業を勧めた。良作ほどの腕前であれば、間違いなく繁盛すると思った。

その幸七郎の勧めに、少し考えてみる、と良作は答えた。

すぐにでも開業の準備を始めるに違いない。良作を知る者はみなそう思っていた。なかには、自分が所有している屋敷を使ってもらってかまわないと申し出る商人もいたのだが、あにはからんや、田舎《いなか》に戻り市井《しせい》の町医者になるとは。

やはり仙台城下を離れ、富村にて町医者になり、百姓たちを診てやりながら暮らすつもりだ。

良作からそう聞かされたとき、自分の勧めを退《しりぞ》けたことに対して、期待を裏切られたとは思わなかった。かわりに幸七郎は、胸の奥に鈍い痛みを覚えた。

良作が選ぼうとしている道は、祖父の白栄《はくえい》が、渋民《しぶたみ》村のために幸七郎に託したいと本心では望んでいた在り方そのものだったからである。

その後、学問所設立の件で幸七郎が奔走《ほんそう》していたおりも、富村にて町医者を始めた良作の噂《うわさ》は届いてきていた。儒医として村人たちに頼りにされているだけでなく、ささやかながらも教場を開き、村の子どもらに文教を授けているという話であった。

良作が富村に移ってからも、ときおり手紙のやり取りはしていた。あるいは、ちょうが米谷の実家に行く際には、良作の家に宿を取ることもしばしばだった。

ともあれ、高熱にうなされ続けているますの命を救うため、いまの幸七郎にとっての頼みの綱が白鳥良作であった。

幸七郎の配流《はいる》先の宮崎《みやざき》村から良作が暮らす富村までは、およそ十里の道のりである。急げばなんとか二日で往復できる。あまり身体が丈夫ではないちょうにはきつい行程ではあったが、自身が配所の外には一歩も出られない以上、ちょうに託すしかなかった。

そしていま、無事に遣いを果たしたちょうは、幸七郎の後ろに控えて、良作がますを診ている様子を不安げな顔で見守っている。

やがて、ますの寝かされている床に背を向けた良作が、そちらで話をと、下の間のほうに顔を向けて幸七郎に目配せした。

ますのそばにちょうを残して下の間へと移った幸七郎は、良作に訊《き》いた。

「して、おぬしの見立ては」

しばし間を置いたあとで、難しい顔をして良作が答える。

「覚悟しておいたほうがよいかもしれぬ」

「助からぬということか」

「おぬしが見立てたように、風邪でないのは確かだ。初めはつぐい（破傷風）かとも思ったのだが、つぐいであれば、すでに激しい引き攣《つ》りを起こしているはず。それが見られぬゆえ、つぐいでもなさそうだ」

「結局、わからぬということか」

「いや、これまで同じような病人を何人か診たことはある」

「どうなったのだ、その病人たちは」

「数日のあいだ高熱が続いたあとで、ときにせん妄《もう》状態に陥り、最後には引きつけを起こして命を落とす者が半数近くいた。おおむねそんなところだ」

「ということは、半数の者は助かるのだな」

「いずれにしても本人次第だ」

「特別に効く薬はないのか」

「良安どのが調合した熱さましくらいしかない。それが正直なところだ」

「さっぱり効いておらぬぞ」

「そうは言っても、残念ながら、ほかにこれといった手立てはないのだ――」そう首を振った良作が、

「すまんな、役に立てんで」と申し訳なさそうに言った。その良作が、ふと幸七郎の肩越しに視線を送る。

振り返ると、納戸《なんど》の隙間から二つの瞳《ひとみ》が覗《のぞ》いていた。

「さく。おまえは納戸に隠れていなさい。こちらに来ては駄目だ。よいな」

幸七郎が言い含めると、

「はい、父《とと》さま」とうなずいた顔が納戸の奥に引っ込み、静かに戸が閉められた。

「いまのは？」

「次女のさくだ」

「幾つになった」

「六歳になった。万一、病《やまい》がうつるといかんので、しばらくは納戸に隔離しておくことにした」

「この病、たぶん人にはうつらぬと思うぞ」

「いや、用心に越したことはない。昌太郎《しょうたろう》には可哀そうなことをしたばかりゆえ」

「ああ、そうだったな――」気の毒そうに顔を曇らせた良作が、

「このところの不幸続き、まことにご愁傷様《しゅうしょうさま》であった」と、あらたまった口調で言った。

昌太郎というのは、この春に三歳で亡くしたばかりの長男の名前である。

いや、長男だけではない。幸七郎が家族とともに宮崎に幽閉《ゆうへい》された翌年の夏、長女のこうが六歳で死んだ。

その際は一家全員が腹を下したので、食ったものが原因だったのは間違いないと思う。もともと身体が弱かったこうの衰弱がとりわけ激しく、結局、ひとりだけ死なせることに

なってしまった。

芦《あし》家に待望の長男が生まれたのはその翌年である。最初の子を失った悲しみに暮れ、自身も体調を崩しがちになっていたちょうだったが、昌太郎が生まれたことで、だいぶ気分も落ち着いたようだった。

だが、その冬、ちょうの父の訃報《ふほう》が米谷から届いた。そして一年空けただけでの、長男の死である。

昌太郎が命を落としたのは、風邪をこじらせたのが原因だった。少し先に幸七郎がひどい風邪を引き、五日ばかり寝込んだ。昌太郎の様子がおかしくなったのは、幸七郎が布団から起き上がることができるようになった直後のことである。明らかに自分の風邪を息子にうつしてしまったと考えざるを得なかった。

そしていま、ますが病に倒れ、生死の境をさまよっている。

良作の言うように、人から人へとうつる病ではないのかもしれない。儒医としての腕は信用している。たぶん、良作の言う通りなのであろう。だが、用心を怠ってはならない。納戸に閉じ込められているさくには可哀相だが、仕方のない処置だった。

ますが自分の実の母であることを、さくは知らずに育っている。ますのことは、芦家に仕える女中であるとともに、自分の乳母だと思っているはずだ。

ますがこのまま命を落としてしまうようなことがあれば……。

その前に本当のことを教えてやったほうがよいのかもしれぬ。

一度そう考えた幸七郎だったが、小さく首を振り、それはやめにした。それではますが死ぬと決めてかかっているようなものだし、いま教えてやるべきことでもないだろう。

「いかがいたした」

なにやら考え込んでいる幸七郎の様子が気になったらしく、良作が尋ねた。

「いや、なんでもない。それより、ますをよろしく頼む」

「むろんだ。できる限りの手立ては講ずるゆえ、しばらくここに滞在しようと思うが、かまわぬか」

「もちろんだ。そうしてもらえるとあり難い」

そう言って、幸七郎は良作に深々と頭を下げた。

6

良作《りょうさく》が宮崎《みやざき》の配所《はいしょ》に駆けつけて来てから丸一日経《た》っても、ますの容体はよくならなかった。いや、いっそう悪くなるばかりで、呼びかけても返事ひとつしない状態に陥っている。

良作ができうる限りのことを試みているのは傍《かたわら》で見ていてもよくわかる。

それなのにこれでは……と、半ばあきらめの気分に陥っていたときだった。

「あなたさま!」

ますの額に載《の》せている手拭いを替えていたちょうが、大声で幸七郎《こうしちろう》を呼んだ。

「どうした」

次の間に顔を向けると、

「ますが、あなたさまを呼んでいます」と、ちょうが言った。

良作と一緒に、ますを寝かしてある次の間に入る。

「ますっ、気がついたか。わたしがわかるか」

幸七郎の問いかけに、苦しそうにしながらもますがうなずく。

「旦那さま……」苦しげにますが、かすれた声を出した。

「なんだ？　なにが言いたい」

「さくを……さくを、よろしく……お願いします」

「わかっている。案ずるな」

幸七郎が大きくうなずくと、安堵《あんど》の色を浮かべたますの眼が閉じられた。

「ます、しっかりしろっ」

その声にまぶたがぴくぴくと痙攣《けいれん》し、再びますが眼を開いた。だが、幸七郎の顔が見えていないのか、視線が定まっておらず虚《うつ》ろなままだ。

「ますっ、聞こえるか。聞こえているなら返事をしてくれ」

幸七郎の肩に手が載せられ、その指に力が込められる。

肩越しに振り返った幸七郎に、

「無理をさせるな――」横に首を振りながら言い含めた良作が、

「診せてくれ」と言って、肩から手を下ろした。

ますの上に屈《かが》み込んでいた身を起こし、場所を入れ替わろうとしたとき、ふいに、幸七郎の左の手首がつかまれた。

ますの手だった。汗ばんだ手で幸七郎の手首に取りすがるようにして、

「旦那さま、お願いがございます……」息も絶え絶えにますが言う。

「なんだ、なんでも構わぬぞ。遠慮なく言うてみい」

「あ、あのお仕事を、どうかお進めくださいまし……」

「あの仕事とはなんのことだ」

「む、室《むろ》先生から託された仕事のことに……ございます」

「こんなときになにを申すか。そんなことは心配するな」

「ぼ、ぼっちゃんが亡くなられてから、旦那さまの筆が……筆がぴたりと止まっております。それが、どうしても……気がかりで……なりません。どうか……どうか筆をお進めください。ますの最後の……お願いに……ございます」

「わかった。わかったから、もう心配するな」

強い口調で幸七郎が言うと、穏やかな顔になったますが、

「うれしゅうございます――」と言ったあとで、目尻からつうっと涙を伝わせ、「ますは……旦那さまにお仕えすることができて……たいそう、し、幸せにございました……」そう言うと、力が尽きたようにまぶたを閉じ、同時に、幸七郎の手首をつかんでいた指の力が失せた。

「ますっ」

半ば叫ぶように声を出した幸七郎の身体《からだ》を良作が押しのけ、ますの手を取った。

「大丈夫だ、脈はある」

振り返った良作が、幸七郎を安心させるように、落ち着いた口ぶりで言った。

しかし……。

それから一刻もしないうちに、ますは息を引き取った。幸七郎が宮崎の地に幽閉《ゆうへい》の身となって四年、寛保《かんぽう》二年（一七四二）七月二十六日の黄昏時《たそがれどき》のことだった。

7

綿雲が浮かぶ残暑厳しい青空のもと、幸七郎《こうしちろう》は縁側に腰をおろして、たおやかな稜線を描く山並みを眺めている。

南から北へと連なる奥羽《おうう》の峰々の少し手前に、どこか見覚えのある山の姿が認められる。

幸七郎が飽きずに眺めているのは薬萊山《やくらいさん》である。

宮崎《みやざき》村の配所《はいしょ》からは二里もないだろうか。大きな山ではないのだが、奥羽山脈の船形山《ふながたやま》の手前に独立峰としてそびえているため、ひときわよく目立つ。

見覚えがあると幸七郎が感じるのは、山の佇《たたず》まいが、子どものころにいつも眺めていた室根山《むろねさん》によく似ているからだ。そのせいか、こうして眺めていると、次第に心が落ち着いてくる。

ついさきほど、昼四ツ（午前十時）を報《しら》せる鐘の音が聞こえた。段取り通り運んでいれば、いまごろは、ますの葬儀が配所からほど近い福現寺《ふくげんじ》で執り行われているはずだ。

葬儀といっても簡素なものだ。参列しているのはちょうとさく、そして付き添いの役人の三名のみ。他人預かりの罪人の下女が死んだだけなのだから、仕方がないことではある。寺院にて僧侶の読経《どきょう》で送ってもらえるだけでもありがたいと思わなければならないのだろう。

しかし、そんなささやかな葬儀にさえ、配所を一歩も出られぬ自分は参列できないのだから、やるせないことこの上ない。

長女のこう、そして長男の昌太郎《しょうたろう》のように、七つに満たない子どもが死ぬのは、どこの家でも当たり前にある話なので、悲しいことに変わりはないが、仕方のないことではある。しかし、これから人生が花開こうとしている二十六歳という若さで死ななければならなかったますが不憫《ふびん》でならない。これもまた天命なのだとすれば、あまりにも厳しい定めと言うしかない。いったい、ますのどこに落ち度があったというのか……。

藩儒《はんじゅ》の身の回りの世話をする下女として、ますが北一番丁の幸七郎の屋敷にやって来たのはいまから十年前のこと。長年の学問の精進と上達に対して、それまでの三両四人扶持《ぶち》から五両七人扶持に加増された年の夏だった。その加増によって、女中をひとり置く余裕ができたのである。

ますを見つけてくれたのは、薬種問屋《やくしゅどいや》の大和屋星久四郎《やまとやほしきゅうしろう》が没する前に紹介してくれたことでそのころから親しくなり始めた、繰綿問屋《くりわたどいや》の鈴木八郎右衛門《すずきはちろうえもん》である。

今年で十六になった身寄りのない、しかしすこぶる気立てのよい娘がいるので、ぜひとも先生のところで使ってくだされ。そう言って八郎右衛門が段取りをつけてくれた。ますと初めて会ったのは、今日と同じように残暑の強い陽射《ひざ》しが降り注ぐ昼下がりだった。

わずかな身の回りのものを携えて玄関先に立ったますを、幸七郎は一目で気に入った。八郎右衛門が太鼓判を押していたように、気立てがよいだけでなく、頭もよく回る娘だった。ちょうも気に入ったようで、おますちゃんと呼んで可愛がった。

そのますとのあいだに生まれたさくが、いまの芦《あし》家に一人娘として残っていることには、深く感謝せねばならぬだろう。さくも来年には七つになる。ますとの約束を果たすためにも、大事に育てねば……。

ますが残した言葉が、薬萊山を見やっている幸七郎の耳に、ふと甦《よみがえ》る。

切れ切れの息のあいだから、室《むろ》先生から託された仕事をお進めください、とますは言った。昌太郎を亡くしてから幸七郎の筆が止まっているのが気がかりでならないとも。

配所に幽閉《ゆうへい》されてからしばらくのあいだは、なにをする気力も湧かなかった幸七郎だったが、配流《はいる》になった年の暮れから、ようやく筆を持ち始めた。

江戸に出府していたころに出会い、生涯の師と仰《あお》ぐことになった室鳩巣《きゅうそう》から託された仕事である。

ずっと気がかりでならなかったのだが、藩儒としての務めに加え、学問所設立の準備やその後のごたごたに忙殺され、なかなか手を着けられないでいた。

容易に手を着けられなかったのは、片手間でできるような仕事ではないと、最初からわかっていたからだ。

編述の方針自体は、幽閉前からほぼ定まっていた。

まずは、古代から明《みん》の時代に至る中国の古典から刑罰にかかわる記述をすべて抜き出す必要がある。

次に、抜き出した記述に対する中国の諸家による解釈や注釈を探し出して書き添える。

そこまでが準備段階であるのだが、それだけでも膨大な資料に当たらねばならない。

そこから先が、本格的な編述となる。すなわち、ひとつひとつに芦東山《あしとうざん》としての注釈と批評を加える必要がある。そのためには、刑律の全体像を俯瞰《ふかん》したうえで、この日本という国において、いかなる刑罰体系を理想とすべきか、その指針を示さなければならない。いや、それなしでは、まさしく画竜点睛《がりょうてんせい》を欠くことになってしまう。

生半可《なまはんか》でできるものではないゆえ、学問所が軌道に乗り、優秀な弟子を育て上げて指南役を任せられるようになったら、いよいよその仕事に取りかかろうと考えていた。

だが、宮崎への配流で、すべてが狂ってしまった。落胆のあまり、なにも手に着かずにしばらく時を過ごしていたのだが、幽閉の身となった元文《げんぶん》三年（一七三八）の暮れも押し詰まったある日、ちょうに言われた。

「そろそろよいのではないですか」

「よいとはなにがだ」

「決まっているではありませんか。室先生から託されたお仕事のことにございます。まさかお忘れになっているわけではございませんでしょう」

「忘れてはおらぬが、その気になれぬ」

「なぜでございますか」

「せんだって頼在《よりあり》どのがおいでになられたとき、お屋形《やかた》さまの意向を聞かされた。どうやら、そう簡単には赦免《しゃめん》になりそうもない。ここでの幽閉がいつまで続くか、まったくわからぬのだ。室先生から託された刑律の書を編述しても人目に触れることが叶《かな》わなければ意味がなかろう」

「馬鹿ですね、あなた」

「馬鹿だと？　いったいどういうことだ」

「藩儒としてのつまらないお仕事から、ようやく解放されたわけじゃないですか。幽閉の身につき減らされたとはいえ、俸禄はいまだにいただいているのですよ。百姓のように野良《の ら》仕事に汗を流すことなく暮らしていられるのです。この屋敷から出られないというだけで、なにも困ることはございませぬ。ようやく室先生に託されたお仕事だけを考えられるお暇《ひま》ができたのですよ。それを無駄になさるというなら、わかりました。さような腑抜《ふ ぬ》けと一緒に暮らす気はございません。どうぞわたしを離縁してくださいまし。すぐにでも荷物をまとめてここから出て行きます——」と畳みかけるように言ったあとで、身を凍らせて二人のやり取りを見ていたますに、

「おますちゃん、あとはこの人をよろしくお願いします。わたしはほとほと愛想が尽きました」と言ったちょうが、すっくと立ち上がり、簞笥《たん す》のほうへと歩み寄って、自分の着物を風呂敷に包み始めた。

「お、お待ちくださいい、奥さまっ」

ちょうにすがりついたますが、

「奥さまがいなくなったら、旦那さまは本当に役立たずの腑抜けになってしまいます。ど

うか、どうか、思い留まってくださいまし」と涙ながらに訴え始める。

二人を見ているうちに、むらむらと腹が立ってきた。

腑抜けだと？　このおれが腑抜けだと二人そろって臆面もなく口にするとはなにごとか。

しかも、役立たずだと？　馬鹿にするのもいい加減にしろっ。

久しぶりにかあっと頭に血がのぼった幸七郎は、二人に向かって怒鳴りつけていた。

「馬鹿もん！　そんなくだらぬことで揉《も》めてどうする。この阿呆たれが！」

それを聞いた二人は、なぜか嬉《うれ》しそうな顔をするのだった。

8

微《かす》かに揺らめく行燈《あんどん》の灯りが、四つの文字を浮かび上がらせている。

つまらぬ、実につまらぬ……。

文机《ふづくえ》を前にした幸七郎《こうしちろう》は、半紙に書きつけた文字を睨《にら》みながら眉間《みけん》に皺《しわ》を寄せた。

硯《すずり》に筆を置いた幸七郎は、寒さにかじかむ指を口元に持ってゆき、はあっと息を吹きかけて温めた。

毎冬のことなので慣れてきたとはいえ、土地の者たちが「薬莱颪《やくらいおろし》」と呼ぶ西風の冷たさは厳しい。しんしんと降り積もるような大雪になってしまえばむしろ暖かいのだが、雪片が風に乗り、葉を落とした木々の隙間を吹き抜けていくような日は、日中といえども庭に出るのが憚《はばか》られる。夜になれば少しは風が収まるものの、冷え込みはいっそう厳しくなり、雨戸を閉め切っていても戸や障子の隙間から容赦なく寒気《かんき》が侵入する。

再び筆を手にした幸七郎は、四文字だけ書き入れた半紙を文机の脇に寄せ、新しい半紙を広げて手紙を認《したた》め始めた。寒さをしのぐ紙張《かみばり》用の厚手の和紙を兄の作兵衛《さくべえ》に無心する手紙である。

手紙を書く幸七郎の脳裏には、故郷の雪景色が懐かしく甦《よみがえ》っている。

渋民《しぶたみ》村のある東山《ひがしやま》地方は大雪が降る土地柄ではなかったものの、寒さにおいてはこの宮《みや》崎《ざき》よりも冷え込みが厳しいのは確かだ。だが、子ども時代を振り返ってみると、凍《こご》えてどうしようもなくなるような日はなかったように思う。いや、たぶんそうではないだろう。はるか昔の子どものころの思い出を、心のどこかでよきものとして粉飾しているに違いない。

よきもの……。

口の中で呟《つぶや》いた幸七郎は、数行書いたところで手を止め、手紙の続きを中断して考え込んだ。

さきほどの半紙を引き寄せ、あらためて書かれている四文字に視線を落とす。

祥刑要覧《しょうけいようらん》。

編述をほぼ終えている刑書の書名である。

祥刑とは、よき刑、めでたき刑、あるいは、喜ばしき刑という意味だ。これからの日本という国、つまり各々の藩を超えた、天皇が統《す》べる国として貴ばれるべきよき刑律とはいかなるものか、ますが没してから八年あまりという歳月を経《へ》て、幸七郎の中では確固たるものになっていた。

振り返ってみると、長いようで短いあっという間の八年間であった。

十四篇の草稿は、二年前、寛延《かんえん》元年（一七四八）の暮れには書き上げていた。

ただし、大きな問題が残った。編述の内容がどこまで正しいか、どこかに齟齬《そご》がないか、仙台藩が収蔵している図書によって確かめる必要があった。室鳩巣《むろきゅうそう》から譲り受けた書物、自身で収集した本、さらには幽閉《ゆうへい》の身となってから苦労して手に入れた書と、それはそれで膨大な資料に当たってきたものの、儒官《じゅかん》であれば難なく閲覧ができる藩の蔵書には手が届いていない。

伊達政宗《だてまさむね》公の時代に仙台城の乾《いぬい》（北西）の位置に遷座されて城下の総鎮守となっている大崎八幡宮《おおさきはちまんぐう》、その別当寺である龍寶寺《りゅうほうじ》の経蔵《きょうぞう》、法宝蔵には、一万六千巻にも及ぶ伊達家の書物が収蔵されている。その蔵書を参照しての補筆と訂正なしには、幸七郎が目指す刑書の完成とは言えない。それをなんとかして借り受けたいと、再三にわたって願い出ていたのだが、容易には認められなかった。

が、ついに先月、願いが叶《かな》って龍寶寺の蔵書の貸し出し許可が下りた。陰ながら骨を折ってくれたのは邑主《ゆうしゅ》の石母田頼在《いしもだよりあり》であったが、鈴木米之助《すずきよねのすけ》をはじめとしたかつての弟子たちが動いてくれたことも大きい。

貸し出された書物を運ぶ小荷駄方《こにだがた》とともに宮崎までやって来た米之助によると、学問所時代の幸七郎の弟子たちを中心に、配流《はいる》中の芦東山《あしとうざん》先生が歴史に残る大著を編述中らしいという噂《うわさ》が、仙台城下で広く囁《ささや》かれるようになっているとの話だった。噂の火種は明らかではないものの、どうやら、石母田家中の家臣から各所の儒医《じゅい》を経て城下にまで届いたらしい。

ますの三回忌の年あたりから、幸七郎の講義を所望《しょもう》する石母田家の家臣たちが、配所《はいしょ》にやって来るようになった。きっかけは、暇つぶしがてら、見張りの番人に『孟子《もうし》』の講釈をしてやったことだった。それを聞きつけた石母田家の学問好きの家臣たちが、入れ代わり立ち代わり、幸七郎を訪ねてくるようになったのである。

石母田家の家臣に限らず、あの芦東山の手になるものなら、いったいどのような書になるのか、完成した暁《あかつき》にはぜひとも手に取りたい、あるいは写本を作りたい。そう望む者がいるのは当然のこと。大著の完成のために蔵書の貸し出しくらい、融通をつけてやってもよいのではないか。陰《いん》に陽《よう》にとかかる圧力に、藩側もとうとう折れたらしい。

ともあれ、龍寶寺の蔵書を借り受けられたことで編述は一気に進み始めた。

そしていま、草稿の十四篇のうち一篇を上下に分けたことで全十五巻になった刑律の書が、上の間のささやかな床の間に鎮座している。あと半年もあれば、完成に漕《こ》ぎつけられる見通しだ。その後も補筆や訂正を随時していくつもりではあるが、とりあえず世に出しても構わぬ刑律書がじきに完成する。

だが……。

どうにも書名が気に入らないのである。

『祥刑要覧』では、確かに意味はわかりやすい。しかし、ありきたりすぎて気に食わない。人の耳に残るような、もっと強い名前が欲しい。それがなかなか思いつかないのだ。この五日ほど、毎晩のように文机を前にして深夜まで悶々《もんもん》としていた。

軽くため息を吐《つ》いた幸七郎は、文机に相対していた身体《からだ》の向きを変え、書見台に載《の》せていた本の丁《ちょう》をめくった。

行燈の位置をずらして灯りを整え、開いた丁の文字を目で追う。

幸七郎が読み始めたのは『尚書《しょうしょ》』である。『書経《しょきょう》』とも呼ばれる五経の一つで、堯《ぎょう》と舜《しゅん》から夏《か》と殷《いん》、そして周《しゅう》王朝までの、天子や諸侯の政事《まつりごと》における心構えや訓戒、檄文《げきぶん》などを集めた歴史書だ。このたびの刑書を編述する際に、最も重要な原典とした経典《けいてん》である。

何度も読み込み、すべて頭の中に入ってはいるのだが、困ったときにはこうしてあらためてひもとくことに決めている。はるか昔、仙台の薬種問屋《やくしゅどいや》大和屋《やまとや》星久四郎《ほしきゅうしろう》から授けられた『楚辞《そじ》』を、朝な夕なに繰り返し読んでいたのと同様である。

なにか新しい発見はないか、目につく記述はないか、耳に残る語はないか……。

意識を凝《こ》らして一文字一文字を追っていく。

読み進める幸七郎の意識の表層に、江戸に出府していたときに見た光景が浮かび上がる。日本橋のたもとで目にした晒場《さらしば》の光景である。

刑律とは、本来は良民がその生を全うできるようにするために整えられたもののはずだった。それがいつしか、あの晒場で見た鋸《のこぎり》挽《び》き穴晒しの刑のように、単なる見せしめのものとなってしまった。人々を恐れ慄《おのの》かせることで世の秩序を保とうとしている。罰することが目的の刑となっている。しかし、罪人は最初から罪人であったわけではない。曇りを帯びた気質の性《せい》によって本然《ほんぜん》の性が見えなくなり、それで犯してしまうものが罪である。その曇りを少しでも取り除き、本然の性を取り戻させるのが、刑のあるべき姿だ。それをさらに突き詰めれば、堯や舜のような聖人《せいじん》によって治められる世では、民の心は健やかに育ち、本然の性が見失われることはないはずで、それこそがすべての君主が目指すべき治世にほかならぬ……。

脳裏から晒場の光景が消えると同時に、ふと思い浮かんだことがあって、幸七郎は書物の丁を忙《せわ》しなくめくりはじめた。

ほどなく幸七郎の手が止まり、指先がとある行を指し示した。

『尚書』の「大禹謨《たいうぼ》」に記されている五文字に、幸七郎の目が釘付《くぎづ》けになる。

これだ、これこそが探し求めていたものだ。なぜいままで思いが至らなかったのか。

刑期于無刑
刑ハ刑無キヲ期ス……。

書きかけの手紙を文机から取り除き、もう一枚、新しい半紙を広げた。

瞑目《めいもく》してしばし考え込んだ幸七郎は、深くうなずきつつまぶたを開け、筆先にたっぷりと墨を染み込ませた。

硯の丘で穂先を整え、ゆっくりと三文字、半紙に綴《つづ》った。

無刑録《むけいろく》。

綴り終えた幸七郎の背筋に震えが走る。薬萊颪《やくらいおろし》の寒さに震えたのではない。戦慄《せんりつ》にも似た歓喜の震えであった。

それからおよそ半年あまり、ひと通りの補筆と訂正が加えられ、全十五巻からなる『無刑録』がついに完成した。寛延四年（一七五一）閏《うるう》六月五日のことである。

幽閉から実に十三年が経《た》ち、幸七郎は五十六歳になっていた。そしてこの年は、奇《く》しくも、獅山《しざん》公第五代仙台藩主伊達吉村《よしむら》と宮崎邑主石母田長門《ながと》頼在が没した年でもあった。

9

「先生、申し訳ございませぬ。若老衆《じゃくろう》による吟味《ぎんみ》の結果、やはりこの上書《じょうしょ》は受理できぬということに相成りました。我が殿もあれこれ手を尽くしてみたのではございますが、どうにもならなかったと嘆息いたしておりました。先生にはすまぬことをしたと、そのほうから謝っておいてくれと申し付かりました次第にござります。先生のお役に立てませんで、まことに申し訳ございませぬ」

そう言った小野善兵衛《おのぜんべえ》が、深々と頭を下げて、分厚い封書を幸七郎《こうしちろう》の前に差し出した。

「おそらく受理はされぬだろうと思っていた。だから気に病《や》むことはない。写しは作ってあるゆえ、それはそこもとに進ぜよう」

「よいのでございますか、拙者が頂戴しても」

「かまわぬ」

「かたじけのうございます」

目礼した善兵衛は、膝《ひざ》の前の封書を大切そうに自分の懐《ふところ》にしまい込んだ。

宮崎《みやざき》の配所《はいしょ》に幽閉《ゆうへい》されてから十七年、いまや石母田《いしもだ》家のほとんどの家臣が幸七郎を「先生」と呼ぶようになっており、とりわけ、目の前にいる小野善兵衛に加えて針生久兵衛《はりゅうきゅうべえ》、大槻文右衛門《おおつきぶんえもん》の三名は、かなり早い時期から配所に出入りして、幸七郎の講義を受けていた。預かり先の家臣という立場上、表立った振る舞いはできずとも、三名とも芦東山《あしとうざん》の弟子だと自認して憚《はばか》らないのは周知の事実である。小野善兵衛などは、いまは家老に取り立てられているにもかかわらず、幸七郎を師と仰《あお》ぎ続けている。

二人のあいだで話題になっていたのは、昨年幸七郎が書いた、二十二か条からなる上書のことである。

　四年前に一応の完成に漕《こ》ぎつけた『無刑録《むけいろく》』十五巻にさらに手を加え、最初の三巻を上下巻に分けて全十八巻とした完成本が、そろそろ出来上がる。その見通しが立ったところで、どうしても書かずにはいられなくなり、意を強くして書き上げたのが、二十二の諫言《かんげん》をまとめた上書である。

　しかし、他人預かりの罪人の身である以上、芦幸七郎の名ではさすがに上言《じょうげん》できない。仮に上言したとしても、藩主はもちろん奉行、いや、若年寄《わかどしより》の手にさえ渡らぬだろう。どのような形でもかまわぬから藩主宗村《むねむら》の目に留まればよい。よって、上書には「賤民斎戒《せんみんさいかい》沐浴謹書《もくよくきんしょ》」とだけ記した。

　上書そのものを書き終えたのは、昨年、宝暦《ほうれき》四年（一七五四）の正月である。その後半年あまり手元に留め置いたのは、上言の機会をうかがっていたからだ。

　その機会が昨年の夏に巡ってきた。石母田家の家老に取り立てられた善兵衛が、仙台城下の屋敷詰めを命じられたのである。石母田家の家老であっても陪臣《ばいしん》の身である。そう簡単なことでないのはわかっていたが、上書を託す者として善兵衛以上の適任はいなかった。

　が、やはり受理はされなかった。石母田家の跡目を継いだ興頼《おきより》のはからいで、なんとか若年寄までは辿《たど》り着けたのだが、そこで却下された。善兵衛の話を聞く限り、上書にある賤民とは芦幸七郎であると見抜かれたに違いなかった。

首尾を果たせず恐縮している善兵衛に、幸七郎は尋ねた。

「上書のことは仕方なかろう。それより、学問所のほうはどうなっているのだろう。あまりかんばしくなさそうだとは聞いているが」

「その通りにございます――」とうなずいた善兵衛が顔を曇らせる。

「城下にいるあいだに先生のご門弟の米之助《よねのすけ》どのにお会いする機会が幾度かあったのですが、この数年間で学問所に通う学生がいっそう減っているようです。日によっては数人しか集まらぬことも多々あるようで、いずれ立ち行かなくなるのではないかと危惧《きぐ》しておられ申した」

「原因は何なのだろう」

「場所が通学には不便なうえ、あまりに手狭で礼法や弓術の教授ができないことで、家臣の子息らの学問への志《こころざし》が薄くなり、父兄も学問を奨励しなくなっているとのこと」

「それでも、学問をしたいという者が、そこそこの数いるであろう」

自身が学問所で講義をしていた時の様子を思い浮かべて幸七郎は言った。幸七郎の講義に耳を傾けている学生らの目の輝きは、決してまがいものではなかった。

「さようにございます。確かに先生の仰せの通り、学問に励みたいという若者もいるようです。士族の子息もですが、足軽衆や小人《こびと》など凡下《ぼんげ》の者に、むしろ学問に熱心な者が多いらしいです」

「それらの者にも門戸を開けばよかろう」

「なかなかそうもいかぬようです――」と苦笑した善兵衛が、少々言い難《にく》そうに続ける。

「それにも増して、学問所の学風が古臭くて好学の者の興味を引かないというのが実際のところのようにございます」

「古臭いとはどういうことだ」

「学問所主立《おもだち》の高橋玉斎《たかはしぎょくさい》先生は遊佐木斎《ゆさぼくさい》先生の学風の流れを汲んだ崎門《きもん》派の藩儒《はんじゅ》にございます」

「それがどうかしたのか」

「つまり、仙台藩の学風の根底は朱子学《しゅしがく》にあるわけですが、最近の城下で人気があるのは、朱子学ではなく徂徠学《そらいがく》のようにございます。どうやら、それもまた学問所から足を遠ざける原因の一つになっているようでして」

徂徠と聞いて、なるほどそういうことか、と幸七郎は得心《とくしん》した。

朱子学の本質に至るには、それ相応の努力と研鑽《けんさん》を要する。簡単に言えば、わかりづらいのである。それと比べると、朱子学を一刀両断のもとに退《しりぞ》ける徂徠学は、歯切れがよく、確かにわかりやすい。学問を少々齧《かじ》った者が徂徠学に引かれるのも無理はない。荻生《おぎゅう》徂徠が没してからすでに三十年近くが経《た》っているのだが、世間ではその学風が衰えていないようだ。

「実は――」と、いっそう言い難そうに善兵衛が口にする。

「城下の屋敷に詰めているあいだに、徂徠学にかぶれてしまったものが我が家中にもおりまして、せんだって、その者から議論を吹きかけられて、ほとほと難儀しました」

「家老のそこもとに議論をとな」

「家老と申しましても、ついこのあいだまで在郷に引っ込んでいた田舎《いなか》侍でございますからな。長らく城下の屋敷に詰めていると、直臣《じきしん》気取りになってしまう者もいるようでして、まったく困ったものです」

苦笑いした善兵衛に、

「して、どのような議論を吹きかけられたのだ」と訊《き》いてみた。

「気質変化についてでございます」

「ほう」

「朱子学では、万物の気は必ず変化するものゆえ、その変化の道を知ることが肝要と説いております」

「さよう」

「しかしと、その者が言うには、豆は米になることはないし米が豆になることもない、ゆえに、気質が変化するなどというのは宋儒《そうじゅ》の妄論《もうろん》にすぎず、あり得ない話だとのこと。どうですかご家老、と詰め寄られて、お恥ずかしながら反論ができませんで……」

すっかり困り顔になった善兵衛を見ているうちに、思わず笑いが漏《も》れてしまう。

「な、なにが可笑《おか》しいのでございましょう」

「いや、すまぬ。その者が申したことは、そっくりそのまま、すでに荻生徂徠が言っていたことで、ただの受け売りにすぎぬのだよ」

「さようにございますか」

うむ、とうなずいた幸七郎は、

「次に同じようなことがあった際には、こう論駁《ろんばく》すればよかろう――」と前置きをして続けた。

「米を豆に、豆を米に変えるのは気質の変化にはあらず。たとえば、人の術をもってすれば、豆は豆腐に、米は酒に変えられる。それが気質変化の意味である。それゆえ、気質が変化するのは自明のこと」

「なるほど。さすが先生にございます。今度その者に会いましたら、さように申して鼻をへし折ってやりまする」

善兵衛が晴れやかな顔になったところで、上の間に通ずる戸口が開き、当番の番人が、飛脚が届けた手紙を持ってきた。

受け取って見やると、渋民《しぶたみ》からのものだった。

何だろうといぶかりながら文面を読み始めた幸七郎の顔色が瞬時に青ざめた。

「いかがなされましたか」

心配そうに尋ねた善兵衛に、手紙から目を上げて幸七郎は言った。

「すまぬが、今日はこれで引き取ってはもらえまいか。申し訳ない」

善兵衛は、いったい手紙に何が、とは訊かなかった。幸七郎の顔つきを見て、余計な質問はしないほうがよいと察したらしい。かわりに、

「承知いたしました。なにか所用がございましたら番人を通して、ご遠慮なくお申しつけください。拙者はこれにて失礼仕《つかまつ》ります」とだけ言って立ち上がると、足音を忍ばせるようにして、幸七郎の前から姿を消した。

10

小野善兵衛《おのぜんべえ》が去った配所《はいしょ》の上の間で、手紙を手にしたままの幸七郎《こうしちろう》は、かなりのあいだ身じろぎひとつせずに座り続けていた。

実家からの短い手紙は、三右衛門《さんえもん》の訃報《ふほう》を報《しら》せるものだった。

三右衛門とは、三歳年上の義兄、孝之丞《こうのじょう》のことである。

昨年の暮れ、実兄の作兵衛《さくべえ》が六十五歳で没したばかりであった。

幽閉《ゆうへい》の身につき、家族の死を看取れない覚悟はできている。できてはいるのだが、今回の孝之丞の訃報は、なぜか実兄や父の時よりも身に堪《こた》える。

岩渕《いわぶち》家の養子としてやって来た孝之丞に初めて会ったときのことは、実はよく覚えていない。幸七郎が桃井素忠《ももいそちゅう》の教えを受けるようになったのは九歳の冬からだ。祖父の住まう掬水庵《きくすいあん》で素忠と初めて会ったときのことは鮮明に覚えている。そのころ、孝之丞はまだいなかったように思う。それはたぶん間違いない。だがその後、いつのまにか、なにをするにも、孝之丞と一緒に行動するようになっていた。まるで最初から兄としてそばにいたように……。

その孝之丞は常に幸七郎の目標だった。とりわけ、勉学においては、いつでも幸七郎の半歩か一歩、先を歩んでいた。なんとか追いつきたい一心で、勉学に励み、ようやく追い着いたと思っても、そのときの孝之丞は、ほんの少しだけ先を行っているのだ。

もしかしたら、と当時を振り返って幸七郎は思う。もしかしたら孝之丞は、あえてそうしていたのではあるまいか。あまりに先を行きすぎると、義弟がやる気をなくしてしまうかもしれぬ。それを避けるためにわずかに先を行って、その都度、幸七郎が追い付いて来るのを待っていてくれた。

間違いなかろう。それが真実に違いない。

いまになって兄上の本当の思いに気づくとは、このおれはなんと愚鈍なことか……。

孝之丞と初めて会ったときのことは覚えていないものの、最後に会った日のことは、いまでもはっきり覚えている。

あれは二度目となる江戸への出府の直前だったから、享保《きょうほう》十年（一七二五）の春先のことだ。あらかじめ手紙で来訪を知らせるでもなく、幸七郎がちょうと暮らしていた当時の屋敷にひょっこりと現れた。

聞くと大和屋《やまとや》への遣いの帰りだという。いつもであれば、父の一桂《いっけい》に代わって正徳《しょうとく》四年（一七一四）から肝入《きもいり》をしている長兄の作兵衛《さくべえ》が仙台とのあいだを行き来しているのだが、風邪気味で体調が優れず、代理を頼まれたという話だった。思ったよりも早く用事が済んだので、渋民《しぶたみ》に帰る前に立ち寄ってみたとの話だった。

顔を見たかっただけなのですぐに暇《いとま》すると孝之丞は言ったのだが、じきに江戸に赴くのでしばらくは会えなくなるからと引き留め、その日は自分の家に孝之丞を泊めた。

その夜は、ちょうに言いつけ、奮発して上等な酒を買って来させて、兄弟水入らずで酒を酌み交わした。

考えてみれば孝之丞とゆっくり話をするのは久しぶりであった。

京都への遊学を終えて儒官《じゅかん》に取り立てられて以後は、片手の指で数えられるほどしか渋民に帰っていない。さらに、帰れば帰ったで入れ代わり立ち代わり訪ねてくる客人への応対で終わるのが常で、孝之丞と話をする暇はほとんどなかった。まるでそれを取り返すかのように、その夜は、日付が変わるまで、心置きなく話をした。

二人の話題は多岐に及んだ。なかでも、最も多くを費やしたのは、共通の師である桃井素忠についてであった。

幸七郎が素忠の下で学んだ期間は、大和屋星久四郎《ほしきゅうしろう》に迎えられて仙台に移るまでの五年半である。確かに素忠からは多くを学んだが、素忠が五十一歳で没するまで、常に傍《かたわら》にいて学び続けたのは孝之丞のほうだ。その期間は十五年以上にも及ぶ。したがって、素忠にとっての実質的な愛弟子《まなでし》は孝之丞のほうに違いないのだが、素忠は最後まで幸七郎のことを気にかけていたという。

そんな話題ですっかり話し込み、そろそろ休もうかとなったとき、孝之丞はひどく嬉《うれ》しそうに、我がことのように目を細めて言った。

「幸七郎、おまえ本当に立派になったなあ。もはや私など足もとにも及ばない大学者さまだ。今後のますますの活躍を陰ながら見守っているぞ。おまえの行く末を心より楽しみにしているからな。頑張ってくれ」

それ以来、孝之丞とは一度も会えぬままに時が過ぎてしまった……。

あの晩の義兄の笑顔を思い浮かべた幸七郎の目から、一筋の涙が伝い落ちた。手の甲で拭《ぬぐ》ったものの、目の前はぼやけたままだ。溢《あふ》れ出る涙が止まらない。妻や娘に悟られぬように、嗚咽《おえつ》を飲み込むので精一杯だ。

この日の幸七郎は、涙が涸《か》れるまで静かに泣き続けた。

時に宝暦五年（一七五五）の初夏、幸七郎はちょうど六十歳になっていた。

渋民の芦東山

1

二十三年という長きに及んだ幸七郎《こうしちろう》の幽閉《ゆうへい》生活が終わりを告げたのは、宝暦《ほうれき》十一年（一七六一）春のことである。

これまで、幾度となく赦免《しゃめん》願いを提出してきた。自身による嘆願書のみならず、兄の作《さく》兵衛《べえ》が、妻のちょうや、ちょうの実家が侍医を務める高泉《たかいずみ》家の家老らが、さらには娘のさくまでもが、恩赦が見込めそうな頃合いを見ては赦免願いを出していたのだが、いっかな顧《かえり》みられることなく、ただ時だけが過ぎていた。

それがようやく叶《かな》ったのは、第七代藩主重村《しげむら》の婚姻の儀による恩赦によるもの。それが表立っての理由である。表立ってというのは、このたびの赦免には、一関《いちのせき》藩主田村村隆《たむらむらたか》の力が大きく及んでいるからだ。

仙台藩と一関藩のあいだには、良くも悪しくも浅からぬ因縁がある。

政宗《まさむね》の代から仙台領となっていた一関が、内分分地《ないぶんぶんち》により分家として独立し、所領三万石の一関藩となったのは万治《まんじ》三年（一六六〇）のこと。初代藩主は、政宗の十男であり二代藩主忠宗《ただむね》の異母弟でもある伊達宗勝《だてむねかつ》である。

実は同じ年、のちのお家騒動に発展する事件が起きていた。三代藩主綱宗《つなむね》が行状不作法の儀により幕府から逼塞《ひっそく》を命じられて隠居の身となったのである。それにより、綱宗の嫡男《ちゃくなん》である亀千代丸《かめちよまる》、のちの綱村《つなむら》が第四代藩主の座についたのだが、わずか二歳の幼子《おさなご》であった。その後見役に選ばれたのが、亀千代丸の大叔父にあたる宗勝と、一関藩と同様に内分分地大名として岩沼藩《いわぬま》の藩主となっていた田村宗良《むねよし》であった。宗良は忠宗の三男で亀千代丸の叔父にあたる。

ところが……。

幼君のもとでの藩政が、次第に奉行（家老）間の対立や後見役の確執を招き、やがて勃発したのが寛文《かんぶん》十一年（一六七一）の殺傷事件を伴うお家騒動である。これにより宗勝の一関藩は改易《かいえき》となり、領地は仙台藩に戻された。

一方の宗良は逼塞に処されたものの、岩沼藩は改易を免《まぬか》れて存続していた。その田村宗良の子の田村宗永《むねなが》、のちの建顕《たけあき》が一関に移封されたことによって、延宝《えんぽう》九年（一六八一）に岩沼藩は廃され、かわりに再び一関藩が立藩されることになったのである。

田村家一関藩の初代藩主となった宗永は、無類の学問好きであったようだ。それにより五代将軍徳川綱吉《とくがわつなよし》によって奥詰衆《おくづめしゅう》に取り立てられ、綱吉の諮問によく応えて奏者番《そうしゃばん》を拝命している。

いまの藩主田村村隆は伊達吉村《よしむら》の五男で、最初、一門の登米《とよま》伊達家の養子となっていたのだが、宝暦二年（一七五二）に田村家に迎えられたあと、家督を継いで第四代一関藩主となった。

いずれにせよ、初代の学問を好む田村家の家風はその後も受け継がれており、学問に熱心な家臣も多いという。幽閉中の芦東山《あしとうざん》が『無刑録《むけいろく》』という大著をものしたらしいという話も、早くから聞き及んでいたようだ。その流れで、村隆は幸七郎の赦免をしばらく前から重村に進言していたのである。それがなかったら、おそらくいまだに幸七郎は幽閉の身のままだったかもしれない。

そうした噂《うわさ》がそれとなく耳に入っていたので、重村の婚姻にともなって恩赦となる見込みが無きにしも非《あら》ずとは思っていた。

そんなおり、明日の朝、ご家老がそこもとを訪ねて参るゆえ、正装にて待つように。番人からそう告げられたのは、三月二十一日の夕刻であった。

石母田《いしもだ》家の家老とは、幸七郎の弟子でもある小野善兵衛《おののぜんべえ》のことだ。善兵衛であれば、特別な予告もなく、酒や菓子を手土産《てみやげ》にふらりとやってくるのがいつものことである。それがわざわざ番人によって知らされたのみならず、正装で待てと言う。

ほぼ間違いなく赦免の知らせであろう。

そう推測した幸七郎は、翌朝、裃《かみしも》を身につけ、善兵衛の来訪を待った。だが、月代《さかやき》は剃《そ》らなかった。可能性が低いとはいえ、預け先が変わるだけということもあり得る。そうなれば罪人のままだ。もし赦免になったとしても、伊達家の直臣《じきしん》に戻れるわけでもない。浪人の身になるだけである。どうしようか迷った末、結局、月代は剃らずに、年齢とともに薄くなってきた総髪を整えるだけにした。

三月二十二日の明け五ツ（午前八時）、石母田家の領地替えに伴い四年前から暮らしている高清水《たかしみず》の配所《はいしょ》に、目付頭の川辺善右衛門《かわべぜんえもん》を伴って小野善兵衛がやってきた。

幸七郎とその後ろでちょうが畏《かしこ》まっている前で善兵衛は、硬い表情のまま、懐《ふところ》から取り出した書状を、これもまた硬い声色で読み上げた。

やはり、恩赦の書状であった。

一礼した善兵衛が、読み終えた書状を幸七郎の前に差し出した。

書状を手にし、宝暦十一年三月二十一日の日付で書かれている文面に、あらためて目を通す。

確かに他人預かりの刑が解かれ、赦免は叶った。とはいえ、無条件に放免というわけでもない。しばらくのあいだは親類預かりのうえ、勝手な外出や他人に会うことも禁じられ、学問の指南も一切してはならぬとあった。そして最後に、それらをきっと慎み罷《まか》り在《あ》る可《べ》く候事、と結ばれていた。

しばらく親類預かりの身に処すというのは、藩としての面目を保つために違いない。百日程度の閉門と同様と考えてよいだろう。遅くても来年には晴れて自由の身になれるはずだ。

「いかがなされましたか、先生」

弟子の言葉遣いに戻った善兵衛が尋ねた。

「いや、なんでもない」と口にして、幸七郎は首を振った。

赦免が叶った暁《あかつき》には、心の底から喜びが満ち溢《あふ》れてくるに違いない。そう思っていたのだが、なぜか喜びらしきものは湧《わ》いてこない。

ようやくか……というなんとも言えない気分が半分に、残りの半分は、二十三年間という貴重なときを無駄にしてしまったという無念の思いである。

背後ですすり泣きの声がした。振り返ってみると、ちょうが口許《くちもと》を覆って小さく肩を震わせている。

「ほんとうにようございました。長年の配所での暮らし、辛《つら》いことだらけでございましたが、耐えに耐えてようやくこの日を迎えられましたこと、貴方さまの妻としてこの上ない喜びでございます。嬉《うれ》しゅうて嬉しゅうて、感涙にむせぶのみでございます」

「奥さま……」と漏《も》らした善兵衛が、

「先生、まことにようございました。このたびの赦免、おめでとうございます」と言って指先で目尻に浮かんだ涙を拭《ぬぐ》う。

確かに、ちょうの言うように辛いことだらけの二十三年間であった。外に一歩も出られぬこともさることながら、長女のこうをはじめ、一男三女を亡くしている。それを考えれば、腹を痛めた四人の我が子を死なせたちょうのほうが、自分よりも遥かに辛かったに違いない。

「ちょう。おまえこそよくぞ耐えてくれた。心から感謝している。おまえがいなかったら、あの刑書の完成に漕《こ》ぎつけることはできなかったはずだ。この通り、深く深く、礼を言う」

そばに寄り、そう言って手を取ると、幸七郎の膝《ひざ》の上に顔を押し付けたちょうは、握られた手を強く握り返しつつ、声を上げて泣き始めた。

幸七郎とちょうの背後では、善兵衛ばかりか目付頭の善右衛門までが、もらい泣きを始めた。

親類預かりとはいえ、ようやく赦免が叶った幸七郎が故郷の渋民《しぶたみ》に戻ったのは、それからほどなく、宝暦十一年四月七日のことである。この年、六十六歳という老境に、幸七郎は入っていた。

2

宝暦《ほうれき》十三年（一七六三）の三月、幸七郎《こうしちろう》は仙台城下にて、忙しい毎日を送っていた。

昨年の九月二十八日、忠山公《ちゅうざん》（伊達宗村《だてむねむら》）の七回忌に伴う恩赦によって「城下ニ出徒弟教育勝手」の沙汰《さた》が出た。それでようやく藩内のどこでも歩ける身となり、学問の指南も自由にできるようになった。

すぐにも仙台に赴き、かつての門弟や、藩儒《はんじゅ》時代に世話になった先に挨拶《あいさつ》に行きたかったのだが、長年の幽閉《ゆうへい》生活ですっかり足腰が弱っていた。村周辺の散策で少しずつ長歩きができるようになったものの、雪の季節がやって来たため、年が明けて暖かくなるまで待つことにした。

根雪が解け、春の気配が満ちてきた三月一日、ちょうと一緒に渋民《しぶたみ》を発《た》った幸七郎は、ちょうの実家のある米谷《まいや》に一泊、翌日は石巻《いしのまき》を経《へ》て桃生郡《ものうごおり》の小野村に一泊したのち、三月三日の七ツ半（午後五時）ごろ仙台城下に到着した。

仙台を訪ねた目的は、獅山公《しざん》（伊達吉村《よしむら》）が眠っている大年寺《だいねんじ》への参詣と、城下での学問指南の準備、そして完成した『無刑録《むけいろく》』の出版に向けた段取りである。

仙台城下滞在中は、娘のさくが嫁いだ藩儒、畑中太仲《はたなかたちゅう》の屋敷に寝泊まりしつつ、毎日のように客人に会ったり誰かの家を訪問したりと、忙しく過ごすことになった。

仙台に到着するや、まずは仙台城の大手門の前にて深く頭《こうべ》を垂れた幸七郎だったが、ようやく大年寺に足を運ぶことができたのは、三月の半ばになってからだった。北目町《きためまち》にある娘婿の屋敷に落ち着くや、ひっきりなしに人と会わねばならなかったため、なかなか出向く暇がなかったのである。

霜が降りるほど冷え込んだ朝だったが、陽《ひ》が高くなるにつれて暖かくなってきた。酒と肴《さかな》を持参してやって来た大和屋久四郎《やまとやきゅうしろう》と連れ立ち、昼四ツ（午前十時）過ぎに屋敷を出た。十三歳のときに躑躅岡《つつじがおか》で偶然出会い、その後の幸七郎の運命を決めることになった薬種問屋《やくしゅどいや》、大和屋星久四郎《ほしきゅうしろう》の孫である。

ほどなく到着した大年寺の山門の前で幸七郎はひざまずき、ぬかずいた。中国の儒礼に則った頓首《とんしゅ》である。

頓首百拝。もちろんお屋形《やかた》さま、伊達吉村に向けたものだ。

幸七郎を儒官《じゅかん》に取り立てたのも、お役御免として城下から遠ざけたのも、ともに吉村である。

吉村が家督を譲って隠居した歳《とし》を超え、獅山公となって没した歳に自身が近づきつつあるいま、かつての主君に対して感謝の念こそあれ、恨みはかけらも抱いていなかった。一時は、自分に対する吉村の仕打ちに憤りを覚えたこともあったが、吉村はそうするしかなかったのだろう。吉村にしてみれば、藩政から遠ざけることが、幸七郎の身を守る唯一の手段だったに違いない。

むろん真実はわからない。だが、陸奥《むつ》の大藩の藩主として成した事々《ことごと》を振り返れば、名君であるのは確かだ。その治世は讃えられるべきものである。

頓首を終えた幸七郎は、山門はぐらずに背を向けた。いまの自分は俸禄を貰《もら》っている身ではない。一介の浪人が伊達家の霊廟である寺の境内《けいだい》に入るのは慎むべきだと、自身に言い聞かせて大年寺をあとにした。

その足で、藩祖伊達政宗《まさむね》が眠る瑞鳳寺《ずいほうじ》に立ち寄り、ここでもまた門前にての拝礼のみで済ませ、片平丁《かたひらちょう》から南町《みなみまち》へと向かって歩を進めて大和屋久四郎の別邸に腰を落ち着けた。

大和屋の別邸には斑目長安《まだらめちょうあん》が先に来て、二人の到着を待っていた。

仙台の二日町《ふつかまち》に家族と住まう長安は、幸七郎が学問所で指南を始めたころからの弟子なのだが、配流《はいる》中に最も頻繁に手紙を交わした相手だった。勉学にきわめて熱心で、五本の指に数えてよいほど優秀な門弟である。禄高が百二十石あまりの大番士《おおばんし》ということもあって、幸七郎が幽閉されているあいだ、藩とのあいだに立ち、さまざま仲介の労を取ってくれた。幽閉中に最も頼りになった弟子だと言っていい。

幸七郎、久四郎、そして長安の三名が、この日、大和屋の別邸で顔を合わせたのは、仙台城下での学問指南を始める段取りの相談がひとつ。もうひとつは『無刑録』の出版の見通しを検討するためであった。

学問指南の件については、とんとん拍子に話が進んだ。すべては大和屋久四郎のおかげである。三人が談じている南町の大和屋別邸を好きに使ってもらってかまわないと、久四郎は自ら申し出た。年に何度か、仙台を訪問した際、受講を希望する者を、士分の子弟については長安が、町民や凡下《ぼんげ》の者は久四郎が集めることで話がついた。いや、のみならず、この別邸を学問所にしてはどうかという話になった。幸七郎を塾頭とする私塾である。

「先生が赦免《しゃめん》になったことで、ぜひとも教えを乞《こ》いたいと申す者が、ひっきりなしに手前どもの店にやって来ております。塾を開けば必ずや繁盛するはずです」

「士分の子弟らも同様です。先生の名声は、城下のみならず藩内の隅々にまで行き渡ってございます。大和屋のこの屋敷であれば、広さも十分でございますぞ」

久四郎と長安は口を揃《そろ》えて言った。

その一方、『無刑録』の出版のほうは、容易には行きそうもないことがわかった。

藩の中枢が、それは罷《まか》りならぬと城下の本屋に触れを出していたからである。たとえば暦。暦の出版については、幕府が定めた通りの内容と手順でなければ罷りならぬという定めがある。それを知らなかったのか、幕府の定めに外れた暦を出版した国分町《こくぶんまち》の板木《はんぎ》屋と本屋が厳罰に処されたという事件が正徳《しょうとく》五年（一七一五）にあった。つまり、お上の意向に沿わない本を出すのは不可能なのである。

どうにも致し方ないことではあったが、いまは筆写による写本でしのぎつつ、時勢が変わるのを待つしかないであろうという話になった。だが、この日の久四郎と長安との談義によって、幸七郎は意を強くした。

二十三年間、無益に過ごしたわけではなかった。幸七郎、いや、芦東山《あしとうざん》が幽閉を解かれるのを待ち焦がれていた人々が、こんなにもいた。それもこれも『無刑録』の完成に漕《こ》ぎつけることができたからである。その中身を知っている者はほとんどいない、いや、皆無に近いだろう。ましてや理解している者など一人もいないのは確かだ。しかし、それがかえって学問の道を志している者にとっては、ほかには代え難い羨望《せんぼう》の的となっているのであった。

であれば、なおさら……と、幸七郎は思った。一応の完成を見たとはいえ、『無刑録』は幸七郎が単独で編述したものである。自身の筆になる注釈に、誤った解釈が入っている恐れが無いとは言えない。誰が見ても納得でき、反駁《はんばく》の余地がないのが、国の根幹となる刑書のあるべき姿である。そのためには、相応の力量のある学者と意見を交わす必要がある。しかし、仙台にいたのでは無理な話だ。仮に仙台藩の儒官との会見が認められたとしても、『無刑録』の肝要な部分について深い議論にまで踏み込める相手はいないであろう。やはり江戸に赴き、以前の出府時代に切磋琢磨《せっさたくま》した旧友らと膝《ひざ》を交えて吟味《ぎんみ》する必要がある。しかし、それはまだ無理だ。藩が認めるわけがない。したがって、いずれあらためて機を窺《うかが》い、出府の願いを出すしかないということで、話は落ち着いた。

ともあれ、すべてが思い通りに進んだわけではないものの、実りあるひと月あまりを仙台城下で過ごして、幸七郎は渋民に帰ったのであった。

3

仙台から渋民《しぶたみ》に戻って三カ月あまりが経《た》った七月十八日の朝、よく晴れた青空のもと、幸七郎《こうしちろう》は室根山《むろねさん》の麓《ふもと》に佇《たたず》み、その山影を見上げていた。

この数日、陰鬱《いんうつ》な雨が続いていたのだが、今朝目覚めたとき、寝所《しんじょ》の障子が明るく輝いていた。

身を起こし、縁側に出てみると、清々《すがすが》しい青空のもと、昨日までの雨でいっそう濃くなった木々の緑の向こうに、室根山のたおやかな稜線が浮かび上がっていた。

登らなければ……という思いがよぎった。

なぜかは自分でもよくわからない。が、今日この日に室根山に登るべきだという思いが、こうして山影を見ているうちにも、ますます強くなってくる。

遠い昔のことが思い出された。十五の歳《とし》に室根山に登ったときのことだ。あの窟屋《いわや》において明らかに自分の中でなにかが変わった。迷いを払拭《ふっしょく》することができた。

いまの私はなにを迷っているのだ……。

自身に問いかけてみる。

特に迷っていることなどないように思える。だが、迷いの中にいることに気づいていないだけかもしれぬ……。

あと二年で古希を迎えようとしている歳だというのに、自分の心が捕まえられぬとは情けない。

室根山を見つめる幸七郎の口許《くちもと》が緩んだ。

七十而従心所欲不踰矩――七十にして心の欲する所に従いて矩《のり》を踰《こ》えず。

孔子《こうし》の境地にはとても至れそうにないという自嘲の笑みであるとともに、自分にはまだまだ精進の余地が残っていることへの満足の笑みでもある。

若いころのように容易にはいかぬだろうが、登ってみよう。

そう決めて日の出まもない早朝に渋民を発った幸七郎は、朝五ツ半（午前九時）には、室根山の麓に立っていた。

三つ、持参してきた握り飯のうちひとつを腹に収めたあとで登り始めてから一刻（約二時間）あまり。いまだに山頂には達していない。若いころであればとっくに山頂に立ち、四方八方ぐるりと開けた眺望を楽しんでいるはずだ。

歩を止めて竹筒の水筒から水を飲んでひと息つき、再び歩き出そうとしたときだった。

足下でぶちりと音がして、危うく転びそうになった。

地面に視線を落とした幸七郎は、深く嘆息した。右の草鞋《わらじ》の鼻緒が切れている。替えの草鞋を持参するのを忘れてしまうとは迂闊《うかつ》であった。迂闊というよりは大間抜けである。

やれやれと首を振り、手頃な岩の上に腰をおろし、草鞋を脱いで検《あらた》めてみる。

修繕できないこともなさそうだが……。

そう考えながら草鞋を手にしている幸七郎のあとから、大荷物を括《くく》りつけた背負子《しょいこ》を背負った男がひとり、登ってきた。

「爺さん、どうしたね。なにか困りごとかい」

立ち止まった男が声をかけてきた。

編み笠をつまんで声の主を見上げた。

歳のころは四十前後だろうか。日に焼けた顔に逞《たくま》しい体つきをしている。

「草鞋の鼻緒が切れてしまいましてな」

幸七郎が手にしていた草鞋を見せると、

「替えはないのかい」と男が訊《き》く。

「うっかり忘れてしまったもので、直せないか試していたところなのだが」

「用意の悪い爺さんだな。どれ、見せてみな」

男がひったくるようにして草鞋を取り上げる。

「駄目だな、これは」

一瞥《いちべつ》しただけで首を振った男が、

「ちょっと待ってろや」と言って背負子を降ろし、荷物の中から真新しい草鞋を一足取り

出すと、

「ほれ、これを使いな」と幸七郎に放って寄こした。

「かたじけない。お代は幾らかね」

「要《い》らねえよ、そんなもの」

「そうはいかぬ」

懐《ふところ》から巾着《きんちゃく》を取り出した幸七郎に、

「要らねえって言ってるだろ――」怒ったように言った男が、

「それにしても、あんたみたいな年寄りが、なんでまた山登りなんぞをしているんだ。この氏子かい」と、山頂のほうに顎《あご》をしゃくって訊いてきた。

「いや、そうではないが、思うところがありましてな」

「思うところ」

「さよう」

「変わった爺さんだな」

男が笑みを浮かべる。笑うといかつさが消え、一転して人好きのする顔つきになった。

「して、そこもとは、なにゆえさような大荷物を」

幸七郎が訊くと、

「上の神社に届けるために決まっているだろ」当たり前だろうという口調で男が答えた。

「すまぬが名を聞かせてくれぬかね。なにかの機会に草鞋の礼をしたいゆえ」

礼なぞ要らねえって言ってるだろ、とぶつぶつ言いながらも、

「大原《おおはら》の岩右衛門《いわえもん》──」と名乗り、

「で、あんたは？　人に名前を訊くときは、初めに自分が名乗るもんだぞ」と言ったものの、怒った口ぶりではない。

「これは失礼仕《つかまつ》った。渋民の芦《あし》幸七郎と申す」

幸七郎の返事を聞いた男が、両目を大きく見開いた。

「いかがなされた」

「もしや、芦東山《とうざん》先生でございますか」

寸前までとはまるで口ぶりを変え、岩右衛門と名乗った男が、確かめるように訊く。

「さようだが」

幸七郎がうなずくと、雷にでも打たれたように身を硬直させた岩右衛門が、がばりとばかりにひざまずき、額を地べたに擦《す》りつけた。

「先生とは存じませんでした。さきほどまでの数々のご無礼、どうかお赦《ゆる》しください」

何ごとかとあっけにとられている幸七郎に、岩右衛門がしどろもどろになって言う。

「せ、先生が渋民に戻られたと聞き、ぜひとも教えを乞いに参りたいと、か、かねてより思っていたのですが、ぶ、分不相応だとあきらめておりました。ま、まさか、ここで先生

とお会いできるとは……」

「岩右衛門さんとやら、とにかく頭を上げなさい」

そううながした幸七郎があらためて尋ねると、大原で小屋主をしている者であるのがわかった。乞食小屋主とも呼ばれる、いわゆる非人の頭領である。聞くと、若いころから学問に興味があり、独学で漢詩を読めるまでになったという。しかし、自分の身分を思うと、名高い儒者の芦東山に直接教えを乞うなどもってのほかだと、あきらめていたとの話だった。

それに対して幸七郎は、学問をするのに身分など一切関係ない、いつでも好きなときに訪ねてきなさい、と諭《さと》して聞かせた。その言葉に、岩右衛門は涙を流して感激した。

必ず訪ねて来なさいよ、という幸七郎の言葉に何度も頭を下げつつ、再び重い荷物を背にした岩右衛門は、社殿へと登っていった。

その後ろ姿が消えたところで、もうひとつ握り飯を頰張《ほおば》った幸七郎は、もらったばかりの真新しい草鞋を履き、山頂を目指して山登りを再開した。

やがて半刻《はんとき》ほどで辿《たど》り着いた室根山の山頂で、以前と変わらぬ下界の風景を眺めている幸七郎の心は決まっていた。

仙台城下にて私塾を開くか否か。それが迷いの正体だった。骨を折ってくれている久《きゅう》四郎《しろう》や長安《ちょうあん》には申し訳ないが、それはしない。

この頂《いただき》から見渡せる故郷の土地に留まったうえで藩内の各地を巡り、岩右衛門のような凡下《ぼんげ》の者たちのためにこそ学問の指南をする。それが残りの生涯をかけた芦東山としての仕事だ。

白栄《はくえい》どの、いや、祖父《じい》ちゃん、これでやっと祖父ちゃんとの約束を果たせそうだ……。

眼を細め、故郷の光景を愛《め》でるいまの幸七郎には、微塵《みじん》も迷いがなかった。

【主要参考文献】

『蘆東山先生傳』芦文八郎 編著　芦東山先生記念館　一九九五年
『芦東山日記』橋川俊忠 校訂　神奈川大学日本常民文化叢書4　平凡社　一九九八年
『無刑録』上・中・下　東山蘆野徳林 著　信山社出版　一九九八年
『玩易齋遺稿』上・下　東山蘆野徳林 著　信山社出版　一九九八年
「一関委託調査研究 芦東山とその主著『無刑録』に関わる調査研究報告書」
稲畑耕一郎　原田信 編集　早稲田大学中国古籍文化研究所　二〇一九年
「一関委託調査研究 芦東山とその主著『無刑録』に関わる調査研究報告書2」
稲畑耕一郎　原田信 編集　早稲田大学中国古籍文化研究所　二〇二三年
『仙台藩の学者たち』鵜飼幸子 著　大崎八幡宮仙台・江戸学実行委員会　二〇一〇年
『仙台藩の学問と教育――江戸時代における仙台の学都化』
大藤修 著　大崎八幡宮仙台・江戸学実行委員会　二〇〇九年

『仙台市史　通史編4（近世2）』仙台市史編さん委員会　仙台市　二〇〇三年
『仙台市史　通史編5（近世3）』仙台市史編さん委員会　仙台市　二〇〇五年
『仙台藩歴史事典　改訂版』仙台郷土研究会 編　二〇〇二年
『仙台藩の罪と罰』吉田正志 著　慈学選書　二〇一三年
『儒教入門』土田健次郎 著　東京大学出版会　二〇一一年
『江戸の朱子学』土田健次郎 著　筑摩選書　二〇一四年
『朱子学入門』垣内景子 著　ミネルヴァ書房　二〇一五年
『儒教とは何か　増補版』加地伸行 著　中公新書　二〇一五年
『神道・儒教・仏教――江戸思想史のなかの三教』森和也 著　ちくま新書　二〇一八年
『江戸の思想史――人物・方法・連環』田尻祐一郎 著　中公新書　二〇一一年
『朱子学と陽明学』小島毅 著　ちくま学芸文庫　二〇一三年
『江戸の読書会――会読の思想史』前田勉 著　平凡社選書　二〇一二年
『江戸の釣り――水辺に開いた趣味文化』長辻象平 著　平凡社新書　二〇〇三年

解説――刑は刑無きを期さん

稲畑耕一郎

一

本書『むけいびと　芦東山』の主人公芦東山（一六九六―一七七六）は、江戸時代中期の仙台藩の漢学者である。非凡なる才能を有しながら、尋常ならざる生涯を送り、不世出《ふせいしゅつ》の仕事を残した。そうであるにもかかわらず、昨今その人の名を知る人は少なく、もとよりその畢生《ひっせい》の大著『無刑録《むけいろく》』を目にした人はさらに少ない。

この小説『むけいびと』は、芦東山の数奇な生涯とその中で『無刑録』を完成させた強い意志を、残された数多くの資料を繙《ひもと》きながら、著者独自の構想をもとに書き下ろした作品である。三百年も前の人物の物語であるが、ここには、現代を生きる私たちが今も考えなければならない〈罪と罰〉の物語が展開されている。その理解の一助のために、ここでは物語の背景と没後の『無刑録』刊行の経緯について少し紹介しておこうと思う。

二

芦東山が生まれ育ったのは、仙台藩の北辺に近い磐《いわ》井郡《いごおり》東山《ひがしやま》渋民《しぶたみ》（現在の岩手県一関市大東町渋民）

である。本姓は先祖が武蔵国《むさしのくに》豊島郡《としまごおり》岩淵郷《いわぶちごう》（現在の東京都北区岩淵町）から起こったことから岩淵を名乗っていたが、のちに子孫が奥州街道沿いの下野国《しもつけのくに》那須郡《なすごおり》芦野《あしの》村（現在の群馬県那須町芦野）に居住したことで芦野を以て姓とした。それを芦の一字に改めたのは東山自身であり、当時の漢学者の間で中国風の姓を名乗る流儀に感化されたものである。東山という号は生地の地名による。仙台藩では岩淵善之助《ぜんのすけ》として学に就き、のちには芦幸七郎徳林《あしこうしちろうとくりん》を名乗った。

東山の生家は祖父の岩淵作左衛門《さくざえもん》（出家名は浄岩白栄《じょうがんはくえい》）の代からこの地の肝入《きもいり》を務めていた。肝入とは「肝煎り」であり、何くれとなく心を砕いて集落の世話をし、まとめ役となる人望のある家で、いわば名主や庄屋のような存在であった。作左衛門は孫の東山（幼名は善之助）が幼くして聡明であるのを見抜くと、近在の古刹圓通正法寺《えんづうしょうぼうじ》の二十三世住職定山良光《ていざんりょうこう》や諸国を渡り歩いてきた浪士の桃井素《ももいそ》忠《ちゅう》を招いて幼学の師とした。東山は幼少期から英才教育を受けたことになる。

東山は白栄の教えによく従い、また両師の薫陶の宜《よろ》しきを得て、目覚ましい成長を見せた。そのことがやがて仙台城下でも評判となって、藩主伊達吉村《だてよしむら》の侍講《じこう》であった田辺整斎《たなべせいさい》（希賢《まれかた》）の下で学ぶ機会を与えられる。さらに藩の儒生にも推挙されると、朋輩のなかでもその学力と真摯《しんし》な学びの姿勢は群を抜きん出ていたようで、数年ならずして番外士から、さらに番士へと抜擢《ばってき》される。農民の子弟にして学問によって帯刀を許され藩の禄を食《は》む身分となった。とはいえ、家格にとりわけ厳格であった仙台藩では最下級の平士《へいし》に過ぎなかった。このことはその後の東山の藩での活動にも影響がなかったとはいえない。

それでも、東山が非凡な才能をもった若者であることは誰もが認めるところであり、やがて藩主吉村から学業のさらなる上達のために選ばれて京都遊学を命ぜられる。東山二十一歳の時のことである。

京都にあること三年、その間には山崎闇斎《やまざきあんさい》門下の三宅尚斎《みやけしょうさい》に師事して朱子学《しゅしがく》を学び、また高屋近文《たかやちかぶみ》のところで『古事記』や『万葉集』などの日本古代の典籍の研鑽にも務めた。当時一流の学者たちから和漢の新しい知識や考え方を学んだばかりでなく、全国各地から集まってきていた同世代の若者たちとの切磋琢磨のなかでの刺激もあった。それらは当時の陸奥《みちのく》仙台では得ることのできなかったことであり、絶好の学びの機会となった。古都京都に遊学したことで学問世界の広がりだけでなく、伝統文化の奥深さをも身をもって知ったに違いない。

仙台に帰藩して二年後、享保六年（一七二一）の春、京都での学業伸長の著しいことを認められて正規の儒員に抜擢されると、吉村の参観《さんきん》に従って江戸に出ることになる。藩主の江戸参観は各藩にとっては抱えている家臣の学芸を競う場所でもあったので、それなりの能力のある者を帯同する必要があった。従って、東山にとっての江戸勤めは勉学の機会であるとともに、大いなる栄誉でもあった。折しも江戸は八代将軍吉宗《よしむね》の主導による社会の各方面の改革、いわゆる「享保の改革」が軌道に乗り始めた時期である。改革の風は至るところに吹いていた。

吉宗の改革はまず政治面での改革にあった。江戸開府以来、政治の中枢にあった譜代門閥の老中や若年寄を立てながらも、能力重視で巧みに人材を抜擢した。若い旗本であった大岡忠相《おおおかただすけ》を越前守《えちぜんのかみ》として江戸町奉行に抜擢したのはその一例である。忠相は江戸への物資の流通を改善して物価の安定を図るとともに、火災の多かった江戸市中に町火消「いろは四十七組」を組織し、貧困者や独孤者の救済のための「小石川養生所」を設けるなどして、城下の民生の安定を図った。

政治の改革に資するために、幕府評定所の門前に「目安箱」を設置して広く民意を聴くことにしたのも、この年の閏《うるう》七月のことである。若い東山はこの改革の風を敏感に感じ取っていたことであろう。この社会の風気に触発されたのであろうか、この時期、東山もいわゆる「七か条の上書」を始めとして、しきりに藩政の改革を主旨とした上書を書いている。

将軍のブレーンとしての漢学者も先代綱吉の時代から入れ替えられ、室鳩巣《むろきゅうそう》や荻生徂徠《おぎゅうそらい》が重用され始めた。鳩巣は将軍の侍講にあたった奥儒者《おくじゅしゃ》であり、徂徠は幕府の側用人《そばようにん》であった柳澤吉保《やなぎさわよしやす》に召し抱えられてはいたが町儒者《まちじゅしゃ》であった。両者の儒学に対する考えにも大きな隔たりがあり、鳩巣は朱子学の泰斗《たいと》であり、徂徠は朱子学を批判した古義学《こぎがく》派の急先鋒であった。

それでも吉宗は二人に命じて、明《みん》の太祖洪武帝《たいそこうぶてい》が民衆教化のために六つの徳目を記した『六諭《りくゆ》』の解説本として琉球を介して伝わった『六諭衍義《りくゆえんぎ》』に、徂徠には訓点を施《ほどこ》させ、鳩巣にはその和文の解釈を加えさせた。これは、『官版六諭衍義大意』の書名で広く民間に流布した。寺子屋での手習いの課本（教科書）ともされたことで、町人階層の教育に大きな効用があった。

東山はこれまで邁進してきた学問が机上の空理空論に終始することなく、実際に庶民教育に役立つものであることを目の当たりにして、大いに我が意を得た思いであったに違いない。祖父の教えも、託した願いも、学成れば、我が身の栄達ではなく、郷里に戻って村人のために尽くせということにあったからである。

これらの政治改革とは別に、享保の改革の重要な柱としては、司法制度の整備と法典の編纂があった。それは従来の裁判が裁く者によって恣意的になりがちであったのを、成文化された法規に従って裁く制度に転換させようとしたものであった。そこには従来の刑罰が戦国乱世の気風を受けて苛酷であったのを改めて、比較的平穏な時世が続く中でそれに見合ったものに緩和しようとする意図もあった。

そこでまず裁判の判例やその刑罰を集めて基準化した。これが『公事方御定書《くじかたおさだめがき》』である。「公事」とは裁判のことで、「御定書」は法令の意である。ところが、『公事方御定書』は一種の判例集であり、その限りでは具体的で便利であったものの、確固たる刑法の理念があって編集されたものではなかった。

そこで、吉宗は、『御定書』の編集と並行して、その理論的根拠を明王朝の刑法典である『明律《みんりつ》』に求めた。吉宗は紀伊《きい》藩主であったときからすでに藩儒にこの書物の解読を試みさせており、幕府の将軍となってからは、徂徠に命じて日本語での解説を書かせ、『明律国字解《こくじかい》』として出版した。『明律』は内容が多岐にわたり、かつ当時の中国社会の法制度をよく知らなければ理解できない専門用語も多く、簡単な訳業ではなかった。

室鳩巣も当時の刑法改革の埒外にいたわけではない。鳩巣の京都での師であった木下順庵《きのしたじゅんあん》は加賀《かが》藩に招聘された時に明の呉訥《ごとつ》の『祥刑要覧《しょうけいようらん》』(「祥刑」とは刑を善く用いるの意)の所蔵を推薦している。この本は江戸初期にすでに木活字本として出版されていた。従って鳩巣もあるいはそれに類する著作を構想していたのかもしれない。しかし、『祥刑要覧』は『明律』のような体系だった法典ではなく、実務の用にはなりにくかった。また「要覧」の書名が示すように比較的簡便な形式の著作であった。東山も「粗略なること多し」としている(「無刑録序解」)。

鳩巣の構想がどのようなものであったのかはわからないが、高齢に加えて病がちであったことから、自らの力では完遂《かんすい》し難いと考え、この「刑律の書」を著述する任務を晩年の弟子である東山に遺嘱《いしょく》した。それまで自身が古典籍から書き抜いていた資料も東山に託したようである。

東山の詩文集である『玩易斎遺稿《がんえきさいいこう》』巻十一の「講書余談」には、東山の弟子が記録した言葉が残されている。

室新助（鳩巣）殿にて先生へ託せられしは刑律の書。吾老《おい》て成す能はず。貴方《きほう》之を述らるべし。貴方が此書の成らざる内、吾は死せん。吾死すとも、吾が子仲三郎に委曲に伝へ置かん。其書成らば仲三郎に遣《つかわ》すべし。公方《くぼう》（将軍）様へ献ぜんとなり。

室鳩巣には江戸だけでなく、初任地の加賀にも数多くの門人がいた。鳩巣の全集である『鳩巣先生文集』の「前編」（十三巻十冊）、「補遺」（十一巻六冊）、「後編」（二十巻十五冊）もその門人たちの協力によって編纂出版された。では、なぜ「刑律の書」を書くことは東山に託したのか。

東山がはじめて鳩巣に面識を得たのは、江戸に出た享保六年春三月から間もない時期であったと思われる。東山二十六歳、鳩巣は六十四歳。それまでの仙台や京都での勉学がすべて朱子学の系統であったので、東山にとっては鳩巣を師とすることは極めて自然な選択であったろう。一方、鳩巣からすると、東山は晩年に突如現れた若者であったが、最初に会ったときからその学問見識に伸長の可能性を認めていた。鳩巣の東山に贈った七言律詩（「岩淵生の河口生《かわぐち》（河口静齋）の詩に和するを観《み》て感有り、因りて其の韻に依りて賦して贈る」第一首）には「奇材惜む可し東辺に落つる（仙台に帰任したこと）を、一見の当時子《し》の賢なるを知る」（『鳩巣先生文集』後編）という詩句がある。「奇材」として、江戸に残しておきたかったのではなかろうか。

鳩巣の東山評価の最も端的な例は、東山が三度目の江戸勤めを終えて仙台に帰る時（享保十四年閏九月）に鳩巣が書いた「芦世輔《せいほ》の仙台に帰るを送る序」である。「序」は送別の辞のことをいい、「世輔」は東山の字の一つ。この「序」は八百余字に及ぶ長文であるので、その後半の一部を訓読して挙げておく。

東山芦世輔は、仙台の人なり。少《わか》くして学を好み道を聞くこと甚《はなは》だし。蚤前《そうぜん》（以前）十年、東奥《とうおく》自《よ》り来《き》たりて、余が門下に遊ぶ。余其の為人《ひととなり》を見るに、明敏にして敦大（温厚誠実で寛大）なり。明敏なれば則ち深詣の識有り、敦大なれば則ち篤信の志有り。之と学を論じ道を語れば、他人の解せざる所の者も、世輔は一たび聞かば輒《すなわ》ち之を解す。其れ果して英霊の気の成す所為《た》りて、流俗の害を受けざる者、吾は世輔に於《お》いてか之を見ん。……［中略、読書の在り方について述べる］……今、世輔の患いは読書の難きに在らずして、読書の易《やす》きに在り。其れ必ず熟読詳味して之を思い、復《ま》た思う。優游涵泳《ゆうゆうかんえい》（じっくりと思索して深く理解する）して之を存し、復た存す。急効を求めず、強索に務めず、以て其の之を自得するを俟《ま》つは、天下の読書を善くする者なり。世輔は高明の資を以て、春秋に富み、日夜勉焉《べんえん》して懈《おこた》らず、他日賢と為り聖と為るも、何ぞ能わざること之れ有らん。此れ吾の世輔に望む所なり。世輔復た東都に役し、留ること一年、歳の閏月《うるうづき》、将《まさ》に仙台に帰らんとす、相い見て未だ幾ばくもあらずして、復言（先に言ったとおりにことを実行する）して別れを告ぐ。之が為に慨然《がいぜん》（ひどく悲しむ）とせざる能わざるなり。嗚呼《ああ》、吾老たり、衰病して之に及ばず、天の年を仮《か》するに復た再会の日有らしむや否やを知らず、恐らくは及ぶ可からざらん。其の行くに於いて之を贈り以て言う。（原漢文）

この文は陸奥仙台のことから書き始め、江戸開府以来、山水風土に恵まれ、勇武を以て知られてきたが、遺憾なことに、平穏な時代になってもなお学問の分野において人材を欠いてきていたことを述べる。その中に忽然と現れたのが、前途有為な可能性を秘めた若者芦東山であった。全文に称賛の辞が溢れており、それまで東山について思っていたことを、まるで今生の別れに際しての遺言を伝えるかのように語っている。

　東山にとっても鳩巣との出会いは千載一遇《せんざいいちぐう》の機会であった。それまでの人生で出会うことができた最高の学者であり、東山の考え方や生き方にも深く大きな影響を与えた。その鳩巣の願いが「他日賢と為り聖と為るも、何ぞ能わざること之れ有らん」という。最大級の讃辞であり、東山自身も畏《おそ》れ入ったであろうが、それほどの期待をかけられていたということである。

　仙台に帰任してから後に、鳩巣が東山に送った前掲の律詩には「高材を珍重し相い信ずること篤し、老来の心事　君に頼りて伝う」（第三首）、「請う看よ　闕里《けつり》多士と称するも、独《ひと》り参《しん》や魯《ろ》を以て伝うる有り」（第四首）などとある。第三首にいう「老来の心事」とは、言うまでもなく「刑律の書」の著述であり、それを「君に頼りて伝う」という。この困難な仕事を完遂できるのは、数ある門人の中でも「高材」である東山以外にはないと考えてのことであったことがわかる。第四首の「闕里」は孔子の故郷（山東省曲阜《きょくふ》）の通りの名称であり、門人に教授した場所である。「弟子三千人」と言われた孔子、その中で最晩年の弟子が曽子《そうし》、すなわち曽参《そうしん》であった。曽子は孔子に「参や魯（愚か）」（『論語』先進）と評されながら、その誠実さによって孔子の説く「道」が何であるかをよく理解し、孔子の没後はそれを後世に伝えるべく、『孝経』『大学』などにまとめた。儒学の道統において曽子の存在は誰よりも大きくなった。鳩巣はそうした役割も東山に期待していたのであろう。そこで、「愚」であることの価値を「賢」である東山に示唆《しさ》したのかもしれない。

東山が仙台に帰った後、数年して室鳩巣は逝去する。享保十九年（一七三四）のことである。享年七十七。「序」で鳩巣が心配したように、二人はその後に再会することはなかった。

しかし、その間にも二人はかなり頻繁に書翰での連絡や詩歌の応酬をしている。それらは東山の日記や残された下書きばかりでなく、鳩巣の『文集』にも残されている。東山は学問上の疑問があると長文の書翰で尋ね、鳩巣はそれを見て、懇切に答えて返している。両者の信頼関係がよく分かる。「詩」にいう「相信ずること篤し」であった。東山にとっては、鳩巣の逝去は学問的な後ろ盾をなくしたばかりでなく、出処進退に悩んだ時に頼みとなる人をも失ったことになる。

三

鳩巣が亡くなった翌年（享保二十年）、東山は仙台藩に講堂（学問所）の設立願いを提出する。仙台藩でもようやく藩校を作って人材の育成に務めなければならないという機運が起こってきたところであった。しかし、藩の財政の逼迫《ひっぱく》もあって、東山の建議は採用されず、小規模で実現可能だろうと思える別の案が採用された。これに対して、東山はさらに建議を重ねるもののいずれも却下され、不満を抱くに至る。この間の経緯はこの小説にも詳しく取り上げられているので、ここに重ねて言及するまでもないであろう。

東山は藩主吉村に従って江戸に出た時期にも、藩政改革についての意見書を上申していたことは前に述べた。そこに主張されていることは確かに正論であったが、批判の矛先が藩の上層部に向けられているものもあり、それについての上意の沙汰はなかった。そもそも「中興の英主」と称されることになる吉村自身も藩政改革の必要性はよく理解していた。吉村は東山の学問の伸長に目をかけて、何度か御前講義をさせ、そのたびに恩賞を下賜《かし》しており、学者としての能力は十分に評価していた。しかし、若い下級武士が組織の様々な段階を考慮せずに御政道に意見を具申することは必ずしも上《うえつ》方《かた》の支持を得られることではなかった。正しい意見が円滑に実現できれば、それに優るものはないが、いつの時代にも、いかなる社会でも、遺憾ながら実際にはなかなか有り難いことである。

東山はそうした身分社会の強固さにあまりにも無頓着であった。ただひたすら自らの信ずる意見を真っ正直に主張する。それが臣たる者の責務であるとさえ考えていた。その書生気質を、宮仕えの長かった鳩巣は早くから案じていた。鳩巣はそれを青年の「客気《かっき》」だと思うところもあったようであるが、仙台に帰還してからの東山はその種の諫言や提言が一層多くなり、周囲との軋轢《あつれき》を深刻なものとしてしまったようである。

東山が学問所の設立で孤立無援に陥り、ついには閉門蟄居《ちっきょ》を言い渡され、仙台の北、加《か》美郡宮崎《みごおりみやざき》（現在の宮城県加美郡宮崎町）の地で伊達家五千石の重臣であった石母田《いしもだ》家に預かりの身となったのは、その一つの帰結である。鳩巣の危惧が現実のものとなった。

しかし、この東山にとっては思いがけぬ「不幸」が鳩巣から託された「刑律の書」の著述に専念する時間を東山に与えたとすると、天命の妙であったかもしれない。そうでなければ宮仕えとしての煩雑な職務や学生の教授に多くの時間を割かれ、いつ完成していたかもわからなかった。それだけでなく、内容も果たして現在私たちが見るものと同じであったかどうかの保証もない。

東山が拳拳服膺《けんけんふくよう》して已《や》まなかった『史記』を完成させた司馬遷に「任少卿《じんしょうけい》に報ずるの書」という書翰文がある。死刑囚として獄中にいた友人の任安《じんあん》（字《あざな》は少卿）への返書である。その中で、司馬遷は李陵《りりょう》が匈奴《きょうど》との戦いの中で降伏したことを弁護したことで罪に問われ、死刑か宮刑かという選択を迫られたとき、父司馬談《しばだん》の仕事を継いで『史記』を完成させることを思い起こし、宮刑という恥辱を甘受し、「悲《かな》しい夫、悲《かな》しい夫」と悲嘆に暮れながらも生き延びることとした顚末を述べる。その後段に和訳すると、次のような言葉がある。

> 古《いにしえ》より富貴にして名の滅びた人は枚挙に暇《いとま》無く、ただ優れた非常の人だけが名を称えられています。周の文王は殷の紂王《ちゅうおう》に囚《とら》えられて『周易』を解釈し、孔子は衛で捕らえられて『春秋』を作りました。屈原《くつげん》は国都を追放されて『離騒《りそう》』を詠じ、左丘明《さきゅうめい》は失明して『国語』ができました。孫子は罪人として足切りの刑を受けて「兵法の書」を書き、呂不韋《りょふい》は蜀の地に左遷されて世にその『呂覧《りょらん》』（呂氏春秋）が伝わり、韓非子《かんぴし》は秦で獄に囚《とら》われて「説難《ぜいなん》」「孤憤《こふん》」（『韓非子』の篇名）を著しました。『詩経』三百篇の詩の大半は聖人賢者が憤《いきどお》りを発して作ったものです。これらの人たちは心のなかに鬱結して解けぬ思いがありながら、それを実現するすべがありませんでした。そこで過去のことを記し、未来の人たちを思い、……登用されることができなくなっても、退いて書物を著し、憂憤の思いを発散し、文章を書くことで自分の考えを表わしたのです。

ここに取り上げられた書物が果たしてそのような経緯《けいい》で作られたのかどうかは相当に疑わしい。しかし、少なくとも司馬遷の認識はそのようであった。すなわち、歴代の名著は人生の途上で何らかの不幸で生じた心中の憤懣やる方ない思いを発して著わされたものであり、いわゆる「発憤著書（憤《いきどお》りを発して書を著す）」の結晶であるという。自分が『史記』を書き続ける動機もまたそれと同列に在るとした。ここには窮極の魂の叫びがある。

東山は文中に取り上げられた、諫言して放逐《ほうちく》された戦国楚《そ》の屈原に自らを擬《なぞら》えて「今《いま》屈原」と称していたので、「発憤著書」のことは当然熟知していた。仙台から追放され、加美郡宮崎の地で幽閉の身となって師の鳩巣から託された「刑律の書」の著述が、改めて東山自身のなすべき仕事として脳裏に浮かんだとしても不思議ではない。それが東山の生き続ける力となり、彼の生涯を意味あるものとした。

当初は筆墨の使用も禁じられたほどであったので、書物を読むこともできなかったが、次第に緩和され、また蔭ながらの支援者もあって、書き続けることができた。全十五巻の草稿が完成したのは、寛延四年（一七五一）閏六月、東山五十六歳、罪を得て配所に身を置くことになって十三年が経過していた。鳩巣の遺嘱を受けてからは三十年を経ていた。

執筆過程の長い歳月は、けっして無駄に経過したわけではない。自らが罪に問われたことで、罪とはなにか、それに対する刑罰とはなにかについても、考えを深めるのに意味があったであろう。そればかりではなく、東山の人間としての幅を大きくした。もしそうした挫折がなく、順風満帆に官途《かんと》を歩んでいたなら、果たして後の人々が敬意を持って手に取るような著作となっていたかどうか。

『無刑録』は刑とその執行や社会的意味について「刑本」「刑官」「刑法」「刑具」「流贖《りゅうしょく》」「赦宥《しゃゆう》」「聴断」「詳讞《しょうげん》」「議辟《ぎへき》」「和難」「伸理」「感召」「欽恤《きんじゅつ》」「濫縦《らんしょう》」といった巻に分けて、様々な角度から周到に議論が展開されている。その根本を支えた哲学は「蓋《けだ》し礼は徳を立つる所以《ゆえん》にして、刑は教えを弼《たす》くる所以、二者は偏廃（一方だけを捨てる）す可からず。而《しか》して治を為すの序（順序）は、則ち礼を以て先と為し、刑を以て後と為す」（『無刑録』「刑本上」）という教育刑の立場で貫かれている。ここには東山の人への信頼があり、人間の可能性を信じる東山がいる。『無刑録』の書名は、『書経』「大禹《だいう》謨《ぼ》」の「刑は刑無きを期す」に拠っている。

四

こうした苦難の中で書かれた『無刑録』であったが、「罪人」であった東山の生前に出版されることはなかった。しかし、完成した稿本が程なくして藩の評定所に提出されると、その出来映えが評判となり、支援者や門弟たちによって幾種類かの写本が作られた。

その写本の幾種かはかなり早い時期に藩外にも流れ出たようである。広島藩の儒官であった頼春《らいしゅん》水《すい》は昌平坂《しょうへいざか》学問所の講師として江戸に滞在したころ、すでに『無刑録』の考証の精緻さなどが評判になっていることを耳にしたと記している（『霞関掌録《かかんしょうろく》』）。その情報の出所は、どうやら吉村を継いだ仙台藩主伊達宗村《むねむら》の八男であり、彩色の鳥類図鑑である『観文禽譜《かんぶんきんぷ》』の編者として知られる堀田正《ほったまさ》敦《あつ》や白河《しらかわ》藩藩主で後に幕府の老中となった松平定信《まつだいらさだのぶ》であったのではないかと推測される。現在もその頃からの写本の幾つかが各地の蔵書機構に所蔵されており、その蔵書印や所蔵先が両者の行跡《こうせき》と重なることが多いからである。しかもそれらはいずれも紙質もよく、端正な筆で記されており、民間で書写されたものとは考え難い。

寛政の改革を主導した定信は幕府学問所での儒学は朱子学一尊とし、他の学派を異学として禁じ（寛政異学の禁）、春水の庇護者でもあった。堀田正敦は、仙台にあっては兄の藩主重村《しげむら》の下で探究心旺盛に鷹狩りや和歌などに励み、江戸にあっては老中定信の下で若年寄として寛政の改革の財政を担当した。こうした上方からの情報もあってか、江戸の漢学者の間では、罪人として幽閉されながらも鳩巣の遺嘱に応じて書かれた『無刑録』はかなり早くから注目されていたことがわかる。

江戸後期に写本として伝わった『無刑録』が世に公に出たのは、東山の没後百年を経た明治十年（一八七七）である。この頃、西欧に比肩しうる近代的な刑法を作成しようとしていた明治政府は、『無刑録』にその先進的な価値を見出し、立法諮問機関であった元老院から木版摺《ず》りの線装本《せんそうぼん》として出版した。今もその版木の一部は国立公文書館に所蔵されている。

しかし、この元老院版は出版部数も多くなかったのであろう、すぐに絶版となり、司法関係者の手にも届かぬものとなった。そこで、昭和になって司法省内部の司法資料として改めて出版することが発議され、より広く社会に受け入れられるようにと、司法省と関係の深かった財団法人刑務協会から箱入り天金の活字本三冊として出版された。昭和二年（一九二七）から五年のことである。東山の原文は漢文であったが、このときは漢文の本文に加え、書き下し文を主とし、さらに訳注がつけられ、読みやすくなっていた。出版元の刑務協会は、現在の公益財団法人矯正協会（東京）の前身であり、その名を見れば、この書物が社会のどのような面で役立ってきたかは言わずもがなであろう。協会の矯正図書館には東郷平八郎の揮毫した「刑期于無刑」の大きな扁額が掛けられており、東山が陶淵明の「神釈」の詩句を揮毫した書も所蔵されている。

この刑務協会版の『無刑録』を手に取って読んだと思われるのが、大正から昭和期に長く「国民作家」と称された吉川英治《よしかわえいじ》である。その小説『大岡越前』で将軍吉宗が大岡越前守忠相に法の下での刑の執行の平等性について意見を聞くという段がある。その中に、越前が「――不才、無学な身にはございますが、無刑録なる書物のうちにも、荀卿《じゅんけい》（荀子）の語《ことば》として、凡《およ》ソ天下ノ事、我ガ心ニ具《そな》フル性命ノ理ニ明カナラズシテ、断制（判断する）、裁割《さいかつ》（裁く）スベキイハレ無シ。況《いわん》ヤ、……」云々と答えたという話がある。

先に触れたように東山と忠相とは享保の改革の時期にともに江戸にいて同じ空気を吸っていた。しかし、『無刑録』は吉宗の時代にはまだ一書を成しておらず、実際の大岡越前が目にしていたわけではない。文学上のフィクションであるが、いかにもありそうな設定であるのは流石《さすが》である。『無刑録』が昭和の時代にはただ法務関係者ばかりでなく、確かに「大衆文学作家」吉川英治の読書の範囲にあったことがわかる。

さて、この令和に書かれた小説『むけいびと』では、冒頭で東山の幼少の頃の話として、不注意で友達を砂鉄川《さてつがわ》で溺れさせてしまう事件から始めている。これは作者の構想した〈罪と罰〉の物語としての文学上の架設である。この幼年期の出来事の記憶は江戸の刑場での目撃談とつながっており、単なる不遇な偉人の伝としてではなく、『無刑録』の完成に至る東山自身の内なる問題として書こうとした作者の周到な意図が見て取れる。

この『むけいびと　芦東山』は、作家熊谷達也氏の構想した「小説」であり、文学作品である。小説であり、文学作品であるがゆえに、その物語によって、さらに多くの読者が芦東山という人物とその『無刑録』について関心を持ち、〈罪と罰〉の問題について改めて考えを巡らせることができるに違いない、と私は確信している。

（いなはた・こういちろう／早稲田大学名誉教授）

本書は、月刊「潮」（二〇一九年一月号〜二〇二〇年十二月号）に連載され、二〇二一年に小社より刊行された単行本『無刑人
――芦東山――』を加筆修正のうえ、文庫化したものです。

熊谷達也（くまがい・たつや）

1958年、宮城県仙台市生まれ。東京電機大学理工学部数理学科卒。97年、『ウエンカムイの爪』で第10回小説すばる新人賞を受賞し、作家デビュー。2000年、『漂泊の牙』で第19回新田次郎文学賞、04年、『邂逅の森』で第17回山本周五郎賞、第131回直木賞のダブル受賞を果たす。『荒蝦夷』や『銀狼王』など東北地方や北海道の民俗・文化・風土に根ざした作風で知られる。他の著書に『リアスの子』『希望の海』『鮪立の海』『エスケープ・トレイン』『我は景祐』など。

む《無》け《刑》いびと《人》　芦東山《あしとうざん》

潮文庫　く－2

2024年　6月　20日　初版発行

著　者　熊谷達也
発行者　南　晋三
発行所　株式会社潮出版社
〒102-8110
東京都千代田区一番町6　一番町SQUARE
電　話　03-3230-0781（編集）
03-3230-0741（営業）
振替口座　00150-5-61090
印刷・製本　中央精版印刷株式会社
デザイン　多田和博

ISBN978-4-267-02428-3　C0193